매직
스트링

매직 스트링

THE MAGIC
STRINGS OF FRANKIE
PRESTO

전설의 기타리스트 프랭키 프레스토

미치 앨봄 장편소설 · 윤정숙 옮김

arte

"저렇게 연주하고 싶어."
내가 이런 말을 하게 했던 내 인생의 수많은 음악가들 중에
첫 번째 음악가인 마이크 아저씨에게

종이상자에 담긴 기타를 들고 밤새도록 돌아다니던
모든 소년들에게
그 소년들은 모두 어디로 가버렸을까?

_ 폴 사이먼

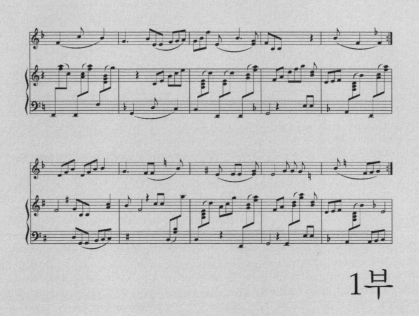

1부

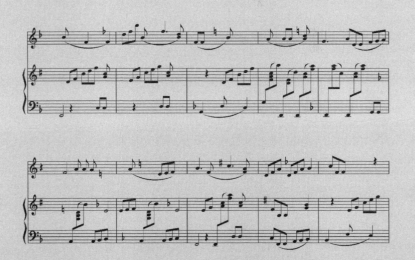

.

1

나는 상을 받으러 왔어요.

그는 저기 관 속에 있지요. 사실 그는 이미 내 것이에요. 하지만 훌륭한 음악가는 마지막 음까지 연주를 이어가야 하죠. 이 사람의 멜로디는 끝났지만 마지막 음절들을 덧붙이기 위해 조문객들이 멀리서 찾아왔어요. 코다(한 악곡이나 악장, 또는 악곡 가운데 큰 단락의 끝에 끝맺는 느낌을 강조하기 위하여 덧붙이는 악구-옮긴이) 같은 것들을 덧붙이기 위해서 말이죠.

그럼 함께 들어볼까요?

천국은 기다려줄 거예요.

혹시 내 말에 놀랐나요? 그러면 안 되는데. 나는 죽음이 아니에요. 후드를 뒤집어쓰고 부패의 악취를 풍기는 죽음의 신이요? 무슨 소리예요. 그건 진짜 아니거든요.

모두가 두려워하는 최후의 '심판관'도 아니에요. 나는 나쁜 사람과도 좋은 사람과도 함께하죠. 나는 이 사람의 악행에 대해 판결을 내리지 않아요. 그의 선행을 평가하지도 않죠.

나는 그에 대해 아주 많이 알아요. 그가 기타로 엮어 나간 마법에 대해서, 그가 깊은 목소리로 사로잡은 사람들에 대해서요.

그가 여섯 개의 푸른 기타줄로 바꾼 삶들에 대해서요.

나는 이 모두에 대해 들려줄 수가 있어요.

아니면 그냥 편히 쉬어버릴 수도 있고요.

난 항상 쉬는 시간이 필요하거든요.

내가 말이 없다고 생각하나요? 때로는 그렇죠. 또한 다정하고 차분하고 거슬리고 화나고 까다롭고 단순하죠. 쏟아지는 모래만큼 위로가 되고 작은 구멍만큼 예리하죠.

나는 음악이에요. 나는 프랭키 프레스토의 영혼을 위해 여기 왔어요. 물론 그게 전부는 아니에요. 그가 세상에 나오면서 내게서 떼어간 꽤 커다란 재능을 찾으러 왔죠. 나는 누군가의 소유물이 아니라 대여물이거든요.

나는 프랭키의 재능을 모아 새로 태어나는 사람들에게 나눠줄 거예요. 언젠가는 여러분의 재능도 그렇게 모아 다른 사람들에게 나눠주게 되겠죠. 여러분이 처음 듣는 멜로디에 흘긋 고개를 들거나 드럼 소리에 발을 두드리는 데는 이유가 있어요.

모든 사람은 음악적이죠.

아니면 왜 신이 뛰는 심장을 주었겠어요?

물론 여러분 중에는 특별히 음악적 재능이 뛰어난 사람이 있어요. 몇 명만 말해볼까요. 바흐, 모차르트, 조빔, 루이 암스트롱, 에릭 클랩턴, 필립 글래스, 프린스. 난 그들이 태어나는 순간 작은 손을 뻗어 나를 붙잡는 것을 느꼈죠. 비밀을 알려줄게요. 재능은 이런 식으로 받는 거예요. 갓난아기가 눈을 뜨기 전에 우리는 밝은 색깔들이 되어 그 주위를 돌아요. 아기가 처음으로 작은 손을 움켜쥐는 순간, 사실 가장 매력적으로 느껴지는 색깔을 잡는 것이에요. 그 재능들은 평생 그와 함께해요. 운이 좋은 사람들(음, 내 생각에는 운이 좋은 것이죠)은 나를 선택하죠. 바로 음악이요. 나는 그 순간부터 그 사람의 모든 콧노래와 휘파람 속에, 기타 소리와 피아노 소리 안에 깃들게 되죠.

난 여러분을 살아 있게 하지는 못해요. 내게는 그런 능력이 없어요. 하지만 영향을 미칠 수는 있죠.

그래요, 난 관 속의 저 남자, 한때 유명한 로큰롤 스타였지만 제대로 이해받지 못한 기이한 프랭키 프레스토에게도 영향을 미쳤어요. 최근 페스티벌 콘서트장을 가득 메운 관객들은 그가 연주 중에 죽는 모습을 지켜보았어요. 생명이 빠져나간 그의 몸은 서까래로 솟아올랐다가 무대로 쓰러졌죠.

그 일은 엄청난 충격을 불러왔어요. 오늘 수 세기 전에 지어진 바실리카에서 열리는 그의 장례식에서도 사람들은 계속 "누가 프랭키 프레스토를 죽였나요?"라고 묻고 있어요. 사람들 말로는 아무도 그렇게 죽지는 않는다는 거예요.

사실이기는 하죠.

혹시 그의 본명이 프란시스코라는 것을 아세요? 그의 매니저들은 그 이름을 숨기려고 했죠. 그들은 '프랭키'가 미국 팬들의 입맛에 맞다고 생각했어요. 그의 콘서트에서 젊은 아가씨들이 비명을 질러댔던 것처럼 말이에요. "프랭키! 사랑해, 프랭키!" 그들이 옳았던 것 같네요. 이름이 짧을수록 히스테리를 부리기에도 좋으니까요. 하지만 누가 되었든, 아무리 미래를 공들여 만든다고 해도 자신의 과거까지 바꿀 수는 없어요.

프란시스코는 그의 진짜 이름이었어요.

프란시스코 드 아시스 파스쿠알 프레스토.

난 그 이름이 더 좋아요.

난 그 이름이 붙여지던 밤에 그 자리에 있었거든요.

그래요. 난 프랭키 프레스토의 탄생에 대해 알려지지 않은 이야기들을 알고 있어요. 역사가도 음악평론가도, 심지어 프랭키 자신도 항상 미스터리라고 부르던 그 이야기들을 말이에요.

괜찮다면 그 이야기들을 들려줄 수도 있어요.

놀랐나요? 처음부터 그런 흥미로운 이야기를 들려주겠다고 해서요? 음, 무엇 때문에 미루겠어요? 난 '이성'이나 '수학'처럼 느긋하지 못하거든요. 나는 음악이에요. 내가 여러분에게 노래의 재능을 주었다면 여러분은 당장 노래를 부를 수 있을 거예요. 작곡이요? 도입 부분이 가장 좋을 때가 많아요. 아이네 클라이네 나흐트 무지크(Eine Kleine Nachtmusik)? 덤, 다덤, 다덤 다덤 다덤? 모차르트는 포르테피아노(그랜드피아노의 초기 형태-옮긴이)를 연주하는 순간 웃음을 터뜨렸어요. 1분도 걸리지 않았죠.

프랭키 프레스토가 어떻게 태어났는지 알고 싶나요?

말해줄게요.

아주 간단해요.

그 일이 벌어진 곳은 이곳 스페인의 작은 도시 비야레알이었어요. 난 박자표로 시작하고 싶네요. 1936년 8월에 불규칙한 6/5박자를 맞춰요. 당시는 스페인 역사에서 피비린내 나는 기간이었어요. 내전. 엘 테로르 로조, 즉 적색 테러가 이 거리들로, 바로 이 성당으로 다가오는 동안 뭔가가 속삭였어요. 신부와 수녀를 포함한 성당 사람들은 대부분 이미 시골로 도망을 갔지요.

그날 저녁이 또렷이 기억나요(네, 내게는 기억력이 있어요. 난 팔다리는 없지만 무한한 기억력을 가졌죠). 천둥이 치더니 비가 도로에 요란하게 내리쳤어요. 젊은 임신부가 아기를 위한 기도를 올리기 위해 서둘러 성당으로 들어왔어요. 그녀의 이름은 카르멘시타였어요. 그녀는 광대뼈가 튀어나왔어요. 진한 포도 빛깔의 머리카락은 숱이 많고 곱슬곱슬했지요. 그리고 그녀의 몸은 가느다랬어요. 그녀는 두 개의 촛불을 밝히고 성호를 그리고는 부풀어 오른 배에 손을 올려놓았다가 고통으로 몸을 숙였어요. 진통이 시작되었지요.

그녀는 비명을 질렀어요. 홀로 남아 있던 어린 수녀가 뛰쳐나왔어요. 녹갈색 눈에 앞니가 살짝 벌어진 수녀가 카르멘시타를 일으켰어요. "안심하세요." 그녀가 카르멘시타의 얼굴을 두 손으로 감싸고 말했어요. 하지만 두 사람이 병원으로 가기도 전에 성당의 앞문이 부서졌어요.

침입자들이 닥친 거지요.

그들은 새로운 정부에 분노한 혁명가들과 민병대였어요. 스페인 전역에서 성당을 파괴하던 그들이 마침내 그 성당에도 들이닥친 것이었죠. 성상과 제단이 파괴되었고 성소는 새까맣게 타버렸으며 신부와 수녀들은 그들의 성스러운 신전에서 살해되었어요.

그런 공포가 닥치면 새로운 생명은 충격 속에 얼어붙어 있을 거라고들 생각하죠. 하지만 그렇지 않아요. 기쁨이나 공포는 탄생을 늦추지 못해요. 미래의 프랭키 프레스토는 엄마의 자궁 밖에서 벌어지는 전쟁에 대해 몰랐어요. 그는 태어날 준비를 마쳤죠.

나도 그랬어요.

어린 수녀는 수백 년 전에 만들어진 비밀 계단을 통해 카르멘시타를 비밀의 방에 데려갔어요. 침입자들이 교회를 파괴하는 동안 그녀는 프랭키의 어머니를 회색 담요에 눕히고는 한쪽에 촛불을 밝혔어요. 두 여자는 급하게 숨을 쉬었어요. 그 숨소리가 리듬을 만들었어요. 들이쉬고 내쉬고.

"안심하세요, 안심하세요." 수녀가 계속 중얼거렸어요.

비가 나무망치처럼 지붕을 두드렸어요. 천둥은 팀파니 드럼이었죠. 아래층의 침입자들이 식당에 불을 지르면서 불꽃이 수백 개의 캐스터네츠처럼 탁탁 소리를 냈어요. 성당에서 빠져나가지 못한 몇몇 사람들이 비명을 지르며 애원했지만 잔혹한 사람들은 더 나지막이 고함을 치며 명령을 내렸죠. 낮은 목소리, 높은 목소리, 탁탁 타오르는 불길, 격렬한 바람, 모든 것을 두드리는 비, 굉음을 내는 천둥이 분노의 심포니를 만들어냈어요.

프랭키 프레스토가 태어났죠.

그는 작은 손을 움켜쥐고 있었어요.

그리고 그는 나를 한 조각 가져갔어요.

아 아 아. 내가 이 이야기에 너무 몰두하고 있나요? 나는 이야기의 짜임새를 고민해야만 해요. 태어날 때의 이야기를 하는 것과 전체 인생의 이야기를 하는 것은 완전히 다르니까요.

관을 내버려두고 잠깐 밖으로 나가지요. 사람들은 올리브나무가 가득한 작은 공원 옆의 좁은 길에 차를 세우고는 아침 햇살에 눈을 찡그리며 차에서 내리죠. 아직은 사람들이 많이 오지 않았어요. 더 많은 사람이 와야 하죠. 내 계산으로는(항상 정확하죠) 프랭키 프레스토는 생전에 374개의 밴드와 공연했어요.

장례식이 커지겠다고요?

누구나 살아가는 동안 어느 밴드에든 들어가죠. 그중 일부 밴드

만이 음악을 연주해요. 내 소중한 제자인 프랭키는 한동안 사라졌
던 기타리스트 이상이었고, 가수 이상이었고, 유명한 아티스트 이
상이었어요. 그는 어린 시절 심하게 고생한 덕분에 선물을 받았죠.
바로 삶을 바꾸는 기타줄이에요.

여섯 개의 기타줄.

여섯 명의 생명.

그 때문에 나는 그와의 작별이 흥미로울 거라고 생각해요. 그
때문에 나는 조문객들의 이야기를 모두 들을 거예요. 그를 알았던
사람들이 연주하는 프랭키의 놀라운 심포니를요. 또한 그의 이상
한 죽음을 해결하고 죽음 직전에 그를 따라다녔던 은밀한 인물도
알아보아야죠.

나는 모든 것이 해결되는 모습을 보고 싶어요.

음악은 해결을 갈망해요.

하지만 잠깐 쉬어야겠어요. 이미 많은 음표를 나눴으니까요. 교
회 계단에서 담배를 피우는 사람들이 보이나요? 채플린 모자를 쓰
고 있는 사람이요? 그도 뮤지션이에요. 트럼펫 연주자죠. 한때 그
의 손가락은 날렵했어요. 하지만 이제는 늙어서 병과 싸우고 있죠.

잠깐 동안 그의 이야기를 들어보죠.

누구나 살아가는 동안 어느 밴드에든 들어가죠.

프랭키는 한때 그의 밴드였어요.

마커스 벨그레이브

마커스 벨그레이브와 오중주단과 레이 찰스 밴드의 재즈 트럼펫 주자,
매코이 타이너, 디지 길레스피, 엘라 피츠제럴드의 연주자

담뱃불 좀 주세요……. 음…… 음…… 감사합니다.

아뇨. 아니, 아니, 나도 믿을 수가 없습니다. 아무도 그렇게 죽지
는 않잖아요. 하지만 프랭키에게는 이상한 점이 있었어요…….

아무에게도 이야기하지는 않았지만 틀림없는 사실이에요.

1951년인가 1952년에, 우리는 디트로이트 블랙보텀이라는 지
역의 어느 클럽에서 연주를 하고 있었어요. 멋진 클럽들이 꽤 있
었지만 전쟁 이후에는 상당히 위험해졌죠.

어쨌든 우리는 금요일마다 밤 8시, 10시, 12시, 그리고 새벽 2시
에 네 번 연주를 했고 프랭키도 우리와 함께했어요. 말라깽이 십
대였던 프랭키는 기타를 연주했죠. 그가 음반을 히트시키거나 노
래를 부르기 전에는 그랬어요. 젠장, 나는 그의 성도 몰랐어요. 그
냥 '프랭키'였거든요. 그는 나이 때문에 거기 있어서는 안 되었어
요. 하지만 그는 결코 돈을 요구하지 않았거든요. 그래서 클럽 사
장에게는 그가 스물한 살이라고 해두었죠. 알겠어요? 조명이 비치
지 않는 뒤쪽에 두면 그는 부스스한 검은 머리카락을 어둠 속에서

17

흔들며 연주를 했죠. 밤이 끝나면 공짜로 치킨을 먹었고요. 우리는 공짜로 기타리스트를 얻은 셈이었죠.

네, 네, 그래요. 그곳은 쇠락하고 해로운 곳이었어요. 한번은 '스모크하우스 블루스(Smokehouse Blues)'를 연주하고 있었어요. 덩치가 크고 수염을 기른 남자가 젊고 예쁜 금발 아가씨와 구석에 앉아 있었지요. 그 아가씨는 나이 들어 보이고 싶었는지 립스틱을 진하게 발랐어요.

음, 그런데 두 사람 사이에 무슨 일이 있었나 봐요. 그 수염이 자기 의자가 뒤로 날아갈 정도로 벌떡 일어나더니 소녀를 벽으로 밀어붙이고는 목에 칼을 갖다댔어요. 그는 소녀에게 욕을 퍼붓고 소리를 지르면서 그녀의 목을 졸라댔지요. 우리 피아노 연주자인 틸리가 곧장 문밖으로 나가버렸어요. 틸리는 늘 그런 식이었거든요. 그래서 우리는 그를 '말썽을 원하지 않는 틸리'라고 불렀어요. 하지만 남은 우리는 경직된 시선으로 보고 싶지 않은 장면을 지켜보면서 같은 음절을 반복해서 연주했어요. 여러분이라면 눈을 돌릴 수 있겠어요? 우리가 연주를 멈추면 그 수염이 소녀를 죽일 것만 같았어요. 그는 칼을 흔들면서 소리를 질러댔고 그녀는 숨도 쉬지 못했어요. 하지만 아무도 나서지 않았죠. 왜냐하면 그 남자는 덩치가 컸거든요.

음, 정신을 차리고 보니 프랭키가 앞으로 뛰어나와 정말 크고 빠르게 연주를 하고 있더군요. 그가 연주를 너무 잘해서 사람들은 어디를 봐야 할지 모를 정도였어요. 프랭키는 "이봐!"라고 소리쳤어요. 그 수염이 프랭키를 흘긋 보면서 커다랗게 술주정을 했어요. 하지만 프랭키는 더 빨리 연주했어요. 나, 토니, 엘로이는 그의 연주를 따라가려고 했지만 그는 홀린 듯이 손가락을 움직였어요.

"이봐!" 프랭키가 다시 소리를 질렀어요. 그러고는 모든 음을 또렷하고 정확하게 짚으면서 번개같이 연주를 계속했어요. 그 남자는 마치 도전을 받아들이는 것처럼 고개를 돌리고는 칼로 그를 가리켰죠.

"더 빠르게." 그 수염이 불만스럽게 말했어요.

그래서 프랭키는 더 빨리 연주했어요. 어떤 사람은 게임이라도 벌어진 것처럼 함성을 질렀어요. 이제 프랭키는 '스모크하우스'가 아니라 '어리호박벌의 비행(Flight of the Bumblebee)'을 연주했어요. 러시아 오페라에 나오는 곡이죠. 나는 트럼펫을 불어보려고 했어요. 엘로이는 페달을 너무 세게 밟는 바람에 빌어먹을 발이 미끄러지고 말았지요.

다시 그 남자가 외쳤어요. "더 빨리!"

우리는 세상의 그 누구도 더 빨리 연주할 수는 없다고 생각했어요. 하지만 우리가 그 생각을 미처 하기도 전에 프랭키가 다시 연주 속도를 높였어요. 그의 손가락은 아주 빠르게 기타줄을 오르내렸어요. 맹세하건대 어리호박벌 떼가 기타에서 날아 나올 것만 같았지요. 프랭키는 심지어 자기 손을 쳐다보지도 않았어요. 머리카락이 이마로 흘러내렸지만, 그저 입을 벌린 채 그 남자만 보았어요. 이제 모두들 엘로이의 박자에 맞춰 박수를 치고 있었어요. 프랭키는 가장 아래쪽의 넥에서부터 가장 위쪽의 프렛(기타의 세로 줄. 기타의 지판에 박혀 있는 음의 경계선으로 기타의 음정을 결정하는 데 가장 중요한 요소-옮긴이)까지 손가락을 움직이며 런(음계를 빠르게 연주하는 악구-옮긴이)을 연주했고 그 수염은 최면에 걸린 것처럼 무대로 다가왔어요. 프랭키는 립스틱을 바른 소녀를 쳐다보았고 소녀는 그를 쳐다보았죠. 그러다 수염이 고개를 돌린 사이에 소녀가 총알처럼 빠르게 그곳을 나갔어요.

그리고 이제 클럽 안에는 "와! 와! 와!" 하는 함성이 가득했어요. 그 아이는 입술을 앙다물고는 아기 새들을 집는 것처럼 기타줄을 뜯으며 가장 높은 음들을 연주하고 있었어요. 그 수염은 무대 옆으로 나와 있었고요. 프랭키는 기타의 넥을 기관총처럼 그에게 겨누고는(뱅가드디뱅디뱅) 연주를 마쳤어요! 끝이었죠. 그가 기타를 벗자 사람들은 거칠게 숨을 몰아쉬며 열광했어요. 마치 그 소년의 연주로 아무도 죽지 않은 것을 기뻐하듯이 말이에요.

프랭키는 소녀를 쫓아 문밖으로 달려갔어요.

하지만 세상에.

내가 그의 기타를 봤더니 기타줄 하나가 파랗게 변해 있었어요. 정말이에요. 불꽃의 중앙처럼 파랬어요.

나는 생각했죠. 이 아이는 도대체 어디에서 왔을까. 사실 알고 싶지도 않았어요.

2

음.

살짝 알려줄게요.

프랭키가 없었다면 립스틱 바른 금발의 소녀는 죽었을 거예요. 하지만 그런 사실들을 알거나 그런 힘을 갖기에는 그가 너무 젊었어요……

사과할게요.

여기 위.

창턱에서요.

나는 교회 뒷골목에서 부엌 라디오가 흘려보내는 블론디의 '하트 오브 글래스(Heart of Glass)'에 귀를 기울였어요. 혹시 야외에서는 음악 소리가 얼마나 다르게 들리는지 아시나요? 정원에서 열리는 결혼식의 첼로 연주는요? 바닷가 놀이공원의 증기오르간은요?

그래서 내가 파도 소리와 모래폭풍 소리, 부엉이의 울음소리와 밀식조의 울음소리가 들려오는 야외에서 태어난 것이죠. 나는 메아리 속에서 여행해요. 나는 산들바람을 타요. 나는 자연 속의 거친 날것으로 만들어졌죠. 사람만이 나를 아름답게 다듬어주죠.

그것이 여러분이 하는 일이에요. 맞아요. 하지만 여러분은 주위가 조용할수록 내가 더 순수하다는 식의 가정을 했어요. 말도 안 돼요. 내 제자인 호리호리한 색소폰 연주자 소니 롤린스는 3년 동안 뉴욕 시의 어느 다리 밑에서 연주를 했죠. 그의 부드러운 재즈 멜로디는 자동차 소음 사이로 퍼져갔어요. 나는 다리 대들보에 멈춰서 귀를 기울이곤 했죠.

또 나의 사랑하는 프랭키는 낭랑한 종소리와 시끄러운 파괴의 불협화음 사이에서 태어났어요. 그날 밤 불타는 교회 안을 기억하나요? 프랭키의 어머니인 카르멘시타는 갓 태어난 아이가 울지 않게 해야 했죠. 그래야 살기등등한 민병대에게 발각되지 않을 테니까요. 그래서 그녀는 아기와 함께 회색 담요에 누워서 아기의 귀에 노래를 흥얼거려주었어요. 비야레알에는 잘 알려진 옛날 멜로디였죠. 비야레알 출신의 뛰어난 기타리스트인 프란시스코 타레가가 작곡한 곡이었죠. 카르멘시타는 그 어떤 노래보다 순수하게 그 노래를 흥얼거렸고 그녀의 뺨에서 흘러내린 눈물이 아기에게 떨어졌어요.

그는 울지 않았어요.

다행이었죠. 몇 분 후에 침입자들이 성당의 제단으로 다가가 모든 것을 파괴하는 소리가 들렸거든요. 그들은 점점 가까이 다가왔고 곧 계단을 올라올 판이었어요. 앞니가 벌어진 녹갈색 눈의 수녀가 몸을 떨었어요. 그녀는 방금 출산한 어머니는 움직일 수가 없다는 것을 알았어요. 그녀는 너무 약했고 사방에 피가 있었어요.

그녀는 침입자들이 수녀인 자신을 찾아내면 무조건 죽일 것도 알았어요.

그녀는 소리를 내지 않고 기도를 중얼거리면서 수녀복을 벗고 촛불을 손가락으로 눌러 껐어요.

"조용히 하세요." 그녀가 속삭였어요.

카르멘시타는 아기에게 불러주었던 노래를 멈췄어요.

그 노래는 '라그리마(Lágrima)'였어요.

'눈물'이라는 의미죠.

물론 프랭키 프레스토가 '차세대 엘비스 프레슬리'로 불리며 음반들을 제작한 덕분에 텔레비전에 출연하고 요란한 콘서트를 열고 그를 상징하는 사진을 찍었던 1950년대 후반과 1960년대 초반만을 생각한다면 이 모두가 어울리지 않게 느껴질 거예요. 그를 상징하는 사진이란 황갈색의 스포츠 코트에 분홍색 칼라가 달린 셔츠를 입은 그가 흑갈색 머리의 예쁜 백인 여성의 손에 사인해주기 위해 차창 밖으로 몸을 내밀고 있는 사진이에요.

〈라이프〉에 실렸던 그 사진은 그의 앨범 가운데 상업적으로 가장 성공한 '당신을 사랑하고 싶은 프랭키 프레스토'의 재킷이 되었어요. 이 앨범이 수백만 장이나 팔리면서 프랭키는 많은 돈을 벌었어요. 말이 수레로 오렌지를 나르던 비야레알의 가난한 거리에서 어린 시절을 보낸 프랭키로서는 상상할 수도 없는 돈이었어요.

그 무렵 프랭키는 미국인 매니저를 거느린 미국의 아티스트였고 그의 노래에는 스페인 악센트도 남아 있지 않았어요. 심지어 그의 기타 연주는 노래의 배경으로 밀려나버렸죠. 그에게 연주를 시켰던 노래들은 솔직히 말해서 그의 재능을 보여주지 못했어요.

하지만 나는 그의 첫 기타, 털이 없는 개, 나무 위의 소녀, 엘 마에스트로, 전쟁, 장고, 엘비스, 행크 윌리엄스에 대해서는 아직 말하지 않았어요, 인기 절정기였던 프랭키가 갑자기 사라진 이유에 대해서도요.

어떻게 그가 황당해 하는 관객들 위로 떠오르며 죽었는지도요.

프랭키의 여정. 정말 다채로운 이야기죠. 여러분이 관심을 보이는군요. 정말 구미가 당기네요. 난 항상 관객들에게 유혹되거든요.

차들이 도착하네요. 해가 도시 위로 떠오르고요. 신부가 아직도 옷을 덜 입었군요.

아직 시간이 있겠네요.

그러면 프레스토라는 이름의 남자에게 걸맞게 바로 시작해볼까요. 오늘의 마법이 끝나면 여러분이 외칠지도 모르는 단어죠. 하지만 한때는 밝고 급박하고 활기차고 가장 빠른 박자를 표시하던 단어였어요. 프레스토.

'준비된'이라는 의미기도 했죠.

여러분은 준비되었나요?

이제 내 아이의 이야기를 마저 들려줄게요.

3

누구나 살아가는 동안 어느 밴드에든 들어가죠.

여러분은 여러분의 첫 밴드 틈에서 태어나죠. 여러분의 어머니가 큰 역할을 해요. 그녀는 여러분의 아버지 그리고 형제자매들과 무대를 함께하죠. 아니면 여러분의 아버지는 조명 아래 비어 있는 의자처럼 안 계실지도 몰라요. 그래도 그는 밴드의 설립 멤버예요. 어느 날 그가 나타난다면 그의 자리를 내주어야 하죠.

삶이 계속되는 동안 여러분은 다른 밴드에 합류할 거예요. 어떤 밴드는 우정을 통해, 어떤 밴드는 로맨스를 통해, 어떤 밴드는 이웃, 학교, 군대를 통해. 아마 여러분은 같은 옷을 입거나 여러분만이 쓰는 단어에 웃음을 터뜨리겠죠. 또는 무대 뒤에 털썩 주저앉거나 회의실 탁자에 둘러앉거나 배 안의 주방을 가득 메우겠죠. 하지만 여러분은 밴드에서 여러분만의 파트를 연주하면서 밴드에 영향을 주고 그만큼 영향도 받을 거예요.

그리고 밴드의 운명이 대개 그렇듯 대부분의 밴드는 해체될 거예요. 거리 때문에, 의견 차이 때문에, 이혼 때문에, 또는 죽음 때문에.

프랭키의 첫 번째 밴드는 2인조였어요. 어머니와 아이로 이루어 졌죠. 주님의 은총으로 그날 밤 그들은 침입자들에게 발각되지 않고 간신히 불타는 성당을 빠져나왔어요. 하지만 그 무시무시한 사건으로 충격을 받은 여자는 그 도시의 가장 변두리로 갔고 자신이 겪은 일을 결코 말하지 않았어요. 당시 스페인에는 불신이 팽배했어요. 사람들은 자신의 비밀을 누구에게도 털어놓지 않았죠. 사람들이 지나갈 때면 아기 어머니는 고개를 숙이고 시선을 마주치지 않았어요.

"퀘 니뇨 마스 구아포(정말 아름다운 소년이군요)!" 사람들이 외치곤 했어요.

"그라시아스(고마워요)." 그녀는 이렇게 중얼거리고 재빨리 걸어 갔어요.

아이는 짙은 색깔의 머리카락이 자랐어요. 몇 달이 지나는 동안 여자는 교회의 종소리가 울릴 때마다 아이가 고개를 돌리는 것을 알아차렸어요. 한 번은 거리의 플루트 연주자 옆을 지나치는데 어린 프란시스코가 마치 나를 좀 더 잡으려는 것처럼 손을 뻗었어요 (정말 고맙게도 그는 이미 충분한 음악을 가졌는데도 말이에요).

그는 울지 않는다는 것을 제외하면 평범한 아이였어요. 그는 거의 소리를 내지 않았어요. 그들은 파나데리아(빵집) 위의 단칸방에서 살았어요. 어머니는 배가 고파지면(종종 그랬어요) 아래층으로 내려가 나이 지긋한 제빵사가 그녀의 조용한 아기에 대해 묻기를 기다렸어요. 그녀는 눈을 내리떴고 제빵사는 동정적으로 한숨을 쉬곤 했죠. "걱정 말아요, 세뇨라. 언젠가는 아기가 말을 하겠죠." 그는 그렇게 말하고는 올리브오일에 적신 둥근 빵을 한 접시 주곤 했어요. 때로 그녀는 바느질이나 빨래로 돈을 벌었어요. 하지만 스페인은 전쟁으로 마비되어 있었고 돈은 거의 없는 데다 아기와 단둘인 그녀는 거의 일을 할 수 없었어요. 한 달, 한 달 지날수록 그녀는 버티기가 힘들었어요.

"성당에 가서 도움을 받아요." 이웃들이 말했어요. 하지만 그녀는 결코 성당에 가지 않았어요. 이제 그녀는 성당의 어떤 것도 원하지 않았어요.

프랭키의 첫 번째 생일이 되자 그녀는 단조로운 일상을 깨뜨리기 위해 프랭키와 함께 도심의 마요르 거리로 갔어요. 그리고 그곳에서 가장 큰 상점인 카사 메디나에 들어가 그들이 결코 갖지 못할 물건들을 구경했어요. 그녀는 새 유모차 옆에서 머뭇거리면서 하나 가지고 싶다고 생각했죠. 그 상점에는 손으로 돌리는 축음기가 있었고 그녀는 그 앞에서 걸음을 멈췄어요. 가느다란 수염을 기르고 옷을 잘 차려입은 축음기 주인이 앞으로 걸어 나오다가 그녀가 결혼반지를 끼지 않은 것을 알아차렸어요. 그는 미소를 지으면서 새로운 셸락 음반을 축음기 위에 올렸어요.

"들어보세요, 세뇨라." 그가 자랑스럽게 말했어요. 그 음반은 안드레스 세고비아라는 스페인 기타 연주자의 음반이었어요. 그날 아침 그의 연주가 아기 프랭키의 마음을 사로잡았어요.

프랭키가 고개를 갸우뚱했어요. 그리고 작은 손을 움켜쥐었죠.

그리고 그 노래가 끝나자 마침내 울음을 터뜨렸어요.

크게요.

아기의 목소리는 성인 남자만큼 힘찼어요. 축음기 주인이 얼굴을 찡그렸어요. 손님들도 얼굴을 찡그렸어요. 그렇게 요란한 울음소리를 들은 적이 없던 엄마는 당황해서 거칠게 프랭키를 흔들면서 "조용!"이라고 낮게 말했어요. 하지만 프랭키의 날카로운 울음소리는 상점의 이쪽 끝에서 저쪽 끝까지 울려 퍼질 만큼 요란하게 계속되었어요. 또 다른 점원이 아기의 울음을 멈추기 위해 카운터의 접시에서 사탕을 들고 와서 프랭키의 입에 밀어넣었어요. 하지만 아기는 심하게 두 손을 흔들면서 오히려 더 크게 울었지요.

마침내 당황한 축음기 주인이 축음기의 바늘을 다시 음반에 올려놓았어요.

세고비아가 다시 연주를 시작했어요.

그리고 프랭키도 조용해졌어요.

그 노래의 제목을 말할 필요는 없겠죠.

그래요, '라그리마'예요.

그날부터 아기는 결코 만족하지 않았어요. 그는 항상 울었어요. 시간이 흘러도 소용이 없었어요. 침대도 담요도 그를 달래지 못했죠. 그는 수탉이나 골목의 개보다 더 크게 울부짖었어요.

"그만해!" 이웃들이 창밖으로 소리쳤어요. "아기에게 우유를 주라고. 그만 울려!"

하지만 아무것도 소용이 없었어요. 사람들이 주먹으로 벽을 치고 빗자루로 천장을 두드리는데도 아기는 매일 밤 울부짖었어요. "뭐라도 해봐!", "우리는 자야 한다고!" 아무도 그렇게 시끄러운 아기를 본 적이 없었어요. 심지어 아래층의 빵가게 주인도 그들이 다른 곳으로 떠나길 바라며 더 이상 빵을 주지 않았어요.

가난한 여자는 도움도 받지 못하는 데다 먹을 것도 없어서 어찌할 바를 몰랐어요. 그녀는 잠을 자지 않았어요. 그녀는 점점 우울해졌어요. 그녀는 굶주림으로 고통받으며 건강이 나빠졌어요. 겨울이 다가오자 열병에 걸렸어요. 그 때문에 정신도 나간 것 같았지요. 그녀는 프란시스코를 혼자 울게 내버려두고는 빨간 수건을 목에 두르고 거리를 돌아다녔어요. 때로 그녀는 자신의 생각을 중얼거렸어요. 자신이 중얼거리는 줄도 모르고 말이에요.

어느 추운 아침, 아이에게 먹일 것도 없고 아이의 자지러지는 울음소리를 멈출 방법도 없던 그녀는 아이를 데리고 도시 외곽으로 갔어요. 미하레스 강이 바다로 흘러드는 지점이었죠. 그녀는 언덕 아래 강둑으로 내려갔어요. 바람이 세차게 불어와 진흙 바닥에 쌓인 잎들이 소용돌이쳤어요. 그녀는 회색 담요에 싸인 아기를 봤어요. 잠깐 동안 아기는 조용해졌고 그녀의 얼굴도 부드러워졌어요. 그 순간 멀리서 성당의 종이 울리자 아기가 다시 울부짖기 시작했어요. 그녀는 고개를 뒤로 젖히고 비명을 질렀어요.

그녀는 아기를 강에 던졌어요.

그리고 달렸지요.

어머니라면 그런 짓을 하지 않죠. 하지만 이 여자는 그런 짓을 했어요. 그녀의 녹갈색 눈에서 흘러내린 눈물이 앞니가 벌어진 입을 지났어요. 그녀는 폐가 터질 지경이 될 때까지 뒤도 돌아보지 않고 달렸어요. 그녀는 아기도 강도 돌아보지 않았어요.

어머니라면 그런 짓을 하지 않죠. 하지만 이 여자는 프랭키의 어머니가 아니었어요. 프랭키의 어머니는 수녀복을 걸치고 성당에서 죽었어요.

클렘 던드리지

킹톤스, 조다나이레스, 프랭키 프레스토 밴드의 백업 가수

안녕하시오……? 텔레비전 방송국 같은 곳에서 나오셨소……? 언제 장례식이 시작되겠소?

나요? 아니요……. 스페인에 와본 적은 없소. 하지만 스페인 음악은 좋아해요. 하! 그 노래를 아시오……? 그게 누구더라? 젠장…… 스리 뭐…… 스리 도그 나이트! 참 한심한 이름이지 않소?

젠장, 알고 있소. 내가 사는 곳에서도 장례식은 제시간에 시작되는 법이 없거든. 지금은 그린빌에 살고 있소……. 미국 사우스캐롤라이나…….

아니요, 프랭키를 거의 20년간 보지 못했소. 그냥 연락이 끊겼지. 대부분의 사람들이 그와 연락이 끊겼소, 그렇지? 그는 그런 식이었소. 그가 어떻게 죽었는지를 듣기 전까지는 그가 아직 연주를 한다는 것도 몰랐소.

그를 만난 거요? 하! 이 이야기를 들을 준비가 되었나요? 나는 1957년 루이지애나 헤이라이드 순회공연에서 엘비스 프레슬리와 그를 함께 만났소……. 그렇소, 부인. 음, 아, 그렇지, 실화요. 지금

은 얘기해도 상관없소. 나는 엘비스가 죽는 날까지, 그리고 프랭키가 죽는 날까지 침묵해야 했으니까. 하지만 이제 두 사람은 떠났고 나는 여든둘이오. 뭘 더 기다리겠소? 성당에서 이야기해야겠다고 생각했지. 장례식 중에 이야기해도 되겠소? 가톨릭이니까, 그렇죠? 아마 허락되지 않을…….

지금 당장요……? 실은 말이오. 당신이 마시는 커피라도 좀 주겠소, 나는……. 고맙소……. 아주 감사하오……. 음.

좋소. 어찌 된 일인가 하면 말이오. 당시 나는 엘비스의 백업 보컬을 하던 조다나이레스에서 노래를 하고 있었소. 오랫동안 많은 사람들이 조다나이레스에 들어왔다 나갔지요. 대부분은 복음성가 가수들이고 그중에 몇몇은 성직자들로 결국에는 교회로 돌아갔지. 난 그냥 잠깐 거기 속해 있었고 당시 엘비스는 광적인 인기를 누렸지. 그의 쇼는 점점 커졌소.

프랭키는 정말 엘비스처럼 보였소. 그걸 부정할 수는 없지. 두 사람은 이를 모두 드러내는 미소와 아주 검은 머리카락을 가졌지. 엘비스의 머리카락은 염색한 것으로 원래는 붉은 기가 도는 갈색이었다는 점, 프랭키가 좀 더 키가 크고 몸이 호리호리했다는 점을 제외하면 말이요. 당시에는 프랭키가 기타 연주 외에 다른 것을 할 줄 안다는 사실을 몰랐소. 그가 루이지애나에 어떻게 왔는지도 모르겠소. 누군가는 그가 디트로이트에서 어느 차의 트렁크에 숨어 루이지애나까지 왔다더군. 정말로. 하지만 그는 사람들과 어울리지 않았고 담배를 피우거나 술도 마시지 않았지. 밴드에서 술이나 담배를 하지 않는다면 그 사람에 대해 알아갈 시간이 없지…….

어쨌든 어느 날 오후, 우리는 슈리브포트 시민강당(진짜 큰 라디오 프로그램인 '루이지애나 헤이라이드'를 녹음하는 곳이었소)에서 그날 밤의 공연을 위해 음향을 점검하고 있었고 엘비스는 어느 소녀와 사라지고 없었지. 엘비스의 매니저인 콜로넬 파커는 너무 화가 나서 누구든 물어뜯기 직전이었소. 그는 엄격한 사람이라서 누구든 늦는 것을 싫어했지. 심지어 엘비스조차도. 우리는 5분 내지 10분 정도 기다렸고 그는 계속 시계를 보다가 마침내 소리를 질렀소. "뭐라도 연주해! 시작해!" 음, 그의 말을 거역할 수가 없어서 밴드는 그 쇼의 첫 노래인 '아이 원트 유, 아이 니드 유, 아이 러브 유(I Want You, I Need You, I Love You)'를 연주했고 조다나이레스는 배경음을 노래했지. 하지만 엘비스가 없으니 "우-우-우, 우-우-우" 하는 소리는 좀 한심하게 들렸소. 몇백 미터 떨어진 곳에서도 콜로넬의 분노가 느껴졌지. 그는 시뻘게진 얼굴로 계속 문을 쳐다보면서 오락가락했지. 그런데 갑자기 노랫소리가 들려왔소, 알겠소? 그 목소리는 엘비스처럼 들렸어. 마이크를 잡은 사람이 프랭키라는 것만 제외하면 말이오. 그는 완벽하게 노래하고 있었소. 나는 다른 사람들을 보면서 콜로넬이 이 녀석을 목매달아 죽일 거라고 생각했지! 엘비스의 윗사람 앞에서 그의 흉내를 냈어? 누구도 그런 짓을 하지는 않지. 콜로넬은 턱을 내민 채 항상 이에 물고 있던 시가를 깨물고는 정말 뚫어져라 쳐다보더군. 나는 생각했소. 자네와 함께 일해서 좋았어, 프랭키. 하지만 콜로넬은 프랭키를 말리지 않더군. 우리가 그 노래를 마치자 콜로넬은 사운드 담당에게 "끝났소?"라고만 물었지.

그래서 우리는 조금 고개를 저으면서 걸어 나왔소. 내가 기억하기로는 피아노 연주자인 훗이 프랭키에게 맥주를 건네주자 프랭키가 그 이유를 물었지. 훗은 "네가 아직 멀쩡하게 살아 있으니까"라고 말했소.

한 달쯤 후인가. 우리는 엘비스와 함께 태평양 연안 북서부를 투어 중이었소. 우리는 캐나다 밴쿠버의 축구 경기장에서 공연하기로 되어 있었소. 당시 콜로넬 파커는 육군과 엘비스의 입대에 대해 의논 중이었지. 육군은 엘비스가 입대하기를 바랐지만 콜로넬은 더 많은 곡이 녹음될 때까지 필사적으로 입대를 연기하려고 했소. 그는 100만 달러짜리 호랑이의 꼬리를 잡고 있었기 때문에 누구든, 심지어 미국 정부라도 그것을 가져가려 하면 미쳐 날뛸 판이었지.

그래서 육군 측은 엘비스와 콜로넬을 만나기로 했소. 우리가 밴쿠버에서 공연하기로 되어 있는 날에 버지니아에서 비밀리에 말이지. 그 약속은 절대 옮길 수가 없었소. 왜냐하면 거물급 장군이 엘비스를 직접 만나고 싶어 했기 때문이오. 그날 만나지 않으면 입영통지서를 받아야 했지.

보통 사람이라면 그 쇼를 취소했을 테지만 콜로넬 파커는 보통 사람이 아니었소. 그는 축구장 공연을 포기하고 싶지 않았어. 2만 명이 들어올 예정이거든. 큰돈이었지.

그래서 전날 밤 나와 동료들은 밴쿠버에서 콜로넬의 연락을 받고 한밤중에 작은 극장으로 갔소. 극장에 엘비스의 흔적은 없었고, 무대에는 우리 장비가 있었소. 콜로넬은 이미 도착해 있었지. 그런데 그가 누구와 함께였는지 아시겠소? 바로 프랭키였소. 콜로넬이 뭐라고 속삭이자 프랭키가 고개를 끄덕였소. 우리는 무슨 일인지 종잡을 수가 없었소. 마침내 콜로넬이 우리에게 말했소. "자네들이 이 소년의 노래로 공연 연습을 했으면 하네." 우리는 마치 '뭐라고?'라고 말하듯 서로를 바라보았지. 하지만 아무 말도 하지 않고 하라는 대로 했소. 우리는 연주했소. 프랭키는 노래를 했고. 리허설이 끝날 무렵에는 눈을 감으면 프랭키의 노래인지 엘비스의 노래인지 구분되지 않을 정도였소. 그 소년은 정말 음악적 재능이 뛰어나서 킥 드럼 소리도 나이팅게일 소리로 바꿀 수 있었을 거요. 알겠소?

여전히 우리는 뭐하는 건지 의아했소. 그는 엘비스처럼 보이기는 했지만 엘비스는 아니니까. 우리가 연습을 마치자 콜로넬 파커가 말했지. "자, 들어보게. 저 소년은 훨씬 뒤에 설 거야. 바로 자네들 옆에 말이야. 그는 무대 앞으로 나가지는 않을 거야. 알겠나? 노래 사이의 토크는 없어. 자네들은 그냥 한 곡에서 그다음 곡으로 넘어가면 되는 거야. 빠르게."

그리고 경고를 덧붙였지. "누구든 이 일에 대해 떠든다면 순식간에 고소해서 목이 떨어져 나가게 해주지." 사실 그렇게 말할 필요도 없었소. 우리 중 누구도 엘비스의 공연에 출연하는 것을 포기하지 않았을 테니까. 우리도 호랑이의 꼬리를 잡고 있었거든.

그리고 다음 날 밤이 왔소. 진짜 엘비스는 버지니아 어딘가에서 정부 사람을 만나고 우리는 캐나다 밴쿠버의 스타디움 앞에 멈춘 검은 세단에 앉아 있었지. 프랭키는 금색의 새틴 재킷에 선글라스를 쓰고는 우리와 함께 뒷좌석에 가만히 앉아 있었지. 그가 최고로 편안한 것인지, 아니면 죽도록 무서운 것인지 알 수가 없었소. 나는 죽도록 무서웠거든. 우리는 아무도, 심지어 경찰도 그에게 너무 접근하지 못하도록 그를 에워싸고 백스테이지로 가라는 지시를 받았소. 우리는 프랭키를 차창의 커튼 뒤로 밀었소. 밖에서는 군중이 웅성거리는 소리가 들려왔지. 나는 우리가 안 들킬 방법이 없다고 생각했소.

하지만 무대에 올라 팬들을 보니 그들은 저 멀리 관람석에 있었지. 운동장에는 콜로넬이 세운 톱질 모탕들이 있었고. 누구의 눈에도 엘비스의 안전을 위해 설치한 것으로 보였지. 관객과의 거리는 36미터쯤 되었고 아무도 무대로 다가오지 못하겠더군. 콜로넬이 원하던 대로 말이오. 늦여름이라서 아직 밝았기 때문에 조명은 들어오지 않았고, 덕분에 멀리서는 자세히 보이지도 않았소. 나는 동료 백업 가수인 빌에게 속삭였지. "어떻게 될까?" 그가 말했소. "클렘, 상황이 나빠지면 오른쪽으로 달려가. 거기 우리 차가 있으니까."

그때 아나운서가 소리쳤소. "신사 숙녀 여러분, 엘비스 프레슬리입니다." 그러자 그곳에 엄청난 비명 소리가 울려 퍼졌지. 프랭키가 금색 재킷과 검은 셔츠 차림에 엘비스처럼 기타줄을 짧게 해서 목에 걸고는 무대로 걸어 나왔소. 나는 사람들이 야유를 하거나 뭔가를 던질 거라고 생각했소. 하지만 그런 일은 일어나지 않았지. 그들은 100퍼센트 믿었소. 그리고 프랭키는 콜로넬이 시킨 대로 우리와 함께 뒤에 섰소. 그는 카메라가 자신만 잡을 수 없도록 앞으로 나가지 않았지. 그는 아무 말도 하지 않고 바로 '하트브레이크 호텔(Heartbreak Hotel)'의 가사인 '그대가 나를 떠난 후에'를 불렀소. 그때부터는 프랭키든, 나든, 펄 베일리든 누가 노래를 불러도 상관이 없었을 거요. 다들 미친 듯이 열광해서 노랫소리를 거의 들을 수가 없었으니까. 갑자기 아이들이 관중석에서 달려 나와 운동장으로 들어섰지. 프랭키는 '아이 갓 어 우먼(I Got a Woman)'과 '립 잇 업(Rip It Up)'과 '레디 테디(Ready Teddy)'를 불렀소. 우리는 노상강도처럼 미소 지으며 서로를 바라보았소. 그가 너무 잘해서 우리가 걸리지 않을 것 같았거든. 경찰이 그 아이들을 도로 관중석으로 돌려보냈지만 아이들은 다시 운동장으로 달려왔소. 한 곡을 부를 때마다 프랭키는 점점 능숙해져서 엘비스처럼 다리를 떨고 엉덩이를 흔들어댔소. 나는 프랭키에게 두어 번 고개를 흔들었지. 그러지 마, 그냥 긴장 풀어. 여기나 안전하게 빠져나가자고. 하지만 그때 '하운드 도그(Hound Dog)'가 시작되었소. 나는 그가 참지 못할 거라고 생각했고 정말로 그는 고삐가 풀려버렸지. 그는 앞으로 튀어 나가 몸을 흔들고 팔을 휘두르고 엘비스처럼 입술에 냉소를 띠었소. 그런 짓을 하다니. 군중이 운동장으로 떼를 지어 나왔고, 경찰은 그들을 저지하기 위해 호각을 날카롭게 불고 사람들을 쓰러뜨렸소. 그리고 '하운드 도그'가 끝나자마자 보안팀이 우리를 무대에서 내려보냈소. 프랭키는 미소를 지으며 군중에게 손을 흔들었지. 마치 "안녕, 또 봐요!"라고 말하듯이.

22분. 그 쇼는 22분간 계속되었소. 우리는 해냈소. 지금도 사람들은 그 콘서트를 엘비스의 가장 열광적인 공연 중 하나이자 그가 캐나다에서 했던 마지막 공연으로 기억하고 있소. 단지 밴드, 조다나이레스, 콜로넬 그리고 엘비스 자신(그의 영혼이 평안하길)만이 무슨 일이 있었는지 알았지.

물론 프랭키도.

프랭키는 다음 날 밴드를 떠났소. 그는 엘비스를 마주하고 싶지 않았을 거요. 아마 엘비스도 그를 마주하고 싶지 않았을 거고. 어쨌든 그는 떠났고 나는 그를 보지 못했지. 그러다 2년 후에 그가 함께 투어를 하자고 연락을 했더군. 그는 그때쯤에는 달라져 있었소. 더 자신만만했지. 더 스타 같았고, 알겠소? 내 생각에는 그 콘서트가 그를 변화시킨 것 같았소. 그는 무대의 맛을 봤고 자기 이름으로 무대에 서고 싶어 했지.

거의 60년이 지나는 동안 아무도 그날 밤에 대해 말하지 않았지. 하지만 나는 이제 여든두 살이고 프랭키는 죽었으니 상관없잖소. 그는 인정받을 만하기도 하고. 엘비스를 흉내 내는 사람들은 그것으로 경력을 쌓아가잖소.

프랭키는 최초로 엘비스를 흉내 냈고 단언컨대 최고였소.

내 말은, 진짜 엘비스를 보는 듯한 느낌을 줬던 사람은 지금껏 프랭키뿐이었다는 거요.

4

던드리지 씨와 같은 이야기가 더 있을지도 모르죠. 커다란 덩치에 수염을 기른 카메라맨과 그 옆에 마이크를 들고 있는 단정한 머리의 여자 등 스페인의 뉴스 취재팀이 성당 계단에 진을 치고 있는 것도 그래서겠죠. 프랭키의 죽음처럼 극적인 죽음은 관심을 끌어요. 하지만 어떤 이야기도 완전한 진실을 들려주지는 못해요. 나 이외의 누구도 완전한 진실을 모르니까요. 음, 진실을 들려줄 사람이 한 명 더 있기는 하죠. 하지만 장담하건대 그 사람은 여기에 오지 못해요.

우리가 어디까지 얘기했죠? 아, 네. 미하레스 강이요. 겨울 아침. 도망치는 여자. 회색 담요에 싸인 아기는 고통스러운 울음소리 외에는 아무런 보호막도 없이 세상에 던져졌어요.

하지만 소년은 아무것도 기억하지 못할 거예요. 프랭키 프레스토는 다음에 벌어질 일을 인생의 '시작'으로 기억하게 되죠.

하지만 시작에도 시작이 있어요. 작곡의 형식인 전주곡을 예로 들어볼게요. 오늘날 전주곡은 그 자체만으로도 아름답고 섬세할 수 있어요. 하지만 16세기 이탈리아의 류트 연주자들은 전주곡을 '타스타르 데 코르데(현을 조율함)'라고 불렀죠. 시적이지는 않지만 정확한 표현이에요. 사람은 인생에서 현을 점검하고 활을 튕겨보고 마우스피스에 입을 대보면서 곧 이어질 깊은 음악을 준비해야 하죠.

프랭키 프레스토의 전주곡은 불행한 탄생으로 시작해서 미하레스 강의 첨벙 소리로 끝났어요. 1년 동안 그는 죽음, 포위, 굶주림, 유기를 목격했어요. 그리고 이제 자신을 하류로 흘려보내면서 눈 속으로 줄줄 들어와 끊임없이 눈을 깜박이게 하는 차가운 강물도 목격했어요. 사실 그는 순식간에 가라앉아 익사해야 했어요. 나는 그런 일이 벌어질 경우 그가 펼치지 못한 재능을 거둬들이기 위해 그곳에 있었죠. 하지만 이 세상에는 설명되지 않는 순간들이 있고 나는 그저 내가 목격한 것만을 전해줄 수 있을 뿐이에요. 회색 담요, 그러니까 프랭키의 진짜 엄마인 카르멘시타가 깔고 있던 그 담요는 가라앉지 않았어요. 적어도 3분 동안은 배처럼 떠서 아이를 도시 쪽으로 다시 실어갔어요. 그동안 프랭키는 눈을 비비면서 엄청나게 크게 울었어요. 하느님조차 그 소리를 외면할 수 없을 때까지 울었죠.

이쯤에서 나는 여러분이 완전히 알아차리지 못한 사실을 알려줄까 해요. 인간만이 음악적 재능을 가진 것은 아니라는 거죠. 동물들도 음악적 재능을 지니고 있어요. 내가 탄생시킨 수천 가지나 되는 새의 노래, 돌고래의 딸각 소리, 혹등고래의 신음 소리를 들어보면 이 사실을 분명히 알 수가 있죠. 동물은 음악을 만들기만 하는 것이 아니라 독특한 스타일로 듣기도 하죠.

그날 그 강에서 프랭키의 울음소리는 인간의 귀에 들리지 않을 만큼 고음으로 올라갔어요. 갑자기 색칠한 듯한 검은 피부의 털 없는 개가 마른 근육질의 다리로 강둑을 빠르게 달려왔어요. 목에 걸린 가죽 끈이 개를 따라 미친 듯이 펄럭였어요. 프랭키의 울음이 더 높고 강렬해지자 개는 으르렁거리며 달리다가 굽이에서 물에 뛰어들었어요. 아기는 그 소리를 잡았어요. 가죽 끈이 아기의 손가락에 걸렸어요. 개는 담요를 물고 재빨리 끌어서 안전하게 강둑에 나왔어요.

아기가 구르면서 담요가 물로 다시 미끄러져 들어가더니 하류로 사라졌어요. 개는 프랭키의 머리 양쪽 옆에 젖은 발을 대고는 숨을 헐떡이면서 고개를 숙였어요.

전주곡이 끝났어요.

나는 어떤 재능도 거둬가지 못했어요.

5

자, 속도를 내서(신부가 계속 옷을 입고 있지는 않을 것이고, 차들은
좁은 거리들을 가득 채울 테니까요) 프랭키를 그의 다음 집으로 데
려가보죠. 타일 지붕에 편자 모양의 아치가 있는 칼바리오 거리의
주택이었어요. 그 집의 출입구에는 수레바퀴가 굴러다니도록 두
개의 구멍이 있었죠. 이곳은 바파 루비오라는 사람의 집이었어요.
그는 작은 정어리 공장과 이탈리아산 자동차와 털 없는 개의 주인
이었죠.

그가 강둑에서 아기를 발견했어요.

미혼인 사십 대의 바파는 성당에 꼬박꼬박 갔고 침실 벽에는 십
자가를 걸어두었기 때문에 버려진 아이를 발견한 것이 갈대밭의
모세를 발견한 것처럼 신성한 일로 느껴졌어요. 그는 소년을 자식
으로 받아들였어요. 바파는 그를 목욕시켰어요. 그를 먹였어요. 밤
에는 그를 흔들어 재웠어요. 많은 사람들이 이런 일을 하지는 않
죠. 하지만 나는 이름표에 아주 관심이 많았어요(알레그로는 나를
더 빨리 연주하라는 의미이고, 아다지오는 나를 느리게 연주하라는 의미

죠). 그런데 바파의 성인 루비오는 '금발'이라는 의미인 반면 그의 두피는 점점 숱이 줄어드는 검고 뻣뻣한 털로 덮여 있었어요. 이것은 그가 운명을 바꿀 수 있는 사람임을 보여주는 증거였죠.

그는 아이에게 프란시스코 루비오라는 이름을 붙였어요.

아이는 그를 아빠라고 불렀어요.

배불뚝이인 바파는 축 처진 가슴과 두툼한 턱살, 늘어진 이마와 아래로 휘어진 콧수염 때문에 의자에 앉아 있을 때면 마치 의자에 여러 겹의 주름이 쌓여 있는 것 같았어요. 하지만 소년은 그를 행복하게 했어요. 가족의 정어리 공장을 물려받은 바파는 오렌지 키우는 사람, 오렌지 따는 사람, 오렌지 포장하는 사람, 오렌지 나르는 사람이 가득한 비야레알에서는 특이한 사람이었어요. 그는 생선 비린내를 풍기는 뚱뚱한 남자로서 혼자 지내는 것에 익숙했어요. 그러다 갑자기 일상을 나눌 작은 인간이 생긴 거예요. 주중에는 이탈리아산 자동차를 타고 다니다가 주말에는 작은 정원에 앉아 라디오를 듣는 일상 말이죠(그동안 털 없는 개는 석류 꽃밭 근처에서 잠을 잤어요). 라디오는 아침부터 저녁까지 계속 켜져 있었고 어린 프랭키는 음악이 나오는 동안은 만족했어요. 그는 스피커 근처에 쪼그리고 앉아 어떤 멜로디든 높고 유쾌한 목소리로 따라 부르곤 했어요. 바파가 뉴스를 듣기 위해 다이얼을 돌리면(유럽에서는 끔찍한 전쟁이 시작되려 했어요), 프랭키는 바파가 포기하고 오케스트라의 콘서트든 오페라든 8분의 6박자에 에너지 넘치는 스페인의 호타(스페인의 춤곡-옮긴이)든 다시 음악을 틀어놓을 때까지 울었어요. 프랭키는 무엇보다 호타를 좋아하는 것 같았어요.

프랭키의 다섯 번째 생일(그의 진짜 생일이 아니라 정어리 사장이 추측한 생일)을 며칠 앞둔 어느 날, 바파는 프랭키가 테이블 옆에 서서 복잡한 플라멩코 기타 소리에 맞춰 손가락을 두드리는 것을 보았어요. 프랭키의 손짓에서 8분의 6박자를 찾아내는 것은 담요 아래에서 달걀을 요리하는 것과 같겠지만 어쨌든 그는 완벽한 리듬을 연주했어요.

"이리 와보렴, 아가야." 바파가 자랑스럽게 말했어요. 검은 머리가 가득 자란 소년이 뒤를 돌아보고 미소를 지으며 걸어오다가 의자 다리에 찰싹 부딪히고는 바닥에 세게 넘어졌어요. 그가 울음을 터뜨리자 바파가 그를 가슴에 안고 달랬어요. "아프지 않아. 아프지 않아." 바파는 그렇게 속삭이면서 소년의 시력이 아직 정상이 아니라는 사실을 깨달았어요. 강물에 대한 트라우마가 그의 푸른 눈을 감염시켜서 아주 약간의 햇빛도 눈부시게 했어요. 그의 각막은 붉어지곤 했고 때로는 옆에 있는 것도 보지 못했어요. 의사들은 그의 시력이 완전히 사라질지 모른다고 경고했죠. 그가 염증 때문에 계속 눈을 비비자 이웃 아이들이 그를 놀렸어요. "또 우는 거야, 프란시스코?" 아이들은 그를 '울보'라고 불렀어요. 아이들이 골목에서 타퀸토라는 공놀이를 하는 동안 프란시스코는 몇 시간씩 노래를 불렀어요.

현실적인 사람이었던 바파는 아이의 미래를 걱정했어요. 이 아이가 친구도 없이 자라면 어쩌지? 시력이 나빠지면 무슨 일을 해야 할까? 그는 어떻게 먹고살까? 그날 정원에서 호타가 연주되는 동안 바파에게 좋은 생각이 떠올랐어요. 제대로 훈련받은 음악가들은 눈이 보이지 않아도 항상 일할 수 있다는 사실 말이에요. 그는 몇 년 전 선술집에서 검은 안경을 쓴 연주자를 만난 적이 있었어요. 그의 연주는 엄청난 갈채를 받았죠. 나중에 아름다운 여인이 그의 팔을 잡고 그를 무대 아래로 데려가면서 그의 입술에 가볍게 입을 맞춰주었어요. 그 모습을 보고서야 바파는 그가 눈이 보이지 않는다는 사실을 알아차렸지요.

신이 그에게 보내준 아이의 미래도 그럴 수 있다고 바파는 생각했어요. 아이가 음악을 통해 일을 하고 사랑도 찾을 거라고. 바파는 시간을 낭비하는 사람이 아니었기 때문에(능률이 항상 바파의 마음을 끌었어요, 정어리 공장에서도요) 다음 날 바로 아이를 데리고 도심의 마요르 거리에 있는 작은 음악 학교에 갔어요. 학교장은 턱이 길고 둥근 안경을 쓰고 있었어요.

"내 아들에게 기타를 가르치고 싶습니다." 바파가 말했어요.

그 남자가 아이를 내려다보았어요. 프랭키는 눈을 비볐죠.

"너무 어리군요, 세뇨르."

"애는 하루 종일 노래를 불러요."

"너무 어려요."

"박자에 맞춰서 테이블도 두드려요."

그 남자가 안경을 내렸어요.

"몇 살이죠?"

"다섯 살이 다 되었어요."

"너무 어려요."

프랭키는 다시 눈을 비볐어요.

"왜 자꾸 저러는 거죠?"

"뭘요?"

"눈을 비비잖아요."

"아이잖아요."

"우는 겁니까?"

"감염되었어요."

"항상 눈을 비비면 연주할 수가 없습니다."

"하지만 하루 종일 노래를 불러요."

그 남자가 고개를 저었어요.

"너무 어려요."

여러분이 이런 식으로 내 아이들을 좌절시키는 것이 처음은 아니었죠. '아이가 너무 어리다', '악기가 너무 크다', '음악을 하는 것은 시간 낭비다'라고 말하면서 혀를 끌끌 차는 사람을 묶어둘 금속줄이 있다면 아마 이 세상을 모조리 감쌀 수도 있을 거예요. 반대하는 부모, 무시하는 레코드사 임원들, 앙심을 품은 비평가들.

때로 나는 가장 위대한 재능은 인내라고 생각해요.

하지만 때로만 그래요.

바파가 음악 학교장과 말다툼을 하는 동안 어린 프랭키는 특별한 순간을 갖게 되지요. 그는 안쪽의 방으로 갔어요. 악기들이 보관된 곳이었죠. 거기서 짧은 그의 생애에서 한 번도 접한 적이 없던 보물을 보고 그의 눈이 커졌어요. 스피닛 피아노, 낡은 비올라, 튜바, 클라리넷, 스네어 드럼, 그리고 기타. 기타는 바닥에 놓여 있었어요. 그는 기타 쪽으로 걸어가서 그 옆에 앉았죠. 단순한 나무 몸체에 사운드홀 주위로 빨간색과 파란색의 장미 무늬가 있었어요. 다른 아이들이었다면 기타의 목을 잡고 줄을 튕기고 튜닝 페그를 돌려보았을 거예요. 마치 장난감처럼요. 하지만 프랭키는 그냥 쳐다보기만 했어요. 그는 기타의 모양을 살펴보았어요. 그는 기타가 말을 하기를 기다리는 것처럼 고개를 젖혔어요. 나는 그가 보여주는 존경심이 정말 만족스러웠어요. 그리고 나는 턱이 기다란 학교장을 생각하면서 그 순간이 작은 마법을 부리기에 좋겠다고 느꼈어요. 때로 우리 재능들은 여러분의 내면으로 밀려들어 불가해한(음, 여러분에게는 불가해하죠) 것들을 창조해내지요. 여러분은 이런 것을 '영감의 순간'이라고 부르죠. 우리는 확장이라고 불러요.

프랭키는 팔을 뻗어 세 번째 줄을 손가락으로 눌렀어요. 그리고 재빨리 손가락을 놓았죠. 부드러운 음이 울려 퍼졌어요. 그는 미소를 짓고 다시 해보았어요. 다음 프렛으로 올라가 기타 연주자들이 해머온 주법이라고 부르는 기술을 써보았죠. 줄을 힘차고 빠르게 눌렀다가 놓는 것이요. 다른 음이 나왔어요. 그리고 또 다른 음. 그는 각 프렛의 뒤를 누르면 어떤 소리가 나는지 재빨리 생각해냈어요. 간단히 말해서 음계를 터득한 거예요.

난 다시 프랭키를 자극했어요.

그는 곧 멜로디를 만들어냈어요. 새로운 음이 나올 때마다 눈이 커졌어요. 첫날 노래를 연주하는 것은 여러분이 무지개 위를 걸을 수 있음을 발견하는 것처럼 음악인 나를 최대한 드러내는 것이거든요. 그는 노래를 따라 흥얼거리기 시작했어요. 앞쪽 방에 있는 두 어른이 잠깐이라도 말다툼을 멈췄다면 아직 다섯 살도 되지 않은 프란시스코 드 아시스 파스쿠알 프레스토가 일요일 아침 라디오 프로그램에서 많이 나왔던 선율을 연주하는 기적을 들었을 거예요. 그 곡은 재즈로 바꾼 동요였죠.

티스켓 태스켓
내 사랑에게 편지를 보내고
돌아오는 길에
녹색과 노란색 바구니를
떨어뜨렸지

프랭키의 첫 기타 연주였어요.

그리고 나밖에 듣지 못했죠.

복도 끝에서는 참을성을 잃은 바파가 음악 학교장에게 소리를 지르고 있었어요. "프란시스코! 가자!" 아이는 기타를 두드리며 작별인사를 했어요. 그는 자신이 찾던 것을 드디어 발견했음을 깨달았고 더 이상 눈을 비비지 않았어요.

바파는 아직 선생님을 구하지 못했어요. 그 음악 학교는 비야레알에 하나뿐인 음악 학교였거든요. 바파는 좌절했어요. 집으로 돌아오는 길에 그는 오렌지를 한 봉지 샀어요. 그는 아이를 위해 오렌지 껍질을 벗기고는 털 없는 개에게도 오렌지를 한 조각 주었어요. 개는 쩝쩝대며 요란하게 오렌지를 먹었어요. 그들은 함께 걸었어요. 프랭키의 두 번째 밴드는 다리가 모두 여덟인 트리오였어요.

"그 남자는 멍청이야." 바파가 중얼거렸어요.

털 없는 개도 멍멍 짖으며 동의했어요.

"멍청이." 프랭키도 따라했어요.

바파는 웃으면서 프랭키의 머리를 문질렀어요. 프랭키는 행복했어요. 비록 '멍청이'의 뜻을 몰랐지만요. 그들이 집을 향해 걷는 동안 프랭키는 '티스켓 태스켓(A-Tisket A-Tasket)'을 흥얼거렸고 털 없는 개도 조용히 그 노래를 함께 불렀어요.

그날 밤 바파는 눈먼 기타리스트를 봤던 선술집으로 갔어요. 바텐더는 그 연주자를 기억하고 있었어요. 하지만 그는 몇 년 전에 해고되었다고 했어요. 술을 너무 많이 마셔서. 자꾸 지각을 해서. 그는 그 연주자가 죽지 않았다면 크리스타 세네갈 거리의 세탁소 위층에 살 거라고 했어요.

"죽어요?" 바파가 말했어요.

바텐더가 어깨를 으쓱였어요. "그는 죽고 싶은 사람처럼 술을 마셨어요."

다음 날은 일요일이었어요. 바파는 아침 미사에 참석한 후에 그 기타 연주자의 기분이 좋기를 바라면서 아이와 개를 데리고 크리스타 세네갈 거리로 갔어요. 바파는 술주정뱅이라도 일요일은 신에게 바칠 거라고 생각했죠.

바파는 세탁소를 찾았어요. 그는 세탁소 위의 빛바랜 푸른 덧문을 보았어요. 덧문은 걸쇠로 잠겨 있었어요. 초인종에 기다란 테이프가 붙어 있어서 그들 셋은 계단을 올라갈 수밖에 없었어요. 날은 더웠어요. 미사용 정장을 입고 있던 바파는 계단을 모두 오르면서 땀을 뚝뚝 흘렸어요. 그는 손수건으로 얼굴을 닦고 문을 두드렸어요. 아무 대답도 없었어요. 그는 다시 문을 두드렸어요. 아무 대답도 없었어요.

바파는 프랭키에게 어깨를 으쓱했어요. 프랭키가 앞으로 나오더니 마치 콩가 드럼을 연주하듯이 작은 주먹으로 한 번에 두 차례씩 문을 두드렸어요.

"시……? 케 파사……? 뭐요?" 목소리가 들렸어요. 아직 잠이 깨지 않은 것처럼 걸걸하고 늘어진 목소리였어요.

"세뇨르, 강습에 대해 이야기하고 싶은데요."

"무슨 강습이요?"

"기타요."

"가봐요."

"중요합니다."

"가봐요."

"돈을 내겠습니다."

"누구를 가르치죠?"

"내 아이요."

"여자아이요, 남자아이요?"

"남자아이요."

"학생으로서는 여자아이들이 낫죠."

"내 아이는 남자아이예요."

"몇 살이오?"

바파는 음악 학교에서의 일을 떠올리며 잠시 말을 멈췄어요.

"일곱 살이요."

프랭키가 바파를 올려다봤어요.

"키가 또래보다 작습니다."

"남자아이는 사양하겠소."

"그는 재능이 아주 뛰어납니다."

"남자아이는 사양한다고요."

"그는 재능이 아주 뛰어납니다."

"나도 그래요."

"돈을 내겠습니다."

"물론 돈을 내야죠."

"그러면 가르쳐주는 겁니까?"

"아뇨."

"세뇨르……."

"가봐요."

바파가 프랭키를 봤어요. "노래를 불러봐." 그가 속삭였어요. 프랭키가 고개를 흔들었어요.

"노래를 불러." 바파가 다시 말했어요.

자, 대부분의 아이들은 노래를 하라면 하지 않을 거예요. 어린 나이에는 재능이 공포에 굴복하죠(때로는 나이가 더 들어서도 그래요). 하지만 나는 이 순간이 프랭키의 인생 지도에서 너무나 중요하다는 것을 알았어요. 그래서 난 이 아이를 찔렀어요.

"다-다-다, 더……." 그는 천천히 노래를 시작했어요.

바파가 눈을 치켜떴어요. 그가 들어본 적이 없는 곡조였거든요.

"다-다-다, 더……." 아이는 노래를 계속했어요.

유치하지만 인상적인 단순한 멜로디였어요. 실로폰으로 연주하는 것처럼 주요 선율이 높이 올라갔다가 내려왔지요. "더, 더 더, 다-다-다, 데 더 다 다아아……."

프랭키가 노래를 멈췄어요.

"케 칸시온 에스 에사?" 바파가 물었어요.

갑자기 문이 열렸어요. 키 큰 남자가 경비원처럼 문틀을 잡고 있었어요. 그는 검은 선글라스를 썼고 수염은 까칠하게 자랐으며 머리는 지저분했고 배에 커다란 커피 얼룩이 있는 민소매 러닝셔츠를 입고 있었어요.

"그 곡은 '라그리마'요." 그가 말했어요. "프란시스코 타레가의 곡이죠."

그는 아이가 있는 쪽으로 고개를 숙였어요.

"일곱 살 같지는 않군요."

달린 러브

가수, 솔로 아티스트, 블라섬스와 크리스털스의 멤버, 명예의 전당 헌액

이 사진 보여요? 할리우드 보울에서 찍은 나와 프랭키의 사진이에요. 지금껏 내가 간직하고 있었죠. 바보 같죠? 하지만 당신이 그 나이라면, 그리고 사랑에 치였다면 모든 사소한 것들, 그러니까 모든 티켓, 모든 꽃잎, 상가에서 뽑은 모든 큐피 인형 등 사랑을 떠올리게 하는 것은 무엇이든 간직하고 싶어지죠, 알겠어요?

난 열여덟 살이었고 아직 고등학생이었으며 음악업계에서는 완전히 신참이었어요. 난 교회 합창단에서 몇몇 소녀들과 함께 노래를 불렀어요. 우리는 할리우드 보울 공연에서 냇 킹 콜의 코러스가 되어줄 합창단을 뽑는 대회에서 우승했어요. 우리는 그런 곳에서 노래하는 것이 처음이었어요. 차를 타고 그런 멋진 동네를 지나는 것도 놀라운 경험이었죠. 우리는 사람들이 그렇게 큰 집에 살 수도 있다는 것을 몰랐어요!

우리는 무대 뒤에서 대기하다가 프랭키를 만났어요. 나는 다른 소녀들과 웃고 있었죠. 그러다 우리는 너무 초조해서 서로에게 '쉿'이라고 하고는 다시 웃고 또 '쉿'이라고 했어요. 갑자기 옆의

분장실에서 어떤 남자가 웃다가 '쉿'이라고 말하는 소리가 들리더군요. 우리를 흉내 내는 거였죠. 그래서 우리는 더 크게 웃었어요. 그의 목소리는 젊지만 깊었어요. 심지어 웃는데도 섹시했어요. 나는 소리쳤어요. "거기 누구예요?" 그리고 그가 소리쳤죠. "프랭키예요." 우리는 킬킬거렸고 내 친구가 말했죠. "프랭키 뭐요?" 때마침 문이 열리고 그가 걸어오면서 말했어요. "프레스토."

나는 숨을 쉴 수가 없었어요.

난 그런 소년을 본 적이 없었어요. 우리 중 누구도요. 우리 동네에는 그런 소년이 없었어요. 검은 눈썹에 아주 연한 푸른색의 눈 그리고 내가 지금껏 봤던 가장 검은 머리카락.

"프레스토?" 내 친구가 웃었어요. "마법처럼?"

"프레스토, 마법처럼." 그가 그렇게 말하자 내 친구가 웃음을 멈췄어요. 무슨 말인가 하면, 그 소년은 우리를 그 자리에 얼어붙게 했다는 거죠. 그는 밝은 노란색 스포츠 재킷에 검은 셔츠와 바지를 입었어요. 그는 오프닝 공연에서 노래를 부른다고 했어요. 레코드 회사가 마지막 순간에 그를 끼워넣었다는 거예요. 내 생각에 그 회사는 냇 킹 콜이 소속되어 있던 캐피톨이었을 거예요. 나는 그가 엘비스와 아주 비슷하다고 말했어요. 그러자 그가 고개를 숙이고 말했죠. "엘비스는 단 한 사람뿐이야." 그리고 누군가 엘비스가 군대에 가야 해서 슬프다고 말했어요.

그때 사진사가 우리의 사진을 찍으러 왔고 프랭키는 자리를 피하려고 했어요. 우리는 "안 돼, 가지 마, 우리랑 사진 찍어"라고 말했어요. 나는 그와 단둘이 사진을 찍었어요. 바로 이 사진이지요. 나는 이렇게 세월이 흐른 지금도 이 사진을 가지고 있어요. 난 그가 스타가 될 줄은 몰랐지만 그가 특별해질 거라는 느낌은 받았어요. 때로 그냥 아는 경우가 있잖아요.

쇼가 끝난 후에 할리우드 대로를 따라 달리는데 친구가 차창 밖을 가리켰어요. "그다! 끝내주는 가수!" 프랭키는 한 손에 기타 케이스를, 다른 손에 노란색의 스포츠 재킷을 들고 혼자 걷고 있었어요. 우리는 차창을 내리고 소리쳤어요. "어디 가는 거야?"

"바다에." 그가 말했어요.

"걸어가는 거야?"

"그래."

우리는 다시 웃었어요. 바다는 멀리 있었거든요. 우리는 우리 인솔자에게 말했어요. "그를 태워주면 안 돼요? 우리가 아는 애거든요." 인솔자는 좋다고 했고 프랭키는 차에 탔어요.

토요일 밤이고 날씨는 좋았어요. 우리는 산타모니카 부두로 가면서 인솔자에게 30분 안에 돌아오겠다고 약속했어요. 물론 우리는 돌아가지 않았죠. 항상 그렇듯이 해변에서 파티들이 벌어지고 있었거든요. 작은 모닥불을 피워놓고는 라디오를 틀거나 춤을 추거나 연애를 하는 십대들. 우리는 아는 아이들을 만났어요. 다른 여자아이들은 그 애들과 어울렸고 나는 프랭키와 모래사장을 걸었죠. 난 그에게서 눈을 뗄 수가 없었어요. 우리 둘은 맨발이었고 그는 바지를 걷었어요. 파도가 우리 발에 닿을 때마다 나는 뒤로 펄쩍 물러났지만 그는 꼼짝하지 않았어요.

"바다는 정말 크지." 내가 그런 식의 바보 같은 말을 했어요. 그가 말했어요. "난 예전에 바다를 건너왔어." 내가 물었죠. "이 바다를?" 그가 말했어요. "다른 바다." 나는 그에게 어디서 왔는지 물었고 그는 "여러 곳에서 왔어"라고 했어요. 나는 그의 부모님이 어디 사는지 물었고 그는 "돌아가셨어"라고 말했어요.

그런데 프랭키는 계속 기타 케이스를 들고 다녔어요. 그는 기타 케이스를 내려놓지 않았어요. 그는 할리우드 보울에서 기타를 연주하지 않았어요. 그냥 밴드와 노래를 했지요. 그래서 나는 그를 골렸어요. "여자애들에게 잘 보이려고 기타를 가지고 다니는 거지?" 그가 미소를(세상에, 그 멋진 치아라니!) 지으며 말했어요. "아니."

덕분에 산타모니카 부두 옆의 모래사장에서 나만을 위한 프랭키 프레스토의 콘서트가 열렸어요.

지금도 잊지 못하겠어요. 그는 무릎 위로 기타를 옮기고는 바다 쪽으로 귀를 기울였어요. "들어봐." 그가 말했어요. 멀리 배의 불빛들이 보였지만 프랭키는 눈을 감고 있었어요. 그리고 그가 진짜 부드럽게 기타를 한 번 두드리고 그다음에는 기타를 두 번 두드렸어요. 그는 파도의 리듬을 찾고 있었던 거예요.

그러다 그가 연주를 시작했어요. 난 그가 로큰롤을 연주할 거라고(그때는 기타가 있는 사람은 다들 로큰롤을 연주했으니까요) 생각했어요. 하지만 그는 클래식을 연주했어요. 느리고 섬세한 연주였어요. 그가 연주를 마쳤을 때 나는 울고 있었죠. 그렇게 아름다운 곡은 들어본 적이 없었어요. 나는 제목을 물었고 그가 말했어요. "'트로이메라이(Träumerei)'야." 나는 누가 그 곡을 작곡했는지 물었고 그는 "슈만"이라고 대답했어요. 그는 내 눈물을 보고 말했어요. "울지 마. 넌 대단한 가수야." 난 조금 웃었어요.

"네가 어떻게 알아?" 내가 말했어요.

"네 목소리를 들었어."

"우리는 합창으로 노래를 불렀어."

하지만 그는 목소리들 속에서 목소리를 들을 수 있다고 했어요. 그러고는 내 목소리가 아름다워서 언젠가는 유명한 가수가 될 거라고 했어요.

음. 당시 나는 무엇을 해야 할지 고민하고 있었어요. 음악을 계속해야 하는지, 아니면 고등학교를 졸업하고 일자리를 찾아야 하는지. 그의 말은 내가 들어야 하는 말이었어요. 그의 말은 내게 계속 노래를 하자는 확신을 주었어요.

우리는 완전히 얼이 빠져서 서로를 바라보았어요. 당신은 분명 우리가 키스를 나눴을 거라고 생각하겠죠. 이런 작은 순간들은 그렇게 흘러가는 법이니까요. 하지만 나는 결코 프랭키와 키스하지 않았어요. 생각은 했죠. 원하기도 했고요. 하지만 그는 내 팔에 자기 팔을 걸었고 나는 그의 어깨에 머리를 기댔어요. 파도가 부서지는 가운데 우리는 그렇게 뒤엉켜 앉아 있었어요. 그날 밤은 완벽했어요. 난 아주 편안하고 아주 안전하다고 느꼈어요, 마치 그를 평생 알았던 것처럼 말이에요. 난 머리부터 발끝까지 완전히 그와 사랑에 빠졌죠.

그리고 음악과도요.

우리는 계속 연락하기로 했고 난 그에게 내 전화번호를 주었어
요. 집에 돌아온 나는 엄마와 아빠에게 모든 것을 털어놓은 후에,
나는 내 방에 들어가 일기에 '오늘 결혼하고 싶은 소년을 만났다'
라고 썼어요. 이 구절은 몇 년 후에 내 히트곡의 제목이 되었어요.
작사가가 내게 처음 가사를 보여주었을 때 나는 속으로 미소를 지
었어요. 내가 그 노래를 불러야 한다는 것을 알았기 때문이죠.

물론 난 프랭키와 결혼하지 않았어요. 난 40년 동안 그를 다시
보지 못했어요. 하지만 그가 죽었다는 이야기를 들었을 때 모든
것이 떠올랐어요. 그래서 여기까지 왔어요. 열여덟 살이 아니라면
누구도 밤에 맨발로 해변을 거닐다가 사랑에 빠지지는 않죠.

그가 떠났다는 것이 아직도 믿기지 않아요.

6

사랑과 프랭키 프레스토. 아마 나중에 여자들이 그에게 빠지는 (아니면 내게 빠지는?) 이유를 설명할 기회가 있겠죠. 하지만 지금 우리의 이야기는 결정적인 순간에 이르렀어요.

모든 예술가의 삶에는 창조성의 커튼을 들어 올리는 누군가가 등장하게 마련이죠. 여러분이 다시 나를 만날 기회죠.

여러분이 어머니의 배 속에서 나오는 순간 나는 인간의 재능이라는 무지개에 섞인 밝은 색조일 뿐이에요. 여러분은 그 무지개에서 여러분의 재능을 움켜잡게 되죠. 나중에 특별한 누군가가 커튼을 들어 올리면 여러분은 내면에서 꿈틀대는 재능을 느끼죠. 노래하고 춤추고 드럼을 두드리고 싶다는 열정이 폭발하죠.

그러면 여러분은 더 이상 예전과는 같지 않죠.

어느 일요일 오후 크리스타 세네갈 거리에 있는 작은 집 부엌에서 프랭키에게 이런 일을 해준 것은 눈먼 기타 연주자였어요. 그동안 바파와 개는 아래층 세탁소에서 기다렸어요.

"의자 두 개를 서로 마주 보게 놓아라." 눈먼 남자가 말했어요.

그의 러닝셔츠가 지저분한 황갈색 바지 위에 늘어져 있었고 그는 신발을 신지 않았어요.

프랭키가 의자를 끌어왔어요. "그리고 뭐요, 선생님?"

"첫 수업을 받을 준비가 되었니?"

"네, 선생님."

"좋아. 담배에 불붙이는 법을 배우자."

그 남자는 주머니에서 구겨진 담뱃갑을 꺼냈어요. 그가 손가락으로 담배를 한 개비 찾아 입에 물었어요. 그러고는 은색의 라이터를 꺼내 뚜껑을 열었어요. 불꽃이 일었어요.

"내가 하는 거 봤지, 꼬마야?"

"네, 선생님."

"해봐."

프랭키는 초조하게 라이터를 받았어요. 바파가 불 근처에는 절대 가지 말라고 했거든요. 하지만 바파는 이 남자가 말하는 것은 무엇이든 하라고도 했어요.

"해봐, 꼬마야."

프랭키가 라이터의 뚜껑을 열었어요.

"불이 나오지?"

"네."

"이제 이 담배를 가져가서 끝에 2초 동안 불을 붙이는 거야. 하나, 둘……. 그다음에 라이터의 뚜껑을 닫아."

프랭키는 그가 시키는 대로 하고는 라이터 뚜껑을 닫았어요. 라이터는 바닥에 떨어졌어요.

"담배를 다오." 그 남자가 말했어요.

프랭키가 그에게 담배를 줬어요.

"라이터를 주워."

프랭키가 라이터를 주웠어요.

"축하한다. 첫 수업은 통과했어."

"고맙습니다, 선생님."

"너를 뭐라고 부르면 되지?"

"프란시스코요."

"프란시스코." 그는 의자를 단단히 잡고 몸을 가누면서 의자에 앉았어요. "네가 노래했던 우리의 위대한 프란시스코 타레가와 이름이 같구나."

"난 그를 몰라요."

"뭐라고? 멍청한 녀석!"

그는 식탁을 손으로 두드리며 술병을 찾았어요. 그는 술을 한 모금 마시고 술병을 식탁에 세게 내려놓았어요.

"그의 이름도 모르면서 왜 그의 음악을 흥얼거린 거지?"

"몰라요……."

"또, 멍청한 녀석! 그 노래가 저절로 쓰였겠어?"

"아뇨."

"하늘에서 떨어졌겠어?"

"아뇨."

"아니지? 맞아. 하늘에서 떨어지지 않았어."

그는 식탁에 담배를 눌러서 끄고는(식탁에는 담뱃불 자국이 가득했어요) 팔을 뻗어 기타 스탠드에 세워진 기타를 찾다가 하마터면 스탠드를 쓰러뜨릴 뻔했어요. 프랭키는 팔다리를 허우적거리며 물건을 찾는 이 남자가 안쓰럽게 느껴졌어요. 그리고 그가 보이지 않는다면서 안경을 쓰고 있는 이유가 궁금했어요.

"자, 잘 들어봐." 그 남자가 기타의 목을 들어 올리고 프렛 옆에 손을 대더니 기타 위로 몸을 숙였어요. "위대한 프란시스코 타레가에게 귀를 기울여봐."

그가 깊게 숨을 들이쉬었어요.

그리고 연주하기 시작했어요.

물론 그 노래는 프랭키가 문 앞에서 노래했던 '라그리마'였죠. 눈먼 남자는 아주 신중하게, 강조를 위해 잠깐 손을 멈추기도 하고 어떤 음에서는 마치 냄새를 흡수하듯 고개를 흔들기도 하면서 열정적으로 기타를 연주했어요. 프랭키는 기타의 목을 따라 위아래로 능숙하게 움직이는 손가락을 봤어요. 프랭키는 때로는 높은 음이 낮은 음을 부드럽게 가로질러 오는 것을, 때로는 두 사람이 함께 연주하듯 기타의 선율이 달콤하고 따뜻하게 울려 퍼지는 것을 들었어요. 그의 입이 살짝 벌어졌어요.

눈먼 남자가 연주를 끝냈어요. "자, 말해봐, 꼬마야. 이 작곡가의 이름이 기억될 만하니?"

갑자기 그는 작은 두 팔이 자기 목을 껴안는 것을 느꼈어요. 프랭키는 엄마에게 그랬던 것처럼 그 남자의 어깨에 머리를 기댔어요. 프랭키가 '라그리마'를 듣는 동안 그의 미래에 드리워진 커튼만이 아니라 그의 과거에 드리워진 커튼까지 걷혔던 거예요.

"떨어져." 눈먼 남자가 투덜거렸어요. 프랭키는 그를 더 세게 안았어요. 눈먼 남자는 프랭키의 머리에서 비누 향기를 맡을 수 있었어요.

"자, 꼬마야, 소리쳐서 미안하다. 하지만 네 역사를 모르고는 앞으로 나갈 수가 없어. 알겠니?"

"네." 프랭키가 속삭였어요.

"네가 공부할 음악가들의 이름을 배우자."

"네."

"'타레가'라고 말해봐."

"타레가."

"그는 프란시스코였어. 너처럼."

"프란시스코."

"'라그리마'라는 노래를 어떻게 알았지?"

"그냥 알아요."

"아빠가 가르쳐줬니?"

"아뇨."

"엄마가?"

"난 엄마가 없어요."

눈먼 남자가 침을 삼켰어요. 그 자신의 이야기가 그의 목구멍으로 솟구쳤어요.

"뭐라도 보여요, 선생님?"

"아니."

"어째서요?"

"그냥 볼 수가 없어."

"나는 가끔 눈이 아파요."

"내 눈은 아프지 않아."

"난 눈을 많이 문질러요."

"내 눈은 아프지 않아. 난 눈이 안 보여. 그것뿐이야."

"선생님도 프란시스코예요?"

"아니."

"이름이 뭐예요?"

"우선 내게서 떨어져라."

아이는 뒤로 물러나서 검은 안경 아래 남자의 얼굴을 만져보았어요. 그의 얼굴은 눈물로 젖어 있었어요. 남자가 손바닥으로 뺨을 닦고는 다시 더듬더듬 술병을 찾는 동안 프랭키는 자신의 의자로 돌아갔어요.

"날 엘 마에스트로라고 불러라."

7

재능은 신의 그림자예요. 그리고 그 그림자 아래에서 인간의 이야기들이 서로 교차하죠.

프란시스코 프레스토는 또 다른 프란시스코와 이야기를 공유해요. 1852년 바로 이 도시에서 태어난 위대한 스페인의 기타리스트 타레가죠. 이 성당 바로 뒤에는 그의 이름을 붙인 거리와 그를 기리는 두 개의 동상이 있어요. 하나는 무릎에 기타를 올리고 손가락은 연주할 준비를 마친 채 의자에 앉아 있는 그를 묘사하고 있어요. 비야레알의 아이들은 그 동상 주위를 뛰어다니면서 타레가의 청동 발을 잡곤 하죠.

프랭키처럼 타레가는 이 세상에 등장하면서 나를 한 움큼 움켜잡았어요. 그는 프랭키처럼 어린 시절 학대를 받았어요. 타레가는 보모에게서 도망치다가 배수로에 떨어져서 눈을 다쳤어요. 그의 아버지도 프랭키의 아버지처럼 그가 눈이 멀어도 먹고살 수 있을 거라는 생각에 기타를 배우게 했어요.

어린 시절 타레가는 성당에 붙은 수녀원에서 살았어요. 부모님들이 거기서 일했거든요. 아마 그들은 아들의 미래도 비슷하기를 바랐을 거예요. 하지만 소년은 나에게 홀리고는 (자연스럽게) 다른 것은 전혀 생각하지 않았어요. 그는 바르셀로나로 도망가서 선술집에서 연주를 하려고 했지만 누군가 그를 아버지에게 돌려보냈죠. 그때 그는 고작 열 살이었어요.

몇 년 뒤에 그는 다시 발렌시아로 도망가서 집시와 함께 거리에서 음악을 연주했죠. 또다시 누군가 그를 비야레알로 돌려보냈어요.

몇 년 뒤에 그는 다시 도망쳤어요.

그의 방황은 그의 음악에 영향을 미쳤어요. 한때 타레가(결국 유명해지고 유럽 전역에서 그를 찾게 되죠)는 외롭고 우울하게 런던에 머물렀어요. 그는 고향의 햇빛이 그리웠죠. 누군가 그에게 그의 슬픔을 음악에 담아보라고 했고 그는 그리움을 담은 작품을 썼어요.

그 작품이 '라그리마(눈물)'였죠. 그 곡은 문제의 성당에서 프랭키의 귓가에 흥얼거려지면서 그를 울지 않게 했고, 사실상 그의 생명을 구해주었던 아름다운 멜로디였어요. 프랭키의 진짜 엄마인 카르멘시타가 가장 좋아하는 곡이었죠. 비야레알에서 자란 다른 사람들처럼 그녀도 자신의 고향이 낳은 가장 유명한 아들의 음악을 알고 있었어요.

민소매의 러닝셔츠를 입고 프랭키에게 타레가의 작품들을 연주해주는 엘 마에스트로도 마찬가지였죠. 이렇게 재능은 세대에서 세대로 이어지면서 그 그림자를 뻗어 나갔어요. 거의 100년 전에 태어난 예술가가 자신과 이름이 같은 아이의 영혼을 채우기 시작했어요.

그런데 아주 오랫동안 엘 마에스트로는 수업 중에 연주만 했어요. 프랭키는 부엌 의자에 앉아 최면에 걸린 듯이 모든 음을 흡수했어요. 그리고 그 남자의 손가락을 보면서 그가 검은 안경 뒤에서 눈을 뜨고 있을지, 아니면 감고 있을지를 궁금해 했지요. 모든 연주가 끝나면 그 남자는 담배를 비우거나 적포도주 또는 독한 싸구려 아구아르디엔테(불타는 물)를 병째로 마셨어요. 그가 마침내 고개를 젖히고 팔을 내리면 프랭키가 의자에서 일어섰어요.

"안녕히 계세요, 마에스트로."

"그래, 그래, 잘 가."

프랭키는 아래층으로 내려가서 바파와 개를 찾아 함께 집으로 돌아갔어요. 악보도 없고 숙제도 없었죠.

기타도 없었어요.

"세뇨르." 어느 날 바파가 엘 마에스트로에게 물었어요. "왜 아이는 기타를 연주하지 않죠?"

"세탁소에 가서 앉아 있어요." 엘 마에스트로가 으르렁거리듯 말했어요.

2주 후에 바파가 다시 물었어요.

"세뇨르, 지금쯤이면 아이가 연주를 해야 하지 않나요?"

"가시오. 당신 개에게서 냄새가 나는군."

바파는 감히 화를 내지 못했어요. 그는 예술가의 재능에 대해 대단한 존경심을 품고 있었거든요. 그래서 나도 그 뚱뚱한 정어리

업자를 항상 사랑했던 거고요. 하지만 그는 집요했죠. 2주 후에 그는 프랭키를 문으로 데려가서 다시 그 이야기를 꺼냈어요.

"세뇨르, 나는 말해야겠습니다……."

"아뇨, 말하지 마세요."

"하지만 난 수업료를 내고 있습니다."

"예술가를 원하는 거요, 원숭이를 원하는 거요?"

프랭키는 웃음이 났어요. 원숭이라니.

"세뇨르, 물론 예술가죠. 하지만……."

"그러면 그만해요. 머리가 지끈거리니까." 그가 겨드랑이 아래를 긁었어요. "돈을 가져왔소?"

바파가 한숨을 쉬었어요. "네."

프랭키는 바파가 그에게 지폐를 건네는 것을 보았어요. 엘 마에스트로는 지폐를 담배가 들어 있는 바지 주머니에 쑤셔넣었지요.

"읽을 수가 없으면 쓸 수도 없습니다." 눈먼 남자가 말했어요. "씹지 않으면 먹을 수가 없죠." 그는 소년의 손을 잡았어요. "그리고 듣지 않으면 연주할 수도 없어요."

그는 프랭키를 안으로 잡아당기고는 문을 쾅 닫았어요.

8

엘 마에스트로가 소년에게 기타줄을 건드리게 하기까지 1년이 걸렸어요. "귀가 먼저고 손은 그다음이야." 그가 고집했어요. 그동안 그는 음악을 설명했죠. 그는 스페인어로, 영어로 설명했어요. 영어는 그가 젊은 시절 독학한 것인데 프랭키의 성장에 필수적이라고 생각했어요. 언어들의 리듬, 문법, 높낮이가 음악의 리듬, 문법, 높낮이를 이해하는 데도 도움이 된다고 믿었거든요. 그는 여러 주일 동안 언어들 사이를 오가면서 프랭키가 소리로 구분할 때까지 화음, 음계, 발성을 좋은 은그릇처럼 늘어놓고 보여주었어요. 그는 프랭키에게 작곡가들의 이름과 작품의 제목을 기억하게 했어요. 때로 그들은 작은 부엌 라디오로 음악을 들었어요. 그러다 엘 마에스트로는 어떤 부분에서 프랭키의 손을 꽉 쥐었어요. "듣고 있니? 바로 여기! 단조이고…… 셋잇단음표야……."

프랭키가 보기에 엘 마에스트로에게 다른 학생은 없었어요. 프랭키가 찾아가면 그는 종종 문을 열어놓고 소파에서 자고 있었어요. 프랭키는 계속 그의 어깨를 흔들곤 했지요. 그러다 그가 그르렁거리며 몸을 구르면 깨어난 것을 알아차렸죠.

여러 달이 지나는 동안 눈먼 남자는 자신의 어린 학생에게 화도 적게 냈고 "멍청한 꼬마"라고 부르는 것도 그만두었어요. 프랭키는 행복했지요. 바파도 기타로 말다툼하는 것을 포기했어요. 대신 그는 매주 크리스타 세네갈 거리로 세탁물을 가져왔다가 깨끗한 양말과 속옷을 줄에 묶어 집으로 돌아갔어요.

중요한 순간이 다가오자 프랭키는 너무 흥분해서 가만히 있을 수가 없었어요. 엘 마에스트로는 그를 의자에 앉히고 기타를 정확히 어디에 놓아야 하는지 가르쳤어요. 그런데 그가 선택한 기타가 너무 커서 프랭키의 턱까지 왔어요.

"여덟 살치고는 너무 작구나." 엘 마에스트로가 소년의 몸을 팔로 감싸며 말했어요. "아버지가 밥을 주지 않니?"

"아뇨, 마에스트로. 밥을 줘요."

"왼손을 내밀어봐."

프랭키가 왼손을 내밀었어요.

"손톱이 너무 길다. 잘라야겠어."

"잘라요?"

"왼손. 매일."

"네, 마에스트로."

"손톱을 깎지 않으면 기타를 연주할 수 없어."

"알겠어요, 마에스트로."

"그 이유를 알겠니?"

"아뇨, 마에스트로."

"그래, 모르는구나. 대부분의 사람들이 모르지. 대부분의 사람들은 기타줄을 누를 때 손톱이 방해가 되기 때문에 잘라야 한다고 생각해. 하지만 그 이상의 뭔가가 있지."

"뭔데요, 마에스트로?"

"손톱은 손끝을 보호해주지. 손끝은 민감해. 너는 손톱을 깎아야만 음악과 정말로 접촉하게 되는 거야."

"네, 마에스트로."

"그때만 모든 음의 고통을 느낄 수가 있어."

"네, 마에스트로."

"음악은 아프다. 알겠니, 꼬마야?"

"네, 마에스트로."

"이제 나를 벽장으로 데려가다오."

프랭키는 일어서서 작은 발걸음으로 스승을 이끌었어요.

"더 빨리 걸어, 꼬마야. 난 절름발이가 아냐."

프랭키는 더 빨리 걸었어요.

"벽장이에요, 마에스트로."

"문을 열어."

프랭키가 손잡이를 당기자 쌓여 있는 신발상자들, 걸려 있는 옷들, 그리고 네 개의 기타가 나타났어요. 각각의 기타는 그 옆의 기타보다 작았어요.

"가장 작은 것을 다오." 엘 마에스트로가 말했어요.

프랭키는 두 손으로 기타를 들어 스승에게 내밀었어요. 그는 고개를 숙이다가 신발 한 켤레를 보았어요. 여자 신발이었어요. 그리고 옷걸이에는 드레스들과 핸드백이 있었어요.

"부인이 있으세요, 마에스트로?"

"의자로 가자." 스승이 말했어요.

프랭키는 벽장문을 닫았어요.

프랭키 프레스토를 그의 운명으로 이끌 그 기타는 사실 기타가 아니라 우쿨렐레와 비슷한 악기인 브라기냐였어요. 브라기냐는 네 개의 줄뿐이었죠. 브라기냐의 목은 프랭키의 작은 왼손에 딱 맞았고, 몸체는 반바지 아래로 툭 튀어나온 그의 앙상한 왼쪽 무릎에 딱 맞았어요.

그는 어디든 그 기타를 가지고 다니게 되지요.

"오른팔을 구부리고 오른손에서 힘을 빼." 엘 마에스트로가 가르쳤어요. "쥐어짜지 마라. 뭔가의 목을 조르는 것이 아냐. 그리고 짓누르지도 말고. 뭔가를 익사시키는 것도 아니니까. 네 오른손가락은 줄들과 대화를 나누는 거야. 누군가의 목을 조르거나 익사시키면서 대화를 나눌 수 있겠어?"

"아뇨, 마에스트로."

"그래, 그럴 수는 없지."

"왼손으로는 무엇을 하죠?"

"왼손은 아름다움을 찾는 거야. 왼손은 음과 화음을 만들지. 하지만 왼손이 없으면 아무것도 안 돼, 알겠니?"

"네, 마에스트로."

"네 왼손에 존경심을 보여줘. 네가 연주할 때마다 우선 이렇게 내미는 거야." 그는 프랭키의 손바닥을 펴주었어요. "뭔가를 달라고 하는 것처럼 말이야."

프랭키는 성당의 신도석에 무릎을 꿇고 손을 내민 사람들을 생각했어요.

"신에게 달라고 하는 것처럼요?"

엘 마에스트로가 프랭키의 손을 찰싹 때렸어요.

"멍청한 꼬마. 신은 아무것도 주지 않아. 그저 가져가기만 하지."

그즈음 프랭키가 신에 대해 아는 것은 이런 것이었어요. 신은 큰 집을 가지고 있고 잠을 많이 잔다는 것. 프랭키는 바파에게서 어머니(그리고 세상을 떠난 다른 착한 사람들)가 신과 살고 있다는 이야기를 듣고는 그러면 신의 집은 아주 클 거라고 생각했던 거예요.

그리고 바파가 나쁜 사람들 때문에 불에 타고 파괴되어버린 비야레알의 바실리카를 보여준 뒤부터 신은 잠이 많다고 생각하게 되었어요. 프랭키는 신이 자고 있지 않았다면 그런 일이 벌어지게 내버려두진 않았을 거라고 생각했거든요. 때로 프랭키가 털 없는 개의 낑낑대는 소리를 듣지 못하고 그냥 자다가 깨어나면 바닥에 물웅덩이가 생기는 것처럼 말이에요. 프랭키는 나쁜 일은 자는 동안 일어나는 거라고, 또한 나쁜 사람들이 신이 눈을 감고 있는 때를 안다면 몰래 나쁜 일을 저지를 수도 있을 거라고 생각했어요.

아니면 때로 신은 검은 안경을 쓰고 있는 그의 기타 스승과 같을지도 모르죠.

"눈이 보인 적이 있어요?" 어느 날 프랭키가 엘 마에스트로에게 물었어요.

"내가 대답해주면 네가 훌륭한 기타리스트가 되는 거니?"

"아뇨, 마에스트로."

"그러면 왜 묻는 거지?"

"죄송해요, 마에스트로."

"네가 너를 본다면 어떤 모습일까?"

"소년이요."

"연습을 하지 않는 소년이지."

프랭키의 미소가 사라졌어요. 그는 몇 달째 매일 정원에서 연습을 하고 있었거든요. 그동안 털 없는 개는 그의 발밑에 앉아 있었지요. 그는 엘 마에스트로가 연주한 노래들을 연주하고 싶었어요. 하지만 지금 그는 연습곡들을 연주해야 했어요.

"손가락이 아파요, 마에스트로."

"음악은 고통이야."

"하지만 손가락이 웃긴 모습이 되었는데요."

"굳은살이야."

"굳은살이 뭐예요?"

"네가 연주를 시작할 때는 네 손가락이 기타줄을 누르는 것에 익숙하지 않아. 그래서 손가락에 줄이 생기지, 그렇지?"

"네, 마에스트로."

"그리고 부어 있고?"

"네, 마에스트로."

"어쩌면 피도 나겠지?"

프랭키는 침을 삼켰어요. 그는 스승에게 말하고 싶지 않았거든요. 하지만 처음에는 그가 연주를 너무 많이 하는 바람에 때로는 셔츠로 왼손의 피를 닦아내야 했어요.

"때로 피가 나요. 네, 마에스트로."

그의 목소리가 떨렸어요.

"울고 있니, 프란시스코?"

"아뇨, 마에스트로."

"피가 난다고 울지 마라. 네가 사랑하는 무언가 때문에 울지 마라."

그는 싱크대 옆의 캐비닛 안으로 손을 뻗어 작은 병과 그릇을 찾았어요.

"진짜 기타리스트는 굳은살이 생기면 기뻐하는 법이지. 피부가 단단해지면서 고통을 덜 느끼게 해주거든. 하지만 네가 느꼈던 모든 고통이 그 굳은살 아래에 있어."

그는 병의 액체를 그릇에 붓고는 테이블에 그릇을 올렸어요.

"손가락을 적시렴." 그가 말했어요. "훨씬 나아질 거야."

프랭키는 스승이 시키는 대로 했어요. 냄새가 끔찍했어요.

"뭐예요?"

"무슨 상관이지, 꼬마야? 네게 도움이 되는 것을 말해주는데 네가 굳이 질문할 필요가 있을까?"

"로 시엔토, 마에스트로."

"영어로 말해. '죄송합니다'라고."

"죄송합니다."

엘 마에스트로는 테이블을 더듬거려서 아구아르디엔테 병을 찾았어요. "큰 전쟁이 터질 거야, 꼬마야. 곧 우리 모두 영어나 독일어로 말하겠지. 난 영어가 더 좋아. 독일어는 누군가를 야단치는 소리 같거든."

그는 술을 한 모금 마시고 얼굴을 찡그렸어요. "또한 그들은 살인자들이야. 그래도 우리나라는 그들을 막기 위해 아무 일도 하지 않을 거야."

프랭키는 전에도 전쟁이라는 단어를 들은 적이 있었어요. 바파는 공장에서 사람들과 그것에 대해 이야기했어요. 좋은 이야기 같지는 않았어요. 그리고 프랭키는 야단치는 듯한 언어를 배우고 싶지 않았어요. 굳은살은 충분히 단단했어요. 그는 스승의 말을 따르기로 했어요. 그저 음악에 대해서만 생각하는 거죠. 그는 자신이

여섯 살밖에 되지 않았다는 것을 엘 마에스트로에게 이야기해야
하는지 고민했어요.

레너드 '태피' 피시맨

음악 에이전트, 음반사 임원

어디? 카메라를 보라고, 아니면 당신을 보라고? 좋아…… 그
래…… 알았어. 내 이름은 레너드 피시맨이고, 뉴욕 브루클린 출신
이지. 나이는 여든여섯이고. 내게는 여기까지 오는 것이 정말 힘든
여행이었어. 외국이라니. 그것도 이등석으로. 하지만 오고 싶었어.
그 소식을 듣고 가슴이 찢어지는 것 같더군. 정말이야. 불쌍한 프
랭키. 난 1950년대와 1960년대에 그의 첫 번째 에이전트였지. 끝
은 좋지 않았어, 사실이야. 그는 살짝 맛이 갔었지. 그 이유를 누가
알겠나. 나는 그에 대해 써대는 헛소리를 반도 믿지 않아. 당신도
믿으면 안 돼. 특히 나에 대한 것은. 그의 결혼? 영화 실패? 기자들
은 내 잘못이라고 말하고 싶겠지. 그들이 뭘 알아?

진실을 듣고 싶어? 내가 그를 찾아냈어. 다른 사람은 다르게 말
할지 모르지만 난 그가 '피셔'일 때 그를 발견했어. 그 단어의 의미
를 아나? 피셔? 이디시어지. 어리고 순수한 아이를 의미하지.

순수라. 하! 우습군. 프랭키 프레스토는 결코 그렇게 순수하지
않았거든.

응……? 그래. 예를 들어볼까. 난 이 이야기를 좋아해. 우리는 캘리포니아에 있었어. 1959년 2월이었지. 내가 순식간에 기억해 내는 이유를 말해주지. 그보다 1년 전에 프랭키와 계약을 했거든. 그날 그가 내 사무실로 와서 자신이 엘비스 프레슬리 밴드에 있었다고 말했지. 나는 많은 공연자 그룹을 대표하고 있었지만 엘비스의 이름을 말하면 무사 통과였지.

프랭키는 정말 노래를 잘했고(그는 내 책상 옆에 서서 두 손을 모으고 '유 아 마이 스페셜 엔젤[You Are My Special Angel]'을 불렀고 난 반해버렸지), 분명히 잘생긴 아이였어. 그 얼굴로 돈을 벌 수 있다는 것을 알았어. 그가 사무실에 들를 때마다 내 비서가 기절하려고 했거든. 나중에 그는 그녀와 깊은 관계로 발전해서 그녀의 마음을 아프게 했지. 대개 그랬듯이 말이야.

오랜 세월 그가 비서, 웨이트리스, 호텔 직원 등 많은 여자들과 그런 관계를 맺는 것을 지켜보았어. 그는 기계 같았지. 나도 그런 에너지가 있었으면 좋았을 텐데. 그의 오랜 연인은 그가 뜨기 직전에 떠나버렸어. 그래서 나는 그에게 이렇게 말하곤 했지. "그녀에게 복수하고 싶다면 네가 이긴 것 같은데."

그러면 그는 "아, 레너드, 그만해요"라고 말하곤 했지.

프랭키는 그런 사람이었어. 그는 나를 레너드라고 불렀어. 다른 사람들은 나를 '태피'라고 불렀지. 내가 하루 종일 발이나 손가락을 톡톡 두드렸기 때문이야. 예민한 버릇이지. 심지어 지금도 그러고 있잖아, 보여? 하지만 프랭키는 달랐어. 미쳤지. 돌아이였어. 하지만 난 그를 사랑했지. 그에게는 심장이 있었어. 유감스럽게도 세상은 그를 잊었지만. 이렇게 죽은 것? 비극이지…….

그게 뭐더라……? 아, 그래. 당시에 캘리포니아에는 순회 컨트리축제가 있었지. 놀이기구도 있고 염소와 말 같은 동물들도 있었어. 하지만 밤에는 십대들의 관심을 끌기 위해 로큰롤공연들을 했지. 그리고 난, 음, 아마 더 드리프터스, 에벌리 브라더스, 에디 코크런, 버디 녹스, 팻츠 도미노 같은 사람들과 함께 프랭키를 공연에 출연시키기로 했었지. 그들은 두 곡씩 부를 예정이었어. 진짜 조립라인처럼 말이야.

어쨌든 이 순회공연의 기획자는 덩치가 크고 털이 많으며 콧수염을 기른 루마니아 사람이었어. 동물들, 놀이기구, 그리고 음악. 모든 돈이 그에게 흘러들었지. 매일 밤 일꾼들은 일당을 받기 위해 모든 청구서가 정산될 때까지 그의 텐트에 줄을 서서 기다려야 했어. 그는 회색 현금상자에 돈을 보관했지. 그는 항상 이렇게 말했어. "먼저 계속 일할 사람에게 돈을 주어야지." 그는 입에 커다란 시가를 물고 돈상자에서 달러를 꺼냈어. 한 번에 하나씩. 그동안 그의 텐트 안은 더위로 절절 끓었어. 그런데도 그는 온풍기들까지 작동시켰지. 기다리던 사람들은 너무 더우니까 그냥 나가버리곤 했지. 하지만 프랭키는 남았어. 그리고 에벌리 브라더스의 필과 도널드, 아니, 돈도. 사람들이 도널드를 돈이라고 부르더군. 첫날에 그들은 거기 서서 온몸이 흠뻑 젖을 때까지 땀을 흘렸어. 마침내 그들 차례가 왔지만 루마니아 사람의 현금상자는 비어 있었어. 돈을 모두 나눠주었던 거지.

"내일 줄게." 그가 말했어.

음, 그들은 나흘 내리 그런 일을 겪었어. 똑같은 일상이었지. "내일 줄게." 마침내 그 순회공연의 마지막 날이 찾아왔어. 프랭키와 에벌리 형제는 제정신이 아니었어. 프랭키는 에벌리 형제를 좋아했지. 그는 그들의 생각보다 훨씬 나은 뮤지션이라고 말했어. 그건 그도 마찬가지였지. 언젠가 프랭키가 그들의 노래를 부르는 것을 들었어. '올 아이 해브 투 두 이즈 드림(All I Have to Do Is Dream).' 당신도 그 노래를 들었다면 울었을 거야. 그의 목소리? 그 노래? 나는 그에게 말했어. "프랭키, 그 노래를 녹음하자." 하지만 그는 거절했어. 이유가 뭔지 알겠나? 프랭키가 그 곡을 만든 부부를 만났다는 거야. 그런데 여자가 여덟 살 때 꿈에서 봤던 남편의 얼굴을 열아홉 살 때 어느 방에서 봤다는 거야. 그 후로 그들은 죽 함께했지. 실화야. 그 노래도 그 실화에서 나왔지.

어쨌든 프랭키는 그 부부에게 오직 서로만 있듯 그 노래도 하나의 집만 가져야 한다고 말했어. 그래서 에벌리 형제가 이미 그 노래를 녹음했기 때문에 자기는 녹음하지 않겠다고 했어. 물론 이후약 1천 명쯤 되는 사람들이 그 노래를 녹음했지. 프랭키는 이성적이기보다는 감성적인 사람이었어. 그런데 어디까지 했지?

응……? 아, 그래. 루마니아 사람과 돈. 어쨌든 마지막 밤에 그들은 공연을 했어. 프랭키는 사람들을 죽여줬지. 나도 거기 있었어. 그는 '아이 원트 투 러브 유(I Want To Love You)'를 불렀어. 그는 그 노래를 아직 녹음도 하지 않았지만 소녀들이 위아래로 뛰어대는 것을 보면 엄청나게 성공할 게 분명했지. 공연이 끝나고 다시 뮤지션들이 텐트에 줄을 섰어. 나도 내려갔지. 돈을 받을 마지막 기회니까, 알겠나? 지독하게 덥더군. 프랭키는 어디에도 없었어. 우리 모두 덩치가 커다란 루마니아 사람을 기다리고 있었지. 그런데 갑자기 비명과 고함 소리가 나고 모두들 흩어졌어. 놀라지 말게. 코끼리들이 풀려난 거야!

그런 미친 소리를 들어봤나? 코끼리들이 풀려나다니. 그래서 모두들 달렸어. 코끼리에게 짓이겨지고 싶지는 않으니까, 그렇지? 사이렌이 울리면서 경찰차가 오고 난리도 아니었지. 그런데 갑자기 어떤 차가 멈추는 거야. 프랭키였어. 조수석에는 여자애가 타고 있더군. 그가 나와 에벌리 형제에게 소리쳤어. "타요." 그리고 우리는 떠났지. 모두들 조금 충격을 받은 상태였어. 다만 프랭키만 침착했어. 그는 우리를 호텔로 데려다주더군.

"차가 어디서 났지?" 내가 물었어. 그는 그냥 미소만 짓더군. 프랭키의 미소를 알지? 신의 축복을 받은 그 하얀 치아 말이야. 윽, 난 그의 이도 갖고 싶구먼. 이제 내 이는 거의 남지 않았어. 전부 의치지…….

어쨌든 난 다시 묻지 말아야 한다는 것을 알았어. 에벌리 형제가 호텔 앞에서 내리자 프랭키가 그들을 쫓아가 말했지. "야, 잠깐만." 그리고 그는 그들에게 봉투를 건넸어. 난 돈이라는 것을 알았지. 그가 뭔가를 속삭이자 그들이 그의 목을 끌어안고 포옹을 하더군. 그들이 가고 나서 내가 그에게 말했지. "너도 돈을 받은 거지?" 그가 미소를 지었어. "레너드, 그만 좀 해요." 그 순간 그는 여자애가 차에 있다는 것을 기억해냈고 그날 밤 난 그를 더 이상 보지 못했지.

1959년 2월이었어. 다음 날 아침에 내가 사무실에 있는데 전화벨이 울리더군. 프랭키였어. 그가 말하더군. "파코이마가 어디 있죠?"

음, 파코이마는 샌페르난도 밸리에 있는 작은 도시였어. 그는 거기 가고 싶다더군. 당장. 난 알았다고 대답하고 내가 운전을 해야 하냐고 물었지. 그가 자기는 차가 없다는 거야. 내가 어젯밤의 차는 어떠냐고 물었지. 그는 그 차는 없다고 했어. 더 이상 묻지 마.

몇 시간 후에 나는 그에게 차를 몰고 가면서 라디오를 틀었지. 그때 그 소식을 들었어. 빅보퍼의 버디 할리와 리치 밸런스가 비행기 사고로 죽었다는 거야. 그 이야기를 아나? 아이오와에서, 맞아. 눈보라로.

음, 프랭키는 파코이마로 가자더군. 리치 밸런스가 거기 출신이었거든. 밸런스는 죽을 당시 아직 아이였어. 아마 열여덟이나 열아홉이었을 거야. 그는 프랭키를 순회공연에서 만난 적이 있어. 그는 멕시코 사람이고 프랭키는 스페인 출신이라서 서로를 마음에 들어했지. 프랭키는 리치가 히트곡인 '라밤바(La Bamba)'를 부르는 것을 좋아했어. 그는 그 노래를 가장 대단하다고 생각했지.

어쨌든 우리는 파코이마로 향했고 내가 주유소에 멈추자 그가 안으로 들어가 주소를 들고 나왔지. 리치 밸런스 엄마의 주소였어.

그 집 밖에 많은 차와 몇몇 기자들이 있더군. 그래서 프랭키가 나더러 기다리자고 했어. 우리는 거리에 차를 주차하고 사람들이 모두 가버릴 때까지 아마 네 시간쯤 기다렸을 거야. 사방이 어두워지자 그가 말했지. "좋아요, 금방 올게요." 그는 뒷좌석에서 자신의 여행가방을 꺼내 열었어. 그가 여행가방에서 무엇을 꺼냈을 것 같아?

회색 돈상자였어.

맞아. 그 루마니아 사람의 돈상자였지. 그가 그걸 가지고 있었어. 신에게 맹세해.

그는 현관으로 올라가더니 거기 돈상자를 두었어. 문 안쪽에 말이야. 심지어 문을 두드리지도 않았어. 그는 다시 차에 타더니 이렇게 말했지. "가요."

내가 말했어. "프랭키, 무슨 짓을 했던 거야?" 하지만 그는 제대로 대답하지 않았어. 그는 그냥 아이를 잃는 것은 힘들 거라면서 리치의 어머니에게 도움이 필요할 거라고만 하더군. 믿어지나? 그가 그 모든 소동을 연출했던 거야. 코끼리들과 그 모든 것을 말이야. 그렇게 해서 우리는 돈을 받은 거지. 그러고는 그 돈을 모두 줘버린 거야. 다시 돌아오는 내내 나는 백미러를 들여다보았지. 흥분한 루마니아 사람이 우리를 쫓아오지 않기를 바라면서 말이야.

9

돈이 미스터리라는 것을 인정해야겠군요. 분명 인간들에게는 엄청난 의미를 지니겠지만 내게는 엄청난 짐으로만 보여요. 나는 절대 돈을 갖지 않아요. 돈의 혜택은 결코 경험하지 못했어요. 내가 아는 것은 나의 몇몇 제자들은 아주 부유하게 자랐지만, 그보다 훨씬 많은 제자들이 돈 때문에 나를 저버린다는 거예요. 왜죠? 부는 결코 음악을 정의해주지 않아요. 마음의 연주는 어디서든 가능해요.

무엇에 대해서든요.

그는 싸구려 브라기냐로 자신의 첫 곡을 연주했어요. 그는 엘 마에스트로의 허락을 받고 여섯 줄짜리 기타로 옮겨갔어요. 엘 마에스트로가 프랭키에게 벽장에서 여섯 줄짜리 기타를 가져오게 했죠. 적갈색의 넥에 갈색 몸통의 기타였어요. 이제 프랭키는 일주일에 몇 번씩 수업을 받으러 왔어요. 프랭키가 수업을 받는 시간이 바파가 일을 하는 시간과 종종 겹치곤 했죠. 그래서 바파는 초록 사과 색깔의 수레를 사줬고 프랭키는 이 수레에 새 기타를 신고 거리를 돌아다녔어요.

수레에 기타를 실은 소년이 그 나라를, 그리고 전 세계를 덮치려는 전쟁과 강렬한 대비를 이루었어요. 당시 나는 꽃도 피우지 못하고 전장에 남겨졌거나 배와 함께 침몰했거나 하늘로 쏘아진 재능들을 모으러 돌아다니느라 꽤 바빴어요. 너무 아까웠죠. 왜 인간들이 서로를 죽이는지 도저히 이해할 수는 없지만 인류가 등장한 이후 그런 일은 계속되었어요. 단지 무기만 바뀌었죠.

전쟁은 모두에게 영향을 미쳐요. 바파의 정어리 공장도 힘들어지기 시작했어요. 몇몇 직공이 푸른 군복을 받고 전장으로 끌려갔기 때문이죠. 다른 사람들은 지지 정당을 두고 싸웠어요. 정부에서는 바파에게 전쟁에 동원될 정어리 생산량을 할당했어요. 그는 그 일을 하고 싶지 않았어요. 바파는 밤이면 집에 돌아와 이마에 젖은 수건을 올리고 의자에 털썩 주저앉았어요. 털 없는 개가 그의 발치에 쭈그리고 앉았죠.

"연습하러 나가자." 바파가 프랭키에게 말하곤 했어요. 소년은 이런 아빠의 모습을 보는 것이 슬펐어요. 그는 기타를 들고 정원에 나가기 전에 치즈와 머스터드를 넣은 샌드위치를 아빠에게 만들어줬어요. 그는 매일 연주를 하기 전에 왼손의 손톱을 깎고 엘마에스트로가 가르쳐준 아르페지오를 연습했어요. 각각의 화음을 음으로 쪼개서 다른 순서로 연주하는 것이었죠. 그는 음계들을 연습했어요. 그는 거미의 다리처럼 프렛들을 따라 손가락을 움직였어요. 하지만 결코 프렛을 가로지르지는 않았어요.

"거미의 여행을 본 적이 있니?" 엘 마에스트로가 물었어요.

"아뇨."

"아니라고. 본 적이 없구나. 그러면 네 손가락도 여행을 하면 안 되지."

"시, 마에스트로."

"'네'라고 해야지."

"네."

"영어로 말해."

"선생님들이 스페인어만 쓰라고 했어요."

"그들에게는 스페인어로 해. 내게는 영어로 하고. 그들에게는 나에 대해서도 우리 수업에 대해서도 말하지 말고. 알았지?"

"시."

"우리의 비밀이야."

"시."

"'네'라고 해야지."

"네."

"연습을 계속해라."

"네."

엘 마에스트로가 비밀로 할 만했어요. 난 정치에 관심이 없지만 스페인에는 억압이 광범위하게 퍼져 있었고 다달이 더 많은 비야 레알 사람들이 반정부적이라는 이유로 체포되었어요. 그중 많은 사람이 예술가였어요. 내가 재능을 주었던 피아노 연주자는 대낮에 집에서 끌려 나가 감방에 갇혔어요. 두 명의 첼리스트, 한 명의 플루티스트, 몇몇 가수들도 그랬죠. 내가 알기로는 독재적인 스페인 지도자(머리가 벗겨지기 시작한 프랑코라는 남자)가 어떤 일탈이든 범죄로 여겨지는 전제 사회를 만들었어요. 난 전에도 그런 정부들을 본 적이 있어요. 그런 곳의 시민들은 항상 똑같아 보였죠. 그들은 지쳐 있었고 앞뒤를 힐긋거렸죠. 그리고 계속되는 숨 막히는 공포와 싸웠어요.

예술은 그런 상황에서 고통받았고 스페인에서도 고통받았죠. 사람들은 자신을 드러내는 것을 두려워했어요. 어떤 식으로 글을 쓰거나 춤추는 것을 두려워했죠. 시인은 구금되었어요. 토속 음악은 금지되었지요. 다양한 라디오 음악 프로그램은 전통 스페인 프로그램으로 대체되었어요.

"프랑코." 엘 마에스트로가 투덜거렸어요. "그가 자기 생각대로 한다면 우리는 플라멩코만 연주해야 할 거야."

하지만 단조 위로 장조가 연주되듯이 때로 나쁜 일들 사이에서 좋은 일이 생기기도 하죠. 어느 날 프랭키는 수레를 끌고 크리스타 세네갈 거리로 향하고 있었어요. '스페인 사람은 스페인어로 말하라!'는 새로운 경고문이 붙어 있는 가운데 그 도시에서 가장 커다란 상점에서 소란이 벌어졌어요. 회색 제복을 입은 경찰들이 사람들을 끌어냈고 상품들이 거리에 쌓여갔어요. 프랭키는 사람들 사이를 지나면서 그들이 속삭이는 말을 들었지만 이해할 수는 없었죠. 그는 사람들의 함성도 들었어요. "프랑코! 프랑코! 프랑코!"

사람들이 서로를 밀어대고 고함 소리는 점점 커지는 동안 프랭키는 쌓여 있는 물건들 사이에서 뭔가를 봤어요. 축음기였어요. 그는 가게의 유리창으로 축음기를 본 적이 있었어요. 바파는 그 기계가 둥근 디스크에 담긴 음악을 연주해준다고 설명했어요. 프랭키가 하나 사자고 하자 바파는 "너무 비싸단다"라고 말했어요.

이제 축음기는 거리에 놓여 있었어요. 축음기 아래로는 미국, 영국, 프랑스 등 다른 나라의 음악이 담긴 음반들이 쌓여 있었죠. 프랭키는 너무 어려서 이 정부에서는 그런 곡들이 체제 전복적으로 여겨진다는 것을 몰랐어요. 그는 거리에 놓인 축음기와 음반을 보고 누군가 버린 것이라고 생각했어요.

그래서 프랭키는 회색 제복의 경찰들이 사람들을 때리는 동안 재빨리 축음기와 음반을 연초록색 수레에 싣고 담요로 덮은 다음 소란스러운 그곳을 빠져나왔어요.

그는 누군가 자신을 지켜보는 것을 몰랐어요.

10

잠깐 동안 프랭키의 부재한 엄마에 대해, 그리고 그녀가 그의 어린 삶에 드리운 그림자에 대해 말해야겠군요.

물론 프랭키는 짙은 포도 색깔의 머리카락을 지닌 신앙심 깊은 카르멘시타에 대해 아무것도 기억하지 못했어요. 그리고 그녀를 전혀 몰랐던 바파는 프랭키에게 진실(털 없는 개가 그를 강에서 발견했다는 이야기)을 말해줄 수 없었고요. 어떤 아이가 자기가 버림받았다는 생각을 하고 싶겠어요?

그래서 전설이 만들어졌어요. 여러분은 그런 식으로 자신의 이야기를 다시 쓰잖아요. 바파는 그의 어머니가 성스러운 여인이었다고 말했어요. 바파의 하나뿐인 사랑이었지만 프랭키가 태어난 직후 여행을 갔다가 비극적으로 죽었다고 했어요. 그러면 그들이 그녀를 만나기 위해 비야레알의 묘지를 찾지 않는 이유가 설명될 거라고 생각했지요.

좋은 거짓말은 아니었어요. 그리고 바파에게는 안 된 일이지만 프랭키는 음악적 재능만큼이나 호기심도 많았어요.

"여행은 어디로 갔어요, 아빠?"

"미국."

"미국은 어디에 있어요?"

"아주 멀리 있지."

"엄마는 어떻게 죽었어요?"

"교통사고로."

"엄마가 운전을 했어요?"

"물론 아니지."

"아빠가 운전했어요?"

"그래."

"아빠도 다쳤어요?"

"아니. 음. 조금 다쳤어."

"엄마를 구하려고 했어요?"

"물론이지."

"정말 열심히요?"

바파는 한숨을 쉬었어요. 아이들의 질문에 맞춰서 거짓말을 꾸며서는 안 되죠. 그건 심벌즈 소리에 기초해서 작곡을 하는 것과 같으니까요.

"그래. 모든 것을 해보았지."

"난 어디 있었어요?"

"넌 여기 있었지."

"나 혼자요?"

"친구와."

"어떤 친구요?"

"넌 모르는 사람이야."

"왜요?"

"죽었거든."

"어떻게요?"

"교통사고로."

"그가 운전을 했어요?"

바파는 머리를 문질렀어요. 그는 선한 마음을 가진 현실적인 사람이었어요. 하지만 내가 보기에 그는 이 세상에 태어나는 순간 작은 주먹으로 이야기꾼의 재능을 움켜잡지는 못했던 것이 분명했죠.

"기억나지 않아, 프란시스코. 오래전이었거든."

"엄마에게 무슨 일이 있었어요?"

"언제?"

"엄마가 죽은 후에요?"

"묻혔어."

"무슨 말이에요?"

"죽으면 묻히는 거야."

"엄마는 어떻게 신과 살게 되었어요?"

"묻히고 나면 신과 살게 되지."

"엄마는 어디 묻혔어요?"

"묘지에."

"어디에요?"

"미국에."

"미국 어디에요?"

바파는 미국에 대해 거의 몰랐어요. 그의 누이인 단자가 몇 년
전에 멕시코로 가서 디트로이트 출신의 미국 남자와 결혼했죠.

"디트로이트."

"그게 뭐예요?"

"도시야."

"어딘데요?"

"미국에 있지."

"거기는 왜 갔어요?"

"차를 사러."

"우리 차요?"

"다른 차."

"사고 난 차요?"

"맞아."

"엄마는 예뻤어요?"

"아주 예뻤지."

"엄마는 나를 사랑했어요?"

"아주 많이 사랑했지."

여기서 바파는 진실을 말했어요. 바파 자신은 깨닫지 못했지만

말이에요. 그는 머리가 지끈거려서 이야기를 마쳤어요.

"질문은 그만해, 프란시스코."

"엄마는 어떻게 생겼어요?"

"제발."

"이 사람이 엄마예요?"

프랭키가 사진을 내밀었어요. 사진 속에는 좀 더 젊은 바파가 연한 머리색에 짙은 립스틱을 바른 통통한 누이동생 단자를 감싸 안고 있었죠. 그 사진은 그녀가 멕시코로 떠나기 전에 마지막으로 만나 찍은 것이었어요.

"어디서 찾았어?"

"벽장에서요."

"왜 벽장에 들어갔지?"

"이 사람이 엄마예요?"

바파는 한숨을 쉬었어요. "그래. 그녀가 엄마야. 질문은 그만해, 알았지?"

프랭키는 사진을 바라보았어요. 마침내. 그의 아버지를 안고 있는 통통한 여자가 그의 어머니였어요. 머나먼 나라에서 교통사고로 죽는 바람에 이제는 땅에 묻혀서 신과 함께 살고 있는 성자였죠.

그는 자신의 이야기를 갖게 되었어요. 몇 년 후에 이 이야기에서 영감을 받은 프랭키는 첫 번째 기타곡을 작곡했어요. 제목은 '라그리마 포르 미 마드레'였어요.

'내 어머니를 위한 눈물'이라는 뜻이죠.

진실은 빛이에요. 거짓말은 그림자예요. 음악은 빛이기도 하고 그림자이기도 하죠.

11

나에 대해 말해볼까요. 여러분에게는 내가 어떻게 연주되어야 하는지를 표현하는 많은 단어들이 있어요. 클래식 음악의 경우 대부분의 단어는 이탈리아어예요. 아다지오. 모데라토. 이런 단어의 유래는 르네상스라 불리는 시기까지 거슬러 올라가요. 그때 창조의 중심지 이탈리아로 몰려든 음악가들은 내 속도에 대한 수백 개의 단어들을 만들어냈어요. 비바체. 안단티노. 프레스티시모. 우리는 지금까지 라르고(천천히) 또는 라르기시모(최대한 느리게)로 프랭키의 이야기를 풀어왔어요. 하지만 곧 장례식이 시작될 듯하네요. 이제는 아첼레란도(더 빠르게)로 나아가다가 이내 아다지에토(아다지오보다 조금 빠르게)나 알레그로(빠르고 경쾌하게)로 이야기를 풀어갈 거예요.

프랭키의 인생에서 3년간(그가 축음기를 훔친 날부터 배 바닥에 숨어서 스페인을 떠나는 날까지) 다음과 같은 발전들이 있었어요. 그는 키가 23센티미터나 컸고 유치가 여섯 개 빠졌으며 학교에서 네 번 싸웠고 첫 영성체를 받았으며 축구 킥을 마스터했고 머리에 포마드를 발랐으며 한 소녀가 그의 귀에 뽀뽀를 했어요(그리고 웃으며 달아났죠). 또한 그는 자전거 타는 법과 라틴어로 기도하는 법 그리고 소시지와 올리브오일로 보카디요 만드는 법을 배웠어요. 그는 처음으로 수영복을 입었고 처음으로 탱크를 보았지요. 바파에게는 계속 지구본에서 미국을 짚어달라고 했고, 밤마다 머리 색깔이 연한 여인(자신의 어머니라고 믿었죠)의 사진을 베개 밑에 넣고 잤어요.

그는 정원에서 하루에 세 시간은 기타를 연습하면서 100곡 이상의 노래를 배웠고 아르페지오와 손가락 훈련을 하며 털 없는 개에게 세레나데를 연주해주었죠.

엘 마에스트로와의 수업에서도 엄청난 발전이 있었어요. 눈먼 스승이 프랭키의 연주를 들으면서 때때로 미소를 지었다는 사실로 알 수가 있죠. 엘 마에스트로는 심지어 담배도 끊었어요. 어느 날 프랭키가 라이터를 켜다가 실수로 테이블보에 불이 붙자 그 위에 와인을 부었거든요. 엘 마에스트로가 알코올을 부으면 집 전체에 불이 붙을 수도 있다고 경고하기 전에 말이에요. 그 일 때문에 담배를 끊었을지도 모르죠(집 전체에 불이 붙는 일은 없었어요. 하지만 그런 두려움은 습관을 바꿀 수도 있어요).

프랭키는 고전적 연주 기술들을 배우기도 하고, 기타 넥을 왼쪽 어깨에서 떼어내 위로 향하게 하고 발은 스툴에 올리기도 하면서 크리스타 세네갈 거리의 세탁소 위층에서 점점 많은 시간을 보냈어요. 엘 마에스트로는 프랭키에게 몇 시간씩 오른손에 오렌지를 쥐고 있게 해서 어떤 손 모양으로 기타줄을 뜯어야 하는지도 실험 해보게 했어요. 또한 소년의 손가락을 계속 쥐고는 엄지손가락의 살과 손톱의 각도가 가장 순수한 소리를 끌어내기에 적합한지도 보았어요. 그는 기타 넥을 따라 올라갈수록 점점 날카로워지는 고음, 소리 구멍에 따라 달라지는 크기와 음색, 각각의 줄이 떨리는 모습, 줄들이 집히고 두드려지고 튕겨지고 쳐지는 방법 등 기타의 구석구석을 가르쳤어요.

또한 프랭키는 거리에서 훔쳐온 축음기를 작동시키는 법을 배웠어요. 처음에 엘 마에스트로는 화를 냈어요. 그는 축음기를 버려야 한다고 했죠("경찰이 가게를 폐쇄했다면 내게는 무슨 짓을 할 것 같니, 멍청한 꼬마야?"). 하지만 프랭키가 듀크 엘링턴의 밴드가 연주한 '돈 겟 어라운드 머치 애니모어(Don't Get Around Much Anymore)'라는 곡에 바늘을 올리자 엘 마에스트로는 입을 벌린 채로 의자에 털썩 주저앉았어요. 그래서 프랭키는 그 곡에 열세 번이나 내리 바늘을 올려놓았었죠.

결국 그와 프랭키는 모든 음반을 들었어요. 그것도 여러 번씩. 엘 마에스트로가 가장 좋아하는 곡은 장고 라인하르트라는 집 시 기타 연주자의 셸락 레코드였어요. 그는 장고 라인하르트에게 이 세상 사람이 아니라고 했죠. 프랭키는 루이 암스트롱과 '빌 베일리, 원트 유 플리즈 컴 홈(Bill Bailey, Won't You Please Come Home)?'을 아주 좋아했어요. 그는 그 노래의 가사도 외웠죠. 어느 날 엘 마에스트로가 프랭키의 소시지 보카디요를 먹는데 프랭키가 스승을 위해 그 노래를 원래 가수와 똑같이 불렀어요.

"집에 올래요, 빌 베일리?
집에 올래요?"
그녀는 하루 종일 징징거렸어요
"내가 요리를 할게요. 내가 집세도 낼게요
내가 잘못했다는 걸 알아요······"

프랭키가 노래를 멈추자 눈먼 남자가 보카디요를 모두 씹고는
두 손가락으로 턱을 문질렀어요.
"프란시스코, 네게 문제가 있구나."
"무슨 문제요?"
"너는 노래를 잘해."
"감사합니다, 마에스트로."
"너무 잘해. 넌 무엇이 될지, 위대한 가수가 될지, 위대한 기타
연주자가 될지 결정해야 해."
"둘 다 될 수 있어요?"
엘 마에스트로가 한숨을 쉬었어요. "둘 다 된다는 것은 둘 다 되
지 못한다는 의미야."
프랭키가 그의 스승을 바라보았어요. 그의 검은 안경을, 면도하
지 않은 수염을 말이에요. 그의 말은 노래로 자신을 실망시키지
말라는 의미였어요.

"죄송해요, 마에스트로."

눈먼 남자가 이를 딱딱 부딪쳤어요.

"그리고 루이 암스트롱 흉내는 그만 내라. 목이 아플 거야."

12

나는 프랭키가 스페인에서 보낸 마지막 나날들을 빠르게 지나치겠다고 약속했어요. 그래서 이틀에만 초점을 맞추려고 해요. 프랭키가 사랑에 빠진 날과 그가 떠나던 날.

첫 번째 일은 구름이 없던 1944년 8월 초의 어느 오후에 벌어졌어요. 그날 바파는 프랭키를 라빌라베야 근처의 정어리 공장에 데려갔지요. 바파는 공장에 도착하고 얼마 지나지 않아 직공들 간의 말다툼에 말려들었어요. 그는 프랭키에게 털 없는 개를 데리고 산책을 하라고 했어요. 프랭키는 아빠가 자신이 말다툼을 듣지 않기를 바란다는 것을 알았죠. 프랭키는 어쨌든 좋았어요. 엘 마에스트로가 최근에 가르쳐준 노래를 끝내고 싶었거든요.

그는 등에 기타를 메고는 털 없는 개와 함께 마을을 벗어나는 기나긴 길을 걸었어요. 휘파람을 불고 노래도 부르고 막대도 던졌죠. 그러면 털 없는 개가 막대를 주워 왔죠.

오래지 않아 그는 집들과는 멀리 떨어진 곳을 배회하며 깊은 숲으로 들어갔어요. 나무 그루터기에 기대 연습할 생각이었어요. 그는 숲을 거닐다가 좋은 장소를 찾았죠. 프랭키는 거기 앉아서 기타를 조율하고는 왼손을 내밀어(엘 마에스트로가 가르쳐주었듯이) 음계를 연주하기 시작했어요.

"쉬이이!"

그가 위를 올려다보았어요.

"쉬이이!"

프랭키는 자신에게 조용히 하라는 사람이 누구인지 보이지 않았어요. 숲 속을 살피던 그는 어느 나무의 커다란 가지에 걸터앉아 있는 사람을 보았어요. 갈색 바지와 노란 셔츠를 입고 이마까지 모자를 눌러쓴, 그와 비슷한 소년이었어요.

"퀴엔 안다 아히?" 프랭키가 말했어요.

"쉬이!"

"퀴엔 안다 아히?"

"난 스페인어 못해. 조용히 해!"

"난 영어를 알아." 프랭키가 말했어요.

그 아이가 내려다보았어요.

"시체 보고 싶어?"

프랭키가 기타 넥을 잡았어요.

"연습해야 돼."

"무서워?"

"아니."

"무서워도 괜찮아. 대부분의 사람들은 나만큼 용감하지 않거든."

소년의 영어는 이상하게 들렸어요(프랭키에게 영국 악센트는 처음이었거든요).

"무섭지 않아."

"증명해봐."

"어떻게?"

"올라와."

프랭키는 도망가고 싶은 마음도 있었어요. 시체를 보고 싶지 않았거든요. 하지만 영어를 하는 아이와는 처음으로 마주친 것이었어요. 그리고 그는 친구도 많지 않았죠. 학교 친구들은 아직도 그가 눈을 비빈다고 놀렸거든요. 그는 이 소년이 노래를 아는지 궁금했어요.

"좋아." 프랭키가 말했어요. "올라갈게."

그는 나무줄기를 안고 올라가려고 했지만, 30센티미터쯤 올라갔다가 우스꽝스럽게 떨어졌어요.

"멍청해." 소년이 웃었어요.

프랭키는 반바지의 흙을 털었어요. 털 없는 개가 그의 다리를 핥았어요.

"여기. 잡아."

소년이 가지에 묶은 줄을 떨궜어요. 프랭키는 그 줄을 잡고 펄쩍펄쩍 뛰면서 발을 나무에 대고 올라가기 시작했어요. 프랭키가 그 소년이 앉아 있는 가지까지 올라가 털썩 앉았어요.

"흠." 소년이 말했어요.

거칠게 숨을 몰아쉬던 프랭키는 그제야 그 아이가 소년이 아니라 소녀라는 것을 알아차렸어요. 소녀의 금발은 모자 안에 숨어 있었고, 이는 윗입술 아래에서 완벽한 곡선을 이루었어요. 피부는 프랭키가 그때껏 만난 누구보다 희었고 뺨은 분홍색이었어요. 눈은 수영장의 물과 같은 색깔이라서 마치 꿈을 꾸는 듯이 보였어요. 심지어 그녀가 그를 똑바로 보고 있을 때도 말이에요.

"네가 용감하다는 걸 증명했네." 소녀가 단조롭게 말했어요. "그러니 너는 내 친구가 될 수 있어."

따뜻한 뭔가가 프랭키의 내면에 번졌어요. 그는 소녀가 말한 것만큼 용감해진 기분이었죠.

"줄을 끌어올리게 도와줘." 소녀가 말했어요.

"왜 이 나무에 있는 거야?"

"난 스파이 활동을 하는 거야."

"그게 무슨 말이야?"

"스파이라는 말 몰라?"

프랭키가 어깨를 으쓱였어요.

"아무도 보아서는 안 되는 비밀스러운 일들을 지켜보고 있어."

"왜?"

"그래야 아빠에게 말해줄 수가 있거든. 아빠는 아주 중요한 사람이거든, 알지?"

프랭키가 다시 어깨를 으쓱였어요.

"용감한 사람만 스파이가 될 수 있어. 우리 아빠처럼."

"너희 아빠는 어디 있는데?"

"몰라. 아빠는 비밀 임무 중이야. 하지만 아빠가 돌아오면 내가 본 것을 말해줄 거야."

"뭘 봤는데?"

"시체. 봐."

프랭키는 시체 이야기는 잊고 있었어요. 소녀는 숲 속의 넓은 공터를 가리켰어요. 그곳의 흙은 주위의 흙과 달라 보였어요. 파헤쳐지고 휘저어지고 대체되었죠. 멀리 끝에는 비어 있는 깊은 직사각형 구멍이 있고 그 옆에는 거대한 흙더미가 있었어요.

"오늘 아침에 판 거야." 소녀가 속삭였어요. "저기로 데려올 거야."

"뭘 데려와?"

"새로운."

그녀가 말을 끝내기도 전에 군용 트럭이 풀과 잔가지를 짓이기며 숲으로 들어왔어요. 소녀가 긴장하며 프랭키의 팔을 잡았어요. 프랭키는 소녀의 작고 하얀 손을 바라보았어요. 그의 팔을 잡은 손가락은 가늘고 섬세했어요. 프랭키는 아주 많은 시간 동안 손가락들을 보았지만(기타리스트들은 종종 그러죠), 그녀의 손가락을 처음 보았던 때를 결코 잊지 않을 거예요.

"말하지 마." 그녀가 속삭였어요.

군용 트럭이 멈췄어요. 시동은 끄지 않고 남자들이 뛰어내렸어요. 그들은 입과 코에 스카프를 두르고 있었고 빠르게 움직였어요. 뭔가 빗장이 벗겨지더니 그 남자들이 뒤에서 시체들을 끌어냈어요. 맨발에 아직 옷(진하게 얼룩지고 젖은)을 입은 여섯 구의 시체였어요. 프랭키가 보기에 그들은 아주 깊이, 아주 깊이 잠들어 있는 것 같았어요. 그들은 마치 기다란 쌀부대처럼 몸이 휘어진 채로 군인들에게 운반되었죠. 프랭키는 그들이 움직이기를 바랐어요. 그리고 "이봐, 나를 내려놔. 지금 깨어났어"라고 말하기를 바랐죠. 하지만 그들은 움찔하지도 않았어요.

모든 소리를 떠내려 보내는 엔진 소리와 함께 군인들은 상자들을 내리는 부두 노동자만큼의 감정도 없이 시체들을 구덩이에 조용히 던졌어요. 한 구의 시체 위에 또 다른 시체가 쌓였죠. 군인들은 트럭으로 돌아가 기다란 금속 삽들을 가져왔어요.

몇 분 뒤에 흙이 시체들 위에 덮이면서, 프랭키와 소녀에게 더 이상 시체는 보이지 않았어요. 군인들은 아무 말도 하지 않았죠. 그들은 삽등으로 흙을 다지고 발로 밟았고, 일이 끝나자 서둘러 트럭으로 돌아가 문을 닫고 멀어졌어요.

마치 땅조차 멍해서 숨을 멈춘 것처럼 갑자기 지독하게 조용해졌어요. 나는 이 소리를 알아요. 침묵도 음악의 일부거든요. 하지만 조용하다고 해서 그 침묵의 소리가 들리지 않는 것은 아니지요.

프랭키는 소녀를 보았어요. 소녀의 뺨에 한 줄기 눈물이 흘렀어요. 그녀는 새로 흙이 덮인 무덤들을 보면서 두 손을 앞에 모으고는 부드럽고 여린 목소리로 말했어요. 산크타 미사라는 가톨릭 의식에 쓰이는 것이었어요.

"'어서 와서 그들을 도우소서, 신의 성자들이여. 어서 와서 그들을 만나소서, 주님의 천사들이여. 당신의 팔에 이 영혼들을 안고 천국을 향해 가장 높이까지 오르소서.'"

그녀가 프랭키를 보았어요.

"누군가 그들을 위해 그렇게 말해줘야 해. 아니면 그들은 천국에 가지 못하거든."

그녀가 손가락으로 눈물을 닦았어요.

"이제 내려가도 돼. 그리고 내게 기타를 연주해줘."

내가 아는 사랑은 이래요. 여러분이 나를 다루는 방식이 달라지죠. 나는 여러분의 손에서 그걸 느껴요. 여러분의 손가락. 여러분의 작품. 기운 넘치는 악구, 장7도, 봉투 속의 발렌타인 카드처럼 갑작스럽게 터져 나온 깔끔하고 달콤한 멜로디라인들. 인간은 새로운 사랑 속에서 점점 어지러움이 심해지죠. 어린 프랭키 역시 신비한 소녀와 나무에서 내려오면서 이미 어지러움을 느꼈어요.

그들은 말없이 함께 걸었어요. 소녀는 그를 시체가 묻힌 곳으로 데려갔어요.

"내게 너무 가까이 오지 마." 프랭키가 바로 뒤에서 멈칫거리자 그녀가 말했어요.

"미안."

그녀가 미소를 지었어요.

"아직 무섭구나."

"아니야, 안 무서워."

"군인들은 돌아오지 않을 거야."

"어떻게 알아?"

"결코 돌아오지 않아."

"저 사람들은 모두 죽었어?"

"그래."

"어떻게 죽었어?"

"아마 총에 맞았겠지."

"왜?"

"전쟁이 있잖아. 총통은 자기가 죽이고 싶은 사람은 누구든 죽인대. 아빠가 그랬어."

프랭키는 그 이름을 전에 들은 적이 있었어요. 총통. 그 이름이 그를 떨게 했어요.

"난 전쟁을 좋아하지 않아." 그가 말했어요.

"난 전쟁이 싫어." 소녀가 말했어요.

"나도."

"넌 말투가 다르네."

"아냐, 그렇지 않아."

"어디서 영어를 배웠어?"

"우리 선생님에게."

"학교 선생님?"

"기타 선생님."

그는 엘 마에스트로와의 약속을 깨뜨린 것을 깨닫고는 침을 삼켰어요.

"아무에게도 말하지 마."

"안 할게."

"비밀이야."

"난 비밀을 잘 지킨다고."

소녀가 프랭키의 기타를 봤어요. 털 없는 개는 기타를 보는 그녀를 봤어요.

"정말 연주할 수 있어?"

"그래."

소녀가 새로 파헤쳐진 들판을 보았어요.

"뭔가 연주해줘."

"너를 위해?"

"그들을 위해."

"뭘 연주해야 하지?"

"몰라. 우리가 그들을 잊지 않을 거라고 말해주는 노래."

프랭키는 정말로 그녀를 기쁘게 해주고 싶었어요. 그는 자신이 배운 모든 음악을 떠올렸어요. 결국 훔쳐온 음반 중에 하나를 기억해냈어요. 그의 스승이 '축음기의 바늘을 녹일 만큼 슬프다'고 했던 필리핀 노래였어요. 엘 마에스트로가 그 곡을 프랭키에게 가르쳐줬어요. 필리핀 작곡가인 콘스탄시오 드 구즈만(엘 마에스트로는 '우아한 이름'이라고 혼잣말을 했어요)이 작곡한 그 노래의 제목은 '말랄라 모 카야(Maalaala Mo Kaya)'였어요. 사회 계급이 다른 두 사람이 사랑을 잊지 말자고 약속하는 노래였지요. 음반 라벨에 번역된 제목은 '기억해주겠니?'였고요.

프랭키는 바위에 앉아 무릎에 기타를 올렸어요. 그는 자신을 바라보는 새로운 친구가 너무 신경 쓰였어요. 그는 완벽하게 연주하려고 했어요. 기타줄을 만지는 손길에서, 모든 음에 드리운 다정함에서 그것을 느꼈죠.

하늘에는 뜨거운 해가 떠 있고 군용 트럭의 바퀴 자국이 흙 위에 여전히 선명한 가운데, 거대한 무덤 근처에서 한 아이는 기타를 연주하고 한 아이는 연주에 귀를 기울이는 장면을 멀리서 본다면 이상하게 느껴질지도 몰라요.

하지만 나는 뭔가 다른 것을 보았어요. 소녀 쪽으로 기타줄들을 당기고 있는 소년이었죠. 프랭키 프레스토가 처음으로 다른 누군가에게 음악을 들려주고자 했던 순간이었죠.

덕분에 나는 그가 사랑에 빠진 것을 알아차렸어요.

"어떻게 그렇게 연주해?" 프랭키가 연주를 마치자 소녀가 물었어요.

"몰라."

"아주 좋아."

"정말?"

"그래."

"그들이 들었을까?"

소녀는 흙이 덮인 벌판을 보았어요. "몰라. 그건 적절한 무덤이 아니라서."

"'적절한'이 무슨 의미야?"

"뭔가를 제대로 한다는 의미야."

"뭐가 제대로인데?"

"무덤 말이야? 멋지게 만들어야지. 상자에 시체를 넣고, 가족이 무덤에 꽃을 놓고 작별인사를 해야지."

"꽃은 왜?"

"그래야 죽은 사람들이 천국에 오르는 동안 예쁜 꽃을 바라볼 수가 있잖아."

"아."

"무덤을 본 적 없어?"

"우리 엄마 무덤이 있어."

"너네 엄마가 죽었어?"

"그래."

"착한 사람이었어?"

"난 엄마를 본 적이 없어."

"엄마 무덤이 어디 있는데?"

"미국."

"그래서 본 적이 없어?"

"없어."

프랭키는 엄마의 무덤이 어떤 모습일지, 그리고 누가 거기 꽃을 가져다두었을지 궁금했어요. 그는 바파에게 물어보고 싶었어요. 그러자 갑자기 아버지가 몹시 보고 싶었어요.

"우리가 이 무덤에 꽃을 올려야 해." 소녀가 말했어요.

"좋아."

"꽃이 어디 있어?"

"저건 어때?"

"저건 잡초야."

"잡초는 안 돼?"

"안 돼. 보기 싫어."

그들은 조용히 서 있었어요. 프랭키는 자신의 기타를 보았어요.

"여섯 명이었지?"

"그래."

"뭘 해야 할지 알았어."

프랭키는 기타를 내리더니 페그를 풀기 시작했어요. 페그와 브리지에서 기타줄을 풀었죠. 그가 기타줄을 들고 쪼그리고 앉자 소녀도 함께 쪼그리고 앉았어요. 그는 기타줄로 여러 개의 고리를 만들어서 90도로 꺾은 다음 남은 기타줄을 꼬아 줄기를 만들었어요. 그는 엘 마에스트로가 소파에서 자는 동안 그의 낡은 기타줄로 장난감을 만들어본 적이 있었어요. 하지만 자신의 기타에서 줄을 풀어낸 것은 처음이었어요.

프랭키는 기타줄의 끝을 땅 속으로 밀어넣은 다음, 작은 돌 두 개를 양쪽에 놓아 기타줄이 똑바로 서게 했어요.

"꽃이네." 소녀가 놀랐어요.

"이제 저 사람들은 천국에 갈 수 있어." 프랭키가 말했어요.

"하지만 너는 연주할 수 없잖아."

프랭키는 그녀의 말이 옳다는 것을 알았어요. 그래도 그는 또 다른 기타줄, 또 다른 기타줄, 또 다른 기타 줄을 풀었어요.

"내가 해봐도 돼?" 소녀가 물었어요.

둘은 다시 쪼그리고 앉았어요. 그녀는 이번에는 "내게 너무 가까이 오지 마"라고 말하지 않았어요. 그들은 기타줄로 다섯 개의 꽃을 더 만든 다음 시체를 덮은 흙 주위에 흩어놓았어요. 그러고는 일어서서 흙을 털었죠. 태양이 낮게 내려왔어요. 소녀가 짧은 기도를 중얼거렸어요. 프랭키는 뜻을 모르면서도 그녀의 말을 따라했어요.

무덤을 보는 동안 소녀가 프랭키의 손가락에 자신의 손가락을 걸었어요. 그는 소녀의 손가락을 세게 쥐었죠. 신이 자신의 창조물들이 보여주는 예상하지 못한 달콤함에 미소 짓는 순간들이 있어요. 이 순간도 그랬죠.

"이름이 뭐야?"

"프란시스코."

“성은 뭐야?”

“루비오.”

“이름에 무슨 의미가 담겨 있어? 프란시스코?”

“유명한 기타리스트의 이름이었대.”

“멋지다.”

“네 이름은 뭐야?”

“오로라.”

“성은?”

“요크.”

“오로라는 무슨 의미가 있는 거야?”

“새벽이라는 뜻이야.”

“새벽이 뭐야?”

“해가 떠오를 때. 다들 알아.”

프랭키가 눈을 돌렸어요. 그는 엘 마에스트로에게 영어를 더 많이 가르쳐달라고 해야겠다고 생각했어요.

“너는 아주 연주를 잘해, 프란시스코.”

프랭키가 얼굴을 붉혔어요.

“너는 세상에서 가장 훌륭한 기타 연주자야.”

“정말?”

“난 너에게 거짓말하지 않아.”

털 없는 개가 낑낑거렸어요.

“여자애가 뽀뽀해준 적 있어?”

"한 번."

"어디?"

"학교에서."

소녀가 웃음을 터뜨렸어요. "아니, 어디에? 네 뺨에?"

"귀에."

"어느 귀?"

프랭키가 손으로 한쪽을 가리켰어요.

"그럼 나는 다른 쪽에 해줄게." 그녀가 말했어요.

그리고 그녀가 뽀뽀했어요. 부드럽게. 재빨리. 그리고는 아주 만족스러운 듯이 몸을 숙여 털 없는 개의 머리를 두드려주었어요.

프랭키가 눈을 깜박였어요.

"오로라." 그가 마치 연습하듯 말했어요. "오로라."

프랭키가 소녀의 이름을 말하는 동안 그녀는 미소 지었고 그도 미소를 지었어요. 그는 모르는 사이 또 다른 밴드에 들어갔어요. 그 순간부터 오로라 요크는 프랭키의 음악 안에 머물게 돼요. 그 날 낮에. 그날 밤에. 그리고 영원히.

13

이제 나의 세계로 치면 모든 것이 장조에서 단조로 재빨리 옮겨 가죠. 단순한 화음의 변화로써 세 번째 음을 낮추는 것이죠. 손가락 하나를 움직이면 끝이에요. 그날 프랭키는 꿈을 꾸는 듯한 상태로 그 숲을 나왔어요. 털 없는 개가 그의 곁을 걷고 있었죠. 하지만 공장에 돌아온 프랭키는 무언가 잘못되었음을 알았어요. 밖에 경찰 트럭들이 있었어요. 회색 제복을 입은 남자들이 앞쪽 담장에 기대고 있었어요. 털 없는 개가 으르렁거렸어요.

"무슨 일이지?" 경찰관이 물었어요.

프랭키가 침을 삼켰어요.

"우리 아빠요."

"아빠가 어디 있는데?"

"저 안에요."

"그래? 여기 안에? 정말이냐?" 경찰관은 똑바로 섰어요. 또 다른 트럭이 멈췄어요. 프랭키는 그 트럭이 숲에서 보았던 트럭이라는 사실을 알아챘어요. 아까 시체를 묻었던 군인들이 트럭에서 내려서 담배에 불을 붙였어요. 프랭키는 심장이 두근거렸어요.

"네 아빠가 누구지?" 경찰관이 물었어요.

털 없는 개가 짖기 시작했어요.

"닥쳐, 짐승 새끼!" 남자가 총을 꺼냈어요.

그가 쏜 총알이 빗나가면서 흙먼지를 일으켰어요. 개는 프랭키의 눈에 보이지 않을 때까지 달아났어요.

"자." 경찰관이 말을 계속했어요. "네 아빠가 누구지?"

바로 그때 공장 앞문이 열리더니 바파의 직원 한 명이 두 손이 묶인 채 비틀거리며 나왔어요. 경찰관 두 명이 그의 뒤에서 걸어 나왔어요.

"루이스!" 프랭키가 소리쳤어요. "루이스! 어디⋯⋯."

루이스가 프랭키를 쏘아보면서 고개를 흔들었어요. 프랭키가 입을 다물었어요.

"이 남자가 네 아버지냐?" 경찰관이 물었어요.

"저 애의 아버지는 여기 없어요!" 루이스가 외쳤어요. "그는 아파서 나오지 않았어요."

"조용히 해!" 루이스를 잡고 있는 경찰관이 외쳤어요. 그는 막대로 루이스의 갈비뼈를 찔러대며 그를 트럭 쪽으로 끌고 가더니 안에 밀쳐넣었어요. 프랭키는 다른 직공 둘이 이미 트럭 뒤에 타고 있는 것을 보았어요. 그들은 두려워하는 것 같았어요.

"정말이냐, 음악 소년?"

프랭키는 얼굴을 따라 눈물이 흐르는 것을 느꼈어요.

"말해! 정말이야? 네 아버지는 아파서 집에 있어?"

"시." 프랭키가 마침내 속삭였어요.

"그러면 왜 그가 안에 있다고 말한 거야?"

프랭키는 똑바로 앞을 보았어요. "난…… 물이 마시고 싶었어요."

"물은 다른 데서 마셔. 그리고 내게 그 기타를 다오. 스페인 음악을 연주해주지."

경찰관은 프랭키의 등에서 기타를 낚아채 뒤집었어요.

"이게 뭐야? 줄이 없잖아."

그가 침을 뱉었어요.

"기타를 연주하려면 줄이 있어야지. 네 아빠는 그런 것도 가르쳐주지 않았냐?"

그는 기타를 내던졌고 기타는 흙에 처박혔어요. 사람들은 웃음을 터뜨렸어요.

"프란시스코, 집에 가!" 루이스가 트럭에서 외쳤어요.

경찰관들이 다시 웃었어요.

"그래, 프란시스코, 집에 가라. 네 아버지에게 내일은 일이 없을 거라고 전해. 모레도."

프랭키는 돌아서서 달렸어요. 그가 달아나는 동안 발이 자갈에 부딪혀서 으드득 소리를 냈어요. 그는 아홉 걸음이나 열 걸음쯤 달리다가 발을 멈추고는 도로 공장으로 달려와서 기타를 집었어요. 경찰관들이 다시 웃었죠.

"줄도 찾아!" 경찰관이 외쳤지만 프랭키는 이미 사라지고 있었어요. 마치 혼자서 그 나라에 있는 공기를 모두 마셔버린 것처럼 가슴 가득 공기가 차올랐어요.

그는 한참을 달렸어요. 다리에 힘이 빠지자 걸었고요. 그러다 다시 달리기 시작했어요. 집시 트럭이 프랭키 옆에 멈췄어요. 집시들은 프랭키에게 주머니의 동전과 기타를 주면 비야레알에 데려다주겠다고 했어요. 그는 마지못해 기타를 건넸고, 집시들의 시선을 받으며 뒷자리에 기어올라 감자 자루와 코를 고는 검은 옷 입은 여자 사이에 끼어 앉았어요.

트럭은 서쪽으로 달리다가 군용 차량 옆을 지났어요. 그 트럭은 곧 바파의 정어리 공장에 멈춰서 어느 장교를 내려놓을 거예요. 장교는 소년 한 명이 그곳에 왔다가 도망갔다는 이야기를 듣자마자 한 군인의 얼굴을 때리며 "그게 그 사생아라고! 루비오 꼬마!"라고 소리 지를 거예요.

하지만 그때쯤 프랭키는 트럭 뒷자리에서 흔들리면서 코 고는 여자에게 몸을 부딪히며 울지 않으려 애를 쓰고 있겠죠. 그가 다시는 바파를 만나지 못할 거라고 말하는 것은 잔인한 일이죠. 하지만 사실이에요. 그날 프랭키 프레스토는 사랑을 찾았지만 가정을 잃게 되죠.

장조에서 단조로.

애비 크루즈

작곡가, 프로듀서

나는 프랭키 프레스토를 좁은 방에서 만났어요.

사실이에요. 스무 살이었고 뉴욕 브로드웨이의 빌딩에 있던 앨던 뮤직에서 막 일을 시작한 참이었죠. 그 회사는 나 같은 작곡가들을 나란히 늘어선 작은 방에서 일하게 했어요. 거기 닐 세다카가 있었죠. 캐럴 킹, 게리 고핀, 신시아 웨일, 배리 만도요. 우리 일은 히트곡을 쓰는 것이었어요. 방마다 피아노와 작은 책상과 재떨이가 있었어요. 그때는 모두 담배를 피웠으니까요. 그리고 계속 피아노를 두드리는 거죠. 지금은 이상하게 들리겠지만, 우리는 벽을 통해 서로 일하는 소리를 들었어요. 거기서 영감을 얻었지요. 그건 경쟁이었어요. 전 세계에 알려진 아주 많은 음악이 그런 작은 방에서 태어났어요. '온 브로드웨이(On Broadway)', '브레이킹 업 이즈 하드 투 두(Breaking Up Is Hard to Do)', '윌 유 스틸 러브 미 투모로(Will You Still Love Me Tomorrow)'. 수백 곡의 노래가 그렇게 태어났어요.

나는 그리 대단한 히트곡은 없었어요. 해고되지 않기를 빌며 버둥거렸죠. 그들은 일주일에 50달러를 지불했고, 우리는 그 대신 돈을 벌어주어야만 했죠.

나는 거기서 일하는 유일한 라틴계 작곡가였기 때문에 스페인어를 사용할 일이 없었어요. 내가 첫아이를 임신한(그래서 그들이 나를 해고하지 않기를 진심으로 바랐어요) 1961년의 어느 날, 모두가 점심을 먹으러 나가고 나만 사무실에 남아 있었죠. 나는 필사적으로 뭔가 대단한 것을 작곡하려고 했어요. 내가 꽤 괜찮은 후크를 피아노로 치고 있는데 갑자기 기타 소리가 들렸어요. 그 소리가 내 귀를 사로잡았죠. 우선 주위에 기타가 많지 않았거든요. 게다가 그 연주자는 내 피아노 화음에 맞춰서 연주를 하고 있었어요.

나는 연주를 멈췄어요. 기타 소리도 멈췄어요.

나는 다시 연주를 시작했어요. 아니나 다를까 기타도 다시 연주되었어요. 빠른 솔로였죠. 그래서 나는 다른 노래를 연주해보았어요. 콜롬비아 출신인 할머니가 가르쳐준 '라 말라게냐(La Malaguena, 말라가의 연인)'라는 노래였어요. 내 반주에 맞춰서 미친 듯이 기타가 연주되더군요.

그래서 나는 연주를 멈추고 스페인어로 말했어요. "좋아요, 누가 연주하는 거죠?" 바로 옆방에서 내가 지금껏 만난 가장 잘생긴 남자가 튀어나왔어요. 검은 머리와 푸른 눈에 분홍색 셔츠와 검은색 바지를 입었죠. 그가 말했어요. "올라, 메 야모 프랭키." 프랭키 프레스토였어요. 나는 그를 바로 알아보았어요. 그는 〈에드 설리번 쇼〉에 두 번 나왔고 〈아메리칸 밴드스탠드〉에도 나왔거든요. '아이 원트 투 러브 유'는 미국에서 가장 잘 팔리는 레코드였어요. 이

업계의 모두가 프랭키 프레스토를 알았죠. 하지만 나는 그가 스페인어를 할 줄은 몰랐어요. 우리 모두 그를 캘리포니아 출신이라고 생각했거든요.

어쨌든 나는 임신한 몸으로 거기 있었어요. "안녕하세요, 애비라고 해요." 내가 인사하자 그가 물었어요. "'라 말라게냐'를 어떻게 알죠?" 나는 다시 물었어요. "여기서 뭐해요?" 그러자 그가 답했어요. "숨어 있어요." 그가 창문을 가리키더군요. 나는 창문으로 가서 내려다보았어요. 젊은 여자들이 그의 레코드를 들고 정문에 떼를 지어 있더군요.

프랭키는 매니저인 태피 피시맨과 함께 이곳에 왔다고 했어요. 프랭키의 다음 음반에 실릴 곡 때문에 피시맨이 우리 회사와 미팅을 하고 있었던 거예요. 내가 그에게 곡을 써줄 수도 있겠다는 생각에 흥분했지만, 프랭키는 다른 사람의 곡으로는 녹음하고 싶지 않다고 했어요. 그는 예의상 따라왔던 거지요.

"너무 유감이에요." 내가 말했죠.

"아티스트는 자신의 노래를 불러야 한다고 생각해요." 그가 말했어요.

"당신은 '아이 원트 투 러브 유'를 작곡했죠?"

"그래요."

"어떤 여자를 위해서요?"

"네."

"그녀가 좋아했어요?"

"몰라요." 그가 말했어요. "그녀는 옆에 없거든요."

우리는 잠깐 동안 이야기했어요. 프랭키와 단둘이 있다니 믿을 수가 없었어요. 난 그렇게 유명하면 어떤 기분인지 물어봤어요. 그는 〈라이프〉에도 실렸고 시나트라와 바비 다린과도 친구였으니까요. 그러자 그가 웃으면서 비명을 지르는 소녀들에게서 도망쳐야 한다는 것을 제외하면 대개는 재미있다고 말했어요. 그는 비상계단에서 뛰어내리다가 발목을 다친 적도 있다고 했죠.

그가 떠날 때야 묻더군요. "아기는 언제 태어나죠?" 고마웠어요. 대부분의 남자들이 나를 보자마자 묻는 것이 그 질문이었거든요. 나는 그에게 6주 후라고 말하고는 그전에 해고되지 않기를 바란다고 했죠. 그가 말했어요. "해고되지 않을 거예요. 멋진 후크를 작곡했잖아요." 그러더니 이렇게 덧붙였어요. "언젠가 나는 내 아이들에게 음악을 가르치고 싶어요."

두어 달 후에 딸이 태어났어요. 다시 출근하자 내 방에 장난감 바구니와 메모가 있더군요. 메모에는 "축하합니다!"라고 적혀 있고 '옆방의 기타리스트'라고 서명이 되어 있었어요. 바구니 안에서 나는 '노, 노, 하니(No, No, Honey)'라는 제목의 노래 악보를 발견했어요. 그 제목 아래에는 '프랭키 프레스토와 애비 크루즈 작곡'이라고 적혀 있었죠.

음, 난 한참을 들여다봤어요. 그러다 피아노에 악보를 올리고 연주를 해보았어요. 후크는 그를 만난 그날 연주했던 것이었어요. 그가 어떻게 기억했는지는 몰라요! 하지만 그는 전체 곡에 대한 공동저작권을 내게 주었던 거예요. 그리고 아마 당신도 알겠지만 '노, 노, 하니'는 10위 안에 들었어요. 나는 그 노래 덕분에 처음으로 골든레코드(싱글 판으로 100만 매, LP판으로 50만 세트 이상 팔린 레코드의 가수에게 주는 상-옮긴이)를 받았어요. 덕분에 나는 해고되지 않았어요. 캐럴과 게리는 더 셔를스와 더 드리프터스, 닐 세다카는 코니 프랜시스, 배리와 신시아는 크리스털스를 위해 히트곡을 썼었죠. 하지만 난 프랭키 프레스토와 히트곡을 냈어요. 그건 엄청나게 성공했죠!

다음 몇 년간 그는 내가 이 곡, 저 곡을 작곡한 것을 축하하는 짧은 메모를 사무실로 보내왔어요. 그는 항상 "당신의 노래를 부르세요!"라고 덧붙이고는 '옆방의 기타리스트'라고 서명했죠. 그러다 더 이상 메모가 오지 않았어요. 난 여러 해 동안 그에게 연락을 받지 못했어요. 그가 많은 일을 겪으면서 오랫동안 작곡을 하지 않았다는 것을 알아요.

그래도 그가 어떻게 죽었는지를 듣고는 충격을 받았어요. 난 장례식에 오고 싶었어요. 경의를 표하고 싶었어요. 그는 내게 무척 친절했어요. 그가 없었더라면 나는 음반업계에서 쫓겨났을 거예요. '노, 노, 하니'는 내 딸을 대학에 들어가게 했어요. 그는 스페인에 대해 아주 냉정하게 말했기 때문에 그가 스페인에 묻힌다는 것이 이상하게 느껴지네요.

아마 1964년 뉴욕의 대형 호텔에서 그를 마지막으로 만났을 거예요. 그는 '셰이크, 셰이크(Shake, Shake)'와 '아워 시크릿(Our

Secret)' 같은 히트곡을 냈지만 별로 행복해 보이지 않았어요. 그는 노란 양복에 선글라스를 쓰고 매니저와 약혼녀와 함께 서 있었죠. 나는 어린 딸이 옆에 있었기 때문에 그를 방해하고 싶지 않았어요. 하지만 그가 우리를 보자마자 달려왔어요. 그는 나를 만나서 아주 기뻐 보였어요.

"그 아기입니까?" 그가 물었어요.

"그 애예요." 내가 말했죠. "약혼녀가 아름답군요."

"아. 감사합니다."

"당신이 '아이 원트 투 러브 유'를 쓰게 했던 그분인가요?"

"아니에요."

프랭키는 당시 세 살이던 내 딸에게 몸을 숙이고는 말도 걸어주고 '도레미' 노래도 불러줬어요. 그가 노래를 마치자 아이가 그를 안았어요. 그에게는 그런 힘이 있었죠.

"어디서 결혼할 거예요?" 내가 물었어요.

"하와이요."

"하와이?"

"네. 태피가 알아서 할 거예요."

"하와이에 가족이 있어요?"

"아뇨. 나는 스페인 출신이에요. 기억해요?"

"그러면 스페인에서 결혼하지 그래요?"

그의 얼굴이 굳었어요.

"난 다시는 거기로 돌아가지 않을 거예요."

14

내가 들려주기로 했던 두 번째 날은 어린 프랭키가 영원히 자신의 고국을 떠나던 날이었죠. 바파가 불만을 품은 직공들이 날조한 무엇(솔직히 나는 그게 뭔지 모르겠어요) 때문에 감옥에 갇히고 11개월 9일이 지난 날이었죠. 인간들은 항상 서로를 철창에 가두잖아요. 감방, 지하 감옥. 가장 초기의 감옥은 하수구였어요. 거기서 인간들은 자신들의 오물 속에서 철벅거렸죠. 다른 어떤 피조물도 자기 자신을 가두는 이런 식의 오만함은 품고 있지 않아요. 새가 다른 새를 가두는 것이 상상이 되나요? 말이 다른 말을 감옥에 보내는 것은요? 나는 결코 이해하지 못하겠어요. 다만 나의 가장 슬픈 소리들이 그런 곳에서 들려온다는 것만은 알아요. 새장 속의 노래는 결코 노래가 아니에요. 그건 애원이죠.

공장이 습격당한 그날 밤 프랭키는 바파가 돌아와 있기를 바라며 칼바리오 거리의 집으로 왔어요. 하지만 집은 그가 돌아왔을 때도, 그가 잠에서 깼을 때도 여전히 비어 있었어요. 현관의 자물쇠는 망가지고 가구들은 흐트러져 있었어요, 프랭키의 배에서는 소리가 났어요. 그는 바파가 아침을 만들어주었으면 좋겠다고 생각했어요. 그는 창문을 몰래 내다보았어요. 지나가는 사람들이 보였어요. 하지만 루이스가 프랭키를 보호하기 위해 일부러 거짓말을 한 후로 프랭키는 누구도 믿지 말아야 한다는 것을 알았어요. 그는 어둠 속에서 아빠를 위해 기도했어요. 착하게 굴면 바파가 빨리 돌아올까 봐 얼굴과 귀 뒤를 씻었어요. 기타가 없어서 음악을 연주할 수도 없었고 너무 무서워서 라디오도 틀지 못했어요. 누군가 소리를 들을지도 모르니까요. 곧 침묵의 소리가 아주 커져서 프랭키는 귀를 손으로 막았어요.

난 그를 위로하고 싶었어요. 위안이 되는 멜로디로 그를 감싸고 싶었죠. 하지만 그 순간에 나는 그가 다시 감시받고 있다는 것을 알고 감히 그런 운명들에 끼어들지 않기로 했죠.

프랭키는 이틀 동안 집 안에 숨어서 단지에 담긴 것들을 먹고 싱크대에서 물을 받아 마셨어요. 눈을 깜박일 때마다 바파의 얼굴이 떠올랐어요. 바파가 이탈리아산 자동차의 운전대 뒤에서 노래를 흥얼거리는 모습, 신문을 읽는 모습, 프랭키가 연습을 하는 동안 발로 박자를 맞추는 모습, 프랭키에게 저녁 키스를 하기 위해 몸을 굽히는 모습을 보았어요.

3일째 아침에 프랭키는 문을 긁는 소리를 들었어요. 군인일까 두려웠던 그는 뒤쪽 정원으로 달려 나가 예전에 그가 호타 리듬에 따라 두드렸던 바로 그 테이블 뒤에 숨었어요. 누군가 문을 차고 들어오기를 기다렸어요. 하지만 낑낑거리는 소리만 들려왔어요. 살짝 밖으로 나갔던 프랭키는 털 없는 개가 그를 향해 살금살금 다가오는 모습을 보았어요. 개는 축축한 분홍색 혀를 내밀고는 힘들게 숨을 몰아쉬었어요.

나는 그 개가 어떻게 집을 찾아왔는지 모르겠어요. 하지만 프랭키는 뭔가를 보고 그렇게 기뻤던 적이 없었어요. 그는 개의 목을 안고는 개의 털에 얼굴을 묻고 한참을 울었어요. 세 명의 멤버 가운데 둘이 정원에 함께 누워서 세 번째 멤버를 그리워했어요.

누구나 살아가는 동안 어느 밴드에든 들어가죠.

하지만 밴드는 이리저리 해체되지요.

그날 오후 프랭키는 셔츠를 갈아입고 신발 끈을 묶고 바파의 트위드 모자를 쓰고는 털 없는 개와 함께 정원 뒷문으로 나갔어요. 한 시간 후면 경찰차가 들이닥쳐서 두 명의 경찰관이 그 집을 다시 수색하게 되죠. 프랭키가 엄청난 행운아로 보이겠죠. 하지만 전능한 힘이 여러분을 위한 계획을 가지고 있을 때는 인생이 온통 아슬아슬함으로 가득할 수도 있어요.

프랭키는 머리를 숙이고 모자를 푹 눌러쓰고는 크리스타 세네갈 거리의 세탁소까지 걸어갔어요. 그는 계단을 올라가 엘 마에스트로의 문을 두드렸어요. 아무 대답이 없었어요. 그는 다시 문을 두드렸어요.

"퀜엔 에스?" 마침내 거칠고 가느다란 목소리가 들렸어요.

"저예요, 마에스트로."

"수업은 어제였어."

"네, 마에스트로."

"오늘이 어제냐?"

"죄송해요, 마에스트로."

"가라."

"제발, 마에스트로."

"오늘은 수업하는 날이 아냐."

"들어갈게요, 마에스트로."

"네 아빠에게 돌아가."

"그럴 수 없어요, 마에스트로."

"왜?"

프랭키는 대답하지 않았어요.

"왜, 꼬마야?"

그는 숨을 쉴 수가 없었어요.

"나는 이제 다시 자러 갈 거다, 프란시스……."

"아빠는 사라졌어요."

프랭키는 '사라졌다'고 말하면서 울음을 터뜨렸어요. 그가 내면에 품었던 모든 것이 폭발했어요. 무릎이 휘었고 그는 바닥에 쓰러졌어요. 프랭키는 울음을 밖으로 내뱉기보다 안으로 삼켰어요. 털 없는 개가 코로 그의 얼굴을 살살 찌르고 함께 낑낑거리면서 그의 불행에 화음을 넣었어요.

마침내 문이 열렸어요. 프랭키는 스승의 다리를 꽉 붙잡았어요. 눈먼 남자는 코에 검은 안경을 걸치고 턱을 위로 치켜들었어요.

"들어와서 뭐라도 먹어." 그가 부드럽게 말했지요. "그리고 무슨 일이 있었는지 말해라." 그가 고개를 흔들었어요. "이 나라는 지옥이 되었군."

그 후 프랭키와 털 없는 개는 프랭키가 배에 타는 그날 밤까지 엘 마에스트로와 함께 지냈다고만 말해도 충분하겠죠. 나는 자세한 이야기들은 모두 생략하려고 해요(우리는 장례식도 봐야 하잖아요). 하지만 트라우마를 통해 가까워진 인간들이 종종 그렇듯이 스승과 제자도 서로에게 깊은 영향을 주었다는 이야기는 해야겠어요. 프랭키는 밤에는 식탁 아래에 깔린 시트에서 잤고 아침에는 집 안을 쓸고 기타들의 먼지를 닦았어요. 그는 엘 마에스트로의 서랍에서 돈을 꺼내 시장에서 음식을 사왔어요. 돈이 모두 떨어진 다음에는 빵집과 과일 노점에서 도둑질을 해왔지요. 그는 노점의 가장자리에 붙어서 물건들을 주머니에 슬쩍 넣었어요. 엘 마에스트로는 프랭키가 무슨 짓을 하는지 알고 심하게 야단을 쳤지요.

"넌 많은 것을 잃었어. 영혼까지 잃어버리지는 마라."

"그럼 어떻게 먹고살죠?"

"다시 배가 고프니?"

"네, 마에스트로."

눈먼 남자는 손을 더듬어 와인을 찾았어요. 아이가 없었던 그는 아이를 얼마나 먹여야 하는지 몰랐어요. 그는 프랭키가 식탁 아래로 들어가 "안녕히 주무세요"라고 중얼거리는 것을 들었어요. 또 털 없는 개가 프랭키를 따라하듯 낑낑거리는 것도 들었어요. 그는 와인이 떨어질 때까지 의자에 앉아 있다가 침대로 갔어요.

다음 날 그는 일찍 일어나서 목욕을 하고 면도를 한 뒤 가죽 신발을 신었어요. 그리고 깨끗한 하얀 셔츠 자락을 바지 안에 밀어넣었지요. 그는 프랭키에게 자신의 모습이 어떤지 물었어요. 소년이 "일하러 가시는 것 같아요"라고 말하자 그는 프랭키에게 밖으로 나가자고 했어요.

"어디로 가는데요, 마에스트로?"

"내가 말하는 곳으로 나를 데려다줘." 그가 잠시 멈췄다가 다시 말했어요. "개를 데려와."

몇 분 뒤에 프랭키는 엘 마에스트로와 털 없는 개를 데리고 비야레알의 거리들을 누볐어요. 그들은 마요르 거리를 따라가다 가게와 차양이 늘어선 골목으로 들어섰어요. 그리고 오래된 선술집으로 들어갔어요. 바파가 눈먼 남자의 공연을 처음으로 보았던 곳이지요. 선술집 안으로 들어서자 엘 마에스트로는 코를 들고는 마치 냄새로 그곳을 떠올리려는 듯이 고개를 이리저리 돌렸어요. 그러다 큰 소리로 말했어요. "주인을 보고 싶소!" 주인이 다가오자 엘 마에스트로는 그가 말을 하기도 전에 알아보고는 바로 손을 내밀었어요.

"또 만났군요." 엘 마에스트로가 말했어요.

"그러네요." 주인이 조심스럽게 말했어요.

"제안을 하러 왔습니다. 다시 내게 연주를 시켜주시오."

"내가 왜 그래야 하죠?"

"나는 잘하니까요."

"술에 취하면 잘하지도 않잖아요."

"이제 걱정하지 마세요."

"그건 당신 말이고요."

"정말입니다."

"어떻게 하자는 거죠?"

"매일 밤 두 번씩 공연하겠소. 물론 적당한 보수를 받고요."

"전과 같은 음악은 연주하면 안 됩니다."

"알아요."

"총통이 허가한 것만 연주해야 합니다."

"그것도 압니다."

"그래도 하고 싶어요?"

"그러니까 당신 앞에 있는 거겠죠?"

"음주는 어때요?"

"이제 마시지 않아요. 아이가 확인해줄 거요. 맞지, 꼬마야?"

그가 프랭키의 어깨를 두드렸고 프랭키는 억지로 미소를 지었어요.

"내 조카요." 엘 마에스트로가 말했어요. "우리의 사랑스러운 강아지고."

강아지가 낑낑거렸어요.

주인이 입술을 오므렸어요.

"인생이 상당히 달라졌군요."

"보시는 대로죠."

"면도도 했네요."

"그렇소."

"음……. 당신은 여기서 연주한 사람 중에 최고였어요."

"맞습니다."

"손님들을 혼란스럽게 하고 싶지 않아요."

"물론이죠."

"제시간에 와야 합니다."

"일찍 올게요."

"술을 마시면 해고예요, 알겠어요?"

"알겠습니다."

선술집 주인은 새로운 트리오인 남자와 소년과 개를 보았어요.

"내일부터 오세요."

"좋습니다." 엘 마에스트로가 말했어요.

집에 돌아온 프랭키는 와인 병과 아구아르디엔테 병을 쓰레기
통에 쓸어넣었어요.

"뭐하는 거냐?" 엘 마에스트로가 물었어요.

"거짓말하는 것은 옳지 않아요." 프랭키가 대답했어요. "그에게 술을 마시지 않는다고 했잖아요."

엘 마에스트로는 신음 소리를 내면서도 소년을 말리지는 않았어요. 대신 새로운 운명에 항복한 것처럼 소파에 털썩 앉았어요. 그는 손으로 얼굴을 감싸고 앞으로 몸을 빼고는 기타를 찾았어요. 프랭키는 술을 없애서 기뻤어요. 그는 술을 마시지 않는 엘 마에스트로가 더 좋았어요. 스승이 세고비아의 곡을 연주하자 프랭키는 술병들을 아래층으로 가져갔죠. 몇 달 동안 공짜로 세탁을 해주었던 여자에게 술병들을 주고 그날 밤에 저녁을 해주겠다는 약속을 받아냈어요.

그렇게 프랭키 프레스토는 새로운 밴드의 눈먼 리더, 다시는 무대에서 연주하지 않겠다고 맹세했던 그를 다시 무대에 세워 아름다운 음악을 연주하게 했어요.

15

아마 바파가 어떻게 되었는지 궁금하겠죠. 그 불쌍하고 소박한 사람 말이에요. 프랭키도 그랬어요. 처음에 프랭키는 아빠에 대해 매일 아침 물었지만 엘 마에스트로는 아무 대답이 없었어요. 독재자에 대한 공포가 어떻게 인간을 질식시키는지를 말했었죠. 당시에는 '사라진 사람'에 대해 묻는 사람이 그다음으로 사라질 수도 있었어요. 세계는 전쟁 중이었고 스페인에는 계엄령이 선포되었어요. 총통의 정치적, 종교적 신념을 거스르는 사람은 투옥되거나 죽임을 당했어요. 엘 마에스트로는 집 밖에서 바파에 대해 묻는 것은 너무 위험하다고 말했어요. 그러자 프랭키는 바파에 대해 전혀 묻지 않게 되었어요.

하지만 침묵한다고 잊는 것은 아니죠. 그리고 프랭키는 결코 아빠를 잊지 않았어요. 그는 매일 밤 식탁 아래로 기어 들어가기 전에 훔쳐온 축음기를 켜고는 잃어버린 갈색과 노란색의 바구니를 노래한 엘라 피츠제럴드의 '티스켓, 태스켓'에 귀를 기울였어요.

"이것 참, 내 바구니가 어디로 갔을까 궁금하네." 엘라가 이렇게 노래하면 남자들이 대답했어요. "우리도 그래, 우리도 그래, 우리도 그래, 우리도 그래!" 프랭키는 바파에게 같은 감정을 느꼈어요. 나도 그래, 나도 그래! 그가 어디로 가버렸을까? 그 노래는 프랭키에게 위로가 되었어요. 그것이 종종 음악을 듣는 이유가 되죠, 그렇죠? 당신이 혼자가 아니라는 것을 느끼기 위해?

프랭키는 낮에는 술을 마시지 않는 달라진 스승과 열심히 공부했어요. 프랭키가 음악적으로 가장 비약적인 성장을 이룬 시기였어요. 그는 이제 학교에 다니지 않았기 때문에(프랭키는 전혀 괴롭지 않았어요) 몇 시간씩 기타를 연습했어요. 아홉 살이 되기 전에 프랭키는 이미 재즈에서 플라멩코까지 다양한 스타일로 연주할 수 있었고 손톱은 현란한 기교에 맞게 안쪽으로 휘었어요. 클래식을 배운 그는 어려운 아르페지오를 아주 빠른 속도로 연주할 수 있었어요. 한 손이 쏟아져 내리는 음들을 연주하는 동안 다른 손은 베이스라인을 연주하는 듯했지요. 엘 마에스트로는 눈이 보이지 않았음에도 설명하고 듣고, 더 설명하고 더 들으면서 프랭키에게 악보 읽는 법을 힘들게 가르쳤어요. 스승은 하나의 음이 어긋난 것도 알아차렸어요. 그는 프랭키에게 악보를 점검하게 했고 점과 선과 샤프와 플랫이 어디에 있는지 말하게 했죠.

프랭키의 뺨은 아직 부드러웠고 풍성한 머리카락에는 젊은 광택이 흘렀지만, 그의 음악에는 나이를 뛰어넘는 섬세함이 있었어요. 그런 사람은 때로 '애늙은이'라고 불리죠. 하지만 나 같은 재능은 창조된 이래로 여러분의 내면에 깃들어 있어요. 그러니 모든 아티스트는 늙은 셈이죠.

프랭키는 심지어 에이토르 빌라로부스가 작곡한, 무척 추앙받는 곡이자 왼손가락을 극단적으로 뻗어야 하는 열두 곡의 에튀드도 완전히 익혔어요. 그가 그 곡들을 연주하기 힘들다고 불평하면 엘 마에스트로는 이렇게 말했어요. "빌라로부스 씨는 음악을 배우기 위해 브라질 정글에서 식인종들과 살았어. 그게 힘든 거지 네 연습은 힘든 게 아냐."

"정말이에요, 마에스트로?"

"뭐가?"

"그 이야기요?"

"물론이지."

"식인종이요?"

엘 마에스트로가 한숨을 쉬었어요.

"사람들은 자신의 예술을 위해 고통을 감내하지, 프란시스코. 네가 기억할 것은 그거야. 때로 그건 식인종일 수도 있고 때로는 그보다 나쁜 것일 수도 있어."

프랭키가 몇 번이나 부탁했지만 엘 마에스트로는 그를 선술집에 데려가지 않았어요. "넌 자야 해." 엘 마에스트로가 말했어요. 대신 수염을 기른 콩가 연주자인 알베르토가 매일 밤 눈먼 남자를 선술집으로 데려갔어요.

"투 티오 에스 운 그란 아르티스타." 알베르토가 종종 말했어요. 네 삼촌은 위대한 예술가야.

"요 세." 프랭키가 대답했어요. 알아요.

때로 소년이 아침에 일어나면 희미한 향수 냄새가 났어요. 그는 벽장의 여자 옷들을 떠올리면서 자신이 자는 동안 어떤 여자가 다녀갔는지 궁금해 했어요. 그는 오로라 요크의 분홍 뺨과 희고 가느다란 손가락을 떠올렸어요. 그리고 모든 것이 바뀌기 전에 그들이 함께했던 오후도 회상했어요.

"마에스트로?" 어느 날 그가 아침을 먹다가 물었어요. "몇 살이면 결혼해도 괜찮아요?"

"내게 말하지 않은 것이 있지, 프란시스코?"

"아니에요."

"여자애를 만났니?"

"한 번요."

"그 애와 결혼하고 싶고?"

"아마도요."

"어디서 만났지?"

"숲에서요."

"그 애는 요정이었니?"

"그렇지 않을걸요."

"그 애는 눈이 특이했니?"

"네."

"친절하게 도움을 주었고?"

"네."

"그 애를 다시 만났니?"

"아뇨."

"그 애는 요정이야. 안자나라고. 요정과 사랑에 빠지지 마라, 프란시스코. 그들은 진짜가 아냐."

"그 애는 진짜였어요."

"요정 같은데."

"요정이 아니었어요!"

"그래. 그 애는 요정이 아니었어." 그는 음식을 삼키고는 테이블을 더듬어서 커피 잔을 찾았어요. "그 애가 진짜라면 다시 만날 거야."

"언제요?"

"때가 되면."

그는 커피를 홀짝였어요. 프랭키가 그를 노려보았죠.

"벽장에 있는 건 누구 옷이에요?"

그는 그런 것을 물을 생각이 아니었어요. 그냥 화가 나서 나온 말이었죠. 눈먼 남자가 커피 잔을 내려놓았어요.

"마저 먹어, 프란시스코."

모든 상실은 심장에 구멍을 남겨요. 여러분도 추측했겠지만 엘 마에스트로는 젊은 시절 엄청난 상실을 겪고 술주정뱅이가 되어 절망 속에서 살았어요. 아내가 죽었던 거죠. 그를 무대에서 데려가고 입술에 입을 맞춰주던 아름다운 여인. 그녀가 너무 빨리 세상을 떠나자 그는 이 세상에 더 이상 원하는 것이 없었어요. 그는 자신이 우울로, 알코올로, 두렵고 안절부절못하는 잠으로 가라앉게 내버려두었죠. 심장의 플러그를 뽑고 기억의 불을 끌 수만 있었다면 그렇게 했을 거예요.

하지만 새로운 제자와 몇 달간 지내면서 엘 마에스트로는 서서히 치유되었어요. 그는 이제 더 잘 걸었어요. 배도 들어갔죠. 머리는 덜 아팠고 혈색은 좋아졌어요. 계속 마시던 술을 끊자 점차 목표 의식이 생겼어요. 그는 프란시스코가 굽는 토스트 냄새를 맡으며 일어나는 게 꽤 행복하다는 것을 깨달았죠. 또 프랭키가 의자를 빼주고 기타를 건네주면서 자신에게 보여주는 존경심을 즐겼어요. 그는 집 안에서 프랭키의 노래를 듣는 것이 좋았어요. 그들 둘이 몰래 간직하고 있던 셸락 레코드에 실린 것들이었죠. 그는 마지못해 개도 받아들였어요. 때로 개는 엘 마에스트로의 무릎에 머리를 대곤 했고 그는 개의 귀를 긁어주곤 했어요.

"개가 선생님을 좋아해요." 프랭키가 말했어요.

"개한테서 하수구 냄새가 나." 엘 마에스트로가 말했어요.

눈먼 남자는 프랭키가 아버지 때문에 가슴 아파한다는 것을 알았어요. 그는 프랭키에게 애정을 쏟으면서 비로소 바파가 어떤 고통을 겪고 있을지 상상이 되었어요. 그러던 어느 날 선술집에서 기회를 잡았어요. 그는 주인에게 손님 중에 군인이 있는지 물었고, 앞쪽에 한 무리가 있다는 이야기를 들었어요.

"나를 소개해줘요." 엘 마에스트로가 말했어요.

그는 저녁 내내 '우리 지도자에게 봉사하는 용감한 사람들'에게 바친다면서 인기 있는 플라멩코 곡(총독이 허락한 음악)들을 연주했어요. 사람들이 박수를 쳤고 선술집 주인은 미소를 지었으며 군인들은 고마워했어요. 나중에 그들은 기타 연주자를 자신들의 자리에 초대했죠. 그는 군인들에게 술을 사주었고 이야기를 들려주었으며 다시 더 많은 술을 사주었고 평소와 다르게 웃어주었어요. 엘 마에스트로에게는 괴로운 일이었죠. 그는 전쟁과 관련된 추악한 과거 때문에 군인이나 장군을 위해서는 아무것도 하지 않았어요. 하지만 마지못해 음계를 연습하는 것처럼 어떤 이유로 견뎌야 하는 일들이 있죠. 군인들이 점점 술에 취하자 그는 용감하게 몇 가지를 물어보았어요.

밤이 끝날 무렵 그는 바파 루비오라는 정어리업자의 운명에 대해 알게 되었어요.

1945년 8월 3일, 프랭키가 그 나라를 영원히 떠나기 이틀 전에 엘 마에스트로는 비야레알에서 수 킬로미터 떨어진 감옥을 찾아갔어요. 이를 위해 거짓말과 뇌물과 집시의 오토바이가 필요했어요. 자세한 것들은 우리 이야기에서 중요하지 않아요. 중요한 것은 그날 오후 붉은 벽돌로 지은 감옥 뒤의 빈 마당에서, 강에서 아기를 발견한 미혼의 남자와 그 아기에게 그의 운명을 가르친 눈먼 기타리스트가 마지막 대화를 나눴다는 거예요.

그들은 24분 동안 4분의 7박자로 빠르게 속삭이며 대화를 나눴어요. 변덕스럽게 끼어드는 리듬이죠. 얼굴빛이 창백하고 여기저기 멍들었으며 많이 여윈 바파 루비오는 검은 선글라스를 쓴 남자를 보고 몸을 떨기 시작했어요. 그는 간수들이 멀어지길 기다렸죠. 그가 처음 속삭인 말은 "내 아들은요?"였어요.

"내가 데리고 있습니다……."

"신이여, 감사합니다."

눈물. 숨소리. 침묵.

"애는 괜찮습니까?"

"괜찮아요."

"나에 대해 묻습니까?"

"물론이죠."

눈물. 숨소리. 침묵.

"난 불쌍한 아버지예요. 내게 무슨 일이 일어날지 대비하지 못했습니다."

"내가 그를 돌보고 있어요, 세뇨르 루비오."

"그가 내 아들이라고 아무에게도 말하지 마세요."

"왜죠?"

"공장에서 나를 미워하던 세 명의 직원이 경찰에게 내가 사회주의자이고 나머지 직원은 노동조합원이라고 말했어요. 나는 아니라고 했지만 그들은 내가 거짓말을 한다고 했어요. 그 애가 증거라고 했죠. 선량한 가톨릭 신자는 결코 사생아를 들이지 않는다면서 말이에요. 그리고 이런 말도 했어요. 그 애의 어머니는 좌파……."

"잠깐만요. 그 애가 당신 아들이 아닙니까?"

눈물. 숨소리. 침묵.

"난 아무 잘못도 하지 않았어요."

"물론이죠."

"난 생명을 구했어요."

"물론이죠."

"이 돼지 새……."

"부드럽게, 세뇨르 루비오."

"이 프랑코……."

"그에 대해서는 말하지 마세요, 세뇨르 루비오."

"난 아무 잘못도 하지 않았어요."

"알아요."

눈물. 숨소리. 침묵.

"프랭키에게 기타를 가르치고 있어요?"

"매일요."

"연주를 잘하나요?"

"정말 잘하죠."

"그 애의 연주를 듣고 싶군요."

"얼마나 갇혀 있어야 하죠, 세뇨르 루비오?"

"12년 하고 하루요."

"12년이요?"

"그게 내 형기예요. 어떻게 이럴 수가 있죠? 내가 나가면 프란시스코는 어른이 되어 있겠죠."

"정말 유감입니다."

"부탁이 있습니다, 마에스트로. 들어주시겠소?"

"프란시스코를 위해서요?"

"네."

"하겠어요."

"그를 멀리 보내주세요."

엘 마에스트로는 속이 쓰렸어요.

"멀리요?"

"네."

"어디로요?"

"미국이요. 누이가 있습니다. 거기서는 안전할 거예요."

"미국이요?"

"누이가 있습니다."

"너무 멀어요."

"여기에는 미래가 없어요."

"하지만 내가 그를 돌볼 수……."

"너무 위험해요."

"그는 나와 지낼……."

"제발요, 마에스트로. 누군가 말할 거예요. 반역자의 아이들을 가두는 곳들이 있다고 들었어요. 그들은 얻어맞고 굶주린대요."

"하지만 당신은 반역자가 아니에요."

"그렇지만 아직도 여기 있잖아요."

엘 마에스트로는 얼굴을 문질렀어요. 그는 이제 땀을 흘리고 있었어요.

"어떻게 해야 하죠?"

"내게 돈이 있어요. 숨겨두었죠. 그걸 찾아요. 부두에서 사람들에게 돈을 주세요."

"어떤 사람들이요? 어떤 부두요?"

"돈을 넉넉히 주면 어느 부두에서든, 어떤 사람이든 구할 수 있을 겁니다."

"하지만 어떻게……."

"잘 들어요. 우리에게는 시간이 없어요. 이걸 받아요."

그는 찢어진 셔츠 조각을 눈먼 남자의 손에 슬쩍 쥐여주었어요. 거기에는 뭔가 쓰여 있었죠.

"미국 주소입니다. 그가 가야 할 곳이죠."

"좋아요."

"아이에게 새로운 이름을 지어주세요. 내 이름은 독이에요."

"좋아요."

"언젠가 내가 그를 찾을 거라고 말해주세요."

"알겠소."

"나를 잊지 말라고도요."

"네."

"그를 사랑한다고도요."

"말해줄게요, 세뇨르 루비오."

눈물. 목이 메는 소리.

"난 아무것도 하지 않았어요, 마에스트로. 당신은 나를 믿어야 해요."

"믿습니다."

"그는 나의 전부요."

"유감입니다."

"내가 부탁한 대로 해주세요."

"알겠습니다."

"남는 돈은 가지세요."

"당신의 돈은 탐나지 않습니다, 세뇨르 루비오."

"기분 나쁘게 하려는 것은 아니었어요. 당신은 아이를 포기하는 것이 어떤 것인지 모를 겁니다."

검은 선글라스 뒤에 눈물이 고이기 시작했어요.

"모릅니다." 눈먼 남자가 말했어요. "물론 모르죠."

16

그날 밤 선술집에서 일을 마친 엘 마에스트로와 콩가 연주자 알베르토는 칼바리오 거리에 있는 루비오의 집(약탈당해 물건들은 모두 사라졌죠)에 몰래 들어가서 루비오가 알려준 대로 마룻장 아래 숨겨둔 주석 통을 찾았어요. 통에는 작은 군대에게 뇌물로 줘도 충분한 액수인 60만 페세타(정어리 공장의 이윤)가 담긴 벨벳 자루가 있었어요. 재빨리 뒤쪽 정원으로 나온 그들은 크리스타 세네갈 거리의 세탁소로 돌아와 촛불 옆에 앉았어요. 알베르토는 돈을 1만 페세타씩 나눠서 고무줄로 묶었어요. 그래야 엘 마에스트로가 얼마인지를 알 수 있을 테니까요.

"세 뭉치를 가져가." 엘 마에스트로가 알베르토에게 말했어요.

"마에스트로, 그럴 수는 없……."

"아냐, 가져가. 제발. 그리고 종이를 찾아서 내가 말하는 내용을 적어."

그는 8분 동안 알베르토에게 이것저것을 시켰어요. 모든 일을 마친 알베르토가 종이에 적힌 것을 보고 숨을 내쉬면서 기타 연주자의 팔을 잡았어요.

"짧은 시간에 다 하기에는 일이 많군요, 마에스트로."

"애가 위험해."

"시키신 대로 할게요."

"고마워, 알베르토."

알베르토는 벨벳 돈 주머니를 들었어요. 물론 엘 마에스트로는 그의 얼굴을 볼 수 없었어요. 하지만 나는 볼 수 있었죠. 새로운 재물이 가까이 있을 때 많이 보았던 표정이었어요. 가늘어지는 눈. 단호해지는 입술.

"걱정 마세요, 마에스트로." 알베르토가 말했어요. "신은 우리 편이에요." 그는 돈 주머니를 건네면서도 거기서 눈을 떼지 못했죠.

그날 밤 엘 마에스트로는 잠을 이루지 못했어요. 아침에 프랭키가 아직 자고 있을 때 엘 마에스트로는 욕실 선반에 쌓인 옷(프랭키는 매일 저녁 그를 위해 옷을 선반에 쌓아두었어요)을 입고 벽장으로 갔어요. 그는 손을 더듬어서 옷걸이에 걸린 핸드백을 찾았고, 핸드백을 열어 안에 숨겨진 뭔가를 꺼냈어요. 원 모양으로 감긴 한 세트의 기타줄이었어요. 그는 마치 조각처럼 몇 분 동안 벽장에 서 있었어요. 그러고는 밖으로 나와 문을 닫고 부엌으로 갔어요.

"일어나, 프란시스코." 그가 말했어요.

소년이 눈을 떴어요. 털 없는 개가 머리를 들었어요.

"내가 늦잠을 잤나요, 마에스트로?"

"아니." 눈먼 남자가 기타줄을 움켜쥐며 말했어요. "오늘 할 일이 많아서 그래."

1945년 8월 5일은 마치 트럼펫 연주자가 각 마디를 채우기 위해 8분 음표를 불어대는 것처럼 분주했어요. 엘 마에스트로는 프랭키에게 칫솔, 빗, 비누, 옷, 특히 속옷을 가방에 모두 싸라고 했어요.

"우리 어디 가요?"

"모험."

"마에스트로의 가방은요?"

"나중에 가져올 거야. 자, 서둘러."

그들은 집을 나섰어요. 눈먼 남자는 소년의 손을 잡았고 프랭키는 그를 산미겔 거리의 가게로 데려갔어요. 가게의 벽에는 기타와 바이올린들이 걸려 있었죠. 프랭키는 그런 곳을 본 적이 없었어요. 그곳에서는 나무와 기름 냄새가 났어요. 엘 마에스트로가 프랭키에게 앞쪽에서 기다리라고 말하고는 뒤쪽에서 누군가를 불렀어요. 수염을 기른 남자가 나오더니 웃으면서 엘 마에스트로를 안았어요. 그들은 프랭키에게 들리지 않게 조용한 목소리로 대화를 나눴어요.

"마에스트로, 당신이군요?"

"좀 오래되었죠, 알아요."

"뭘 도와드릴까요?"

"당신이 가진 것 중에서 가장 좋은 기타를 가져가야겠어요. 여행에도 견딜 만한 튼튼한 것으로 주세요."

"에스트루흐가 있어요. 흑단으로 만든 넥에 가문비나무와 자단을 썼죠."

"좋군요."

"하지만 가격이 비쌉니다."

"지금 주세요. 가장 튼튼한 케이스도요."

"다시 연주를 하는군요, 마에스트로?"

"저 애 거예요."

"저 소년이요?"

"네. 그리고 제조자 표시를 가려주세요."

"그러면 기타의 가치가 떨어져요."

"저 애는 기타의 가치를 알 필요가 없어요. 그가 만날 사람들도 마찬가지고."

"줄은요?"

"줄은 없어도 됩니다."

"알겠습니다, 오랜 친구."

"고마워요."

"하나 물어도 될까요?"

"그럼요."

"저렇게 어린 아이한테는 너무 좋은 기타 아닌가요?"

"저 소년만을 위한 것이 아닙니다. 그 기타는 평생 저 애와 함께 할 테니까요."

"왜죠, 마에스트로?"

"내가 함께할 수가 없어서죠."

엘 마에스트로는 주머니의 자루에서 지폐 뭉치를 꺼내 남자에게 건넸어요. 남자는 몇 분 동안 사라졌지요. 그사이 프랭키가 스승에게 다가와 그의 팔꿈치를 쳤어요.

"검은 상자들은 뭐예요, 마에스트로?" 그가 늘어서 있는 작은 앰프들을 살펴보면서 물었어요.

"손잡이들이 있어?"

"네."

"선도?"

"네."

"시간 낭비야."

"저걸로 뭘 하는데요?"

"저것들은 기타 소리를 크게 해서 아주 멀리 있는 사람들도 들을 수 있게 하지."

"그게 나빠요, 마에스트로?"

눈먼 남자가 손을 더듬어 프랭키의 어깨를 찾았어요.

"기억해라, 프란시스코." 그가 말했어요. "네 음악을 더 크게 만들기보다는 세상을 더 조용하게 만드는 것이 중요해."

가게 주인이 기타 케이스를 들고 나타났어요. 그는 엘 마에스트로를 불렀어요. 그들은 뭔가를 소곤거리다가 한 번 더 포옹을 했어요. 엘 마에스트로는 새로 산 물건을 들고 돌아섰어요. 그가 왼손을 내밀었어요. 프랭키가 그를 문밖으로 이끌었어요.

"새 기타를 사셨어요, 마에스트로?"

"그래."

"언제 연주하실 거예요?"

"오른쪽으로 걸어라."

그들은 세 곳에 더 들렀어요. 각 장소에서 프랭키는 엘 마에스트로가 사람들에게 환대를 받는 것을 보고 깜짝 놀랐어요. 소년은 그의 스승이 누군가와 이야기하는 것을 거의 들은 적이 없었거든요. 사실 그 눈먼 남자가 이름으로 부르는 사람은 이사벨뿐이었어요. 아래층의 세탁소 주인인 이사벨은 때로 그들에게 펠라디야(캐러멜에 감싼 아몬드)를 해주곤 했지요.

"이사벨, 당신 때문에 이가 썩겠어요." 엘 마에스트로가 종종 말했어요.

하지만 이날은 사람들이 눈먼 남자가 집에 돌아온 것을 환영하듯 그를 포옹했어요. 프랭키는 전쟁 전에 엘 마에스트로가 유명한 기타리스트이자 인기 있는 나이트클럽 공연자였다는 것을, 그래서 밤늦게까지 음악을 듣고 술을 마시며 여자들을 꾀는 것을 좋아하던 남자들과 친한 사이였다는 것을 몰랐어요. 음악가들은 종종 끝까지 남아 있는 사람들과 친해지죠. 그들을 제외한 모든 세상이 잠든 것처럼 보일 때는 한 시간 안에 유대감을 형성해요. 프랭키는 그들 중에 우락부락한 얼굴과 튀어나온 배를 가진 남자들은 무서웠어요. 하지만 그들은 엘 마에스트로가 주머니에서 돈뭉치를 건네자 재빨리 반응을 보였어요. 모든 대화는 속삭임과 악수로 끝났죠. 그리고 나서 엘 마에스트로가 돌아서서 프랭키에게 손을 내밀었고 그들은 계속 움직였어요.

중간중간에 그는 소년에게 먹을 것을 사주고 빵집에서는 여분의 빵과 작은 병에 담긴 꿀을 사서 가방에 넣게 했어요. 소년에게는 흥분되는 날이었어요. 하지만 프랭키는 엘 마에스트로가 그의 짐을 싸기를 계속 기다렸어요. 또한 프랭키는 그날따라 털 없는 개가 때로는 자기 다리에 부딪힐 정도로 달라붙는 것도 알아차렸어요.

오후 늦게 엘 마에스트로가 물었어요. "해가 어디 있지?"

"거의 졌어요." 프랭키가 대답했어요.

눈먼 남자가 소년에게 자신을 근처의 식당으로 데려가달라고 했어요. 프랭키와 개는 밖에서 기다렸어요. 프랭키는 새 기타 케이스를 부드럽게 쓰다듬었어요. 그는 엘 마에스트로가 음식을 좀 가지고 나오길 바랐어요. 다시 배가 고팠거든요.

한 시간이 지났어요. 날은 거의 어두워졌죠. 마침내 나타난 스승은 아무것도 가지고 있지 않았어요. 그의 목소리는 깊고 느렸어요.

"가자, 프란시스코."

"어디로요, 마에스트로?"

"선술집으로."

"마에스트로의 연주를 볼 수 있나요?"

"그래. 이번에만."

처음에 프랭키는 아주 신이 나서 배가 고픈 것도 잊었어요. 하지만 엘 마에스트로는 흥분하지 않았죠. 그는 힘들게 숨을 쉬었고 신음 소리를 냈어요. 새 기타를 들고 걸어가는 동안 조금 비틀거렸고요. 프랭키는 스승이 식당에서 아무것도 먹지 않은 것을 알아차렸어요. 그는 거기서 술을 마셨던 거예요.

"오늘 네 바지 색은 뭐지, 꼬마야?"

프랭키가 인상을 썼어요.

"내가 물었잖아."

"갈색이요, 마에스트로."

"네 신발은?"

"갈색이요."

"네 머리는?"

프랭키는 대답하고 싶지 않았어요. 그는 스승이 약속을 깨뜨린 것이 슬펐어요. 다시 나쁜 일들이 시작될 것 같았거든요.

"네 머리는, 꼬마야?"

"검은색 같아요."

"그러면 네 눈은? 나는 알지도 못하는구나."

"내 눈은 푸른색이에요, 마에스트로."

"아. 푸른색."

엘 마에스트로는 코로 숨을 깊게 들이쉬고는 입을 벌렸어요. 그는 반쯤 중얼거리듯 뭔가를 노래했죠.

"나는 슬픈가요……? 나는 슬픈가요……?"

그가 기침을 했어요.

"노래란다, 꼬마야. 언젠가는 배울 거야."

남자는 술에서 용기를 찾지만 술은 용기를 찾아주는 것이 아니라 두려움을 없애버리죠. 술 취한 남자는 절벽에서 뛰어내릴지 몰라요. 술은 사람을 용감하게 만들지 않아요. 단지 잘 잊게 하죠.

그날 밤 술을 마시고 선술집 무대에 오른 엘 마에스트로는 나라에서 예술가에게 금지한 것들을 잊어버렸어요. 그 결과 그때껏 가장 두려움 없는 공연이 펼쳐졌죠. 그는 거의 멈추지도 않고 '세인트루이스 블루스(St. Louis Blues)'와 '타이거 래그(Tiger Rag)' 같은 미국 노래들을 연주했어요. 집시 음악의 전설인 장고 라인하르트의 '파르펭(Parfum, 향수)'도 연주했고요. 또 슈만과 비발디와 페르디난도 카룰리의 작품뿐만 아니라 중독성 있는 프랑스 고전인 '파를레 무아 다무르(Parlez-Moi d'Amour, 사랑한다고 말해줘요)'도 연주했어요. 그의 기타는 강력하고 열정적으로 들렸고 나는 솟구치는 분수처럼 그를 휘감았죠. 그는 음 하나하나의 진동을 느끼며 몸을 앞뒤로 움직였어요. 사람들은 너무 조용해서 때로는 아무도 거기 없는 것 같았어요. 그런 음악은 정부에 의해 금지되어 있었거든요. 하지만 음악이 너무나 아름다워서 군중은 넋이 나가버렸어요. 두 시간 동안 아무도 항의하지 않았어요. 심지어 뒤쪽 줄에서 바라보던, 옷을 껴입은 사람도요.

끝이 되어가자 엘 마에스트로가 검은 안경 아래로 손을 넣어 눈을 비볐어요. 그러더니 그날 밤 처음으로 말을 했어요.

"나의 동포 여러분, 이 마지막 노래는 나의 가장 뛰어난 제자를 위한 것입니다."

엘 마에스트로는 프랭키가 앉아 있던 부엌 근처로 고개를 돌렸어요.

"이리 와, 꼬마야. 함께 연주하자."

그는 프랭키가 훔친 축음기로 즐겨 듣던 앨 졸슨의 '아발론 (Avalon)'을 연주하기 시작했어요. 손님들은 앞뒤를 둘러보았죠. 어떤 사람은 구석의 꼬마를 가리켰어요.

프랭키는 온몸이 떨렸어요. 그는 의자에서 미끄러지듯 내려와 초조하게 스승에게 다가가더니 그의 어깨를 쳐서 자신이 옆에 왔음을 알렸어요.

"자." 엘 마에스트로가 기타 음 너머로 속삭였어요. "다른 기타를 들고 노래를 불러."

"부르고 싶지 않아요."

"왜?"

"무서워서요."

"좋아. 그럼 넌 또다시 무서워질 거야. 평생. 이겨내야 해. 사람들을 마주하고 사람들이 저기 없다고 생각해."

"마에스트로……."

"할 수 있어. 내 말을 항상 기억하렴, 넌 할 수 있어."

프랭키는 겁에 질렸지만 스승을 완전히 믿고 있었어요. 그는 기타를 집어 들고 어깨에 끈을 두르고는 그와 엘 마에스트로가 연습한 화음을 연주하기 시작했어요. 도입부가 지나길 기다린 후에 관객을 위해 부르는 그의 첫 노래가 마침내 시작되었어요.

아발론에서 내 사랑을 찾았네
만 옆에서……

사람들은 앞뒤를 둘러보았어요. 프랭키는 영어로 노래하고 있었거든요!

난 아발론에 사랑을 남겨두고
배를 타고 떠나왔네……

나는 사람들의 반응을 보는 것이 즐거웠어요. 프랭키의 목소리가 너무 풍성하고 진실되어서 사람들은 감탄할 수밖에 없었거든요(물론 그들이 내게 감탄한다는 의미죠). 프랭키가 연주하는 리듬과 그의 스승이 연주하는 솔로 음이 마치 쿠키 위에 반짝이는 설탕처

럼 완벽하게 균형을 이루었어요. 프랭키가 노래를 한 소절 부르자
관객들은 감탄했어요. 또 한 소절을 부르자 예술이 정치를, 아름다
움이 두려움을 이겼어요.

난 아발론의 그녀를 꿈꾸네
저물녘부터 새벽까지
그래서 나는 가려고 하네
아발론으로

프랭키의 목소리는 강한 술처럼 잠깐 동안 공포를 잊게 했어요.
하지만 술처럼 지속되지는 않았죠. 베이지색 양복을 입은 남자가
가장 먼저 깨어났어요. 그는 항의의 뜻으로 유리잔을 탕 하고 내
리쳤어요. 한 번. 다시 한 번. 다른 사람들도 따라했어요. 선술집에
는 곧 유리잔이나 은그릇들이 테이블에 세게 놓이는 소리가 가득
찼어요. 공포가 커튼을 내렸어요. 프랭키는 노래를 멈췄어요. 눈에
는 눈물이 고였죠. 그는 스승에게 돌아섰어요. 스승은 마치 예상했
던 것처럼 연주를 멈췄어요.

"나를 일으켜다오." 엘 마에스트로가 말했어요.

그는 프랭키의 손을 잡고 일어났어요. 손님들이 야유를 보내는
동안 엘 마에스트로가 프랭키 쪽으로 몸을 숙이고 말했어요. "이
제 인사를 해야지, 이렇게."

그는 허리를 숙였어요. 프랭키도 똑같이 했죠. 야유는 더욱 커졌

어요. 어떤 사람은 '반역자'라고 외쳤어요.

"청중에게 항상 감사해라." 엘 마에스트로가 속삭였어요. 그는 프랭키의 손을 꼭 쥐었어요.

"자, 뒤로 가자."

프랭키에게 나머지 일들은 희미한 기억으로 남아 있어요. 그는 콩가 연주자인 알베르토가 골목에 서 있던 자동차의 운전석에 앉아 있던 것을 기억할 거예요. 어둠 속을 한참 동안 달렸던 것도, 차를 타고 가면서 사람들이 화를 냈던 것을 떠올리며 많이 울었던 것도 기억할 거예요. 또 엘 마에스트로가 무릎 사이에 새 기타 케이스를 끼고 거의 말을 하지 않다가 차가 덜컹이는 것을 느끼고는 알베르토에게 "얼마나 더 가야 하지?"라고 묻고, 알베르토가 "20분이요, 친구"라고 대답했던 것을 기억할 거예요.

프랭키는 스승이 여정이 기니 잠을 자둬야 한다면서 그에게 은제 술병을 건네고 마시라고 했던 것을 기억할 거예요. 그는 달콤하지만 톡 쏘던 술맛을 기억할 테고, 엘 마에스트로가 기타 케이스를 건넸던 것을 기억할 거예요.

"이제 이건 네 거야. 흑단으로 만든 넥에 가문비나무와 자단을 사용한 좋은 기타야. 제작자는 유서 깊은 기타 제작자 가문 출신이지. 이건 중요해. 네가 어디서 연주하든 역사가 있어야 하니까."

프랭키는 행복하고 싶었어요. 새 기타가 생겼으니까요. 하지만 내면에서 너무 많은 감정이 소용돌이쳤어요.

"왜 노래해야 했죠, 마에스트로?"

"언젠가 알게 될 거야."

"하지만 사람들은 컵을 세게 내리쳤어요."

"그리고 너는 용기를 보여줬지. 네 인생에 그게 필요할 거야."

"우리는 어디로 가죠?"

눈먼 남자가 고개를 돌렸어요.

"첫 수업을 기억하니?"

"네, 마에스트로."

"무엇을 했지?"

"듣는 거요."

"맞아. 네가 가는 곳에서도 넌 들어야 할 거야. 들으면 배우게 되지. 그걸 기억해라. 음악에서든 인생에서든."

"하지만, 마에스트로……."

"자, 처음 연주를 시작했을 때 무엇이 기억나니?"

"아팠어요."

"그래." 눈먼 남자가 말했어요. 그는 목이 메었어요. "그리고 이 것도 아플 거다." 그가 목을 가다듬었어요. "하지만 굳은살이 생길 거야. 그러면 더 쉬워지겠지."

차가 덜컹거리며 달렸어요. 눈먼 남자가 얼굴을 비볐어요.

"프란시스코."

"네, 마에스트로?"

"이 기타 케이스 안에 줄이 있어. 기타에 끼우렴."

"고마워요, 마에스트로."

"그 줄들은 내게 특별하단다."

"왜요?"

"아내 것이거든."

"아내가 있어요, 마에스트로?"

"지금은 없어."

"그분은 어디로 갔는데?"

"천국에 갔단다. 그 기타줄들은 선물이었어. 난 사용하지 않았지."

"그분이 죽어서요?"

"그래, 아내는 내게 그 기타줄들을 주지도 못하고 죽었단다. 기타줄은 그녀의 지갑에서 나왔어."

프랭키는 그녀가 어떻게 생겼을지 상상해보았어요.

"벽장에 있는 것이 그분 옷인가요?"

"그녀의 옷. 그녀의 신발. 그녀의 향수. 누군가를 기억하기 위해 많은 것이 필요하지는 않단다, 프란시스코. 하나만으로도 충분하지."

엘 마에스트로는 소년의 무릎을 두드렸어요.

"너는 내 기타줄을 갖게 되었어. 그것으로 충분해."

프랭키는 이제 더 두려워졌어요.

"우리는 집을 떠나는 거예요, 마에스트로?"

"그건 그냥 셋집이야."

"나와 함께 가는 거죠?"

"세탁소 위에 있는."

"나와 함께 가는 거죠?"

아무 대답이 없었어요.

"우리는 어디로 가죠?"

눈먼 남자가 프랭키에게 몸을 숙였어요. "밖에 뭐가 보이지?"

프랭키가 차창을 보며 눈을 가늘게 떴어요. 밖은 아주 어두웠어요. 하지만 오르막을 넘으면서 알베르토가 속도를 늦추었고 멀리 수평선에서 달빛이 작은 다이아몬드들처럼 반짝였어요.

"바다요." 프랭키가 속삭였어요.

재즈 트럼펫주자인 디지 길레스피가 이렇게 말했죠. "무엇을 연주하지 않을지를 배우는 데 평생이 걸렸다." 그는 내 특별한 제자죠. 그리고 아주 정확했어요. 침묵은 음악을 높여주죠. 연주되지 않는 것이 연주되는 것을 더욱 감미롭게 해요.

하지만 말은 그렇지 않아요. 여러분이 말하지 않은 것은 여러분의 머릿속에 계속 떠오르죠. 엘 마에스트로는 아티스트였지만(그의 영혼은 확실히 내 것이었죠) 그의 본능은 너무 음악적이었어요. 그는 음들을 생략하듯이 말들을 생략했어요.

그래서 그날 밤 같이 발렌시아 항에 앉아 있는 동안 엘 마에스트로는 프랭키에게 모든 것을 말하지 않고 그냥 잠들게 했어요.

한 시간 후에 신호가 오자 그는 소년을 안고 긴 경사로를 올라 배로 갔어요. 알베르토가 가방과 기타를 들고 그를 따라오면서 속삭였어요. "똑바로 가세요, 마에스트로……. 이 널빤지를 조심하세요, 마에스트로……." 눈먼 남자는 마치 기억을 새기려는 것처럼 몇 번이고 프랭키의 코와 턱에 자신의 뺨을 비볐어요.

그는 프랭키에게 많은 것을 말하지 않았어요. 그들이 이 여행을 함께하지 않는다는 것, 소년이 이 배 안에서 뇌물을 받고 그의 항해를 돕는 남자들 틈에서 깨어나리라는 것, 그가 기타 케이스에서 돈뭉치와 여행 서류와 미국 주소가 적힌 천 조각과 눈먼 남자의 구불구불한 필체로 적힌 쪽지를 발견하게 되리라는 것을.

프란시스코

너는 떠나야 한다. 여기는 너무 위험해. 네 아빠의 소망이란다. 그는 너를 사랑하고 언젠가 너를 찾을 거야. 너를 계속 가르칠 수 없어서 유감이구나. 하지만 이제 넌 스스로 배울 수 있을 거야. 미국에서 고모를 찾아. 돈이 필요하면 기타를 연주하고. 네가 보고 싶을 거야. 너도 내가 보고 싶으면 눈을 감고 네게 선물한 기타줄로 연주하렴. 나는 항상 네 음악 속에 있을 거야.

마에스트로

그는 다른 이야기는 하지 않았어요. 감옥을 찾아갔던 것도 이야기하지 않았고, 바파의 형기도 이야기하지 않았어요. 엘 마에스트로는 원래 눈이 보였느냐는 질문을 포함해서 프랭키의 많은 질문에 대답하지 않았죠. 그래요, 프랭키의 스승은 원래 눈이 보였어요. 그는 스페인에서 내전이 벌어졌을 당시 아내의 남동생을 지키다가 시력을 잃었어요. 아내의 남동생은 공화국과 싸우기 위해 뛰쳐나갔죠. 엘 마에스트로는 그를 따라 전투에 뛰어들었고, 격렬한 공격 중에 수류탄에서 그 남동생을 구했어요. 하지만 겨자 냄새가 나는 독가스가 들어 있던 수류탄이 엘 마에스트로의 근처에서 터졌어요. 그 후 며칠 동안 엘 마에스트로의 피부에는 반점이 생겼고 시력은 점점 사라졌어요. 마치 그의 인생에 커튼이 드리우는 것처럼요.

아내의 남동생은 수치스러워하며 그 나라에서 도망쳤어요. 엘 마에스트로는 눈이 멀어 고향으로 돌아왔죠.

"다 왔어요, 친구." 알베르토가 말했어요.

"우리 연락책은 어디 있지?"

"바로 우리 앞에요." 그가 기관실에서 나온, 면도하지 않은 선원 둘에게 고개를 끄덕이며 대답했어요.

"그는 눈이 멀었소?" 선원 하나가 물었어요.

"대단한 아티스트예요." 알베르토가 말했어요.

"이 소년을 어떻게 해야 하는지 아시오?" 엘 마에스트로가 물었어요.

"네, 네. 영국, 그다음에 미국. 서둘러요."

"알베르토? 저 사람들을 믿을 수 있나?"

"믿을 수 있습니다, 마에스트로."

"우리는 이런 일을 여러 번 했어요." 선원이 말했어요. "돈은 어디 있죠?"

"내 주머니에요. 아이를 데려가요. 조심해요."

엘 마에스트로가 잠든 프랭키를 그들에게 내밀었고 이내 그의 팔이 가벼워졌어요. 갑자기 그는 숨이 막혔어요. 그는 자신을 휩싸는 공허함을 맞을 준비가 되어 있지 않았어요.

"잠깐. 애는 어디 있지? 애는 어디 있어?"

"바로 여기 있어요, 제발."

"프란시스코!"

"진정해요. 우리가 데리고 있어요. 보겠소?" 선원이 엘 마에스트로의 손을 잡고 프랭키의 뺨을 토닥이게 했어요. "됐소? 목소리를 낮춰요."

"알겠소. 용서하시오."

"그는 안전할 거예요."

"좋소."

"그에게는 힘든 일이에요." 알베르토가 끼어들었어요.

"돈을 내요. 지금." 선원이 침을 내뱉듯이 말했어요. "저 남자가 보지 못하는 것은 내 잘못이 아니요."

물론 엘 마에스트로가 볼 수 있었다면 우리의 이야기는 달라졌 겠죠. 달빛 속에서 소년을 넘겨주기 오래전에 프랭키의 짙은 포도 색깔 머리카락과 푸른 눈, 입매를 알아보았을 테니까요. 그는 소년의 얼굴에서 아내인 카르멘시타의 모습을 보았을 거예요. 카르멘시타가 프랭키의 엄마라는 것을, 교회에 남겨진 타버린 시체는 그의 생각과는 달리 반쪽의 살인을 드러내는 증거라는 것을 어떻게든 알아차렸을 거예요.

바파가 아이의 아버지가 아니라고 고백했을 때 엘 마에스트로 자신이 바로 프랭키의 아버지라는 것을 깨달았을 거예요. 몇 년 동안 자신이 애도하던 바로 그 아이를 가르쳤다는 것도 깨달았겠죠.

하지만 이것은 모두 가슴 아픈 멜로디 속에서 운명이 남긴 주석일 뿐이에요. 눈먼 남자는 자신도 모르게 하나뿐인 아들을 기관실에서 나온 두 남자에게 넘겼어요. 그는 재킷에 넣었던 벨벳 자루에서 돈뭉치를 열 다발 꺼내 그들에게 주었어요. 그들은 소년, 소년의 가방, 기타줄이 담긴 기타, 여행서류(소년을 루비오의 아들이 아니라 카를로스 안드레스 프레스토의 아들인 프란시스코 프레스토로 기록하고 카를로스 안드레스 프레스토가 서명한)를 가져갔어요.

프랭키는 아버지를 잃은 대신 이름을 되찾았어요.

몇 분 뒤에 배는 항구에서 멀어졌어요. 엘 마에스트로는 엔진 소리, 선체에 부딪히는 파도 소리를 들었어요. 모두 배가 항구에서 멀어지는 소리였죠. 그는 바다 위에 높이 떠 있는 경사로에 서 있었어요. 배가 멀어져서 배 소리가 들리지 않을 때까지. 그는 검은 안경을 벗고 손등으로 눈물을 닦았어요. 갑자기 눈물을 참을 수가 없었어요.

"왜 울죠, 마에스트로?" 알베르토가 물었어요.

그는 대답할 말이 없었어요. 기타처럼 속이 텅 비었죠. 그는 팔을 뻗어 콩가 연주자의 어깨를 찾았어요.

"친구…… 도와줘서 고마워."

그는 알베르토의 얼굴에 떠오른 공허한 표정을 볼 수 없었어요. 알베르토의 눈이 가늘어지고 턱이 굳는 것도 볼 수 없었죠. 엘 마에스트로는 알베르토의 손이 재빨리 재킷 안으로 미끄러져 들어와 벨벳 자루를 훔쳐가는 것을 느꼈어요.

"천만에요." 알베르토가 말했어요. "잘 가시오."

그는 눈먼 남자를 경사로 너머로 밀어 18미터 아래 바다로 떨어뜨렸어요. 그렇게 엘 마에스트로의 눈물과 바다는 하나가 되었죠.

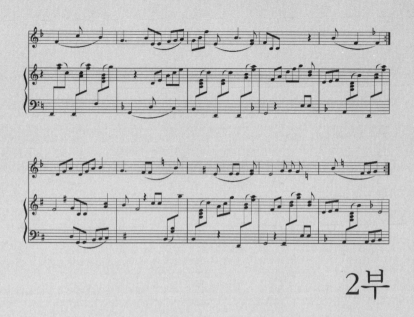

2부

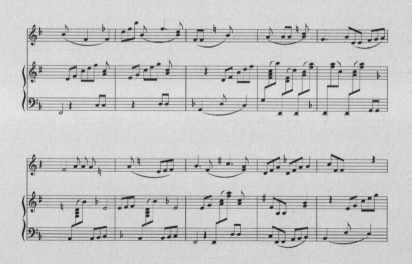

나일스 스탠고

음악사가, 작가

프랭키 프레스토에게는 무대 공포증이 있었어요.

알고 있었어요? 사실이에요. 그는 무대 공포증이 어린 시절에 생겼다고 했어요. 여기 스페인에서 어떤 공연을 했는데 관객들이 야유를 했다는 거예요. 그는 그 공포증을 결코 극복하지 못했어요. 그래서 모든 쇼가 시작되기 전에 무릎을 꿇고 심호흡을 했어요. 많은 위대한 사람들이 그런 식으로 고통받죠. 바브라 스트라이샌드, 아델, 데이비드 보위, 칼리 사이먼. 그들은 무대 공포증 때문에 땀을 흘려요. 구토도 하죠.

하지만 프랭키 프레스토는 무대에 오르면 더 이상 긴장하지 않아요. 그는 노래하고 연주했죠. 그리고 춤도 추었어요. 진짜 춤이요. 나는 그를 초기 로큰롤의 5대 공연자로 꼽곤 하죠. 거기 누가 들어가는지 궁금해요? 제임스 브라운, 엘비스, 척 베리, 프랭키 프레스토, 리틀 리처드. 그건 내 리스트예요. 내게는 그것 말고도 많은 리스트가 있죠.

그를 처음 만났을 때요? 버펄로 시민회관이었죠. 난 대학을 졸업한 직후였고 〈라이프〉에 기사를 쓰고 있었죠. 잡지사에서 '트위스트'(그래요, 처비 체커의 춤이요)에 대해 쓰라기에 처비를 인터뷰하기 위해 버펄로에 갔어요. 처비는 프랭키 프레스토를 비롯해서 다른 공연자들과 함께 그 공연에 출연하고 있었죠. 프랭키가 그 쇼를 휩쓸었어요. 네 곡만 공연했지만 그 무대에서 최고의 뮤지션이었어요. 그는 자신이 공연한 네 곡 중에 한 곡은 기타 연주만 했죠. 빠른 버전의 '마이 걸 조세핀(My Girl Josephine)'에서 솔로 연주를 맡았는데 굉장했어요. 그는 기타줄을 구부리면서 업비트를 강조했죠. 내 생각에는 몇 가지 재즈 릭을 넣은 것 같았어요. 그런데 몸을 좌우로 미끄러뜨리고 기타를 검처럼 흔들면서 춤까지 추더군요. 밴드가 서로를 보면서 고개를 흔들었어요. 밴드조차도 믿지 못할 정도로 잘한다는 의미였죠.

그날 밤 무대 뒤에서 프랭키에게 물었어요. "어째서 항상 기타를 연주하지 않는 거죠? 당신은 대단해요." 그가 그냥 웃으면서 말하더군요. "아, 그 기타는 조심해서 다뤄야 해요. 강력한 힘이 있거든요."

'강력한 힘'이라는 말이 떠오르네요. 스페인이 아니라 미시시피에서 자란 사람이나 그렇게 말할 테니까요. 하지만 우리가 나중에 알아낸 것처럼 프랭키 프레스토는 스페인, 영국, 디트로이트, 내슈빌, 루이지애나, 캘리포니아 등 여기저기서 자랐어요. 뭐, 그 이야기는 내 두 번째 책인 『록의 프로필』에도 나옵니다. 이 나라에서 그가 어떻게 지냈는지는 알아낼 수가 없었어요. 그는 "스페인에 대해 많은 것을 기억하지는 않습니다"라고 말하곤 했어요. 저는 그가 거짓말을 한다는 생각이 들더군요. 뭔가를 기억하지 않는 사람이 어디 있습니까?

그의 최고 히트곡들에 대해 알고 싶어요? 내게는 그 리스트도 있지요. 내가 손에 꼽는 세 곡을 소개해볼게요.

물론 첫 번째는 '아이 원트 투 러브 유'죠. 200만 장이 팔렸어요. 당시에는 믿을 수 없는 숫자였죠. 그때는 누구도 노골적인 드럼비트를 시작 부분에 깔지 않았어요. 하지만 프랭키는 그랬죠. 쿵쿵 두드리는 리듬. 바 붐 붐. 그러고는 호른 소리가 짧게 터져 나오죠. 그다음에 그가 노래를 시작해요. "아, 당신을 사랑하고 싶어……." 관중이 미치죠. 아, 그래요. 난 그 곡을 1960년대 로큰롤 가운데 최고라고 생각해요.

두 번째 곡은 그가 애비 크루즈와 함께 썼던 '노, 노, 하니'예요. 자신이 무슨 짓을 했든 여자에게 떠나지 말라고 애원하는 남자에 대한 수줍은 노래죠. 그 노래 마지막 부분에 앨범에는 이름이 나오지 않은 여자의 목소리가 짧게 나와요. 그 여자는 "예스, 예스, 하니"라고 노래하며 그를 다시 받아주죠. 지금까지도 그게 누구인지 추측만 무성합니다. 내 생각에는 달린 러브의 목소리 같은데 그녀는 아니라고 부인했죠. 어쨌든 '노, 노, 하니'는 내게는 2위 곡입니다. 그 곡도 많이 팔렸어요.

마지막 세 번째 곡은 '아워 시크릿'입니다. 그 곡은 희귀합니다. 중독성이 있지요. 버트 바카락이 프로듀스했어요. 그는 프랭키의 목소리에 에코를 입혀서 정말 유령 소리처럼 들리게 했죠. 다른 두 곡만큼 팔리지는 않았지만 여전히 그의 최고 발라드 곡이에요. 그에게 '아워 시크릿'의 영감을 누구에게 얻었는지 물었어요. 그가 "당신은 그녀를 모를 거예요"라고 답하더군요.

우리가 친구였냐고요? 그렇게 말할 수는 없어요. 그는 오랫동안 내게 아주 친절했어요. 하지만 솔직히 기자라는 직업은 뭔가를 캐는 것이잖아요. 그리고 프랭키 프레스토는 비밀이 많아서 내가 기웃거리는 것을 보고도 화내지 않았어요. 특히 내가 〈롤링 스톤스〉와 일하고 나서는요. 그는 이렇게 말하기도 했죠. "나일스, 당신은 내가 연주하는 것을 글로 적을 수 없고 나는 당신이 쓰는 것을 기타로 연주할 수 없어요."

난 그의 부모에 대한 정보를 전혀 찾을 수가 없었어요. 그가 어떻게 미국에 왔는지, 어떤 학교에 다녔는지도요. 뭐, 학교에 다녔다면 말이죠. 그는 갑자기 로큰롤 스타로 나타난 유령 같았어요. 내가 마지막으로 그를 인터뷰한 것이 아마 40년 전일 거예요. 그가 사라지기 전인 1960년대 후반이었죠. 그는 당시 우리 모두가 그랬던 것처럼 약물 같은 것에 빠져 있었어요. 우리는 뉴욕의 어떤 카페에 있었고 그는 뭔가 이상한 말을 했지요. "나일스, 내게는 세 개의 줄이 남았어요." 나는 그가 자기 나이에 대해 말한 것이라고 생각해요…….

나요? 이제 일흔두 살이요. 거의 은퇴했죠. 지금은 파리에 살면서 새 책을 쓰고 있어요. 프랭키가 죽었다는 이야기를 듣고, 그가 어떻게 죽었는지를 듣고(그는 마치 하늘을 나는 것처럼 관객 위로 몸이 떠올랐다가 서커스를 하듯 아래로 떨어졌다죠) 바르셀로나행 비행기에 뛰어올랐어요. 비행기에서 내린 후에는 여기까지 차를 몰고 왔어요. 나의 오래된 기자 본능이 깨어났나 봅니다. '기이한 팝스타의 삶과 죽음'으로 〈뉴스위크〉나 〈타임〉에 기사를 보낼 수도 있겠다고 생각했죠. 하지만 내가 연락해본 곳들은 대개 프랭키의 삶이 아니라 그가 살해당했는지 여부만 알고 싶어 했어요. 그게 당신네 취재팀이 여기까지 찾아온 이유죠? 죽음은 팔리죠. 음악은 그렇게 많이 팔리지 않지만.

있잖아요. 여기 이야기가 있어요. 이상한 뭔가요. 나는 여기저기 묻고 다녔어요. 두어 명이 프랭키가 죽던 날 아침에 프란시스코 타레가의 동상 근처에서 그를 봤다고 하더군요. 그는 기타를 들고 있었고 누군가와 함께 있었답니다.

그의 연주를 다시 듣고 싶군요. 당신이 공개되지 않은 전설적인 앨범, 사람들이 '프랭키 프레스토의 마법의 기타줄'이라고 부르는 앨범을 믿지 않는다면 그는 수십 년 동안이나 음반을 발표하지 않은 셈이에요. 그 음반의 연주자가 그인지 아닌지 누가 알겠어요? 아주 많은 루머가 있어요. 어느 기자가 그에게 지금껏 가장 용감했던 공연에 대해 묻자 그는 배 바닥에서 혼자 연주한 것이라고 대답했죠. 그래, 좋아요. 배의 바닥? 그는 뭐죠, 해적? 〈사운드 오브 뮤직〉의 그 노래 같잖아요. 당신은 마리아 같은 문제를 어떻게 풀죠? 프랭키 프레스토 같은 이야기를 어떻게 들려주죠? 무엇을 믿어야 할지 누가 알겠어요?

17

1969년

"무얼 찾으세요?" 계산대 뒤의 남자가 물었어요.

"달걀이요." 프랭키가 속삭였어요.

남자가 귀에 손가락을 댔어요. "들리지 않네요."

프랭키는 면도를 하지 않았고 보잉 선글라스 뒤의 눈은 멍했어요. 몸을 숙이자 기다란 검은 머리가 여윈 광대뼈 위로 흘러내려 얼굴이 거의 보이지 않았어요.

"달걀을…… 좀 사야겠어요."

갑자기 계산대 앞에 나타난 십대가 씩 웃으면서 프랭키의 어깨를 떠밀었어요. 그는 챙이 넓은 초록색 모자를 쓰고 있었어요.

"이봐요, 맥주 팔아요?"

"달걀은 저쪽에 있어요." 그 남자가 십대를 모른 체하고 젊은이들 뒤쪽의 냉장 선반을 가리켰어요. 나염 옷과 푸른 데님 반바지를 입은 여자들과 지저분한 수염에 헤드밴드를 착용한 남자들이었어요. 그중 많은 수가 신발을 신지 않은 탓에 가게 바닥이 진흙

발자국으로 덮였죠.

"달걀은 60센트예요." 남자가 안경을 위로 올렸어요. "60센트 있어요?"

누군가 "기분이 너무 좋아"라고 소리를 질렀고 다른 사람들은 동의하듯 환호성을 올렸어요. 천장의 선풍기가 머리 위에서 돌아갔어요. 프랭키는 주머니에 손을 넣고 비틀비틀 걸어갔어요. 그는 등에 매달린 기타 케이스를 느낄 수는 있었지만 앞에 있는 남자가 더 이상 보이지 않았어요. 가장자리가 짓눌린 풍선 한가운데 서 있는 기분이었죠.

"여기요." 프랭키가 이렇게 중얼거리면서 손에 들고 있던 돈뭉치에서 20달러짜리 지폐를 더듬거렸어요.

"나도 하나 주시면 안 돼요?" 아까 그 십대가 물었어요.

프랭키가 지폐를 한 장 떨어뜨렸어요.

"맥주 스무 병을 사야지!" 그 십대가 외쳤어요.

프랭키는 달걀 상자를 들고 비틀거리며 돌아섰어요. 계산대의 남자가 그에게 소리쳤어요. "거스름돈은요?" 하지만 프랭키는 끈적거리는 여름 공기 속으로 스크린도어를 밀었어요.

당시는 1969년 8월, 미국 뉴욕 주에서 우드스탁이라는 음악축제가 3일간 열리고 있었어요. 50만 명의 사람들이 73만 평의 농장에 모였어요. 이제 서른세 살인 프랭키는 키가 크고 말랐으며 깊고 푸른 눈에 어깨가 높고 손이 크며 턱과 뺨에 거뭇하게 수염이 자라 있었어요. 정확히 이 순간 그의 삶을 음악 용어로 표현하면

'멀리'나 '멀리서'라는 의미의 론타노일 거예요. 그런 불규칙한 박자의 경우는 나도 기록해두기가 불가능해요. 그가 무대 뒤에서 마시고 삼킨 뭔가 때문이에요. 그게 뭐였는지는 말해줄 수가 없군요. 프랭키가 자신이 누구인지는 알았을지도 의심스럽군요.

내가 이야기를 건너뛴 이유를 바로 설명하죠. 우드스탁에서 프랭키의 여정은 그의 인생에서, 음악에서, 오로라 요크(그가 젊음을 바쳐가며 찾았던 나무 위의 작은 소녀)와의 사랑에서 중요한 전환점이기 때문이에요.

하지만 우선 지금의 프랭키와 같은 상태에 대해 말하고 싶어요. 그건 나와 더 가까워지는 방법이 아니에요.

나를 어지럽게 만들 뿐이죠.

여러 세기 동안 음악가들은 주삿바늘 끝이나 술병 바닥에서 나를 찾으려고 했어요. 그건 환상이에요. 그리고 종종 끝이 안 좋죠.

나의 소중한 러시아 제자인 모데스트 무소륵스키를 예로 들어볼게요. 1881년에 그는 상트페테르부르크의 선술집에 엎어져 있었어요. 이 남자는 경이로운 작품인 '전람회의 그림'과 '민둥산의 하룻밤(나중에 〈판타지아〉라는 애니메이션 영화를 통해 유명해지죠)'을 작곡했지요. 그는 알코올이 자신을 아티스트로 만들어줄 거라 믿었지만, 선술집 바닥에서는 아무것도 작곡하지 못했어요. 그는 마흔두 살에 죽었어요.

나는 그의 재능을 거둬 들이기 위해 거기 갔어요.

나는 사랑하는 빌리 홀리데이의 임종 자리에도 갔어요. 그녀는 겨우 마흔네 살이었지만 음주로 간이 망가져버렸어요. 난 뛰어난 재즈 색소포니스트인 찰리 파커의 호텔 방에도 있었어요. 그는 삼십대 중반에 죽었지만 몸이 약물 때문에 너무 망가져서 검시관들은 그를 육십대로 생각했죠.

밴드 리더인 토미 도시는 쉰한 살 때 자다가 질식해서 죽었어요. 약에 너무 취해 깨어나지 못했지요. 조니 앨런 헨드릭스(지미라고 불리죠)는 한 줌의 신경안정제를 삼키고 숨을 거뒀죠. 그의 나이 스물일곱이었어요.

어떤 물질 속에 순수한 예술이 기다린다는 생각은 새로운 것이 아니에요. 하지만 순진한 생각이에요. 난 첫 번째 포도가 발효되기 전부터 존재했죠. 첫 번째 위스키가 증류되기 전부터요. 아편이나 압생트, 마리화나나 헤로인, 코카인이나 엑스터시, 그 무엇도 이런 진실을 바꿀 수는 없어요. 그것들은 그저 당신의 상태만 바꿀 뿐이죠. 나는 음악이에요. 나는 당신 안에 있죠. 내가 왜 가루나 증기 뒤에 숨어 있겠어요?

내가 그렇게 시시하다고 생각하세요?

이제 기타와 달걀을 들고 진흙탕인 농장을 헤매는 프랭키의 아찔한 여정으로 다시 돌아가보죠. 산타나라는 밴드가 멀리 무대에 있었고 리드 싱어의 목소리가 하늘에서 들려오는 것 같았어요.

당신은 나쁜 버릇을 고쳐야 해요…… 그대

프랭키는 정신이 없었어요. 해 뜨기 직전에 삼킨 화학 약품 때문에 뮤지션 구역을 훨씬 벗어나버리고 말았죠. 그가 기억하는 것은 이랬어요.

그는 아내인 오로라 요크와 함께 있었고 그녀는 면 이불 위에서 자고 있었어요. 오로라는 그들의 첫아이를 임신하고 있었죠. 프랭키는 그녀를 깨우고 싶지 않았지만 그녀는 깨고 말았어요.

"프란시스코?"

"오로라." 그가 속삭였어요.

"새벽이라는 뜻이야."

"알아."

"배고파, 프란시스코. 나를 사랑한다면 아침을 해줘."

오로라가 눈에 주름을 잡으며 미소 지었어요. 프랭키는 그녀에게 기다리라고, 자신이 달걀을 구해 요리해주겠다고 했어요. 하지만 그 후에는 모든 것이 부옇기만 해요. 그리고 이제 식료품점 밖의 프랭키는 그 모든 것들이 얼마나 오래전에 벌어진 일인지 알쏭달쏭하기만 했어요.

"그 애는 요정이었니?"

"그렇지 않을걸요."

"그 애는 눈이 특이했니?"

"네."

"친절하게 도움을 주었고?"

"네."

"그 애는 요정이야."

프랭키는 고개를 흔들어 엘 마에스트로의 목소리를 떨쳐냈어요. 그는 그녀를 남겨둔 무대 구역을 찾으려고 했지만 관객들밖에 보이지 않았어요. 그중 일부는 혜성의 꼬리처럼 움직였죠. 그는 침낭과 담요들 쪽으로 어색하게 걸어갔어요.

남자의 목소리가 확성기에서 터져 나왔어요.

"몇 가지 알릴 것이 있습니다, 여러분…… 네, 이건 멋지군요……. 뉴욕 주 고속도로가 폐쇄되었습니다! 우리가 고속도로를 폐쇄시켰네요, 세상에!"

사방에서 함성이 울렸고 프랭키는 고개를 돌렸어요. 사람들이 축하의 박수를 치는 가운데 그는 달걀 상자를 보았어요. 문득 귀에 음악 소리가 들려왔지요.

주님도 당신이 바꿔야 한다는 것을 아시죠……

프랭키는 나를 나침반 삼아 소리가 나는 곳으로 비틀비틀 걸으면서 자신이 언제 어느 밴드와 연주해야 하는지를 생각해내려고 했어요.

18

1946년

"연주해. 주(joue)."

프랭키가 고개를 들었어요. 누더기를 걸친 그는 런던에서 남쪽
으로 두 시간 거리에 있는 사우샘프턴 부두에 기타 케이스를 열어
놓고 앉아 있었어요. 그때 프랭키는 열 살이었어요. 가느다란 콧수
염을 기르고 프랑스어를 하는 남자가 어슬렁어슬렁 프랭키에게
다가왔어요.

"주." 그 남자가 이렇게 말하면서 손목을 흔들었어요. "퐁프."

"뭐라고요, 선생님?"

"퐁프. 네 기타. 이렇게."

그 남자가 가슴을 긁는 것처럼 손을 흔들었어요. 이미 어두워졌
어요. 프랭키는 기타 케이스에 들어 있는 동전 두 개를 봤어요. 감
자 하나(그가 오늘 하루 종일 먹은 것이라고는 그것뿐이었죠)를 사기
에도 부족했어요. 그날 밤에는 배들이 모두 들어왔어요. 이 외국인
은 그의 마지막 희망이었죠.

"제발요, 선생님. 배가 고파요. 1실링만 주시면 연주해드릴게요."

그 남자가 눈을 가늘게 뜨고 담배를 물더니 주머니에서 동전을 꺼냈어요.

"주." 그가 동전을 떨어뜨리며 말했어요. "행복한 것으로, 위?"

행복한 것. 그 생각조차도 프랭키에게는 낯설었어요. 그가 스페인에서 이 항구로 보내진 지도 1년이 넘었어요. 그 배에서 사흘을 지낸 뒤였죠. 그가 한밤중에 잠이 깨자 한 선원이 그더러 더러운 빨간 담요 아래로 기어 들어가라고 했어요.

"너를 지키기 위해서야." 선원이 말했어요.

"제 선생님은 어디 있어요?"

"올 거야."

"제 기타는⋯⋯."

"네 물건은 우리가 가지고 있어. 이건 재미있는 게임이야, 알겠지?"

"전 엘 마에스트로를 원해요!"

"목소리 낮춰! 게임 규칙을 알려줄게. 네가 숨으면 그가 너를 찾을 거야. 가만있어야 해."

"하지만⋯⋯."

"조용. 네가 말을 하면 그는 오지 않아. 알겠지?"

프랭키는 세상이 어두워지는 동안 숨을 들이쉬었어요. 담요에 감싸인 그는 두 명의 선원에 의해 배 밖으로 옮겨졌어요. 그는 물이 튀는 소리, 나무가 삐걱대는 소리, 돛이 펄럭이는 소리, 거칠어지는 자신의 숨소리를 들었어요. 그는 딱딱한 바닥에 눕혀졌고 기타 케이스가 담요 아래로 미끄러지듯 들어왔어요. 프랭키는 한 팔로 기타 케이스를 잡고는 마치 그것이 그를 지켜줄 것처럼 꼭 움켜쥐었어요.

"네 스승이 곧 찾아올 거야." 한 선원이 속삭였어요. "그의 목소리가 들릴 때까지 담요 안에 있어."

물론 그의 스승은 결코 오지 않았어요. 아니, 누구도 오지 않았어요. 몇 달이 지난 뒤에 어린 프란시스코 프레스토는 재능 있는 선배들의 길고 슬픈 대열에 합류했어요. 그들처럼 음악으로 구걸하며 먹고살았던 거죠. 이런 일이 언제부터 시작되었을까요? 17세기 이탈리아 바로크 기타의 거장인 프란세스코 코르베타는 피렌체 거리에서 연주해야 했어요. 300년 후에 어빙 벌린은 맨해튼 로어이스트사이드에서 동전을 벌기 위해 노래를 했어요. 나의 아이들을 이렇게 대접하다니 여러분은 부끄러워해야 돼요. 이건 음식 찌꺼기를 얻으려는 개들보다 나을 것이 없잖아요.

프랭키는 항상 기타를 옆에 끼고는 이 영국의 항구 너머로는 거의 가지 않았어요. 어느 날 엘 마에스트로가 콩가 연주자인 알베르트의 도움을 받아 배에서 내리는 모습을 놓치고 싶지 않았거든요. 그는 엘 마에스트로에게 달려가 그의 팔을 잡을 수 있기를, 엘 마에스트로가 "연습은 하고 있니, 프란시스코?"라고 물으면 모든 것이 다시 좋아질 거라고 믿었어요. 그래서 소년은 여행자들에게 연주를 해주며 냄새나는 항구에 남았어요. 어떤 날에는 먹고 어떤 날에는 먹지 못했어요.

이제 그는 뼈만 앙상한 무릎에 기타를 올렸어요. 손톱은 계속 물어뜯어서 짧고 울퉁불퉁했어요. 행복한 것. 그는 벨기에 출신의 장고 라인하르트가 작곡한 '비예두(Billets Doux)'라는 즐거운 곡을 골랐어요. 라인하르트는 유럽에서 가장 위대한 재즈 기타리스트로 인정받는 유명한 집시였어요(엘 마에스트로는 그에 대해 "그는 이 세상 사람이 아니야"라고 말한 적이 있죠).

그 곡은 아이가 뛰어다니는 것처럼 빠르고 활기찼기 때문에 프랭키는 완전히 집중해야 했어요. 그래서 연주하는 동안 그 프랑스 남자의 멍한 표정을 알아차리지도 못했고, 그의 입술에서 담배가 떨어지는 것도 보지 못했어요.

"이름이 뭐지, 이 노래?" 프랭키가 연주를 끝내자 그가 물었어요.

"'비예두'요."

"누가 썼지?"

"장고 라인하르트요."

"그가 누구야?"

"위대한 기타 연주자요."

"무슨 의미지? '비예두'가?"

"몰라요. 난 그냥 제목만 알아요."

그 남자가 한숨을 쉬었어요.

"연주를 잘하는구나."

"감사합니다, 선생님.".

"엄마는 어디 계시지?"

"돌아가셨어요, 선생님."

"아빠는 어디 계시지?"

"몰라요, 선생님."

그 남자가 다시 담배에 불을 붙이고 바다를 바라봤어요.

"나는 여행을 한다. 멀리."

"운이 좋으시네요, 선생님."

"가고 싶지 않구나."

"왜요, 선생님."

"아기가 있어. 너 같은 남자아이."

"멋지네요, 선생님."

"아기가 죽었어. 두 달 전에. 그래서 여행을 가고 싶지 않아." 그
가 난간을 손으로 두드렸어요. "아무것도 하고 싶지 않아."

프랭키는 무슨 말을 해야 할지 몰랐어요. 바닷물이 나무 탑에
휘감겼어요.

"파를레-뷔 프랑세?" 그 남자가 갑자기 물었어요.

"아뇨, 선생님. 영어만 해요."

"영국인이 아니잖아."

"네, 선생님."

"아블라 에스파뇰?"

프랭키는 대답하지 않았어요.

"부에노." 그 남자는 그렇게 말하고는 그때부터 엉성한 스페인어로 말했어요. "넌 어디서 왔지?"

프랭키가 어깨를 으쓱였어요.

"스페인, 그렇지? 어느 지역?"

"나는 거기 출신이 아니에요." 마침내 그가 대답했어요.

그 남자가 발로 프랭키의 기타 케이스를 가볍게 두드렸어요.

"내 말을 들어봐. 내가 갈 곳에는 영어를 하는 사람이 필요해. 내 영어는 형편없거든."

"그래서요?"

"네 영어가 훌륭하구나. 갈래? 내 말을 통역해줄래? 그러면 나도 갈 거야."

"감사하지만 가지 않을래요."

"돈을 줄게."

"감사하지만 싫어요."

"잠자리를 줄게."

"감사하지만 싫어요."

"먹을 것을 줄게."

프랭키는 입에 침이 고이는 것을 느꼈어요. 밀수꾼들(엘 마에스트로가 기타 케이스에 넣어둔 돈도 모두 가져갔어요)이 여기에 버리고 떠난 이후 프랭키는 항상 배가 고팠어요. 처음에 그는 쓰레기더미에서 음식 찌꺼기를 주워 먹었어요. 그리고 토했어요. 그는 바닷물을 마셨어요. 그리고 토했죠. 다른 거지들이 프랭키를 불쌍하게 여기고 그가 구걸하는 법을 배울 때까지 파스닙과 감자를 나눠주었어요. 밤에는 그들과 함께 지하 방공호에서 잤어요.

그리고 하루 종일 기타를 연주했죠.

음계. 화음. 아르페지오. 여행자들이 지나갈 때는 노래. 그들이 걸음을 멈추고 돌아보게 하는 노래, 한두 푼의 동전이나 초콜릿을 두고 가게 하는 노래. 한번은 어느 여자가 춤도 추는지 물었고 프랭키는 "그 빵을 주시면 춤을 출게요"라고 말했어요. 그래서 그는 갑자기 댄서가 되었죠. 몸을 흔들고 씰룩거리면 돈을 더 많이 벌었기 때문에 춤을 추면서 기타를 지휘자의 지휘봉처럼 살짝 늘어뜨리고 연주하는 능력을 완벽하게 연마했어요. 몇 년 후에는 그가 엉덩이를 흔들면 소녀들이 비명을 지르게 되었죠. 프랭키는 그 항구에서 히죽거리던 사람들의 표정을, 그들의 주머니에서 동전을 꺼내기 위해 춤을 추며 느꼈던 절박함을 절대 잊지 않았어요.

사우샘프턴에서의 1년은 프랭키를 뮤지션에서 공연자로 바꿔놓았죠. 하지만 이제 그는 그냥 지쳤어요. 항상 굶주렸어요.

"나랑 가자." 프랑스 남자가 재촉했어요.

"왜 가려는 건데요?"

"연주하기 위해서."

"음악가세요?"

"위. 아마 너만큼 잘하지는 못할 거야."

그 남자가 오른손을 뻗어 프랭키의 기타를 가리켰어요.

"해볼게."

"망가뜨리지 마세요."

남자가 기타 끈을 어깨에 걸고 자신의 몸에 맞추었어요. 그는 왼손으로 기타 목을 잡았어요. 그제야 프랭키는 남자의 손가락이 심하게 손상된 것을 알았어요. 손가락 두 개는 훼손되었고 첫 번째와 두 번째 손가락만 프렛 옆에 나란히 놓였어요.

"좋은 기타구나."

"알아요."

"좋은 나무네."

"맞아요."

"이 줄은 어디서 났지?"

"선생님이 줬어요."

"뭘로 만든 거니?"

"몰라요."

그는 벨벳을 쓰다듬듯 소리를 내보았어요. "대단하구나."

"정말 연주를 하세요?" 프랭키가 두 개의 손가락을 보며 미심쩍어 했어요.

"'비예두'를 연주해볼게." 그 남자가 말했어요.

그가 깊게 숨을 내쉬며 턱을 돌리더니 같은 곡을 연주했어요. 하지만 프랭키가 숨을 쉬지 못할 만큼 빨랐죠. 남자의 두 손가락은 프렛을 재빠르게 가로지르면서 하나의 음을 짚고 다른 음들로 뛰어오르더니 깔때기에 부은 기름처럼 매끄럽게 옥타브들을 쏟아냈어요. 두 손가락은 다섯 손가락보다 더 많은 음악을 만들어냈어요. 그는 '펌프'라는 기술로 부드러운 화음들을 만들어내며 연주를 마쳤어요. 당김음을 넣어 기타에서 기차 엔진 소리가 나게 하는 기술이었죠.

"'비예두', 맞지?" 프랑스 남자가 프랭키에게 기타를 돌려주며 말했어요. "'비예두'는 '러브레터'라는 의미야."

"어떻게 알아요?"

"내가 썼으니까."

남자가 처음으로 웃자 그의 수염이 움직였어요.

"나는 장고야."

"당신이요?"

"위. 내가 장고라니까."

프랭키는 기타를 돌려받았어요. 그는 소름이 돋았어요.

"손은 어떻게 되신 거예요?"

"불 때문에."

"화상을 입었어요?"

"어렸을 때."

"두 손가락으로 연주하세요?"

"이것으로 연주하지."

그가 심장 근처를 만졌어요.

프랭키는 믿을 수가 없었어요. 그는 세탁소 위의 집에서 엘 마에스트로 옆에 앉아 몇 번이고 이 남자의 연주를 들었어요. 두 사람은 크고 힘센 손에 엄청나게 길게 뻗는 손가락을 지닌 기타리스트를 상상했었죠. 프랭키는 처음으로 인간의 몸과 그 몸이 만드는 음악 사이의 단절을 깨달았어요.

"집시니?" 장고가 프랭키에게 물었어요.

"아뇨."

"난 집시야. 나랑 같이 가면 집시처럼 연주하는 법을 알려줄게."

프랭키는 아랫입술을 깨물었어요. 그는 너무 배가 고팠어요. 그리고 이 사람은 장고 라인하르트였고요!

"좋아요."

"아침에 떠난다."

"내일 아침이요?"

"그래."

"왜 그렇게 빨리요?"

"난 밴드와 연주해. 그들이 기다리고 있어."

"어떤 밴드요?"

"듀크 엘링턴."

"듀크 엘링턴이요?" 프랭키가 속삭였어요? "그 듀크 엘링턴이요?"

"위."

"어디서요?"

"미국."

프랭키는 몸이 떨렸어요. 미국? 그의 고모가 있는 곳?

장고가 손을 내밀었어요.

"너도 가고, 나도 가고?"

"좋아요." 프랭키가 말했어요.

그는 자기 기타를 봤어요.

가장 아래쪽의 기타줄이 파랗게 변했어요.

19

1969년

"휩, 홉! 휩, 홉! 후!"

우드스탁 너머로 해가 지는 동안 프랭키는 소리를 지르고 춤을 추고 드럼을 두드리는 수많은 관객들을 지나쳤어요.

"휩, 홉! 휩, 홉! 후!"

어떤 사람들은 판초를 입었고 어떤 사람들은 셔츠도 입지 않았으며 형제로 보이는 금발의 남자들은 초록색 수건을 목에 케이프처럼 감았어요. 그들은 구호를 외치면서 병을 건넸어요. 그중 한 명이 프랭키에게 병을 건네고는 마시라는 시늉을 했어요.

"휩, 홉, 친구!"

프랭키는 벌컥대며 마셨어요.

"휩, 홉." 그가 말했어요.

"들어와요! 연주해요!"

그 남자가 프랭키의 기타를 가리켰어요.

"어서, 친구. 우리를 흔들어줘요!"

"우리를 흔들어줘요! 우리를 흔들어줘요!" 사람들이 외치기 시작했죠. 드럼을 두드리는 소리도 계속되었어요.

"이봐요, 당신을 알아요! 프랭키 프레스토죠!"

"우와!"

"정말?"

"누구?"

"프랭키 프레스토라고! 셰이크, 셰이크! 기억나?"

프랭키는 의식이 몽롱한 가운데서도 도망치고 싶었어요. 당신 프랭키 프레스토죠! 그는 누군가 이 말을 하는 순간 도망가야 했어요. 도망가. 도망가.

"셰이크, 셰이크, 프랭키! 셰이크, 셰이크, 프랭키!" 사람들은 술병을 건네고 드럼을 두드렸어요. 이제 모두가 그를 보면서 고함을 지르고 이름을 불렀어요. "셰이크, 셰이크, 프랭키!" 그는 몸을 돌리고 비틀거리면서 멀어졌어요. "우!", "안 돼!", "에에!", "그는 환각 상태야!"라는 소리가 들려왔어요. 그는 심장이 두근거렸어요. 안전한 곳으로 빠져나온 프랭키는 노란 버스들이 주차된, 스프레이로 알록달록한 메시지가 그려진 진창에 쓰러졌어요. 그는 가쁘게 숨을 쉬면서 귀로는 음악을 찾았어요. 보이지는 않지만 또 다른 밴드인 캔드히트가 '고잉 업 더 컨트리(Going Up the Country)'를 부르고 있었어요. 저건 플루트 소리인가? 그래요. 플루트였죠.

"이봐요." 여자의 목소리가 들렸어요. "괜찮아요?"

고개를 돌리자 자주색 밴에 앉은 검은 머리의 매력적인 여자가 보였어요. 그녀는 오렌지색 민소매 탑과 데님 반바지를 입었고 피부는 햇빛에 그을린 황갈색이었으며 발톱은 색색으로 칠해져 있었어요. 그녀는 오로라를 생각나게 했어요. 오로라를 어디서 보았더라? 달걀. 프랭키는 그녀에게 달걀을 가져다줘야 했어요. 나를 사랑한다면 아침을 해줘.

"이름이 뭐예요?" 그 여자가 물었어요.

"프랭키."

"이리 와요, 프랭키⋯⋯." 그녀가 말했어요.

20

1946년

"이리 와, 프란시스코." 장고가 외쳤어요. "그들이 왔어!"

프랭키는 프랑스 남자를 향해 달려갔어요. 그는 빨간색 애스컷 넥타이와 푸른색 스포츠 코트를 입고 뉴욕 시의 그랜드센트럴 지하철역에 서 있었어요. 프랭키는 지하철역의 위쪽 창문으로 쏟아지는 햇빛 속에서 놀고 있었죠. 그는 그렇게 높은 창문은 처음 보았어요. 그는 그 창문들이 만드는 네모난 그림자들 사이를 껑충껑충 뛰어다녔어요. 아홉 살 때까지 프랭키의 세계는 비야레알 거리에서 시작하고 끝났어요. 열 살이 되자 삶은 사우샘프턴으로 확장되었죠. 하지만 미국에 도착하자마자 그의 삶은 폭발적으로 확장했어요. 그가 보는 모든 것은 이전에 보았던 것보다 더 크고 거대했어요. 자동차들. 건물들. 사람들이 들고 다니는 가방들. 그들이 쓰는 모자들.

"봐봐, 프란시스코. 그 사람이지, 맞지?"

통근자들의 물결 속에서 프랭키는 낯선 두 사람이 다가오는 것을 보았어요. 한 사람은 키가 크고 얇은 콧수염을 길렀으며 머리는 뒤로 넘긴 인상적인 남자였어요. 듀크 엘링턴. 프랭키는 그의 얼굴을 앨범에서 보았죠. 종이가 살아 움직이는 것 같았어요.

"무슈 장고, 맞으시죠?" 엘링턴이 손을 내밀며 말했어요.

"무슈 듀크, 영광입니다."

프랭키는 놀라서 말도 하지 못했어요. 그는 엘 마에스트로가 듀크 엘링턴의 레코드판에 실린 곡을 '좋아'라는 말이 나올 때까지 몇 번이고 연습시키던 밤을 기억했어요.

장고가 프랭키의 어깨를 치면서 '차바(집시 말로 '소년'이라는 뜻)'라고 중얼거리더니 스페인어와 프랑스어를 섞어서 떠들었어요. 프랭키는 그 말을 영어로 바꿔서 말했어요.

"장고 씨는 당신을 만나고 당신의 밴드와 연주하게 되어 아주 흥분되고 영광이라고 말하십니다." 프랭키가 말했어요. "또한 언젠가 디지 길레스피의 연주도 듣고 싶으시답니다."

"그리고 자네, 어린 양반?" 듀크 엘링턴이 미소를 지으며 말했어요.

"네?"

"그의 아들인가?"

"아뇨. 저는……." 프랭키는 자신이 무엇인지 몰랐어요. "저는 그의 말하는 사람입니다."

"아주 좋아, 말하는 사람. 그에게 한 시간 안에 클리블랜드로 떠날 거라고 말해주게."

프랭키는 클리블랜드라는 단어를 몰랐지만 시키는 대로 "클리블랜드"라고 말했어요. 듀크 엘링턴과 함께 온 남자가 말했어요. "라인하르트 씨의 기타는 제가 가져가죠."

"그건 제 거예요." 프랭키가 말했어요.

"라인하르트 씨의 기타는 어디 있죠?"

"그는 기타를 가져오지 않았어요."

"기타를 가져오지 않았다고?"

프랭키가 그 말을 통역했어요. 장고는 당황한 것 같았어요. 아니, 거의 화난 것 같았어요. 그가 말을 줄줄 뱉었어요.

"그는 여기서 준비할 줄 아셨대요."

클리블랜드행 기차에서 프랭키는 너무 흥분해서 가만히 있지 못했어요. 이제 그는 장고가 기차역 상점에서 사준 새 코트를 입었어요. 그리고 음악가들과 여행하고 있었죠! 그는 플랫폼에서 트럼본, 드럼, 업라이트 드럼 등 음악가들의 짐을 보고 감탄했어요. 어떤 사람은 악기 케이스를 열고 음을 조금 들려주었어요.

"무엇을 연주하세요?" 프랭키는 일단의 남자들에게 물었어요.

"색소폰." 그들이 대답했어요.

"모두 똑같은 악기를 연주하세요?"

"테너."

"알토."

"바리톤."

프랭키는 놀라웠어요. 그들은 프랭키가 금색과 은색의 호른들, 앞뒤로 움직이는 밸브가 달린 트럼본 등을 만지게 해주었어요. 누군가 보물상자를 열어준 것 같았어요. 무엇보다 그는 여행 스케줄에 디트로이트가 쓰여 있는 것을 보았어요. 바로 그 도시였죠! 그가 기타 케이스에 넣어둔 천 조각에 적힌 도시. 그는 고모를 찾을 것이고 고모는 그가 스페인으로, 아빠와 엘 마에스트로에게로 돌아가도록 도와줄 거예요.

그는 자기 길로 돌아왔던 거예요.

프랭키는 비야레알 이후 경험하지 못했던 들뜬 기분, 다음 날을 기다리는 간질거리는 기분을 느꼈어요. 그는 침대차에서 아래 침대를 배정받았지만 건장한 트럼펫주자에게 무심코 "내가 위에서 자도 돼요?"라고 내뱉었어요.

"젠장, 그래." 그 남자가 말했어요. "난 위로 올라가지 않아도 괜찮아."

프랭키는 재빨리 위로 올라가 매트리스에 털썩 누웠어요. 그는 두 손을 머리 뒤에 댔어요. 갑자기 기차가 덜컹거리면서 움직였어요. 그는 간간이 터지는 음악가들의 웃음소리와 누군가 흥얼거리는 노랫소리를 들었어요. 그는 스페인 남자들보다 훨씬 소년 같은 이들의 동지애가 좋았어요. 심지어 그들은 '캣', '태프트', '쇼티' 등 이름도 아이 같았어요. 프랭키는 침대에 누워서 미소를 지었어요.

그는 또 다른 밴드에 합류했어요. 이번 밴드와는 심지어 연주도 함께하지 않았는데 말이죠.

그날 밤 장고는 프랭키가 적응을 잘하는지 보러 왔어요. 음악가들은 잠을 자기 위해 옷을 갈아입고 있었어요. 장고는 모두가 화사한 꽃무늬가 그려진 헐렁한 팬티를 입고 있는 모습을 보았어요.

"케 에스탄 우산도?" 그가 웃으며 말했어요.

"당신들이 뭘 입고 있는 건지 알고 싶으시대요." 프랭키가 말했어요.

남자들은 놀란 것 같았어요.

"멋진 속옷을 다른 사람들에게 보여준 적이 없어요?"

"당신들은 미쳤군." 장고가 무심코 말했어요.

"당신들은 미쳤대요."

"우리도 들었다."

"우리는 꼬마 통역가를 데리고 다니지는 않거든."

"가서 듀크에게도 그렇게 말해봐요."

프랭키는 장고를 따라 그가 엘링턴 씨와 함께 쓰는 객실로 갔어요. 그들이 객실에 들어갔을 때 듀크도 옷을 벗고 있었어요. 장고는 그의 속옷에도 하트와 꽃이 화려하게 그려진 것을 보고 충격을 받았어요.

"무슨 일이죠?" 듀크가 물었어요.

"농, 농." 장고가 말했어요.

그는 프랭키의 귀에 스페인어로 속삭였어요. "차바, 여긴 이상한 나라구나."

21

1969년

"그 달걀들을 요리하려고요?" 밴의 여자가 말했어요. 그녀는 푸른 아이섀도를 발랐고 입술은 반짝였으며 목에는 세 개의 목걸이를 걸고 있었어요.

"요리하냐고요?" 프랭키가 달걀 상자를 쳐다봤어요. "네."

"어디서요?"

그는 음악이 들려오는 쪽을 가리켰어요. 아니, 그가 생각하기에 음악이 들려오는 쪽을.

"저기로 가야 해요."

"어디서 왔어요?"

"나요?"

"네, 잘생긴." 그녀가 미소 지었어요. "당신."

대개 누군가 이렇게 물으면 프랭키는 캘리포니아라고 말했어요. 이번에 그는 이렇게 말했어요. "스페인이요."

"아주 멀리서 왔네요." 그 여자가 달콤하게 속삭였어요. "음악을 들으러 왔어요?"

"연주하러요."

"무대에서?"

"네."

"무대에서 멀리도 왔네요."

"이 달걀들이 있잖아요."

"당신 말로는……."

"아침식사요."

"정말 스페인에서 왔어요?"

"시."

"재밌는 분이네요."

프랭키는 무릎이 후들거리는 것을 느꼈어요. 그는 밴의 문에 기 댔어요.

"들어올래요?"

"어디로요?"

"내 옆이요."

프랭키는 안으로 들어섰어요. 그는 잠깐만 있자고 생각했어요.

"여기는 어떻게 왔어요?" 그녀가 물었어요.

"가게에서 걸어왔어요."

"아뇨." 그녀가 웃었어요. "스페인에서 왔다면서요. 어떻게 왔 죠?" 그녀가 팔을 벌렸어요. "여기 미국에요."

프랭키는 수가 놓인 커다란 쿠션에 머리를 떨궜어요. 그는 그녀가 담배를 마는 것을 지켜봤어요.

"밴드와 왔죠."

22

1946년

엘링턴 밴드는 몇 달 동안 투어를 했어요. 그동안 프랭키는 난생처음 젖소(기차 창으로)와 떠주는 아이스크림콘과 미국 극장을 봤어요. 그는 장고에게 계속 집시 연주법을 배웠고 둘이 함께 스페인와 프랑스어를 완벽하게 다듬었어요. 프랭키는 장고의 아기 이름이 지미였다는 것, 그 아기가 태어난 지 몇 주 만에 죽었다는 것, 장고가 장례 미사에서 바흐와 헨델과 모차르트의 곡을 선택했다는 것, 그 어린 소년은 프랑스의 공동묘지에 묻혔다는 것을 알게 되었어요. 그가 적절한 장례식 절차에 대해 들은 것은 두 번째였어요(오로라 요크가 처음 말해주었죠). 그는 디트로이트에 가면 엄마가 묻힌 곳을 찾아가봐야겠다고 생각했어요.

또한 프랭키는 자신이 함께 오지 않았다면 장고가 여행을 취소했을 거라는 사실도 알았어요. 장고에게는 처음이자 마지막 미국 여행이었는데 말이죠. 아들의 죽음 이후 어느 소년과 미국 여행을 함께한다는 것이 오히려 견딜 만하게 느껴졌던 거죠. 나는 내 재능을 타고난 사람들이 이루어갈 미래도, 그들이 외면할 미래도 모두 볼 수 있어요(키보드로 연주되는 멜로디든 아직 연주되지 않은 멜로디든 모든 멜로디를 들을 수 있는 것처럼 말이에요). 그래서 프랭키가 없었다면 장고는 미국을 결코 경험하지 못했을 것이고 미국에서의 경험이 그의 인생과 예술에 영향을 미치는 일도 없었을 거라고 확실히 말해줄 수가 있어요.

그들이 만났을 때 프랭키의 기타줄이 파랗게 변한 것은 그래서였어요.

하지만 그 이야기는 나중에 해요. 우선 공연이 시작되던 밤의 이야기를 하죠. 그날 클리블랜드에 도착해서 장고는 콘서트에 쓰일 새로운 기타를 사야 했어요. 그래서 화가 많이 났죠. "이건 가짜야." 그가 새 기타를 조율하면서 말했어요. "왜 내 기타를 준비해두지 않았을까? 내가 좋아하는 셀머 같은 것으로 말이야. 나는 장고야. 내게 좋은 기타를 줘야 하는 것 아냐?"

"제 것으로 연주하세요." 프랭키가 말했어요.

"뭐?"

그는 새 기타를 내려놓고 프랭키에게서 기타를 받았어요. 장고가 음을 몇 개 뜯어보다가 멈췄어요.

"완벽해. 조율을 했니?"

"네, 선생님."

장고가 프랭키를 살펴봤어요. "오늘 밤에는 네 기타로 내가 누구인지를 보여줘야지. 하지만 바로 돌려줄게. 그러고 나면 절대 기타를 네게서 떼놓지 마라. 알겠니? 팔지도 말고, 잃어버리지도 말고, 누군가에게 주고는 다시 돌려받기를 바라지도 말고. 네 음악을 놓지 마라, 차바. 아니, 너 자신을 놓지 마라.”

그날 밤 프랭키는 클리블랜드 뮤직홀의 무대 옆에서 영원히 그와 함께할 뭔가를 목격했어요. 밴드의 첫 연주. 호른 파트의 당김음 연주. 클라리넷과 색소폰의 우아한 연주. 트럼본과 베이스의 끄는 힘. 심지어 밴드의 모습(검은 턱시도를 멋지게 차려입은 그들 모두의 통일감)도 깊은 인상을 주었어요. 그리고 관객들! 거의 2천 명의 사람들! 그들의 열렬한 박수는 프랭키가 결코 상상하지 못했던 것이었지요. 그 소리는 갑자기 밀려들어 프랭키의 혈류로 퍼졌어요. 그는 박수의 물리학을 이해하지 못했지만 무대 옆에 서서 언젠가는 자신에게 쏟아지는 갈채를 듣고 싶다고 생각했어요.

장고는 마지막에야 피아노의 듀크 엘링턴과 베이스 연주자와 함께 나왔어요. 거의 연습도 없었지요. 하지만 누군가 라인하르트는 ‘음악이 만들어낸 사람’이라고 했던 말에 나도 동의해요. 그는 나의 자랑이죠. 그날 밤 그가 수없이 떠돌아다닌 프랭키의 기타로 들려준 연주는 너무나 독창적이어서 밴드 단원들도 고함을 질렀어요. “최고예요, 마스터! 최고예요!” 그는 네 곡을 연주했고 앞의 곡보다 뒤의 곡이 더 인상적이었죠.

다음 날 아침 호텔에서 장고가 프랭키에게 신문을 가져다 자신에 대한 기사를 읽어달라고 했어요. 그는 신문을 넘기다가 ‘프랑스 기타리스트, 듀크의 콘서트를 훔치다’라는 기사 제목을 봤어요.

"흠." 장고가 커피를 마시면서 말했어요. "멋지군."

그들이 함께한 시간은 몇 년 후에는 프랭키에게 기억이 아니라 꿈처럼 느껴질 정도로 너무 파란만장하고 빠르게 지나갔어요. 어느 날 밤 시카고에서 프랭키는 밴드가 공연을 준비하는 모습을 지켜보다가 RCA 빅터 레코드의 상표(축음기를 들여다보는 강아지)가 그려진 베이스 드럼을 봤어요.

그것을 보는 순간 프랭키는 속이 쓰렸어요. 그는 털 없는 개와 엘 마에스트로의 집에 있던 축음기를 떠올렸어요. 그는 자신이 떠나온 인생에 대해 생각했어요. 그는 갑자기 아주 슬퍼졌어요. 이 여행은 재미있었지만 그는 아직 아이였고 모든 아이는 결국 집에 가고 싶어 하니까요.

그 공연단이 디트로이트에 도착하자 그는 집으로 돌아갈 준비를 시작했어요.

23

1969년

밴에 타고 있던 여자가 혀로 이를 쓸었어요.

"정말 놀라운 이야기네요." 그녀가 말했어요. "어린 시절 여기저기를 여행했다고요? 듀크 엘링턴과?"

"그래요."

"아주 멋지네요." 그녀가 피우던 담배를 그에게 건넸어요. 그녀가 그의 다리 위로 몸을 숙였어요.

"기타를 보고 싶어요."

그녀가 잠금장치를 풀고 기타 케이스를 열었어요.

"조심해요." 프랭키가 중얼거렸어요.

"왜 조심해요?"

"그 기타는 이상한 일들을 하거든요."

"어떤 일들이요?"

"마법 같은 거요."

그녀가 활짝 웃었어요.

"당신은 재미있어요."

"재미없어요."

"재미있는 것 같은데요."

프랭키가 자신의 손을 봤어요. 그의 손은 커 보였어요. 그는 담배 연기에 눈을 깜박였어요. 여자가 더 가까이 다가왔어요.

"하나 받아요."

"뭐예요?"

"레몬이에요. 레몬 안 좋아해요?"

그녀가 그의 입에 작은 녹색 약을 넣어주고는 자신도 한 알을 삼켰어요.

그녀가 그에게 몸을 웅크렸어요.

"달걀은 뭐죠?"

"내 아내요. 내 아내 거예요. 내게 아내가 있어요. 곧 아기도 생길 거예요."

"그녀는 어디 있죠?"

"몰라요⋯⋯."

"몰라요?"

"무대에."

그녀가 미소를 지었어요.

"그러면 여기에는 없네요, 그렇죠?"

그녀의 얼굴이 그의 얼굴로 다가왔어요.

"그다음에 무슨 일이 있었죠?"

"다음에?"

"그 이야기 말이에요. 당신이 그 밴드를 떠난 다음에요."

"기억나지 않아요."

"기억해봐요."

프랭키가 눈을 감았어요.

"추웠어요."

24

1946년

추웠어요. 눈이 내리고 있었죠. 프랭키는 콘크리트 계단에 앉아 장고가 사준 모직 재킷을 잡아당기고는 넓적다리를 움찔거렸어요. 당시 그는 10월, 11월, 12월, 석 달째 미국에 있었어요. 그는 사람들이 그런 날씨 속에서 어떻게 살아가는지 이해되지 않았어요. 그는 다시 기타 케이스를 열더니 바파의 글씨로 바파 누이동생의 주소가 쓰인 천 조각을 꺼냈어요. 그는 벌써 천 번쯤 천 조각을 꺼내보았어요. 미시간 주 디트로이트 클라릿 가 467번지.

프랭키는 이미 몇 번이나 문을 두드렸어요. 아무도 대답하지 않았지요. 그는 오후 내내 계단에서 기다렸어요. 장고가 함께 오겠다고 했지만 프랭키는 이미 독립심이 상당히 자라 있었어요. 그래서 고모가 바파에 대해 모두 듣고 싶어 할 테니 자신이 잠시 고모 옆에 머물러야 한다고 말했어요. 어쩌면 고모는 그와 함께 살고 싶어 할지도 모르죠.

"그렇다면 작별인사를 하러 와야 한다, 차바." 그가 말했어요.

"우리는 내일 떠나, 알았지?"

"네." 프랭키가 말했어요.

그는 코트를 끌어당겼어요. 작은 벽돌집은 다른 집들과 비슷했어요. 기타 넥의 프렛처럼 집집마다 작고 곧은 진입로가 있고 주차된 차에는 눈이 쌓였어요. 커다란 차들. 긴 차들. 아직도 수레와 말을 사용하는 비야레알 사람들과는 달리 미국 사람들은 모두 차가 있는 것 같았어요.

프랭키는 눈을 감고 칼바리오 거리에 있던 바파의 집을 그려보았어요. 정원에 털 없는 개와 나란히 앉아 라디오에 귀를 기울이던 그날들은 따뜻하고 달콤하게 기억되었어요.

"길을 잃어버렸니, 아이야?"

프랭키가 눈을 떴어요.

푸른 제복을 입고 커다란 가죽가방을 둘러멘 우체부가 그의 앞에 서 있었어요. 눈송이가 그의 모자챙에 점점이 내렸어요.

"아니에요, 아저씨."

"뭐하는 거니?"

"기다려요."

"눈 속에서?"

"네."

"누구를?"

"우리 고모요."

프랭키가 천 조각을 내밀었어요.

"음, 제대로 찾아왔네. 그녀가 네 고모구나, 응?"

"네, 아저씨."

"여기까지 어떻게 왔니?"

"장고 씨가 차에 돈을 줬어요."

"택시 말이니?"

"그럴 거예요."

"고모가 네가 오는 걸 아니?"

"내가 늦게 왔어요."

"오늘 아침에 오기로 했었니?"

프랭키가 콘크리트 계단에서 몸을 움직였어요. "더 늦었어요."

그 남자가 앞의 소년을 살펴보면서 입술을 앙다물었어요. 그가 편지봉투들을 건넸어요.

"그들에게 우편물을 전해주겠니?"

프랭키가 고개를 끄덕이고 편지를 받았어요.

"따뜻하게 지내라." 그 남자가 말했어요. "그들은 금방 퇴근할 거야."

'그들'이 누구지? 프랭키는 생각했어요. 그는 우체부가 자신의 일과대로 모든 집에 들르는 것을 지켜보았죠. 마침내 우체부는 보이지 않게 되었어요. 날은 점점 어두워졌어요. 프랭키는 여기서 자야 할지 고민했어요.

바로 그때 연초록의 쉐보레가 헤드라이트를 켜고 모퉁이를 돌았어요. 차가 속도를 늦추는 동안 프랭키의 심장이 빠르게 뛰었어요.

여기서 멈춰. 그는 조용히 바랐어요. 여기서 멈춰. 여기서 멈춰.

차가 멈췄어요. 프랭키가 일어났어요. 그는 전에 한 번도 가져본 적이 없던 '고모'의 용도를 완전히는 몰랐어요. 하지만 엘 마에스트로의 쪽지를 보는 순간 그녀가 모든 것을 바로잡아줄 거라고 생각했어요. 그래서 스페인으로 돌아가 자신의 원래 밴드를 다시 만나기를 바라며 그녀를 만날 날만 기다렸어요.

하지만 그가 지켜본 장면이 모든 바람을 바꿔버렸어요.

그가 지켜본 장면은 이랬어요. 차의 문들이 열리더니 한쪽에서는 남자가, 한쪽에서는 머리 색깔이 연한 통통한 여자가 내렸어요. 프랭키는 바파에게 팔을 두르고 있던 그녀의 얼굴을 수도 없이 보았어요. 그가 베개 아래 간직했던 사진에서 말이죠. 그의 어린 몸을 따라 전율이 흘렀고 그의 머릿속에서 심벌즈가 부딪혔어요. 그는 편지들을 떨어뜨리고 계단에서 튀어 올랐어요. 여자가 입을 벌리고 당황하는 동안 그는 팔을 높이 들고 "엄마!"라고 외치면서 눈 덮인 잔디밭을 가로질러 달렸어요.

웨스턴 뮤직에서 모든 것은 원만하게 풀려가지요. 긴장되던 네 번째 음절이 다시 세 번째 음절로 돌아가죠. 디미니시드 코드가 토닉(으뜸음)으로 매끄럽게 움직이죠. 불협화음이 협화음으로. 나는 그런 식으로 화해를 시키죠.

인간들은 그런 규칙들을 따르지 않아요. 그래서 그날 밤 클라릿

가에서 단자 루비오는 자신에게 달려오는 소년을 보고 놀랐어요. 몇 년간 오빠인 바파와 아무 연락도 하지 않았던 그녀는 아이의 갑작스러운 등장을 의심했어요. 그녀는 프랭키가 자신을 끌어안으려는 순간 가만히 서 있었어요. 그리고 그가 "내가 당신의 아들이에요!"라고 소리치고는 바파가 들려주었던 이야기(그의 아내, 자동차, 미국에서의 사고)를 들려주자 그녀는 화를 내고는 바로 그 자리에서 프랭키에게 진실을 들려주었어요. 스네어 드럼을 림쇼트 기법으로 세게 연달아 내리치는 것 같았지요.

쿵!

그녀는 그의 엄마가 아니었어요.

쿵!

그녀는 바파의 아내가 아니었어요.

쿵!

바파에게는 아내가 없었어요.

쿵!

그는 결코 아내를 얻을 수가 없었어요.

쿵!

그는 미국에 온 적이 없었어요.

쿵!

교통사고는 없었어요.

쿵!

묘지는 없었어요.

쿵!

바파는 거짓말쟁이였어요.

쿵!

그는 그녀와 몇 년간 연락하지 않았어요.

쿵!

그녀는 그가 죽었다고 생각했어요.

3분도 걸리지 않았어요. 프랭키는 한 번씩 얻어맞을 때마다 더 깊은 침묵 속으로 빠져들었어요. 결국 단자의 남편이 무뚝뚝하게 끼어들었어요. "이봐, 꼬마야, 네가 바라는 것이 돈이라면 우리는 한 푼도 주지 않을 거야." 멍한 아이는 턱을 벌벌 떨었어요. 그는 기타를 잡고 달리기 시작했어요. 단자가 뒤에서 소리쳤지만 그는 돌아보지 않았어요. 그는 눈물을 흘리면서 램프 불빛 아래 눈송이 사이로 사라졌어요.

음악은 순식간에 창조될 수도 있다고 했죠. 하지만 당신네 인간들이 한 번의 대화로 뭔가를 망쳐버리는 것에는 당해낼 수가 없어요.

버트 바카락

작사가, 공연자, 작곡가, 프로듀서

프랭키 프레스토는 그 스튜디오를 좋아했어요. 침대가 있다면 거기서 살았을 거예요.

아, 그래, 내 이름은 버트 바카락이에요. 미국…… 로스앤젤레스에서 왔죠. 하지만 프랭키는 뉴욕에서 만났어요. 나는 1964년에 '아워 시크릿'이란 곡을 프로듀스했어요. 대단한 발라드였죠. 그의 목소리에 에코를 입혀서 으스스하게 들리게 했어요. 현악기 파트는 자정 무렵에 떠올랐어요. 그래서 나는 전화를 걸어서 새벽 서너 시쯤에 와줄 바이올리니스트를 두어 명 찾아두었어요. 프랭키와 나는 출신이 다르지만 공통점이 하나 있었죠. 완벽해질 때까지는 스튜디오를 떠나지 않았다는 거예요. 어떤 뮤지션들은 별로 좋아하지 않았죠. 나는 그들을 스튜디오에 잡아두고 스무 번, 서른 번씩 녹음했어요. 그것이 싫다면 예술을 한다는 게 무슨 의미가 있죠?

프랭키는 그걸 알았어요, 알겠어요? 그는 아름다운 사람이었죠. 그리고 난 그가 아직 기타를 연주한다는 사실을 알았다면 그 연주를 듣기 위해 얼마든지 비행기를 탔을 거예요. 난 그가 죽었다는 소식을 듣기 전까지는 그가 어디로 사라졌는지 몰랐어요. 그가 아직 살아 있는지도 몰랐죠. 정말 무대에서 죽었어요……? 맙소사…… 끔찍하네요.

처음 그의 연주를 들었을 때요……? 네, 그래요. 우리는 그 덕분에 만났는걸요. 난 디온 워윅과 녹음하기 전에 뉴욕의 벨사운드 스튜디오에 있었어요. 거기 일찍 도착했더니 큰 녹음실에 남자 하나뿐이더군요. 그는 우리에게 등을 돌리고 있었어요. 그는 헤드폰을 쓰고 전자 기타를 메고 있었죠. 우리는 많은 뮤지션들을 불렀기 때문에 그가 우리 연주팀인지 아니면 거기 있어서는 안 되는 사람인지 몰랐어요. 나는 엔지니어에게 그 남자가 내는 소리를 키워보라고 했어요. 그러고는 그 남자에게 나가라는 말을 하려다가 그만 몸이 얼어붙고 말았죠. 그의 연주는 믿을 수가 없었어요. 그는 고전적인 리프와 재즈곡인 '보디 앤드 소울(Body and Soul)' 사이를 오락가락하며 연주하고 있었어요. 나는 엔지니어에게 말했어요. "도대체 누구야?" 그가 말했죠. "당신은 믿지 못할 거예요. 프랭키 프레스토예요." 내가 말했어요. "그 가수?" 그가 말했어요. "네, 그 가수가 전자 기타를 연주하네요."

내 생각에 그는 우리 앞에 녹음을 하고는 스태프가 모두 돌아간 뒤에도 두 시간쯤 혼자 남아 드럼에서부터 피아노와 기타까지 주위의 모든 악기들을 만지작거렸던 거지요. 이제 내 동료들이 차례로 도착했기 때문에 나는 마이크에 대고 말했어요. "이봐요, 천재 양반, 방해해서 미안하지만 우리는 일을 해야 해요."

그가 헤드폰을 벗더니 사과하는 것처럼 손을 흔들었어요. 나는 마이크로 말했어요. "환상적이었어요. 이 건물 전체에 쾅쾅 울려 퍼지게 했어야 하는데." 그가 마이크에 대고 말했어요. "그냥 좀 놀아봤어요."

그가 나왔기에 나는 내 소개를 했어요. 그는 내가 누구인지 알더군요. 그래서 난 놀랐어요. 난 그때까지는 녹음을 하지 않고 곡만 썼거든요. 하지만 그는 더 셜를스가 노래한 '베이비, 이츠 유(Baby, It's You)'나 진 피트니가 부른 '온리 러브 캔 브레이크 어 하트(Only Love Can Break a Heart)' 같은 내 노래를 정말 좋아한다고 했어요. 그는 로큰롤 스타답지 않게 트럼펫과 플뤼겔호른에 대해 이야기했고 나는 이렇게 말했죠. "호른에 대해서는 어디서 배웠죠?" 그가 말했어요. "듀크 엘링턴과 여행을 했었죠." 나는 웃으면서 말했어요. "당신은 뭐였어요, 그의 시동?" 내 말은 듀크 엘링턴을 따라다니기에는 그가 너무 젊다는 거였죠.

그는 내 생각보다 키가 크고 아주 인상적이었어요. 심지어 우리 밴드도 그를 뚫어져라 바라봤죠. 그는 존재감이 있었어요. 그는 밝은 빨간색의 스포츠 코트를 입고 있었는데 나쁘지 않았어요. 우리가 디온 워윅의 노래를 녹음하고 있다니까 그는 그녀의 목소리를 좋아한다면서 스튜디오에 있어도 되는지 묻더군요. 평소에는 일하는 동안 신경 쓰이는 것을 좋아하지 않았지만 프랭키는 좋은 기운을 가지고 있었어요. 당신도 느끼겠지만 그는 음악적이었죠. 그래서 난 이렇게 말했어요. "녹음 부스에 남아 있어도 좋아요." 그는 좋다고 했어요.

우리가 작업하는 노래는 '어 하우스 이즈 낫 어 홈(A House Is Not a Home)'이라는 영화에 쓰일 곡이었죠. 헬 데이비드가 가사를 썼지요. 내가 작곡을 했고요. 브룩 벤턴이 원곡 가수였지만 나는 그 노래를 디온도 불러주길 바랐어요. 그래서 그 곡을 녹음하고 있었어요.

우리는 오케스트라, 현악 파트, 백그라운드 가수들과 여러 번 녹음하면서(말했다시피 그게 내 작업 방식이었어요) 프랭키가 거기 앉아 있는 것은 조금 잊고 있었죠. 그런데 녹음을 재생하면서 디온이 노래하는 파트에서 문득 그를 돌아보게 되었어요.

하지만 방이 집은 아니죠
집이 가정도 아니에요
우리 둘이 떨어져 있고
우리 중 누군가 가슴이 아프다면 말이에요

나는 프랭키가 우는 것을 봤어요.
"괜찮아요?" 내가 말했어요.
"네." 프랭키가 말했어요.
하지만 프랭키가 그 노래에 감동을 받은 것은 분명했어요. 그는 눈물을 닦지도 않았어요. 나는 훨씬 나중까지도 그가 고아라는 것을 몰랐어요. 어머니도 없고, 아버지도 없고. '어 하우스 이즈 낫 어 홈.' 그럴 만했죠, 그렇죠? 그보다 듣기 괴로운 말이 어디 있겠어요?

25

1950년

"내 말 들었어?" 수녀가 소리쳤어요. "내가 줄 서라고 했지?"

아이들이 줄을 섰어요.

"자, 움직여!"

아이들은 식당으로 행진했어요. 키 큰 소년이 프랭키의 등을 밀었어요.

"그만해." 프랭키가 속삭였어요.

"싫은데." 키 큰 아이가 말했어요.

이 무렵 프랭키는 열세 살도, 열네 살도 아니었어요. 그는 몇 살인지 정하지 않았어요. 바파가 진짜 아빠가 아니라는 것을 깨달은 프랭키는 자신이 알고 있던 생일도 거짓일 거라 생각하고 무시해버렸어요.

"시작!" 수녀가 소리쳤어요.

아이들은 식탁 옆에 서서 큰 소리로 기도를 암송하기 시작했어요. 기도가 끝나자 아이들이 식탁에 앉았어요. 수녀들은 오렌지 주스를 유리잔에 따르고는 대구 간유를 몇 숟가락 넣었어요.

"먹기 싫어." 한 소년이 불평했어요. "끔찍한 맛이야."

"마셔. 네가 가진 것에 감사하고."

프랭키가 주스를 입술로 들어 올렸어요. 주스 냄새는 거리마다 오렌지 수레가 굴러다니던 비야레알을 생각나게 했어요. 하지만 그런 기억은 프랭키를 화나게만 했지요. 바파는 결코 그의 아버지가 아니었어요. 사진 속의 여자는 그의 어머니가 아니었어요. 그가 가진 유일한 신분서류에는 그의 이름이 프레스토로 올라 있었어요. 그는 알지도 못하는 이름이었죠. 모두 거짓이었어요. 그는 대구 간유의 맛이 나는 주스를 마셨어요. 주스는 그의 혀에 감돌던 모든 달콤함을 망쳐버렸어요. 더 이상 오렌지는 달콤하지 않았죠.

이 무렵 프랭키의 삶은 엄격한 4분의 4박자 카덴스로 이루어져 있었어요. '모소' 또는 '불안하게'로 가장 잘 설명되는 박자였죠. 그는 디트로이트 가톨릭 고아원에서 아홉 명의 소년과 같은 침대를 쓰면서 3년간 지냈어요. 그는 어느 식당 뒤의 골목에서 자다가 경찰에게 발견되어 그 고아원에 보내졌어요. 그는 장고와 엘링턴 밴드가 승차한 기차를 놓치고 여러 주일 동안 혼자 지냈어요(그가 역으로 가는 방법을 찾았을 무렵 그들은 이미 떠난 지 오래였죠. 그는 거기 주저앉아 기타 케이스에 팔꿈치를 올리고 울었어요. 나중에 제복을 입은 남자가 그곳에 그만 앉아 있으라면서 "어머니가 기다리는 집으로 가라"고 말했어요).

프랭키는 구걸을 하고 쓰레기통을 뒤지는 삶으로 돌아갔어요.

식당 뒤의 쓰레기통이 최고였죠. 경찰에게 발견되었을 때는 많이 놀랐지만 수녀가 세끼 식사와 침대를 주겠다고 했을 때는 행복했어요. 그는 푸른 바지와 하얀 셔츠와 검은 가죽 신발을 받았어요. 그리고 그들이 프랭키의 낡은 옷을 버리면서 그의 영혼과 달리 그 옷들은 구원받지 못한다고 말했을 때도 신경 쓰지 않았어요.

고아원에 들어왔을 당시 프랭키는 깡말랐지만 3년 만에 아주 하얀 이와 커다란 손(기타 연주에 아주 도움이 되는)과 움푹 들어간 푸른 눈(같은 반의 여자애들에게서 미소를 끌어내는)을 지닌 호리호리한 십대로 자랐어요.

함께 있는 소년들은 프랭키에게 골칫덩이였어요. 고아원의 아이들은 약간의 편애도 금세 알아차리죠. 다른 소년들은 프랭키가 훌륭한 기타 솜씨 덕분에 크리스마스나 부활절 행사에 불려가는 것을 싫어했어요. 또 그가 매일 밤 도서관에서 음악을 공부하며 개인 시간을 갖는 것도 싫어했고요. 프랭키는 그들과 달랐어요. 그래서 그들은 프랭키를 놀릴 방법들을 찾았어요. 이를테면 그의 영어에 아직 남아 있는 약간의 외국 억양 같은 것 말이에요.

"이봐, 스페인놈." 그들은 놀리곤 했어요. "거기 말은 못하는 거냐?"

"이봐, 코코넛. 넌 갈색이냐, 흰색이냐?"

"이봐, 집시. 네 집시 친구들에 대해 다시 말해봐."

어느 날 밤 키 큰 소년(이름은 라파엘이었어요)이 자신의 생일이라면서 컵케이크를 나눠주었어요. 그는 일부러 프랭키를 빠뜨렸어요.

"네가 있던 골목에서는 이런 건 안 먹잖아." 그가 속삭였어요.

"네 컵케이크는 먹고 싶지 않아." 프랭키가 말했어요. "너처럼 멍청이가 될지 모르니까."

둘은 곧바로 바닥을 굴렀어요. 다른 소년들은 환호를 하고 함성을 질렀죠. 프랭키가 라파엘의 눈을 때렸고 라파엘이 울부짖었어요. 그는 프랭키를 바닥으로 밀어내고 프랭키의 침대로 달려가더니 그 아래에 있던 프랭키의 기타를 끄집어냈어요. 프랭키는 그에게 뛰어들었고 그들은 몸싸움을 했어요. 기타는 그들 사이에 쾅하고 쓰러졌어요. 그들이 서로에게서 떨어질 때쯤 아래의 줄이 끊어져 있었어요. 예전에 영국의 항구에서 파랗게 변했던 바로 그줄이었어요.

프랭키는 끊어진 줄을 보고 눈물을 흘리며 소리쳤죠. "널 죽일거야! 널 죽일 거야!" 그는 라파엘에게 덤벼들었고 식당 여자가 말려야 했지요. 그날 밤 두 소년은 벌로 바닥에서 자야 했어요. 라파엘은 사무실에서, 프랭키는 부엌에서. 프랭키는 한 번도 느낀 적이 없던 분노를 느꼈어요. 하지만 그 싸움 때문이 아니었어요.

그 순간까지 그의 기타줄은 끊어진 적이 없었어요.

이것은 아주 이상한 일이었어요. 기타줄은 몇 달만 연주하면 쉽게 끊어지거든요. 프랭키는 그의 스승이 가르쳐준 대로 자신이 조심스럽게, 심지어 부드럽게 기타를 연주한 덕분에 기타줄이 끊어지지 않는 거라고 생각했었죠.

224

"기타줄을 공격하지 마라, 프란시스코."

"네, 마에스트로."

"기타줄을 달래주렴."

"네, 마에스트로."

"기타줄들이 너의 다음 음을 갈망하게 해라. 인생에서도 그렇고."

"인생에서요, 마에스트로?"

"누군가 네 음악을 들어주길 바란다면 네가 그들을 공격하겠니?"

"아뇨, 마에스트로."

"그래, 공격하지 않을 거야. 네가 연주하는 아름다움을 그들이 스스로 듣고 싶게 해야지."

프랭키는 그 수업들이 그리웠어요. 그는 엘 마에스트로의 담배에 불을 붙이던 것도, 그가 흘린 와인을 닦던 것도 그리웠어요. 그는 그·기타를 소중히 여겼어요, 장고의 말처럼 그의 가장 소중한 재산이었죠. 기타줄은 그의 스승이 남긴 전부였어요. 그런데 누군가 그 줄을 하나 끊어버린 것이었어요.

그날 밤 프랭키는 잠을 이룰 수가 없었어요. 어느 때보다 외로웠죠. 그는 엘 마에스트로를 생각했어요. 나무 위에 있던 오로라 요크를 생각했어요. 그리고 스승의 말대로 그녀가 요정이었는지 궁금했어요. 아주 오래전의 일 같았지요. 그는 혼자서는 기도를 별로 하지 않았지만(수녀들이 항상 기도하게 했거든요) 이번만은 눈을 감고 스페인의 집으로 돌아가게 해달라고 기도했어요. 그는 미국에 지쳤어요. 그는 기다란 테이블 아래로 기어가 옆으로 누워서 '주 하느님이 지으신 모든 세계'를 흥얼거렸어요.

몇 분 뒤에 그는 눈을 떴어요. 건물 밖에서 긁어대는 소리가 들렸어요. 그는 의자를 벽으로 끌고 가서 싱크대 너머 창밖을 내다봤어요. 그는 골목에서 뭔가를 보고 표정이 바뀌었어요. 그는 재빨리 창문을 열고는 땅으로 떨어져 내렸어요.

다음에 벌어진 일은 믿기 힘들지도 몰라요. 하지만 사실이에요.

프랭키는 털 없는 개의 축축한 혀가 그의 뺨을 핥는 것을 느끼고는 눈을 떴어요.

26

그 기타줄에 대해 이야기해야겠네요.

다들 그 기타줄이 카르멘시타의 유산이라는 사실은 알고 있죠. 프랭키의 어머니인 카르멘시타는 검은 머리카락의 아름다운 여인이었죠.

그녀가 그 기타줄을 남편인 엘 마에스트로, 그러니까 프랭키의 진짜 아버지에게 주려고 했다는 사실도 알고 있죠.

그 기타줄은 9년 동안 쓰이지 않고 지갑에 담긴 채 엘 마에스트로의 벽장에 보관되어 있다가 프랭키가 스페인을 떠나는 날 프랭키에게 주어졌다는 것도 알고 있죠.

여러분이 모르는 것은 카르멘시타가 그 줄을 어디서 얻었는가예요.

또는 누구에게 얻었는가요.

그 일은 그녀가 살아 있던 마지막 날 아침에 벌어졌어요. 그녀는 배 속의 아기가 꼼지락거려서 제대로 잠을 자지 못했어요. 새벽에 일어난 카르멘시타는 남편이 깨지 않게 조용히 옷을 입었어요. 그녀는 숄을 두르고 미하레스 강을 향해 걸었어요. 안개가 땅에 내려앉아 모든 색을 부옇게 덮었어요. 안개가 너무 짙어서 그녀는 강둑에 앉아 있는 집시 가족도 하마터면 보지 못할 뻔했죠. 남자는 귀가 크고 머리숱이 적었어요. 그의 옆에 앉은 여자는 더 나이 들어 보였어요. 그들 뒤의 어린 소녀는 긴 적갈색 머리를 땋아 내렸지요. 그녀는 말에게 빗질을 해주고 있었어요.

"신이 당신과 함께하길 빕니다, 세뇨라." 남자가 말했어요.

전쟁 중이라 위험한 말이었어요. 하지만 카르멘시타는 대답했어요. "신이 여러분과도 함께하길 빕니다."

"아기가 금방 태어나겠군요." 여자가 말했어요.

카르멘시타가 배에 손을 올렸어요.

"스카프를 드릴까요?" 그녀가 그들의 물건이 담긴 나무상자로 팔을 뻗었어요.

"돈을 가져오지 않았어요." 카르멘시타가 말했어요.

"팔려는 것이 아니에요." 남자가 대답했어요. "우리는 저것들을 나눠주고 있어요."

"남편 생각에는 다른 사람들이……."

"우리는 저것들이 필요 없어요……."

"그는 신을 섬기는 사람이에요……."

"나는 말을 파는 사람이에요……."

"사람들이 남편을 죽이려고 해요, 세뇨라." 여자가 불쑥 말했어요. "제발 우리를 도와주세요."

카르멘시타는 배에서 손을 뗐어요. 그녀의 고국에서는 아주 많은 사람들이 온 나라를 도망 다니고 있었어요. 그녀의 남편은 이 내전에서 두 눈을 잃었죠. 그녀의 동생은 사라져버렸고요. 신부들은 쫓겨 다니고 살해당했어요. 이런 가족들은 도망 다니고 있었고요. 그녀는 아기가 태어날 세상이 궁금했어요.

"원하시면 우리와 함께 지내세요."

집시 가족은 서로를 바라봤어요.

"어디서요?"

"우리 집이요. 넓지는 않지만 함께 가요."

"하지만 우리는 낯선 사람들이잖아요."

"이름을 말해주세요. 그럼 낯선 사람들이 아니죠."

남자가 미소를 지었어요. "이름이 그런 차이를 만드나요?"

"물론 아니죠." 카르멘시타가 대답했어요. 그녀는 전쟁 중에는 이름을 모르는 것이 나을 때도 있다는 것을 알았어요.

"고마워요, 친절하신 분. 하지만 당신을 위험하게 할 수는 없어요."

그는 아내의 손을 잡고 딸을 불렀어요. 딸은 말을 빗기던 솔을 내려놓았어요.

"당신의 친절에 보답할 것이 별로 없군요. 하지만 노래는 어떨까요?"

아이가 노래하기 시작했어요. 부드럽고 구슬픈 집시의 멜로디였죠.

"정말 예쁜 목소리예요." 카르멘시타가 말했어요.

"음악이 마음에 드시나요?" 남자가 물었어요.

"남편이 기타리스트예요."

"저도 기타리스트예요. 아니, 기타리스트였죠. 주님에게 노래를 연주하곤 했죠. 슬프게도 제 기타는 없어졌습니다."

"빼앗겼죠." 그의 아내가 말했어요.

"유감이네요." 카르멘시타가 말했어요.

"당신 남편은 아이에게 기타를 가르치겠죠?"

"그는 그 이야기만 한답니다."

"그러면 이것을 가지세요."

그가 상자에 손을 넣더니 노란 고무줄에 돌돌 말아둔 한 세트의 기타줄을 꺼냈어요. 새 기타줄 같았어요. 기타줄에서는 빛이 나는 것 같았지요.

"받을 수 없어요." 그녀가 말했어요.

"당신의 친절에 대한 보답이에요."

"필요 없……."

"제발요. 아이와 아버지를 이어주기 위해. 이건 특별한 줄이에요." 그가 목소리를 낮췄어요. "이 기타줄들은 생명이 있어요."

그의 아내가 그의 팔을 찰싹 때렸어요. "실크로 만들었다는 소리예요. 누에에게서 뽑아내는 실크 말이에요. 누에도 한때는 살아 있었잖아요."

그녀는 그를 냉정하게 쳐다봤어요. "수수께끼처럼 말하지 말아요."

그는 미소를 지으며 앞뒤로 몸을 흔들었어요. 그의 아내가 돌아서서 말을 돌보는 동안 그가 카르멘시타 쪽으로 몸을 숙였어요.

"누에가 아니에요." 그가 속삭였어요.

그는 소박한 검은 구슬과 작고 검은 십자가가 달린 묵주를 주머니에서 꺼냈어요. 카르멘시타는 그가 방금 건네준 기타줄과 같은 줄로 묵주가 이어져 있는 것을 알아챘어요. 그가 줄의 양끝을 잡아당기자 줄이 불꽃의 한가운데처럼 파랗게 빛났어요.

"레 듀이 바 크살라벤 페." 그가 말했어요. 집시의 말로 '두 손은 서로를 씻어준다'는 뜻이었어요. 우리 모두는 연결되어 있다는 의미였죠.

아내가 다가오자 남자가 묵주를 다시 주머니에 쑤셔넣었어요. 그는 하얀 하늘을 바라봤어요.

"그만 가시는 것이 좋겠군요, 세뇨라."

"같이 가지 않으실 건가요?"

"신이 우리를 지켜줄 겁니다. 나의 기도대로 신이 당신을 지켜주실 거예요."

"당신 가족을 위해 성당에 촛불을 켤게요."

"성 파스쿠알에서요?"

"그곳을 아세요?"

남자의 눈이 멍해졌어요.

"우리도 거기 있었죠. 수녀원에요. 조심하세요. 기도하기에도 위험한 때니까요."

카르멘시타는 기타줄을 보았어요.

"이름을 물어도 될까요?" 그녀가 말했어요. "중요하지 않기는 하지만요."

"남편은 엘 펠레로 알려져 있어요." 그 아내가 말했어요.

카르멘시타는 안개 속으로 걸어갔어요. 잠시 뒤에 그녀가 뒤를 돌아보자 그들은 사라지고 없었어요.

집으로 돌아오던 길에 카르멘시타는 그 기타줄을 작은 지갑에 넣었어요. 그들의 아기가 태어나면 그 기타줄을 엘 마에스트로에게 주기로 했죠. 폭풍이 몰아치던 그날 밤, 그녀는 아기뿐만 아니라 아침에 만났던 집시 가족을 위해 성당에 촛불을 밝히기로 했어요. 그녀는 성당에 그 지갑도 가져갔어요. 성당에서 그녀의 기도는 산통으로 중단되었어요. 그녀는 지갑을 떨어뜨리고는 다시는 보지 못했지요. 그녀는 촛불이 놓인 선반이 침입자들에게 뒤집히는 것도 보지 못했어요. 그녀는 그녀가 밝힌 촛불이 더 거대한 불꽃과 합쳐져서 모든 것을 집어삼키는 것도 보지 못했어요.

다음 날 비야레알 경찰이 폐허를 수색하다가 까맣게 타버린 카르멘시타의 시신을 찾아냈어요. 침입자들은 그녀를 감싼 수녀복 때문에 그녀를 수녀라고 생각하고 시신을 훼손했어요. 경찰은 너무 섬뜩해서 그녀의 신원을 확인하지도 않고 그녀의 뼈를 표시도 없는 무덤에 매장해버렸어요.

이틀 후에 어느 십대 소년이 잔해를 뒤지다가 작은 지갑을 찾았어요. 불가해하게도 지갑은 불길 속에서도 살아남았지요. 지갑 안에는 신분증이 있었어요. 소년은 신분증의 주소로 찾아가 문을 열어준 사람에게 지갑을 돌려주었어요.

카를로스 안드레스 프레스토라는 이름의 키가 크고 눈이 보이지 않는 남자였어요.

엘 마에스트로로 더 잘 알려져 있는 남자였죠.

그는 지갑을 움켜쥐고 의자에 비틀거리며 앉았어요. 그는 이것이 무슨 의미인지 알았어요. 왜 아내가 3일 동안 집에 돌아오지 않았는지 말이죠. 그는 나무 테이블에 지갑의 내용물을 쏟았어요. 그는 돌돌 말린 뭔가를 느꼈어요.

"이게 뭐지?" 그가 소년에게 물었어요.

"줄 같아요."

"기타줄?"

"네."

엘 마에스트로가 입술을 깨물었어요.

"나를 혼자 있게 해줘. 당장!"

소년은 재빨리 떠났어요.

전해지지 못한 선물, 아내의 마지막 친절을 움켜쥐고 엘 마에스트로는 무너져 내렸어요. 그는 밤이 되도록 의자에서 꼼짝도 하지 않고 울었어요. 그러고는 모든 것을 다시 지갑에 넣고 그 지갑을 벽장에 숨겨버렸어요. 생명이 깃든 기타줄은 몇 년 동안 사용되지 않았어요. 낯선 사람의 친절에 대한 이야기가 전해지지 않았던 것처럼.

몇 주가 지나고 엘 펠레로 알려진 남자는 공화국 군인에게 맞는 신부를 돕기 위해 나섰어요. 체포된 그는 묵주를 버리라는 명령을 받았어요. 그가 그 명령을 거절하자 총살형 집행대가 그를 쐈어요. 살인자들은 그의 몸이 무너지는 것밖에 보지 못했어요. 그가 죽는 순간 그 묵주가 파랗게 타올랐죠.

몇십 년 후, 엘 펠레는 가톨릭교의 성인으로 시성되었어요. 가톨릭교 최초의 집시 성인이었죠. 사람들은 아직도 그의 용기, 겸허, 그리고 묵주에 대해 이야기해요.

아무도 그가 누군가에게 주어버린 기타줄에 대해서는 말하지 않았어요.

이제 그 기타줄들이 자신들의 이야기를 들려줄 거예요.

27

1969년

밴의 여자는 프랭키의 목을 따라 입을 맞췄어요. 그는 몸이 너무 무거워서 움직일 수가 없었어요. 그는 그녀의 옆모습을 훑어보았어요. 오렌지색의 톱. 데님 반바지. 햇빛에 그을린 다리. 매니큐어를 바른 발톱, 빨강, 검정, 자주.

"푸른색이 없네요." 그가 중얼거렸어요.

"네?"

"당신에게 푸른색이 없다고요."

"푸른색 발톱이요? 당신은 재미있는 사람이에요."

"나는 푸른색인가요……." 프랭키는 반쯤은 노래를 부르듯 흥얼거렸어요.

"당신이 누구인지 알아요."

"네?"

그녀가 그에게 좀 더 입을 맞췄어요.

"당신은 가수……."

"내 아내가 기다려요……."

"프랭키 프레스토죠."

"아침……."

"정말 무대에서 연주할 거예요?"

"난 달걀을 요리해야 해요."

"당신은 이야기를 끝내지 않았어요. 당신이 도망친 후에요."

"난 기타를 연주했어요."

"아이였잖아요."

"연주를 잘했죠."

"얼마나 잘했죠?"

"난 그녀를 구해주었어요."

"누구요?"

"오로라요."

"오로라가 누구예요?"

프랭키의 눈이 흐릿해졌어요.

"내게 계속 노래해줘요……." 그 여자가 말했어요.

하지만 프랭키의 뒤죽박죽인 생각은 푸른 줄들과 오로라 요크와 임신한 그녀, 담요 위에 잠든 그녀가 있는 곳에 쏠려 있었어요. 그는 돌아가야 한다는 것을 알았어요. 그는 이미 수많은 밤에 그랬던 것처럼 이번에도 그녀를 실망시키고 싶지 않았어요.

"가야 해요……." 그가 갑자기 말했어요.

프랭키가 아주 빨리 일어나는 바람에 그 여자는 그에게서 미끄러져 바닥에 쿵 소리를 내며 떨어졌어요. 그는 자신의 물건을 움켜쥐고는 슬라이딩 도어를 열었어요. 슬라이딩 도어가 사자처럼 으르렁거리며 열리자 그는 비틀비틀 밖으로 나왔어요.

"이봐요, 도대체 뭐예요?" 그녀가 뒤에서 소리쳤어요.

28

1951년

"도대체 뭐야?" 한 남자가 차의 트렁크를 열며 소리를 질렀어요. 그의 이름은 햄프턴 벨그레이브였고 그는 개 주위에 웅크린 프랭키를 노려보았어요.

"여기가 테네시예요?" 십대인 프랭키가 물었어요.

"너 때문에 심장이 멎을 뻔했어. 왜 내 트렁크에 있는 거냐?"

"여기가 테네시예요?"

"여기는 내 차냐?"

"네, 아저씨."

"도대체 넌 누구냐?"

"프랭키예요, 아저씨."

"저건 누구 개냐?"

"제 개예요, 아저씨."

"왜 내 트렁크에 있는 거냐?"

"마커스 벨그레이브 때문이에요, 아저씨."

"내 사촌 마커스?"

"네, 아저씨."

"그가 너를 이 트렁크에 넣었냐?"

"아뇨, 아저씨."

"그러면 왜 그 안에 있는 거냐?"

"테네시에 가려고요, 아저씨."

"기차를 타지 그랬냐?"

"그럴 돈이 없어요, 아저씨."

"그러면 버스를 타지."

"그럴 돈도 없어요."

"그래서 내 트렁크에 숨었냐?"

"네, 아저씨."

"빌어먹을 개랑?"

"죄송해요, 아저씨."

"거기 얼마나 있었지?"

"디트로이트에서부터요, 아저씨."

"난 어제 디트로이트를 출발했는데!"

"네, 아저씨."

"그때부터 아무것도 먹지 않은 거야?"

"네, 아저씨."

"그때부터 아무것도 마시지 않고?"

"네, 아저씨."

"그때부터 화장실에도 가지 않고?"

"네, 아저씨."

"내가 걱정할 것 같냐?"

"아니죠, 아저씨?"

"젠장 그래, 난 걱정 안 해. 넌 무임승차……."

"아니에요, 아저씨……."

"테네시에 가고 싶다며."

"네, 아저씨……."

"내 트렁크에서 볼일을 보지 않았겠지, 꼬마야."

"볼일을 보지 않았어요, 아저씨."

"그 개도 마찬가지야!"

"볼일 보지 않았어요, 아저씨……."

"내가 가고 있는 곳을 어떻게 알았지?"

"도착했어요, 아저씨?"

"넌 아직 우리의 목적지를 어떻게 알아냈는지 말하지 않았어. 내 글러브 박스에 총이 있어……."

"마커스가 말해줬어요, 아저씨!"

"마커스가 어떻게 알았지?"

"당신은 마커스의 사촌이잖아요. 당신의 이름은 햄프턴이고요! 당신은 테네시까지 차를 몰고 돌아간다고 그에게 말했어요!"

"마커스가 네게 그런 말을 왜 해주는데?"

"난 그를 위해 일했어요."

"백인 아이가 마커스를 위해 일한다고? 똑바로 말해. 너는 뭘 하는데?"

"음악을 연주해요."

"사실대로 말해."

"그의 밴드에서요."

"마커스와 연주한다고?"

"네, 아저씨."

"넌 그냥 꼬마잖아."

"난 열다섯 살쯤 됐어요, 아저씨."

"쯤이라고?"

"확실히는 몰라요, 아저씨."

"뭘 연주하는데?"

"기타요. 바로 여기 있어요, 아저씨."

"잠깐……."

"보셨어요?"

"모자를 벗어봐."

"왜……."

"너 그 애구나! 정말 빠르게 연주한 아이!"

"네, 아저씨."

"난 거기 있었어! 그걸 봤다고! 넌 칼을 든 남자의 혼을 빼놓았어!"

"그래요, 아저씨……."

"넌 악마야!"

"아니에요, 아저씨!"

"내 트렁크에!"

"제발요……."

"내 트렁크에 악마가 탔어!"

"아니에요……."

"악마 개와 함께!"

"난 그냥 연주……."

"이 세상 사람은 그렇게 연주하지 못해……."

"그녀가 위험했어요, 아저씨……."

"내게 뭘 원하지, 악마?"

"난 악마가 아니에요!"

"맹세해!"

"맹세해요."

"예수에게 맹세해!"

"예수에게 맹세해요!"

"그러면 왜 여기 온 거지, 꼬마야?"

"어디요?"

"테네시."

"도착한 거예요?"

"젠장, 날 골리지 마라!"

"여자애 때문이에요, 아저씨."

"어떤 여자애?"

"그 남자랑 있던 여자애요."

"목이 잘릴 뻔했던 여자애?"

"네, 아저씨."

"그 애가 왜?"

"여기 살아요."

"누가 그래?"

"그 남자가요."

"칼을 들었던 남자?"

"네, 아저씨."

"그래서 뭐?"

"난 그 애를 알아요."

"그 여자애?"

"네, 아저씨."

"그 여자애를 안다고?"

"그 애의 이름은 오로라예요."

"오로라."

"그럴 거예요."

"그럴 거라고?"

"시간이 좀 지났거든요."

"얼마나 됐는데?"

"우리는 아이 때 만났어요."

"아, 맙소사······."

"다른 나라에서······."

"나가."

"정말요, 아저씨?"

"넌 악마가 아냐."

"그래요, 아저씨······."

"그냥 바보야."

"아니에요, 아저씨······."

"최악의 바보······."

"아니에요, 아저씨······."

"사랑에 빠진 바보."

"아니에요, 아저씨. 난······."

"숲에 가서 볼일을 보고 와. 그 빌어먹을 개도. 그러고 나서 앞자리에 앉아. 시내로 가서 네가 먹을 것을 찾아보자."

"고마워요, 아저씨. 정말 감사해요."

"뭐가 고맙지, 꼬마야? 넌 그냥 차의 트렁크에 이틀 동안 타고 있었던 것뿐이잖아. 여자애 때문에. 네가 악마인 편이 낫겠다."

29

1952년

그사이에 있었던 일을 조금 설명해볼게요(이런 설명은 어떤 노래에서 첫 번째 다운비트로 이어지는 음들인 '아나크루시스' 같은 것이죠. 말하자면 노래 '해피 버스데이'에서 '해피' 같은 것이에요).

프랭키는 털 없는 개와 만난 뒤에 고아원을 도망쳤어요. 그리고 몇 달 동안 디트로이트의 흑인 지역에서 일자리를 찾았죠. 그는 미성년자였음에도 재즈 팀과 밤에 공연을 하는 대신 자신과 개가 먹을 음식과 클럽 지하실의 잠자리를 얻었어요. 거기서 그는 트럼펫 연주자인 마커스 벨그레이브와 친구가 되었고 놀라운 연주 속도로 금발 소녀의 목숨을 구해주었죠.

프랭키는 이 금발 소녀가 오로라 요크라고 믿었어요. 이제 그녀는 그때보다 나이가 들었지만 말이에요. 칼을 들고 있던 남자는 그녀를 방금 만났다고 털어놓으면서 그녀가 테네시에서 왔다고 했어요. 그래서 프랭키가 남쪽으로 가는 차에 몰래 탔던 거예요.

그리고 다음 순간 그는 마커스의 사촌인 햄프턴 벨그레이브의 소파에서 잠을 자고 있었어요.

누구나 사는 동안 밴드에 들어가게 되죠.

어떤 밴드에는 우연히 들어가기도 해요.

차 트렁크에 몰래 숨어든 지 6개월 만에 프랭키는 제대로 된 첫 일자리를 구했어요. 내슈빌의 자동차 대리점 앞에서 노래하는 것이었죠.

자동차, 자동차, 자동차
우리는 자동차, 자동차, 자동차를 사죠……

바인스 파인 캐딜락의 주인인 러틀랜드 바인스는 대머리에 이중 턱의 사업가였어요. 그는 멜빵에 손가락을 걸고 있는 것을 좋아했죠. 그는 정비공인 햄프턴 벨그레이브(차 트렁크에 무심코 프랭키를 태워주었던 사람)의 설득으로 손님들을 끌어들이기 위해 프랭키를 고용했어요. "내 캐딜락은 시미 모터스의 캐딜락과 다르지 않아." 러틀랜드가 말했어요. "차이점은 내가 그들에게 제공하는 경험에 있지, 알겠나?"

사실 프랭키는 알아듣지 못했어요. 하지만 햄프턴은 그 남자가 월급을 줄 거라고 했고 프랭키는 그 말은 알아들었지요.

"괜찮은 교회 음악이나 레드 폴리 같은 복음성가가 좋겠어. 테네시 어니 포드 같은 시골스러운 부기와 홍키통크도 좋겠군." 러틀랜드가 말했어요. "고객을 행복하게 해줘. 알겠지?"

프랭키가 고개를 끄덕였어요.

"그리고 똑바로 옷을 입어야 해. 멋진 타이를 매고. 머리에는 포마드를 바르고. 머리를 너무 많이 띄우지는 마. 알았지?"

그날 저녁 햄프턴의 집에 돌아온 프랭키는 햄프턴이 돼지고기, 옥수수, 양파를 넣고 스튜를 요리하는 동안 라디오 옆에 서 있었어요. 햄프턴이 사촌 마커스에게 전화해서 프랭키가 악마가 아니라는 것을 확인한 후에 햄프턴과 프랭키는 몇 달 동안 함께 지냈어요.

달콤한 케이크와 채플린 모자와 블루스를 좋아하는 햄프턴은 목이 짧고 어깨가 두툼한 땅딸막한 남자였어요. 그는 생계를 위해 자동차를 고치고 있었지만 항상 음악을 만드는 꿈을 꾸었어요. 그는 작은 하모니카를 연주했고 밤에는 레코드를 틀었어요. 그러면 프랭키가 따라서 기타를 연주했죠.

"귀가 좋구나, 꼬마야." 그가 프랭키에게 말했어요. "음악을 들으면 바로 연주를 하네."

그날 저녁 프랭키는 라디오의 다이얼을 돌려가며 컨트리 음악을 섭렵했어요. 사회자들이 '시골스러운'이나 '홍키통크'라고 부르는 음악들은 아주 단순했어요. 서너 개의 코드를 기반으로 베이스 노트를 뜯으면서 연주했지요. 하지만 가수들을 흉내 내기는 쉽지 않았어요. 그들은 남부 억양으로 단어들을 길게 빼면서 노래했어요. 그래도 프랭키는 이 음악이 좋았어요. 비통함과 사랑과 술기운이 들어 있었기 때문이죠. 또한 엘 마에스트로가 연습시키던 에이토르 빌라로부스의 열두 에튀드보다 연주하기도 훨씬 쉬웠어요.

"요들-레이-이-히-호." 프랭키는 엘턴 브릿의 '차임 벨스(Chime Bells)'라는 노래에 나오는 요들 소리를 흉내 냈어요. "요들-레이-이-히."

햄프턴이 커다란 수프 숟가락을 들고 나와서 라디오를 꺼버렸어요.

"그건 그만해! 내가 미쳐버리겠어!" 그가 고개를 흔들었어요. "옷을 입어라, 꼬마야. 너에게 진짜 음악을 보여줘야겠다."

털 없는 개가 일어섰어요.

"개는 데려갈 수 없어." 햄프턴이 말했어요.

털 없는 개가 다시 앉았어요.

"요들송이라니." 햄프턴이 투덜거렸어요. "주님이 이 세상을 도우시길."

그날 밤 햄프턴은 프랭키를 데리고 내슈빌 거리들을 누비면서 라이먼 오디토리움이라는 빨간 벽돌 건물을 지났어요. "'그랜드 올 오프리 쇼(매주 미국 테네시 주 내슈빌에서 공연되고 라디오로 방송되는 컨트리 음악 행사-옮긴이)'를 하는 곳이지." 그가 말했어요. "미국 전역에 라디오로 나가. 저곳은 너를 정말 유명하게 만들어줄 거야."

"내가 저기서 연주할 수 있어요?"

"물론이지. 사람들이 네가 얼마나 빠르게 연주하는지를 본다면 말이야."

햄프턴이 프랭키를 살펴보았어요. 그러고는 턱을 문질렀어요. "너는 연주가 하고 싶은 거지?"

"맞아요."

"그러면 됐다. 아마 연주하게 될 거다."

그는 프랭키를 프린터스 앨리로 데려갔어요. 그곳에는 컨트리 음악을 틀어주는 나이트클럽들이 모여 있었죠. 나이트클럽의 문들이 열리자 기타와 업라이트 베이스가 섞인 소리들이 들렸어요.

"저 소리를 알아듣겠니?" 햄프턴이 물었어요.

"안에 들어갈 수 있어요?

"너는 들어갈 수 있어. 흑인을 위한 클럽은 한 블록 떨어져 있어."

프랭키는 햄프턴이 종종 말하던 인종 분리 규정을 완전히 이해하지는 못했어요. 하지만 그 규정이 불공정하다는 것은 알았죠. 그는 미국 출신이 아닌데도 햄프턴이 가지 못하는 곳에 들어갈 수가 있었거든요.

"그러면 다른 클럽으로 가요." 프랭키가 말했어요.

햄프턴이 미소 지었어요. "좋아, 꼬마야. 하지만 주차장에서는 거기서 들은 음악을 연주해서는 안 돼. 러틀랜드가 널 내던져서 엉덩방아를 찧게 할 거야."

그날 밤 햄프턴은 제퍼슨 거리를 오르내리면서 클럽 배런, 델, 마시오스 슈거힐, 피위스 같은 곳에 프랭키를 데려갔어요. 소년은 음악을 듣고 눈이 튀어나왔어요. 뻗어 나가는 기타와 베이스 소리, 포효하는 노랫소리, 손가락으로 달리는 동시에 걷는 듯한 피아노 연주자들. 그곳에는 웃음과 흐느낌이 있었죠. 사람들은 자리에서 일어나 엉덩이를 흔들며 소리를 질렀어요. "좋아, 좋아, 좋아!" 프랭키는 좋았어요. 음악과 관객이 무대에 같이 오른 듯했어요. 햄프턴도 채플린 모자를 쓰고 잠깐 춤을 추다가 땀을 흘리며 손으로 부채질을 하면서 자리로 돌아갔어요.

"햄프턴, 이 애는 누구야?" 술을 들고 돌아다니던 남자가 물었어요. "백인 아들이라도 찾아냈나?"

햄프턴이 웃었어요. "피티, 이 애는 이 도시에 사는 기타 연주자들의 목을 조를 애야. 난 이 애의 매니저가 되어 오프리에 진출시킬 거야."

"매니저를 한다고?"

"그래."

"자네는 정비공이잖아."

"지금은 그렇지."

"자네가 음악을 아나?"

"충분히 알지."

"언제부터 그의 매니저가 되는데?"

"그가 찾고 있는 것을 발견하면."

"그가 뭘 찾는데?"

"저 또래 소년들이 뭘 찾지?"

그들은 웃음을 터뜨렸어요. 프랭키는 얼굴이 달아올랐어요.

물론 프랭키는 자신이 이 도시에 온 이유를 잊지 않았어요. 바로 오로라를 찾는 것이었죠. 그는 디트로이트 나이트클럽에서 만난 소녀가 그녀라고 확신했어요. 하지만 테네시가 그렇게 클 줄은 몰랐어요. 프랭키에게 세상은 점점 커졌고 사람들은 점점 찾기가 힘들어졌어요.

평일 아침마다 그는 내슈빌의 상점가를 오락가락했어요. 그리고 상점마다 들어가서 오로라라는 소녀에 대해 물었어요. 많은 사람들이 그에게 사진이 있는지 물었어요.

"없어요." 그는 말하곤 했어요. "하지만 그녀는 말을 재미있게 해요. 영국 억양이고요."

"애, 너도 재미있게 말하는데." 그들은 대답하곤 했죠. 아무도 그녀를 기억하지 못했어요. 금세 지쳐버린 그는 집집마다 문을 두드리면서 엄마들이나 노부인들에게 그와 같은 또래의 금발 소녀를 보았는지 물었어요. 그는 캘리포니아의 자동차가게에서 일하면서 모든 사람들에게 자신이 스페인에서 왔다고 말했어요. 누군가 그 말을 오로라에게 전해주기 바라면서 말이에요. 분명히 그녀는 스페인 출신의 기타 연주자에게 호기심을 느낄 테니까요.

날씨가 점점 더워지는 동안 프랭키는 다른 십대들이 컨버터블 자동차를 타고 놀이공원이나 호수로 가는 것을 알아차렸어요. 그는 격렬한 외로움을 느꼈어요. 햄프턴은 좋은 사람이었지만 그는 늙었어요. 그의 자식들은 여기저기 흩어져 살았고 아내는 죽었지요. 그리고 직장의 누구도 프랭키를 진심으로 대하지 않았어요. 털 없는 개만이 그에게 행복한 날이 오리라는 희망을 주었어요. 프랭키가 끊임없이 연주를 하는 동안 개는 땅을 구르면서 귀 뒤를 긁었지요.

프랭키는 정말 슬플 때는 기타를 잡았어요. 한 시간 또 한 시간. 하루 또 하루. 제퍼슨 거리의 클럽에서 들었던 블루스의 코드 진행을 연마하면서 연습하고 연주하고 좀 더 연습하고 좀 더 연습했어요. 모든 음악도들의 지도는 단순해요. 모든 쓸쓸한 길은 내게로 이어지죠. 나는 그들을 안아주죠. 나는 포근해요.

나는 결코 떠나지 않을 거예요.

하지만 사람들도 그렇게 말할 수 있을까요?

어느 날 프랭키는 자동차 상점 앞에 눈에 띄게 서서 러틀랜드가 특히 좋아하는 '바이 앤드 바이(By and By)'라는 복음성가를 연주하고 있었어요.

유혹은 숨겨진 올가미처럼
종종 우리를 불시에 습격하죠
그리고 우리의 심장은 무심한 말이나 행동에
피를 흘리게 되어 있죠
그리고 우리는 왜 최선을 다하는 순간에도

그런 시험을 거쳐야 하는지 이해하지 못하죠
하지만 머지않아 이해할 거예요

자동차가 멈추더니 카우보이 모자를 뒤집어쓴, 키가 크고 마른 남자가 조수석에서 내렸어요. 그는 휴대용 술병으로 술을 마시고는 손등으로 입을 닦았어요. 프랭키는 그의 튀어나온 귀와 한쪽 뺨에서 반대쪽 뺨까지 길게 그은 듯한 아주 얄팍한 입술에 눈이 갔어요.

그 남자는 자동차의 후드에 두 팔을 올리고는 프랭키의 노래에 맞춰 고개를 끄덕였어요.

"들어갈 거야?" 운전기사가 물었어요.

"들어가서 구경해." 그 남자가 말했어요. "난 음악을 들을게."

그 친구는 러틀랜드와 대화를 하기 위해 가게 안으로 들어갔어요. 프랭키는 연주하던 곡을 마쳤어요. 그 남자가 박수를 쳤어요.

"주차장에서 연주하다니, 끝내주는 직업이네."

"그렇습니다, 선생님."

"신청도 받나?"

프랭키가 주위를 둘러보았어요. 다른 손님은 없었어요.

"제가 아는 곡이라면요."

"자네가 아는 가장 슬픈 노래를 연주해주게."

프랭키는 머뭇거렸어요. 더위 탓에 관자놀이로 땀이 흐르는 것을 느꼈어요.

"왜 슬픈 노래가 듣고 싶으세요?"

그 남자가 다시 술을 한 모금 마셨어요. "행복한 것보다 더 진실되니까. 그렇게 생각하지 않나?"

"행복한 노래도 진실될 수 있어요. 선생님이 행복하다면 말이죠."

그 남자가 코웃음을 쳤어요. "어디 출신인가?"

"스페인이요." 그는 오로라를 생각하며 대답했어요. 그는 러틀랜드가 보고 있는지를 살펴봤어요. "이 노래는 제 고향의 슬픈 노래예요."

그리고 그는 자신과 같은 이름인 프란시스코 타레가가 작곡한 '라그리마'를 연주했어요. 그의 어머니가 흥얼거렸고 그가 세고비아의 연주로 들었으며 타레가가 고향에 대한 그리움 때문에 썼던 곡이었죠.

'눈물'이라는 의미의 노래.

그 남자는 마치 아스팔트에 구멍이라도 뚫린 것처럼 땅바닥을 노려보며 골똘히 노래를 들었어요.

프랭키가 연주를 마치자 그 남자가 눈 위를 긁었어요.

"음, 좋군, 딱 좋아." 그가 눈을 들었어요. "여기서 일하기엔 너무 아깝네, 그렇지?"

"제발 러틀랜드 씨에게는 제가 이 곡을 연주했다는 말은 하지 마세요." 프랭키가 부탁했어요. "그분은 제가 여기 노래를 연주하기 바라세요."

그 남자가 심술궂게 웃었어요. "네 비밀은 걱정하지 마." 그가 프랭키에게 다가왔어요. "좀 봐도 될까?"

그가 기타를 달라고 손짓했어요. 프랭키는 가게 안을 홀깃 보았어요. 러틀랜드는 다른 남자를 상대하느라 바빴어요.

"괜찮아." 그 남자가 말했어요. "자네 사장은 신경 쓰지 않을 거야."

프랭키가 기타를 건넸어요.

"튼튼한 악기로군." 그 남자가 기타를 살피면서 말했어요.

"맞아요."

"좋은 나무야. 넥도 튼튼하고. 상표는 지워졌지만. 어떻게 갖게 되었지?"

"잘 모르겠습니다."

그 남자가 어깨를 으쓱였어요. "좋아. 내가 아는 가장 슬픈 곡을 들려주지."

그가 '아임 소 론섬 아이 쿠드 크라이(I'm So Lonesome I Could Cry, 너무 외로워서 울지 몰라요)'라는 노래를 불렀어요. 그 노래는 기차의 기적 소리, 기나긴 밤들, 새의 울음소리, 구름 뒤의 달에 대해 읊었어요. 각 구절은 노래하는 사람이 정말 외롭다는 말로 끝났고 결국에는 프랭키도 울음이 터지려고 했어요.

"어때?" 그 남자가 마지막 음절을 마치고 프랭키에게 물었어요.

"직접 쓰셨어요?"

"그랬지."

"슬퍼요."

"그렇다고 했잖아."

"누구를 위해 쓰셨어요?"

"아내. 하지만 그녀는 더 이상 내 아내가 아냐." 그가 기침을 했어요. "여자친구가 있어?"

"기다리고 있어요."

"여기서?"

"네."

"꽤 기다렸겠네."

"정말 훌륭한 가수세요."

그 남자가 낄낄 웃었어요. "내가 누군지 모르지, 그렇지?"

"몰라요. 누구시죠?"

그가 가게 안을 들여다보며 자신의 친구에게 손을 흔들고는 다시 프랭키에게 웃었어요.

"루크." 그가 손을 내밀었어요. "녹음할 때는 방랑자 루크라는 이름을 쓰지."

"녹음을 하세요?"

"가끔."

프랭키가 악수를 했어요. "저는 프랭키 프레스토예요."

"차를 고르게 도와줘, 프랭키 프레스토."

갑자기 러틀랜드가 가게에서 달려 나오더니 그 어느 때보다 환한 미소를 지었어요. 프랭키는 짧고 통통한 다리로 그들에게 팔짝팔짝 달려오는 그를 보면서 아이 같다고 생각했어요.

"이야!" 러틀랜드가 그 남자의 손을 잡으며 소리를 질렀어요. "믿을 수가 없네요! 윌리엄스 씨, 영광입니다! 팬이에요. 당신 음악의 열렬한 팬이요. 우리 시대의 가장 위대한 대중 음악가시죠! 네, 세상에! 아, 맙소사! 행크 윌리엄스라니!"

키 큰 남자가 프랭키를 보며 윙크를 했어요.

"흥분되네요. 영광입니다. 이 말은 이미 했죠? 하지만 정말입니다." 러틀랜드가 마구 떠들어댔어요. "당신에게 차를 팔게 되어 영광입니다. 캐딜락, 좋습니다! 우리가 가진 최고의 물건이죠!"

그 남자가 모자를 고쳐 썼어요. "푸른색으로 보여주세요."

곧 그들은 늘어선 자동차들 사이를 걸었어요. 러틀랜드는 쉬지 않고 '헤이 굿 루킨(Hey, Good Lookin')', '무브 잇 온 오버(Move It On Over)', '콜드, 콜드 하트(Cold, Cold Heart)', '아이 소 더 라잇(I Saw the Light)' 등등 이 노래 저 노래에 대해 물었어요. 그러면서 마지막 곡인 '아이 소 더 라잇'은 그의 교회 합창단이 질리도록 불렀다고 말했어요.

"멋진 노래예요, 행크! 정말 영적이죠!"

모자를 쓴 남자가 차들의 후드를 쓸어보다가 마침내 베이비블루색의 자동차 앞에서 멈췄어요.

"후, 이 차가 멋지네요." 그가 말했어요.

"그것도 괜찮네." 그의 친구가 말했어요.

"최고죠, 행크." 러틀랜드가 재빨리 말했어요.

"어떻게 생각해, 프랭키 프레스토?" 그 남자가 물었어요.

프랭키는 그들 모두 자신을 쳐다보는 것을 느꼈어요. 그는 기타를 등 뒤로 넘기고는 후드에 손을 올렸어요. 그는 차갑고 무서운 뭔가를 느끼고는 고개를 숙였죠. 그는 충격을 받은 것처럼 뒤로 물러났어요.

"뭐지?" 루크(또는 행크)가 그에게 물었어요.

"이 차를 사지 마세요." 프랭키가 중얼거렸어요.

"뭐라고?"

"이 차를 사지 마세요. 뭔가 안 좋은 것이 있어요."

"아, 맙소사, 그가 뭘 알겠어요. 그냥 멍청한 십대일 뿐인데요." 러틀랜드가 프랭키를 노려보며 말했어요. "어쨌든 오늘은 그가 마지막으로 일하는 날이에요. 네 자리로 돌아가." 그가 미소를 지었어요. "정말 미안합니다, 행크. 잘 해드릴게요. 이 차는 좋은 차예요. 캐딜락이죠. 최고예요."

카우보이 모자를 쓴 남자가 프랭키에게 어깨를 으쓱였고 프랭키는 천천히 가게를 걸어 나왔어요.

한 시간 뒤에 그들은 서류를 모두 작성했고 두 남자는 사무실에서 나와 그들의 차로 돌아왔어요. 프랭키는 홀로 햇빛 속에 서서 기타를 연주하며 울지 않으려고 애썼죠. 그는 이 일을 그만두고 싶지 않았어요. 이 일이 없으면 오로라가 어떻게 그를 찾아내겠어요?

"이제 돌아갈 거야, 프랭키 프레스토." 그 남자가 말했어요.

"그 차를 사셨어요?"

"그래."

프랭키가 고개를 숙였어요.

"그냥 차일 뿐이야. 너희 사장이 잘해줬어. 그런 거래는 쉽지 않지. 난 그 돈이 필요 없어. 하지만 내 빚쟁이들에게는 그 돈이 필요하겠지."

그는 농담을 하고 웃었어요. 프랭키는 아무 말도 하지 않았어요. 그 남자는 주머니에서 작은 약병을 꺼냈어요. 그는 약을 한 알 삼키고는 술병의 뭔가를 마셨어요. 그러고는 조수석에 올라타고는 차 문을 닫고 창밖으로 손을 내밀었어요.

"아저씨?" 프랭키가 말했어요.

"왜?"

"정말로 누구시죠?"

그 남자가 코를 긁었어요. "생계를 위해 음악을 계속 만들고 싶다면 여러 사람이 되어봐야 하지. 그중에서 가장 되고 싶은 어떤 사람이야."

그는 가게 쪽으로 고개를 돌렸어요. "사장에게 반드시 봉투를 받아."

자동차가 배기관으로 약간의 연기를 내뿜으며 멀어졌어요. 갑자기 사방이 아주 조용해졌어요. 햇빛을 누그러뜨릴 구름도 없이 햇빛이 내리쬤어요. 프랭키는 조금 더 연주했어요. 6시가 되자 그는 사무실로 들어갔어요. 분노한 러틀랜드가 봉투를 건네고는 그만 나오라고 했어요.

"이것도 주지 말아야 하는데." 그가 말했어요. "너 때문에 차를 팔지 못할 뻔했어. 넌 일자리를 구하기 전에 예의부터 배워야 해."

햄프턴의 집까지 걸어가던 프랭키가 걸음을 멈추고 길옆에 앉았어요. 그는 속이 좋지 않았어요. 그가 해고된 것에 대해 햄프턴이 뭐라고 말할지 두려웠어요. 우선 그는 행크인지 루크인지와 말을 하지 말았어야 했어요.

그는 봉투를 열어보고는 입이 다물어지지 않았어요. 그 안에는 캐딜락의 판매 수수료인 107달러가 들어 있었어요. 행크 윌리엄스가 그 누구도 아닌 프랭키에게 줘야 한다고 고집을 부렸던 것이죠. 프랭키는 평생 그렇게 많은 돈을 본 적이 없었어요. 그건 프랭키가 그 주차장에서 반년 동안 일해도 벌지 못할 돈이었죠.

그는 쪽지에 적힌 노래 가사도 보았어요.

햇빛을 기다리는 해바라기
이슬을 기다리는 바이올렛
꿀을 기다리는 벌들
그리고 그대, 난 그대를 기다려요

그 가사 아래에는 '기다리는 소녀를 만나기를 빌며'라고 쓰여 있고 '행크 윌리엄스'라고 서명이 되어 있었어요.

6개월 후인 1953년 새해 벽두 새벽, 혈류에 모르핀이 흐르던 행크 윌리엄스는 베이비블루색 캐딜락 뒷좌석에서 조용히 죽었어요. 행크를 공연장으로 데려가던 운전자는 주유소에 들렀다가 행크가 담요 아래에서 아무 반응도 없이 싸늘하게 죽은 것을 발견했어요. 그의 나이 스물아홉 살이었어요.

프랭키가 그 차의 후드에서 느꼈던 것은 내가 프랭키를 통해 윌리엄스에게 전해주고 싶었던 말이었어요. 죽음이 그를 기다린다는 것, 그러니까 그가 자신의 길을 바꾸고 좀 더 속도를 늦추어서 술과 약물을 끊어야 한다는 것. 내가 간섭이 심하다고 생각하나요? 왜죠? 나는 나의 제자들을 사랑한다고 말했었죠. 그리고 너무 일찍 떠나버린 사람들을 찾아가는 것이 가장 슬프다는 이야기도 했었고요. 내가 미래를 모두 볼 수 있다는 이야기도 했었죠. 때로 이런 힘을 나누는 것이 내 권한을 벗어나는 것인가요? 내가 항상 아무것도 하지 않고 음악이 죽게 내버려둬야 하나요?

30

1969년

이제 날이 어두워졌어요. 프랭키는 그 여자의 자주색 밴이 보이지 않을 때까지 비틀거리면서 우드스탁의 군중을 헤치고 다녔어요. 비가 내렸고 그의 발이 철벅거렸어요. 그는 등 뒤의 기타를 고쳐 멨어요. 무대. 그는 무대로 가야 했어요. 어디 있지? 어떻게 그가 길을 잃어버린 거죠? 그는 웃음소리를 듣고 고개를 돌렸어요. 젊은 사람들이 진흙탕으로 미끄러져 들어가다가 진흙이 튀자 비명을 질렀어요.

"내가 진흙 왕이다!" 한 젊은이가 소리쳤어요.

프랭키는 천천히 볼로냐 샌드위치를 건네는 남자와 물주전자를 건네는 사람들을 지나쳤어요. 각다귀들이 그의 머리를 완전히 덮었어요. 그는 달걀상자로 각다귀들을 때리면서 마치 낯설고 울퉁불퉁한 행성을 탐사하는 것처럼 방향을 바꾸고는 늘어선 임시 텐트와 침낭을 지나고 연못에서 두 아이를 씻기는 벌거벗은 엄마도 지나쳤어요.

그는 길게 늘어선 사람들을 봤어요. 머릿속은 여전히 몽롱했어요. 하지만 그 줄에 자리를 잡고는 앞에서 누군가 그를 이끌어줄 거라고 생각했어요.

"전화할 거예요, 형씨?"

"뭐요?"

얼굴에 주근깨가 덮인 남자가 그에게 환하게 웃었어요. 셔츠를 입지 않은 그는 가슴에 털이 많았어요. 그의 옆구리 살이 청바지 벨트에 눌려서 축 늘어져 있었어요.

"전화 줄이에요. 누구에게 전화하려고요?"

"전화 줄이요?"

"네. 공짜로 사용해도 된대요. 마누라에게 전화해야 돼요. 어제 가겠다고 했었거든요."

프랭키는 얼굴에서 땀이 나는 것을 느꼈어요. 그는 턱을 움직였어요. 그 여자의 초록색 약이 무엇인지는 몰라도 약효를 내고 있었어요. 그의 뼈가 서로 분리되는 것 같았어요.

"당신도 집에 연락하려는 거예요, 형제?"

"아뇨, 무대를 찾아요."

"연주를 해요?"

"그래요."

"저리 가요, 저리 가!"

그 남자가 눈을 가늘게 떴어요. 프랭키도 눈을 가늘게 떴어요.

"이봐요, 형제?"

"네?"

그가 프랭키의 어깨너머를 가리켰어요.

"무대는 저쪽에 있어요."

31

1953년

"무대는 이 문 바로 뒤에 있어." 햄프턴이 속삭였어요.

프랭키가 고개를 끄덕였어요.

"저기 들어가면 그냥 연주를 시작해. 사람들이 네 기타 연주만큼 빠르게 너에게 '그만하라'고 말하진 못할 거야."

더운 날이었어요. 빠른 4분의 2박자에 조표와 비바체의 템포. 생생하지만 소수테누토(빠르기를 억누르듯이). 햄프턴과 프랭키는 오디션을 기다리며 그랜드 올 오프리 밖에 서 있었어요. 이제 열일곱 살인 프랭키는 내슈빌에 도착한 이후 수많은 컨트리 음악을 배웠어요. 키도 5센티미터가 더 자라서 이제는 소년이라기보다는 청년으로 보였죠. 햄프턴이 말했어요. "나는 네가 가장 큰 무대에도 준비가 되었다고 생각해."

그는 오디션을 위해 프랭키에게 회색 카우보이 모자와 레이스를 두른 하얀 스포츠 코트를 입혔어요. 햄프턴의 일주일치 일당이 들었지요. 그 정비공은 프랭키에게 매니저가 되어도 좋겠느냐고

265

물었어요. 내가 알아차렸어야 했는데. 사실 프랭키는 매니저가 무엇인지 잘 몰랐기 때문에 바로 좋다고 대답했지요. 그는 햄프턴을 좋아했어요. 그리고 그가 프랭키를 먹여 살리고 그의 라디오를 듣게 내버려두었기 때문에 거절할 수도 없었지요.

"디트로이트에서 연주한 것처럼 연주해. 그 사람들은 결코 '그만하라'는 말을 못할 거야."

"알겠어요."

"너는 그 누구도 보지 못한 가장 빠른 연주자야."

"알겠어요."

햄프턴은 초조해 보였어요. 다시 한 시간이 지났어요. 프랭키는 문을 두드리고 싶었지만 햄프턴이 말렸어요. "매달리는 것처럼 보이고 싶지 않아. 그들이 우리를 안으로 들여보내줄 거야."

결국 해가 지기 시작하면서 양복을 입은 남자가 앞문으로 나왔어요. 프랭키가 그에게 달려가서 "실례합니다"라고 말하고는 누군가 그들을 안으로 들여보내줄지 물었어요.

"오디션은 남쪽 문에서 기다려야 하는데." 그 남자가 말했어요. "저기 모퉁이를 돌아가야 해. 하지만 지금은 끝났어. 다음 주에 다시 와."

프랭키가 햄프턴을 흘깃 보았어요. 그는 입을 벌리고 있었죠. 프랭키는 다시 양복을 입은 남자를 쳐다봤어요.

"선생님…… 우리가 여기 왔다는 것을 증명해줄 뭔가를 주시면 안 될까요? 다음번에 대비해서요. 그래야 우리가 맨 앞에 설 수 있잖아요?"

그 남자가 그를 위아래로 훑어보고 웃었어요. 그가 주머니에 손을 넣어 명함을 꺼냈어요.

"이것뿐이란다. 젊은 친구."

그 남자가 멀어져 갔어요. 햄프턴은 욕을 하며 고개를 저었어요. 잘못된 문이었다니?

"괜찮아요, 햄프턴." 프랭키가 말했어요. "다음 주에 오면 되죠."

하지만 햄프턴은 자신의 실수가 속상해서 계속 투덜거렸어요. 그는 심하게 땀을 흘렸어요. 집으로 돌아오는 길에 그는 여러 번 운전대를 내리쳤어요. 그는 신호등을 돌더니 갑자기 팔을 잡고는 문 쪽으로 쓰러졌어요. 차는 인도 쪽으로 방향을 틀었어요.

"햄프턴!" 프랭키가 운전대를 잡고 미친 듯이 차를 몰면서 비명을 질렀어요. "왜 그래요? 햄프턴! 이봐요!" 그는 햄프턴의 다리 위로 다리를 넘겨 브레이크를 밟았고 차는 끼익 소리를 냈어요.

"아, 안 돼, 안 돼, 안 돼, 안 돼." 프랭키가 애원했어요. 그는 햄프턴의 칼라를 젖혔어요. 그의 눈이 뒤집혔어요. 그는 신음하고 있었어요. 프랭키가 차창 밖으로 소리를 질렀어요. "도와주세요! 병원이 어디 있죠?"

몇 분 뒤에 그는 햄프턴의 가슴을 두 팔로 감싼 채 그를 끌고 더블도어 안으로 들어섰어요. 그는 계속 "아저씨는 괜찮아요, 괜찮아요"라고 말했지만 일단 병원 안으로 들어서자 다시 소리를 질렀어요. "도와주세요!" 간호사가 달려 나와 그를 도왔어요. 하지만 짧은 머리에 몸통이 술통처럼 생긴 의사가 두 손을 들었어요.

"잠깐." 그가 말했어요. "그를 흑인 병원으로 데려가."

"제발요!" 프랭키가 외쳤어요.

의사가 고개를 흔들었어요. "흑인 병원은 그를 치료해줄 거야."

"하지만 지금 위중하잖아요!"

"그러면 빨리 움직이는 것이 좋겠군."

프랭키의 호흡이 빨라졌어요. 그는 눈을 꼭 감았어요. 그의 내부에서 뭔가가 폭발했어요. 아마 바파, 또는 엘 마에스트로, 또는 결코 찾지 못한 어머니, 또는 그의 삶에서 사라져버린 많은 소중한 것들 때문에 그는 마치 건반의 한쪽 끝에서 반대쪽 끝으로 달려가는 분노한 글리산도 주법처럼 밀려드는 힘을, 그의 귀로 파고드는 소음을 느꼈을 거예요.

그는 햄프턴을 잃지는 않을 거예요.

"잘 들어요." 그는 의사의 코앞으로 다가갔어요. "난 방금 그랜드 올 오프리에서 왔어요. 그도 그렇고요. 그는 중요한 사람이에요."

의사가 낄낄거렸어요. "오프리에서 왔다고?"

프랭키가 주머니에서 명함을 꺼내 의사의 손바닥에 세게 올려놓았어요.

"그래요. 난 토요일 밤에 거기서 연주할 거예요. 당신이 이분을 치료해주면 공짜 표를 네 장 줄게요. 앞줄로요."

프랭키는 그렇게 말하면서도 자신이 아닌 다른 사람의 말을 듣는 것만 같았어요. 그가 어떻게 이렇게 말할 생각을 했을까요?

의사가 명함을 보면서 코를 쿵쿵거렸어요. 그 명함은 직위가 높은 이벤트 매니저의 명함이었죠.

"정말 오프리에서 연주하니?"

"내 옷을 봐요." 프랭키가 말했어요.

의사가 입술을 오므렸어요. 그가 간호사에게 고개를 끄덕였죠.

"뒤로 가." 그가 말했어요.

몇 시간 뒤에 프랭키는 침대 근처에 앉아 기타를 부드럽게 연주했어요.

"계속 연주해. 마음이 진정되는구나."

일흔일곱 살의 햄프턴 벨그레이브는 심장발작을 일으켰지만 재빠른 응급처치로 호전되고 있었어요. 그는 살아날 거예요.

"정말 그 의사에게 티켓을 주겠다고 했니?" 햄프턴이 속삭였어요.

프랭키가 고개를 끄덕였어요.

"네가 참가하지도 않는 쇼에?"

"네."

"내 트렁크에서 너를 발견했을 때보다 훨씬 똑똑해졌네."

프랭키가 코드를 짚었어요. 햄프턴은 목이 메었어요.

"내가 어떻게 될지 말하지 않는구나."

"아저씨는 괜찮을 거예요."

"고맙다."

늙은 정비공은 눈을 감았어요. 그래서 다음에 벌어지는 일을 보지 못했지요. 기타의 두 번째 줄이 파랗게 변하는 것을 말이에요. 하지만 프랭키는 그 모습을 보았죠. 그는 팔다리로 전해지는 냉기를 느꼈어요. 내 아이의 이야기를 관통하는 중요한 흐름들이 궁금하죠? 여기서 하나를 알려줄게요.

조용한 병실에서, 노인의 숨소리가 들리는 가운데 프랭키 프레스토는 마침내 그 기타줄들을 통해 자신이 삶을 붙잡을 수 있다는 것을 알아차렸어요.

2주일 후에 살이 3.5킬로그램 빠진 햄프턴이 집으로 돌아왔어요. 그는 프랭키를 앉히고는 자신이 뮤지션의 매니저가 되는 것은 너무 힘든 일이라면서 "이런 일에 더 영리한 누군가를 생각해봐야 한다"고 말했어요.

프랭키는 슬펐어요. 그는 햄프턴이 좋았고 그랜드 올 오프리 내부도 보고 싶었거든요. 하지만 사실 그는 카우보이 옷을 좋아하지 않았어요. 그리고 내슈빌에서 오로라 요크를 찾지 못했으니 그만 떠나야 했죠. 프랭키가 그녀에게 가장 가까이 다가간 것은 하비 백화점의 화장품 코너에서 중년의 여인이 영국 억양의 금발 소녀를 기억해낸 순간이었죠. 그녀는 뉴올리언스로 간다고 말했다고 했어요.

뭔가 단서가 많지는 않았어요.

하지만 뭔가 있었어요.

그래서 오프리 사건이 있고 몇 달이 지난 어느 날 아침 프랭키는 행크 윌리엄스의 봉투에서 20달러를 꺼내고 나머지는 햄프턴의 서랍에 숨겼어요. 자신을 돌봐준 햄프턴에게 감사하는 방법이었죠. 그러고는 선글라스를 쓰고 햄프턴을 안아주고는 기타와 가방과 털 없는 개와 함께 그레이하운드 버스정류장으로 걸어와서 뉴올리언스까지 편도 표를 끊었어요.

그가 버스에 오르는데 운전기사가 말했어요. "당신이 눈이 멀지 않았다면 개는 안 됩니다." 재빨리 머리를 굴린 프랭키가 그의 앞에 손을 내밀었어요. "내가 이 안경을 왜 썼겠어요?" 그와 개는 무사히 버스에 올랐어요. 어느 순간 그의 맞은편에 앉은 여자가 그의 팔을 두드리더니 10달러짜리를 그의 손에 찔러주었어요. "하느님이 당신의 고통을 덜어줄 거예요." 그녀가 말했어요.

프랭키는 여자에게 인사했어요. 그는 개가 끙끙거리는 것을 들었어요. 그는 자신의 인생에서 가장 이상한 순간에 항상 신이 언급되는 이유가 궁금했어요.

32

1954년

그 개에 대해.

프랭키는 이제 열여덟 살이 되었어요. 이 말은 그의 네 발 달린 친구는 그보다 늙었다는 의미죠. 개에게는 드문 일이었어요. 하지만 이 개는 평범한 동물이 아니라서 그 수명은 햇수가 아니라 필요에 의해 결정되었죠. 그 개는 프랭키를 강에서 끌어냈어요. 정어리 공장에서는 군인들의 주의를 끌었고요. 바파가 체포되었을 때는 프랭키와 함께 있어주었죠. 그리고 프랭키가 간절히 친구를 필요로 하는 순간 디트로이트의 그 고아원 밖에 와주었어요.

뉴올리언스에서 그 개는 프랭키가 두왑(흑인 음악인 리듬 앤드 블루스의 코러스 종류-옮긴이) 그룹이나 재즈 사중주단과 연주하면서 돈을 버는 밤에는 호텔 방에서 기다렸어요. 낮에는 프랭키를 따라 거리를 돌아다니면서 프랭키가 오로라에 대해 묻는 동안 가게 밖에서 기다렸어요. 프랭키가 아무 정보도 얻지 못하고 가게를 나올 때마다 그 개는 혀를 헉헉대며 일어서서 그를 따라 다음 가게로 갔어요.

1954년이 끝나갈 무렵 프랭키는 개가 점점 느려지는 것을 알아차렸어요. 거리를 돌아다니거나 미시시피 강의 휴이피롱 브리지 아래 웃자란 풀을 헤치고 다니는 데도 시간이 더 오래 걸렸어요. 프랭키가 매일 그 다리 아래에서 세 시간씩 연습하는 동안 머리 위로는 기차가 지나다녔어요. 그는 리듬 앤드 블루스에 아주 능숙해졌어요. 기차바퀴가 철로의 이음매 사이의 틈을 치고 지나는 순간 프랭키는 바퀴 소리에 맞춰 연주를 했어요. 그러면 털 없는 개가 바퀴 소리가 들려오는 위쪽을 올려다보곤 했죠.

"칙칙, 칙칙." 프랭키가 노래했어요.

하지만 최근 몇 주 동안은 프랭키가 어떤 곡을 연주해도 개는 앞발에서 고개를 들지 않았어요. 심지어 그가 젊은 엘비스 프레슬리의 최신곡인 '대츠 올 라잇(마마)(That's All Right(Mama))'을 따라 부르고 리듬을 두드려도 움직이지 않았죠.

"넌 정말 까다로운 관객이야." 프랭키가 말했어요.

그 개가 재채기를 했어요.

"뭐가 듣고 싶어?"

그 개가 눈을 깜박이더니 그를 똑바로 보았어요.

"음? 느리고 예쁜 곡?"

프랭키가 나무에 기대고는 연주하기 시작했어요. 날씨는 따뜻했고 태양은 하나뿐인 하얀 구름 뒤로 들어갔어요. 프랭키의 기억이 이곳저곳을 떠돌았어요. 어느새 그는 스페인의 벌판에 매장된 사람들을 위해 연주했던 '말랄라 모 카야'를 연주하고 있었어요. 프랭키는 몇 년 동안 연주하지 않았는데도 이 노래가 너무 쉽게 떠올라서 깜짝 놀랐어요. 그 단순한 멜로디가 그를 위로해주었어요. 털 없는 개가 소리 없이 크게 하품을 했어요.

프랭키가 연주를 마치자 개가 그에게 다가왔고 프랭키가 개의 귀를 긁어주었어요. 개가 그의 손가락을 핥았어요.

"고마워." 프랭키가 미소 지으며 말했어요. "지금 완전 끈적거렸는데."

그 개가 돌아서더니 강가로 걸어갔어요. 탁한 강물이 아주 빠르게 흘렀어요.

"야, 조심해." 프랭키가 몸을 앞으로 뻗으며 소리쳤어요. 그 개가 처음으로 고개를 돌려 으르렁거렸어요. 프랭키는 당황해서 뒤로 몸을 뺐어요.

여러분이 연주하는 노래 중에는 다시 시작해야 하는 것도 있고 결코 제대로 연주하지 못하는 것이 있죠. 하지만 한 곡의 연주가 끝나면 여러분이 할 수 있는 일은 없어요.

털 없는 개는 물로 뛰어들어 멀리 헤엄쳐 갔어요.

프랭키는 따라가서는 안 된다는 것을 알고는 힘없이 그 개를 바라만 보았어요. 세 명으로 이루어졌던 그의 원래 밴드의 마지막 멤버가 미시시피 강 아래로 사라졌어요.

잠시 뒤에 그는 뒤쪽의 풀이 바스락거리는 소리를 들었어요. 고개를 돌린 그는 햇빛에 눈을 가늘게 떴어요. 누군가 웃으면서 프랭키를 내려다보고 있었죠.

"네가 나를 찾고 있다면서?" 오로라 요크가 말했어요.

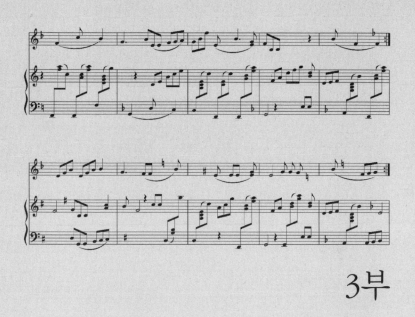

3부

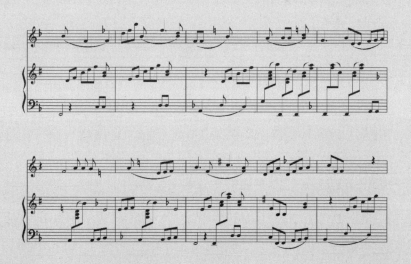

세실 (요크) 피터슨

오로라 요크의 언니. 런던 경영대학원의 은퇴한 수학 교수

우리 아버지는 스파이였어요.

우리가 스페인에 간 것도 그래서였답니다. 제2차 세계대전 당시 스파이였던 아버지는 우리가 영국보다 스페인에 머무는 편이 더 안전할 거라고 생각했지요. 공습을 생각하면 아버지의 생각이 옳았어요. 아버지는 영국 정보국의 포티튜드 작전에 참여했어요. 이 작전을 통해 연합군은 다른 곳을 공습할 것처럼 독일군을 속이고는 노르망디 상륙작전을 성공시켰죠. 꽤 유명한 작전이에요. 그렇답니다. 책도 많이 나와 있으니 한번 찾아보세요.

아버지는 독일군의 신임을 얻은 스페인의 이중스파이와 함께 일했어요. 꽤 생산적인 방법이긴 했지만 우리 가족에게는 아니었죠. 아버지는 엄마와 나 그리고 동생 오로라를 발렌시아의 작은 집에 두고 갔어요. 그리고는 영영 우리 곁을 떠났어요. 노르망디 상륙작전 8개월 후인 1945년에 살해당했거든요. 아버지는 바르셀로나의 호텔 방에서 철사로 목이 졸린 시체로 발견되었어요. 내 생각에는 이중의 배신을 당한 듯하지만 진실은 아무도 모르지요.

아버지는 늘 "비밀 유지는 우리가 선택한 삶의 일부다"라고 말씀하셨어요.

동생은 나와 많이 달랐어요. 오로라는 자유로운 영혼이었어요. 전혀 어울리지 않는 이상한 옷을 입기도 하고 아침에 일어나자마자 춤을 추는가 하면 나무에 오르는 것도 좋아하고 가끔 얼굴에 토마토소스를 바르기도 했으니까요. 반면 나는 공부를 열심히 하는 모범생이었죠. 품행이 단정하고 술은 입에도 대지 않았어요. 엄마 말을 잘 듣는 착한 딸이었죠. 숫자에 관심이 많아서 수학이나 과학 같은 과목을 좋아했어요. 정리정돈을 좋아하는 나와 달리 오로라는 정신없는 것을 좋아했죠.

그래요. 오로라와 프랭키는 '정신없다'는 말이 어울렸어요. 사실 나는 '프란시스코'를 만나기 훨씬 전부터 이름을 들었습니다. 어린 시절 오로라는 이곳 스페인의 숲 속에서 그를 만났어요. 그날 오후 두 사람이 무슨 말을 나눴는지, 뭘 했는지는 모르지만 오로라는 프란시스코라는 이름을 입버릇처럼 올렸어요. "나중에 프란시스코랑 결혼하면……"이나 "나중에 프란시스코와 나만의 집이 생기면……" 같은 말이었죠. 솔직히 나는 프란시스코가 상상 속의 인물인 줄 알았습니다. 그때 오로라는 일고여덟 살밖에 되지 않았는데 그 또래의 여자아이들은 이야기를 잘 꾸며내잖아요. 스파이 가족인 우리 집에서는 진실과 거짓이 구분되지 않을 때가 많았거든요.

나는 오로라가 미국에서 자취를 감춘 후에야 프란시스코가 실존 인물임을 알았어요. 당시 십대였던 오로라는 의학학회에 참석하는 새아버지를 따라 엄마와 함께 미국 테네시에 갔죠. 스코틀랜드 출신의 새아버지는 의사였는데 성질이 아주 고약했어요. 누군가가 아버지의 자리를 대신하는 것이 싫었던 오로라는 새아버지와 자주 싸웠죠. 미국 여행 중에도 한바탕 크게 싸웠어요. 오로라는 새로 산 노란색 여행가방을 가지고 갔는데, 어머니가 호텔 방에 가보니 노란색 여행가방과 함께 오로라가 사라지고 없었대요. 어머니와 새아버지는 몇 주간 미국에 더 머물면서 오로라를 찾았지만 결국 포기하고 집으로 돌아왔어요.

세 사람이 아닌 두 사람이 집으로 들어오던 모습이 아직도 기억납니다. 엄마와 새아버지가 내 물건을 전부 버리고 맨손으로 돌아온 것 같은 배신감을 느꼈어요. 여동생과 함께한 어린 시절을 새아버지가 전부 갖다 버린 거예요. 새아버지를 절대 용서할 수 없었어요. 나와 엄마만 그 남자 곁에 남겨둔 오로라도 용서가 안 됐어요.

그 후 몇 달 동안 오로라에게서 엽서가 왔어요. 잘 지낸다고만 할 뿐 자세한 이야기는 하지 않더군요. '프란시스코'도 미국 어딘가에 있는 것이 느껴진다고 했어요. 늘 정신 나간 동생의 헛소리쯤으로 넘겨버렸죠.

그러던 1955년의 어느 날, 오로라가 런던에 있는 우리 아파트로 전화를 했어요. 내가 스물셋이었으니까 동생은 열여덟, 열아홉 살이었겠죠? 전화를 받았더니 "세실 언니, 나 결혼해. 꼭 와줘!"라고 하는 거예요. 인사 한마디 없이 다짜고짜 말이에요. 나는 전화기 너머에서 오로라의 목소리가 흘러나와 깜짝 놀랐어요. "오로라? 정말 너니?"라고 물었죠. "그가 드디어 날 찾았어." "찾다니, 누가 널 찾아?" 그랬더니 "당연히 프란시스코지!"라고 하는 게 아니겠어요?

두 사람의 관계는 그랬어요. 오랫동안 소식도 모르고 살다가 재회해서 뜨거운 로맨스가 불붙었죠. 난 오로라와 프랭키가 함께한 시간은 짧지만 정말로 운명이었다고 생각해요. 두 사람은 마치 서로에게로 이어지는 비결이라도 있는 것처럼 대부분의 시간은 너무도 즐겁게 지냈지만 나머지 시간은 제정신이 아닌 듯이 보냈죠.

두 사람이 사랑했느냐고요? 물론이죠. 나는 42년간 함께 살아온 우리 부부를 포함해서 프랭키와 오로라처럼 서로를 깊이 사랑하는 사람들을 보지 못했어요. 프랭키가 연습할 때나 곡을 쓸 때 오로라가 그의 뒤로 가서 귀에 키스하면(언제나 귀였어요), 프랭키가 "오로라는 새벽이라는 뜻이야"라고 말했죠. 그러고는 둘만 아는 의미가 있는 듯 함께 웃음을 터트리는 거예요. 둘은 짧은 듀엣곡을 부르기도 했어요. 기차에 관한 스페인어 노래도 있었죠. 라-판-더-로 라-라-라, 라-라-라-라. 혹시 이 노래를 아나요? 여기가 스페인이라서 생각났어요.

두 사람이 가장 행복했던 시기는 프랭키가 유명해지기 직전, 결혼식을 올렸을 때였죠. 그들은 뉴올리언스에 살았어요. 나는 결혼식에 오로라의 들러리로 참석하기 위해 비행기 표를 예약했어요.

새아버지가 엄마는 가지 못하게 했어요. 말이 돼요? "바람난 계집애 때문에 속 썩을 만큼 썩었어"라면서 말이에요. 새아버지야말로 해로운 존재였는데 말이에요.

하는 수 없이 나 혼자 미국에 갔어요. 그런데 뉴올리언스에 도착해보니 프랭키나 오로라나 신분서류가 없어서 결혼식을 올릴 수 없는 처지였어요.

그렇다고 포기할 두 사람이 아니었죠. 두 사람은 뉴올리언스에 있는 프렌치 쿼터라는 동네의 나이트클럽에서 결혼식을 올렸습니다. 클럽 이름은 기억나지 않지만 영업이 끝나고 새벽 2시에 결혼식이 시작되었죠. 음악 하는 친구들이 많이 모였어요. 프랭키의 친구인 팻츠 도미노가 피아노를 연주했죠. 재즈 뮤지션들도 꽤 있었어요.

나는 그때 프랭키의 연주를 처음 들었어요. 확실히 잘하더군요. 동생이 그에게 푹 빠질 만했어요. 나이팅게일 같은 그의 노래는 정말로 매력적이었어요. 당시 프랭키는 '두왑 음악'을 하는 사람들과 일하고 있었죠. 그들은 목소리의 높낮이가 달랐어요. 무척 낮은 사람, 높은 사람, 중간인 사람들이 내 동생을 위해 '어스 엔젤(Earth Angel)'이라는 노래를 불렀어요. 프랭키는 '내 사람이 되어줄래요?'라는 가사가 나오자 오로라에게 한쪽 무릎을 꿇었어요. 오로라가 울음을 터뜨리고 프랭크는 오로라의 손에 반지를 끼워주었지요. 나도 정말 기뻤어요. 미우나 고우나 내 동생이니까요. 오로라는 행복할 때면 세상의 누구보다도 행복해했답니다. 마치 어린 아이처럼 상대방의 손을 잡고 흔들면서 "정말 근사하지 않아?"라고 말했거든요.

나는 오로라가 프랭키와 오랫동안 떨어져 지내면 야단치곤 했어요. 그러면 오로라는 항상 이런저런 이유를 댔지요. 프랭키가 혼자 작업할 시간이 필요하다거나 자기가 일이 있다면서 말이죠. 둘이 떨어져 있는 동안 프랭키가 돈을 보내면 오로라는 돌려보냈어요. 전화를 걸면 끊었고요. 오로라는 프랭키 주변에 여자들이 있어도 눈 하나 꿈쩍하지 않았어요. 내가 "오로라, 부부는 같이 지내야지"라고 하면 "언니, 우린 함께야. 몸이 떨어져 있는 것뿐이지"라고 말하곤 했죠.

두 사람에게는 비밀이 많았답니다. 스파이였던 우리 아버지가 흐뭇해 하셨겠지요. 하지만 덕분에 나는 모르는 일들이 많았어요. 왜 두 사람이 헤어졌는지를 비롯해서 말이에요. 지금까지도 모르겠어요. 그 여배우와의 결혼은 전혀 도움이 안 됐죠. 지금도 속상해서 그녀의 이름조차 말하기 싫군요. 프랭키가 도대체 무슨 생각으로 그랬는지 모르겠어요. 오로라의 젊은 시절 사진을 본 적 있나요? 내 동생은 어떤 배우보다 예뻤답니다. 오로라는 마음만 먹으면 어떤 남자라도 가질 수 있었어요. 하지만 동생은 프랭키를 선택했죠. 그랬어요.

런던 경영대학원에 라틴어로 적힌 교훈을 아시나요? 레룸 코그로스세레 카우세스(Rerum cognoscere causas). "모든 사물의 근본원인을 찾기 위해"라는 뜻이죠. 하지만 나는 프랭키와 오로라에 대해 모르는 게 많아서 당신의 보도에 큰 도움이 못 될지도 모르겠네요. 확실한 것은 프랭키가 오로라에게 많은 기쁨을 주었지만 속도 많이 썩였다는 거예요. 내가 프랭키를 싫어하는 것처럼 보인 이유도 그래서겠죠. 프랭키는 오로라와 함께 나를 보러오면 "세실, 내가 한 곡 불러줄게요"라고 했지만 난 항상 "아뇨, 됐어요"라면서 거절했어요. 그의 음악에 넘어가 마음이 약해지긴 싫었거든요. 예술가들은 예술이 어떤 행동이든 허락해준다고 생각하는 경향이 있지만 내 생각은 달라요. 프랭키에게도 그렇게 말했어요.

지금 생각해보면 내가 너무 심했는지도 모르겠네요. 하지만 나는 어려서부터 현실적인 성격이었으니까요. 오로라도 잘 알고 있었어요. 그래서 웃으면서 이렇게 말했죠. "언니, 프랭키가 연주하는 모습을 보지 않는 편이 나을 거야. 그와 그의 기타는 단 몇 분 만에 언니의 인생을 바꿀 수도 있거든."

33

프랭키와 오로라. 두 사람은 교향곡이었어요.

내가 예전에 사랑과 음악은 복잡한 듀엣이라는 말을 했었지요. 프랭키 프레스토는 수많은 여자를 만났지만 어떤 여자와 함께 있어도 허전함을 느꼈어요.

메아 컬파(Mea culpa, 내 탓이로소이다).

사실 난 나눠 갖는 것을 싫어해요. 온전히 나만의 것이길 원하죠. 나의 충직한 추종자들, 인간들은 나를 원해요. 타인을 희생시키더라도 말이에요. 외로운 연습실, 머나먼 무대, 늦은 시간 담배 연기 자욱한 녹음실로 나를 따라와 지친 손가락으로 피아노 건반을 두드리고 지친 입으로 악기를 불면서 연주를 계속하죠. 자신을 사랑해주고 또 자신이 사랑해야만 하는 사람들을 홀로 내버려둔 채 말이에요. 사랑하는 사람이 여러분을 유혹하지만 나의 유혹이 더욱 강렬해요. 내가 바라는 대가는 여러분의 사랑하는 사람이고 여러분은 대가를 치러야 하죠.

프랭키는 일찍부터 그 사실을 알았어요. 어느 날 밤 그는 유명 밴드의 리더 듀크 엘링턴과 함께 있었어요. 길고 검은 차에서 매력적인 두 여인이 듀크 엘링턴을 기다리고 있었어요.

"저 예쁜이들이 마음에 들어, 프란시스코?"

프랭키가 씩 웃었어요.

"예쁘긴 하지. 하지만 내 숨겨둔 애인은 음악이야. 무슨 말인지 알겠어?"

프랭키가 고개를 저었어요.

"저 예쁜이들은 아침이면 떠나지만 내 피아노는 계속 남는다는 말이지."

아직 어린 프랭키는 그 말을 이해하지 못했어요. 하지만 어른이 되어서는 완전히 이해했죠. 수십 년간 그의 침대를 누가 차지하든 나, 음악만이 그의 애인이었어요. 나는 어떤 여자에게서라도 프랭키를 빼앗을 수 있었어요.

누구라도 나의 상대가 안 되었어요.

딱 한 사람, 오로라 요크만 빼고요.

프랭키는 어린 시절 오로라와 사랑에 빠졌고 평생 그 누구도 그녀만큼 사랑한 적이 없었어요. 간단하죠. 그는 오로라를 생각했고 찾아다녔어요. 그리고 그녀를 잃으면 또다시 찾아 나섰어요. 스페인의 숲 속에서 처음 만나 우드스탁 음악축제에서 운명의 밤을 맞기까지 두 사람의 사랑은 진정한 사랑이라고 부를 만한 것이었죠.

하지만 모든 사랑 이야기는 교향곡이에요.

교향곡과 마찬가지로 사랑은 네 악장으로 이루어져요.

알레그로. 빠르고 힘찬 시작 부분.

아다지오. 조용하고 느린 부분.

미뉴에트/스케르초. 4분의 3박자의 짧은 춤곡.

론도. 반복되는 주제의 다양한 악절.

나는 언제나 프랭키와 오로라가 어느 악장을 향해 나아가는지 알았어요. 프랭키의 음악적 재능을 생각하면 당연히 저 구성을 따라갔겠죠?

34

1955년

두 사람의 첫 악장. 알레그로. 빠르고 힘차게. 그들의 알레그로는 스페인에서 시작되어 루이지애나에서 속도를 얻었어요. 그들은 뉴올리언스에서 함께 살 월세 집을 구했어요. 약국 위층에 있는 방 하나짜리 집이었죠. 오로라가 싱글 침대에 자고 프랭키는 소파에서 잤어요. 아직 수줍은 연인인 데다 '지금까지는 없었던 일로 하고 새롭게 시작하자'는 오로라의 제안 때문이기도 했죠.

매일 저녁 붉은 콩과 쌀밥으로 식사를 하면서 프랭키는 오로라에게 자신의 모험에 대해 이야기해주었어요. 스페인에서 배를 탔던 것, 부두에서 장고를 만난 것, 고아원에 들어간 것, 행크 윌리엄스를 만난 것, 그랜드 올 오프리에 갔던 것. 오로라는 두 손으로 턱을 괴고 앞으로 바짝 다가와 프랭키의 이야기에 빠져들었지요. 하지만 그녀는 자신의 여정에 대해서는 이야기하지 않았어요. 프랭키는 디트로이트의 수염 남자를 비롯해 오로라가 그동안 함께 지냈던 사람들에 대해서 묻지 않았죠. 하지만 오로라는 아침에 기타를 연습하는 프랭키를 보다가 갑자기 눈물을 흘리기도 했어요.
"왜 그래?"라고 물으면 "왜 날 더 빨리 찾지 않은 거야?"라고 했죠.
프랭키가 "난 그날 밤 널 쫓아갔는걸"이라고 하자 오로라는 "부끄
러웠단 말이야"라고 했어요. "나도 부끄러웠지만 널 찾으려고 했
어." 프랭키는 털 없는 개와 함께 여러 도시를 헤매며 집집마다 찾
아다닌 이야기를 했어요.

"고마워." 오로라가 말했어요.

"뭐가?"

"포기하지 않아줘서."

"내가 왜 포기해?"

밤에 두 사람은 종이 봉지에서 반죽 튀김을 꺼내 나눠 먹으면서
미시시피 강가를 걷기도 했어요. 프렌치 쿼터의 여러 클럽에서 흘
러나오는 음악을 들으며 프랭키는 노래를 불렀죠. 비야레알의 아
이들이 기차를 쫓아가며 부르던 노래를 부를 때도 있었어요.

라 판-더-로-라-라-라.

라 판-더-로-라-라-라.

오로라는 웃으며 그의 어깨에 머리를 기댔고 프랭키는 스승과
나눴던 대화가 떠올랐어요.

"마에스트로, 사랑에 빠진 것을 어떻게 알 수 있죠?"

"묻는다면 사랑이 아니다."

"마에스트로는 사랑에 빠지신 적이 있나요?"

"'알함브라 궁전의 추억(Recuerdos de la Alhambra)'을 누가 썼지?"

"프란시스코 타레가요."

"그 곡에 반드시 필요한 연주 기법은 뭐지?"

"트레몰로요."

"네가 해야 할 질문은 이런 거다. 사랑에 대한 질문이 아니라."

"마에스트로, 트레몰로는 어디에서 온 말이죠?"

"'떨리다'라는 말에서 왔지."

"떨린다는 게 무슨 뜻이에요?"

"몸이 흔들리거나 두렵거나 불안한 거지."

"언제 그렇게 되죠?"

엘 마에스트로는 잠시 망설이다 대답했어요. "사랑에 빠졌을 때지."

내가 다른 어느 도시보다 훨씬 많은 음악을 집어넣은 도시 뉴올리언스에서 프랭키는 음악을 잔뜩 만들었어요. 블루스 밴드와 공연도 했고, 듀 드롭 인(1939~1970년까지 호텔, 식당, 나이트클럽, 이발소가 있던 곳으로 뉴올리언스 대중 음악의 메카였다-옮긴이)에서 재즈를 연주하기도 했죠. 오로라는 작은 바나 야외 무대나 프렌치 쿼터의 가전제품 매장 뒤편에 마련된 녹음실에도 프랭키를 따라가서 그를 지켜보았어요. 다양한 연주를 들려주는 프랭키의 기타는 그를 최고의 인기 스타로 만들었죠. 클럽 주인은 고객들에게 "여러분이 어떤 곡을 원하시건 프레스토, 이 친구는 연주할 수 있습니다. 그래서 프레스토지요!"라고 소리쳤지요.

어느 여름밤, 프랭키가 녹음실에 있는데 말랐지만 강단 있는 몸에 머리가 높이 서고 옅은 콧수염이 난 흑인 남자가 노래를 녹음하러 들어왔어요. 대부분은 블루스곡이어서 프랭키는 쉽게 연주할 수 있었죠. 그런데 프로듀서는 만족스럽지 못한 표정이었어요. 몇 시간 작업 끝에 잠깐 쉬기로 했지요.

리처드 페니먼이라는 이름의 흑인 가수는 구두를 닦고 오겠다면서 녹음실 뒤편의 골목길로 나갔어요. 기운이 빠진 듯한 표정이었죠. 프랭키도 따라 나갔어요. 구두닦이 엘리스는 여섯 살배기 소년으로 프랭키를 무척 좋아했어요. 프랭키가 기타로 화음을 연주하는 법을 가르쳐주었기 때문이죠.

"깨끗하게 광을 내드릴까요, 미스터 프레스토?"

프랭키는 엘리스에게 새로운 손님의 구두를 먼저 닦아달라고 했어요.

"고마워요." 리처드 페니먼이 말했습니다.

"천만에요."

"안에 애인이에요? 금발?"

"네."

"우후."

프랭키가 미소를 지었죠.

"형씨도 한 인물 하네요. 음악해요?"

"주로 기타를 칩니다."

"으음."

"왜요?"

"기타 연주로는 유명해질 수가 없어요. 크게 되고 싶으면 노래를 해요. 앞으로 나가서 끼를 발휘하라고요."

그때 밖으로 나온 오로라가 아이스크림을 사러 간다면서 두 사람에게도 먹을지 물어봤어요.

"투티 프루티콘은 어때요?"

프랭키가 남자의 말에 웃음을 터뜨렸어요.

"뭐가 재미있죠?"

"투티 프루티요. 이탈리아 말이에요."

"무슨 뜻인데요?"

"모든 과일."

"흠. 미리 알았으면 좋았을걸."

"왜요?"

"노래를 쓰기 전에 알았으면 좋았을걸."

"무슨 노래인데요?"

"투티 프루티."

"과일에 대한 노래인가요?"

"과일 노래 아니에요! 알잖아요."

그는 살짝 고개를 가로저으면서 엉덩이를 흔들었어요.

"들어볼래요?"

그는 구두닦이 의자에서 즉석으로 한 소절을 불렀어요. 시끄럽고 빠른 부기우기 멜로디였죠. 프랭키는 눈이 휘둥그레져서 고개를 끄덕였고 구두닦이 소년 엘리스마저 활짝 웃었어요.

"그 노래를 녹음하는 게 어때요?" 프랭키가 제안했어요.

몇 분 후 그는 정말로 그 노래를 녹음했어요. 순식간에 이루어진 일이었는데 녹음실 분위기가 후끈 달아올랐죠. 리처드 페니먼은 '아아아'를 외치며 색소폰 연주자에게 솔로 연주할 때임을 알렸지요. 그런데 가사가 너무 야해서 녹음실에 있던 여자가 재빨리 새로운 가사를 생각해냈고 15분 만에 최종 녹음이 끝났어요(음악을 빠르게 만들어내는 것은 내가 주는 선물이라는 것을 기억하나요?).

(이름은 올라가지 않았지만 프랭키가 기타를 맡은) '투티 프루티(Tutti Frutti)'는 엄청난 인기를 끌었어요. 콧수염 남자는 리틀 리처드라는 이름으로 유명한 가수가 되었어요.

오로라가 아이스크림을 가지고 돌아왔을 때도 아무도 알아차리지 못했어요.

"나 없는 동안 무슨 일 있었어?"

두 사람의 알레그로는 계속되었어요. 프랭키는 일을 계속해서 모은 돈으로 크리스마스 직전에 작은 반지를 샀어요. 다이아몬드 조각이 두 개의 하트를 이어주는 모양이었죠. 다음 날 프랭키와 오로라는 카날 가를 걷다가 메종 블랑시 백화점을 지났어요. 그해

에도 창가에는 종이 반죽으로 만든 눈사람 미스터 빙글이 산타의 도우미로 서 있었죠. 오로라는 검고 둥근 눈에 작은 모자를 쓴 괴상한 모양의 그 눈사람을 좋아했어요.

"산타는 미스터 빙글 없이는 아무것도 할 수 없고 아무 데도 갈 수 없어." 오로라가 창에 얼굴을 대고 말했어요.

"오로라."

프랭키가 반지상자를 열었어요.

"난 네가 없으면 아무것도 할 수 없어. 나와 결혼해줄래?"

오로라는 숨을 들이마셨어요. 눈물이 흘러내렸죠. 나는 그 순간에 음악이 없다는 사실이 무척이나 신경 쓰였어요. 역시나 프랭키가 부드럽게 '어스 엔젤'을 부르기 시작했죠. 그러자 그 순간은 완벽해졌어요.

지상의 천사여, 지상의 천사여
내 것이 되어줄래요?

"산타와 미스터 빙글은 항상 함께야." 오로라가 속삭였어요.

"항상." 프랭키도 말했어요.

"무슨 일이 있어도."

"무슨 일이 있어도."

"좋아. 너랑 결혼할 거야."

두 사람은 달콤한 키스를 나누었어요. 오로라는 반지를 꼈어요.

프랭키가 미스터 빙글을 보면서 상상의 모자 끝에 손을 대고 인사를 하자 오로라가 웃음을 터뜨렸어요.

두 사람은 가까운 교회에서 결혼식을 올리기로 했어요. 하지만 결혼식이 예정된 주에야 서류 문제로 결혼식이 불가능하다는 사실을 알게 되었죠. 프랭키와 오로라는 둘 다 그림자로 존재하는 사람들이었거든요. 자동차 면허증도 없고 일당도 현금으로만 받았어요. 제대로 혼인신고를 하려면 무한정 미뤄질 수밖에 없었어요(자세한 이야기는 지루하니까 생략할게요).

그래서 두 사람은 교회 결혼식을 취소하고 친구의 나이트클럽을 빌리기로 했어요. 한때 신학 학교에 다녔던 바이올리니스트가 새벽 3시 7분에 두 사람이 부부가 된 것을 축복해주었죠. 오로라의 언니 세실이 신부 들러리였고 구두닦이 소년 엘리스가 신랑 들러리였어요. 음식도 마련되었어요. 팻츠 도미노가 피아노를 쳤고 리처드 페니먼이 신나는 노래를 불렀으며 햄프턴 벨그레이브는 내슈빌에서 찾아와 하모니카를 연주했어요. 아침이 되어 하객들이 전부 돌아간 후 프랭크와 오로라는 결혼식 옷차림으로 강가를 산책했어요.

"우리 처음 만날 날 기억나?" 오로라가 물었어요.

"숲 속에서."

"넌 무서워했어."

"아니거든."

"맞아."

오로라가 신발을 벗었어요. 강 위로 새떼가 날아올랐어요.

"그날이 네가 아버지를 본 마지막 날이었지."

"아버지 아니야."

"아버지가 우리 결혼식을 못 보셔서 안타까워."

"너희 어머니도 못 오셨는데 뭐."

"그래. 우리 엄마도 못 왔지."

오로라가 프랭키의 손을 잡았고 둘은 말없이 걸었어요. 저 멀리서 앞치마를 두른 남자가 양동이의 물을 길가에 붓고 밤새 지저분해진 곳을 청소하기 시작했어요.

"프란시스코?"

"응?"

"이제 우리 둘 다 가족이 생긴 거야."

"너랑 나?"

"언제나."

프랭키는 잉크 스파츠와 프랭크 시나트라의 인기곡인 '얼웨이즈(Always)'의 첫 소절을 불렀어요. 오로라가 쉬폰에 싸인 자신의 어깨로 프랭키의 팔을 가져갔지요.

"모든 게 노래는 아니야."

"모든 게 노래야."

"그래. 모든 게 노래야."

뉴올리언스의 동쪽 끄트머리에서 태양이 떠오를 무렵 두 사람은 약국 위층에 있는 집으로 갔어요. 그리고 한 베개를 베고 누웠어요.

잠시 후 프랭키는 오로라의 금발에 코를 박고 한 팔로는 허리를 감싼 채 잠들었어요. 그는 지금까지 여러 밴드를 만났지만 그녀와의 밴드가 가장 좋았어요.

35

1969년

우드스탁은 컴컴해졌지만 음악 소리는 점점 커졌어요. 프랭키는 몽롱한 상태에서 재니스 조플린이라는 블루스 가수의 긁는 듯한 목소리를 들었어요. 멍한 상태에서도 '피스 오브 마이 하트(Piece of My Heart, 내 마음의 조각)'라는 노래에 나오는 1-4-5의 코드 진행을 알아차릴 수 있었어요. 머리가 깨질 듯한 코러스 부분은 연인에게 자신의 마음을 또 한 조각 가져가라고 소리치는 내용이었죠.

"무대가 어디죠?" 프랭키가 사람들에게 소리쳤어요.

"저쪽!" 누군가 손으로 가리키며 소리쳤어요.

"무대가 어디죠?" 프랭키가 1분 후에 다시 소리쳤어요.

"저쪽!"

프랭키는 어디로 가야 하는지도 알았고 달걀도 구했어요. 힘차게 걷고 싶었지만 초록색 알약 때문인지 마리오네트가 된 것처럼 머릿속으로 하나하나 생각하면서 무릎을 움직여야 했죠. 올리고, 뻗고, 내리고, 올리고, 뻗고, 내리고…….

"아저씨, 기타 쳐봐도 돼요?"

프랭키가 아래를 보았더니 줄무늬 티셔츠에 하얀 팬티를 입고 신발은 신지 않은 연한 금발 머리의 소년이 있었어요. 그 옆에는 역시 속옷 차림의 더 어린 여자아이가 있었죠. 둘 다 진흙에서 놀고 있었어요.

"저는 그다음에 쳐봐도 돼요?" 여자아이가 물었어요.

프랭키는 목을 돌리면서 아이들, 악몽, 진흙에서 놀다 같은 상황을 이해하려고 애썼어요. 그는 계속 가야만 했어요. 그런데 무슨 이유인지 프랭키는 무릎을 꿇고 팔을 뒤로 뻗었어요.

"이거 말이니?"

"네." 남자아이가 말했어요.

"어떻게 치는지 알아?"

"당연하죠."

"저도요." 여자아이도 따라서 말했어요.

"우리 엄마의 남자친구도 기타를 치거든요."

"엄마는 어디 있어?"

"저쪽에요."

남자아이는 담요를 걸치고 동그랗게 모여서 파이프를 돌려 피우고 있는 사람들을 가리켰어요. 프랭키는 누가 아이들의 엄마인지 추측해보려고 했어요. 그러다 머리를 긁적이며 생각했지요. 계속 가.

"진흙 드릴까요?" 남자아이가 물었어요.

"뭐라고?"

"원하시면 드릴게요."

"그래."

남자아이는 프랭키의 손에 동그랗게 뭉친 진흙을 건넸어요.

"이제 기타 쳐도 돼요?"

"넌 너무 어려."

"안 어려요."

프랭키는 바파 루비오가 비야레알 음악 학교의 교장과 말다툼을 벌인 것을 기억해냈어요.

"그래. 넌 어리지 않아." 프랭키가 중얼거렸어요. "네 말이 맞아."

그는 담요에 누운 오로라를 생각했어요. 내가 여기서 뭘 하는 거지? 왜 오로라와 함께 있지 않는 거지? 이 애들은 누구야? 지금 들리는 노래 가사는 뭐야? 가져가? 가져가? 무대로 가야 해. 계속 가.

"엄마한테 가." 프랭키가 중얼거리듯 말했어요.

"기타 치고 싶어요."

프랭키는 남자아이의 손에 진흙을 도로 문질러주고는 일어섰어요. 그는 심장을 또 한 조각 가져가라는 노래가 흘러나오는 곳을 향해 비틀거리며 걸어갔어요.

36

1956년

프랭키와 오로라의 두 번째 움직임. 아다지오.

조용하고 느리게.

프랭키의 재능 덕분에 여기저기서 프랭키를 찾게 되었어요. 라이브공연, 스튜디오 세션 녹음. 내가 세어봤더니 그는 1955년에서 1958년까지 46개 밴드와 공연을 했더군요. 처음에는 문제가 아니었어요(원래 문제는 처음부터 나타나지 않는 법이죠). 오로라는 가능하면 프랭키를 따라다녔고 그러지 못할 때는 작고 아늑한 아파트에서 시간을 보냈어요. 철제 난간이 달린 발코니가 있고 파스텔 색깔의 타일과 낡은 나무 소품으로 장식된 부엌이 있는 집이었죠.

오로라는 그곳에 있으면 행복했어요. 그녀는 프랭키의 머리를 깎아주고 함께 의상을 골랐어요. 그녀는 지미 클랜튼이나 샘 쿡을 보기 위해 콘서트장을 찾은 여자들이 남편에게 시선을 준다는 사실을 알아차리기 시작했어요. 검은 머리를 올백으로 넘긴 섹시한 기타 연주자에게요. 하지만 오로라는 전혀 걱정되지 않았어요. 언제나 자정이 지나 공연이 끝나기를 기다렸다가 손을 잡고 집으로 걸어와서는 음악을 듣다가 서로 껴안고 잠들었지요. 밝은 햇살이 내리쬐면 먼저 깨어난 오로라가 차를 준비하면서 프랭키를 깨웠어요. "일어나, 잠꾸러기. 연습해야지."

프랭키가 오로라에게 기타줄에 대해 이야기한 것은 이때쯤이었어요. 어느 날 밤 프랭키는 매트리스에 기대앉아 기타를 보여주면서 세 가지 사건에 대해 이야기했죠. 장고와 함께였던 선착장, 햄프턴과 함께였던 병실, 그리고 괴한이 칼을 들고 오로라를 위협했던 그날 밤.

"넌 날 구해줬어."

"그런가."

"네가 아니었으면 난 죽었을 거야."

"그런 말 하지 마."

"기타줄이 파란색으로 변했다고?"

"응."

"얼마나 오랫동안?"

"몇 초 동안."

"왜 파란색이지?"

"모르겠어."

"언제 그렇게 되는지 예측할 수 있어?"

프랭키는 고개를 저었어요.

"무슨 뜻일까?"

"내가 어떤 상황에 영향을 끼칠 수 있다는 뜻인 것 같아."

"네가 원하면 아무 때나?"

"아니. 그건……."

"뭔데?"

"상대가 정말로 중요한 사람일 때만 그런 것 같아."

"그럼 내가 정말로 중요한 사람이야?"

프랭키가 빙그레 웃었어요. 오로라는 프랭키에게 좀 더 다가갔어요.

"내 생각엔 다른 이유가 있는 것 같아, 프란시스코."

"뭐?"

"그 줄 어디서 났어?"

"선생님 거야."

"그전에는?"

"선생님 부인."

"그분은 그 줄이 어디에서 났대?"

"그거야 모르지."

"답은 거기에 있어."

"줄 세 개가 끊어졌어."

"파란색으로 변했던 줄들이야?"

프랭키가 고개를 끄덕였어요.

"그럼 세 개는 이미 사용했다는 뜻인가 봐. 너에게는 여섯 번의 기회가 주어졌고." 그녀가 시선을 돌리며 덧붙였어요. "여섯 명."

"무슨 말이야?"

"숲 속에서 기억나? 네가 기타줄을 빼서 꽃을 만들었던 거? 우리가 그걸 무덤에 꽂아주었잖아?"

"그런데?"

"넌 모르는 사람들을 도와줬어. 알지 못하는 여섯 명에게 친절을 베풀었어. 네가 베푼 친절이 너에게로 돌아오는 걸지도 몰라."

"글쎄." 프랭키가 어깨를 으쓱했어요. "난 그저 기타 연주자일 뿐인걸."

오로라는 자신을 쳐다보고 있는 프랭키를 빤히 쳐다보았어요.

"아니, 그렇지 않아."

37

1957년

아다지오가 계속되는 동안 프랭키와 오로라는 서로 의견이 다
를 때가 많아졌어요. 어느 날 프랭키는 뉴올리언스와 가까운 호숫
가에 있는 폰차트레인 비치 놀이공원에서 연주를 해달라는 전화
를 받았어요. 엘비스 프레슬리의 공연이 있을 예정이라면서 밴드
의 예비 기타리스트가 필요하다고 했어요. 엘비스는 기타를 메고
있기는 하지만 거의 사용하지는 않았거든요. 오로라도 공연을 보
러 갔어요. 관객들의 함성 소리에 고막이 터질 정도였지요. 마지막
곡이 끝난 후 그녀는 백스테이지로 가려고 했지만 열광적인 여자
팬들이 너무 많아서 포기하고 집으로 갔어요.

그날 밤 집으로 돌아온 프랭키는 오로라를 보고 안도했어요.
"어디 있었어? 계속 찾았는데."

"사람들이 너무 많아서."

"음악, 마음에 들었어?"

"잘 들리지도 않았어."

"일거리를 더 주겠대. 연주를 계속해달래."

"해변에서?"

"아니. 슈리브포트."

"거긴 좀 멀잖아."

"그렇게 멀지도 않아."

"공연 어땠어?"

"끝내줬지!"

"엘비스 친절해?"

"말이 별로 없었어. 그래도 내 머리가 마음에 든다고 했어."

오로라가 미소를 지었어요. "당연하지."

가장 단순한 화음은 음이 같이 올라갔다 내려가면서 같은 거리를 유지하죠. 마치 철로처럼 평행선을 이뤄요.

대위법은 좀 더 복잡한 화음이에요. 두 개의 음악 선이 따로 움직이면서도 화음이 조화를 이루지만 나란히 붙어 있지는 않죠.

프랭키와 오로라는 결혼하고 3년 동안은 화음에서 대위법으로 옮겨갔고 아다지오가 끝났어요. 프랭키는 뉴욕으로 여행을 떠났고 오로라는 꽃가게에 취직했어요. 프랭키는 밴쿠버 공연에서 엘비스의 대역이 되었고 오로라는 교회에 다녔어요. 프랭키는 로스앤젤레스에 가서 에이전트 태피 피시맨을 만나 계약서에 서명을 했고 오로라는 가재 요리법을 배웠어요.

집으로 돌아온 프랭키가 말했어요. "엄청난 소식이 있어. 우리 캘리포니아로 이사 갈 거야."

두 사람은 2주일 동안 다투었어요. 한 사람은 어딘가에 가고 싶어 하고, 다른 사람은 가고 싶어 하지 않을 경우 흔히 나타나는 일이죠. 마침내 그달 말에 두 사람은 약국 위층의 셋집에서 짐을 빼서 상자에 넣었어요. 그들은 거의 대화도 없이 어두운 표정으로 중고 플리머스 벨베데레(프랭키는 태피 피시맨의 도움으로 운전면허를 따고 이 차를 구입했어요)에 짐을 싣고 뉴올리언스를 떠났죠. 아쉬움에 뒤를 돌아본 사람은 오로라뿐이었어요.

예전에 두 사람은 차에서도 손을 잡고 있었어요. 하지만 그날 악기와 의상이 가득한 차 안에는 서로 다른 미래를 생각하는 두 사람이 있었죠. 그들은 미국 남부에서 서부로 이동했어요. 그들은 사흘 후 해가 저물기 직전 서부에 도착했어요. 이때 프랭키는 해가 거대한 오렌지처럼 보인다는 말을 했지요.

38

1958년

"기타 안 칠 거야?" 오로라가 물었어요.

"레너드가 싫어해." 프랭키가 말했어요.

나무 하나 없는 로스앤젤레스 거리의 썰렁한 아파트에서 크리스마스를 앞둔 어느 날이었어요.

"왜 기타를 치지 말라고 하는데?"

"춤에 방해된다고."

"하지만 넌 기타리스트잖아."

"난 노래도 해, 오로라."

"물론 네 노래는 정말 근사해. 하지만……."

프랭키가 손바닥이 보이게 두 손을 내밀었어요.

"뭔데?"

"난 네가 기타를 칠 때가 좋아."

"밴드에서는 치잖아."

"밴드에 들어가면 안 돼?"

"내 뒤에 밴드가 있을 거야."

"네 뒤에?"

"캐나다에서처럼 말이야. 그날 밤 기타 없이 노래를 몇 곡 불렀거든."

"그래서?"

"느낌이 달랐어. 마음에 들었어."

"캐나다에서는 진짜 네가 아니었어. 그래서 다르게 느껴진 거야. 넌 그가 아니야. 너도 알잖아."

"알아."

"넌 엘비스 프레슬리가 아니야."

"알아."

"하지만 넌 네가 엘비스라고 느꼈던 거야."

"왜 그런 말을 하는 거야?"

"진실이니까, 프란시스코."

그가 얼굴을 찡그렸어요. "프랭키야."

"프랭키. 레너드인지 태피인지 하는 사람이 또 뭘 시켰어?

오로라는 가방 안을 뒤지기 시작했어요. "도대체 왜 이름이 또 필요한 거야?"

"태피는 날 도와주고 있어."

"네 선생님은 널 뭐라고 불렀어?"

"주로 '꼬마'라고 하셨어."

"아버지는 뭐라고 부르셨지?"

"아버지 아니라니까."

오로라는 가방에서 담배를 찾았어요.

"네 마음대로 해."

"네 마음에는 안 들어?"

"내 마음이 중요해?"

"그래."

"그럼 말할게. 마음에 안 들어."

프랭키는 빠르게 박자를 맞추듯 한쪽 발로 바닥을 두드렸어요.

"기타 치는 법은 절대로 잊어버리지 않을 거야."

오로라는 바닥에 털썩 주저앉았어요.

"그렇겠지. 그럴 수는 없을 테니까."

"레너드가 벌써 공연을 열 개나 예약했어. 더 드리프터스, 에벌리 브라더스 등 많은 사람들이 출연해. 관객들도 많이 오는 큰 공연이야. 사람들은 내가 기타를 연주하건 말건 신경 쓰지 않아. 내 노래를 듣고 싶어 해. 녹음 날짜도 잡혔어. 그리고⋯⋯."

"알았어."

"음반을 내면 분명히 변화가⋯⋯."

"알았다고 했잖아."

오로라의 목소리는 한결 부드러워졌어요.

"알았지?" 프랭키가 물었어요.

"하고 싶은 대로 해."

"정말이야?"

"이제 그만 말하면 안 될까?"

프랭키는 억지로 웃음을 지었어요.

"두고 봐. 아주 잘될 거야. 판타스티코."

"투어는 얼마나 걸려?"

"난 유명해질……."

"얼마나 걸려?"

"한두 달."

오로라는 담배에 불을 붙였어요. "세 달이겠지."

"담배는 왜 피우는 거야?"

"뉴올리언스가 그리워."

"이 아파트가 훨씬 좋잖아."

"너무 새 아파트야. 난 오래된 것이 좋아."

프랭키는 저쪽으로 가서 기타 케이스를 열었어요.

"이것 봐. 기타야." 프랭키가 장난을 치려고 했어요.

"파를레 무아 다무르." 오로라가 말했어요.

"그건 오래된 거잖아."

"날 위해 연주해줘."

"알았어."

프랭키는 목에 기타를 걸고 부드럽게 줄을 퉁겼어요. 그리고 무릎을 꿇고 오로라가 부탁한 노래를 불렀어요. 프랑스의 작곡가가 약 30년 전에 만든 노래였죠.

노래 제목은 '파를레 무아 다무르'로 '사랑한다고 말해줘'라는 뜻이었어요. 하지만 사랑을 말한다는 것은 바람처럼 덧없는 일이죠. 오로라는 마지막 소절이 나오기를 기다렸어요. 눈에 눈물이 고였어요.

뒤 쾨르 옹 게리 라 블레쉬르(*Du Coeur on guerit la blessure*)
파 앵 세르망 퀴 르 라쉬레(*Par un serment qui le rassure*)

"우리는 사랑의 맹세로 상처받은 마음을 치유해요"라는 뜻이죠. 프랭키는 첫 휴게소에 들르자마자 전화하겠다고 약속했어요. 하지만 오로라는 자신이 그를 떠날 것을 알았어요.

39

1969년

마침내 프랭키의 눈에 우드스탁 무대가 들어왔어요. 어둠 속에서 정사각형으로 빛나는 무대는 관객들로 가득한 거대한 들판을 비추었죠.

"이봐요, 조심……."

"네?"

"정신 차려요, 형씨……."

"미안합……."

녹색 알약 때문에 프랭키는 이리저리 비틀거리며 사람들과 부딪혔어요. 프랭키의 시야도 흐려졌다가 또렷해지기를 반복했지요. 프랭키는 기타가 등에 부딪히는 것을 느꼈어요. 엘 마에스트로는 연주하려는 멜로디를 흥얼거리면서 정신을 집중하면 머리와 손이 하나가 된다고 가르쳐주었어요.

지금 그는 길고 경사진 언덕길을 느릿느릿 내려가는 동안 천막과 간이화장실, 다리를 꼬고 안거나 서로 맞붙어 누운 사람들을 지나면서 세 단어만 되풀이했어요. "오로라. 아기. 아침식사."

그는 일을 바로잡기로 결심하고 좀 더 빨리 걸었어요.

"오로라…… 아기…… 아침식사……."

"아야."

"오로라……."

"아, 좀 보고 다녀요."

"오로라……."

"조심해요."

"아기……."

"정신 차려요."

"아침식사……."

갑자기 그는 달리기 시작했어요. 아니, 달리는 것처럼 느껴졌어요. 점점 불빛이 커지고 음악 소리도 커졌어요. 그는 사람들의 말도 획획 지나쳤지요.

"이봐요!"

"오로라……."

"아까 그 남자 봤어?"

"아기……."

"누구?"

"아침식사……."

"기타를 메고 있던 사람. 누구더라…… 이름이 뭐였지? 맞아. 프레스토! 프랭키 프레스토! 그 사람이었어!"

40

    비야레알 교회에서 멀지 않은 곳에 프란시스코 타레가를 위한 작은 박물관이 있어요. 그 안에는 사진들과 그의 기타와 커다란 석고 흉상도 있죠. 그 흉상은 한때 카스텔욘의 산펠릭스 마을에서 소중히 간직되던 것이었죠. 산펠릭스는 거친 노동자들이 사는 동네라 '화약고'라는 별명이 붙어 있었어요. 그곳 주민들은 타레가를 워낙 존경해서 그가 죽고 15년이 지난 1924년에는 그를 수호성자로 지정했어요.

    10월에 종교 행사가 열리면 다른 지역에서는 가톨릭의 전통적인 이미지를 내놓지만 산펠릭스 사람들은 아가씨들과 기수들 그리고 꽃수레로 둘러싸인 타레가의 흉상과 함께 거리를 행진했죠. 사람들은 흉상에 마법의 힘이 있다고 믿었어요. 환자가 있는 집에 치료를 위해 흉상을 가져가기도 했죠. 다른 마을 사람들은 말도 안 된다고 생각했어요. 어떻게 기타리스트가 신이 된단 말이야? 하지만 요즘 세상이라고 다른가요? 유명 아티스트들은 신적인 존재가 되고 사람들은 그들이 눈앞에 있으면 숭배의 의미로 마구 함성을 지르잖아요.

오로라 요크가 사라진 후로 프랭키 프레스토에게도 그런 시기
가 찾아왔어요. 1959년 8월부터 1964년 10월까지 그의 음반은
300만 장 넘게 팔렸어요. 그는 다섯 장의 음반을 냈고 네 곡이 음
악 차트 10위 안에 들었어요. 그중 두 곡은 1위를 했죠. 프랭키가
작곡한 '아이 원트 투 러브 유'와 '셰이크, 셰이크(Shake, Shake)'였
죠. 그의 콘서트에 오는 관객은 수백 명에서 수천 명으로 그리고
수만 명으로 늘어났어요. 〈아메리칸 밴드스탠드〉, 〈에드 설리번
쇼〉, 〈크래프트 뮤직홀〉 같은 텔레비전 프로그램에도 출연했죠.
그의 얼굴이 잡지 표지와 광고판에 실렸어요. 밝은색의 양복과 거
기 어울리는 구두를 신고 검은 머리는 올백을 했죠. 뒤로 넘긴 머
리가 노래할 때 이마로 흘러내렸다가 춤출 때 흔들리곤 했죠. 그
러면 여자들이 마구 소리를 질렀어요. "프랭키! 프랭키!"

미국 전역의 레코드가게에서는 팬들이 그의 음반을 들고 잘생
긴 얼굴을 가만히 들여다보았죠. '당신을 사랑하고 싶은 프랭키 프
레스토'라는 음반에는 갈색 스포츠 코트에 핑크색 칼라가 달린 셔
츠를 입은 프랭키가 스포츠카 차창으로 몸을 숙이고는 갈색 머리
의 열성 팬 손에 사인을 해주는 모습이 들어갔어요. 프랭키의 콘
서트장 밖에서 실제로 벌어진 장면 같지만 사실은 전문 사진가가
연출한 거였죠. 뛰어난 몸매에 아몬드 같은 눈매의 그 갈색 머리
여성은 태피 피시맨이 직접 고른 텍사스 출신의 모델이었어요.

그녀의 이름은 델로리스 레이였죠.

내가 보기에 그녀는 프랭키와 시간을 보내는 다른 수많은 여자들과 다르지 않았어요. 그의 심장에 전혀 위협이 되지 않는 존재였죠. 프랭키의 심장을 두고 나와 경쟁할 상대는 오로지 오로라 요크뿐이었어요. 하지만 앞에서 말한 것처럼 오로라는 이때 프랭키 곁에 없었어요. 프랭키가 캘리포니아의 아파트로 돌아왔을 때 그녀의 노란색 여행가방은 사라지고 없었죠.

처음에 프랭키는 화가 났어요. 그러고는 마음이 아팠죠. 술로 그녀를 잊으려고 했어요. 하지만 태피가 투어공연을 잡고 2년 동안 쉬지 못하게 했죠. 오로라가 없는 동안은 프랭키가 가장 인기가 좋았던 기간과 일치해요. 우연의 일치 같지만 단언컨대 그렇지 않아요. 오로라는 프랭키의 심장에 자신만 있는 것이 아님을 알았어요. 음악인 나뿐만 아니라(이건 참을 수 있었죠) 야망이 자리했던 거예요(이건 참을 수 없었어요). 나는 성공이 파도처럼 프랭키를 집어삼켜서 저 멀리 데려가리라는 것을 미리 알고 그의 곁을 떠난 그녀가 존경스럽더군요.

미리 떠난 거였죠.

한편 델로리스 레이는 프랭키의 앨범 표지에 등장한 후로 〈디디의 모험〉이라는 텔레비전 드라마에 캐스팅되어 큰 인기를 얻었어요. 태피 피시맨이 매니저였죠. 델로리스는 영화에도 출연하고 여러 배우들과 염문을 뿌렸죠. 하지만 그녀가 가장 관심 있는 남자는 여전히 프랭키였어요. 그녀는 앨범 표지를 찍는 날 프랭키에게 키스하면서 '내가 지금까지 만난 가장 이국적인 것'이라고 했죠.

그녀는 나의 사랑하는 아이에게 푹 빠진 듯했고(내가 그렇게 재능을 몰아줬으니 당연하지 않겠어요?) 프랭키는 그녀를 사랑하진 않았지만 그녀가 꽤 유혹적인 것은 사실이었죠. 대중이 유명한 선남선녀의 만남에 관심이 많다는 사실을 아는 태피 피시맨은 두 사람을 엮으려고 애썼어요. 레스토랑에서 두 사람에게 식사를 사줘가면서 사진기자들에게 전화로 두 사람의 위치를 알리기까지 했죠.

마침내 태피는 그들에게 결혼까지 제안했어요.

그때가 1964년 말이었죠. 그때쯤 프랭키의 인기는 조금씩 식기 시작했어요. 음반 판매량도 점점 줄어들었죠. 대중의 취향이란 어린아이의 집중력만큼이나 변덕이 심해서 영국에서 들어온 새로운 장르가 음반 시장을 장악했어요. 프랭키는 더 이상 직접 곡을 쓰지 않았어요. 강요에 의해 다른 사람이 만든 노래를 불렀죠. 그가 거부하면 태피는 음반 회사와의 계약에 포함되는 일이라고 강조했어요. 음반사는 그를 '십대 아이돌'쯤으로 생각했죠. 이름만큼이나 덧없는 존재 말이에요.

기타는 어땠냐고요? 프랭키는 기타를 거의 치지 않았어요. 마법의 기타줄에도 관심을 쏟지 않았고요. 기타는 새로 구입한 대저택의 옷장 구석에 처박혀 있었죠. 내가 세어본 바에 의하면 새 집에는 침실이 다섯 개, 수영장이 두 개, 거울이 열여섯 개 있었어요.

인기가 시들어가도 프랭키는 개의치 않았다는 점을 말하고 싶군요. 그에게는 1등이나 2등이나 차이가 없었어요. 음반이 100만 장 팔리건 50만 장 팔리건 상관없었어요. 그에게는 오로지 나 음악, 음의 구원만이 중요했죠. 하지만 명성에는 중독성이 있는 법이에요. 엘 마에스트로나 바파, 햄프턴이나 오로라 요크 등 곁에서 이끌어줄 사람이 없자 프랭키는 갈피를 잡지 못하고 방황했어요.

예전에 방황할 때는 털 없는 개의 목줄을 잡았지만 이번에는 다른 것을 잡았죠.

"결혼이라고요?"

"하와이 해변에서 하는 거야! 결혼식 비용은 내가 낼게. 행복한 커플을 위한 선물이야." 태피가 말했어요.

"하지만 레너드……."

"왜?"

"난 오로라랑 결혼했잖아요."

"누구? 증명서 있어? 네가 그랬잖아. 혼인신고를 못했다고. 그리고 오로라를 보지 못한 지가 얼마나 됐지? 4년? 5년이던가? 정신 차려, 프랭키. 그녀는 돌아오지 않아."

"그런 말 하지 마세요."

"그동안 수도승처럼 지낸 것도 아니잖아."

"레너드……."

"이봐, 내가 이래라저래라 상관할 문제는 아니지만 델로리스는 너한테 푹 빠졌어. 우리 모두 알고 있잖아. 두 사람이 서로에게 끌린다는 것."

"델로리스는 결혼하고 싶대요?"

"확실해. 청혼해봐."

"반지도 없는데."

"이럴 줄 알고 내가 벌써 보석상에 준비해놨지. 이번 주에 아무 때나 들러봐. 오늘도 괜찮고."

하지만 태피는 이 결혼이 델로리스보다 프랭키에게 더 유리하다는 말은 하지 않았어요. 그는 프랭키가 더 이상 주목받지 못하고 한때 그를 숭배하던 이들이 더 이상 그의 이름을 외치지 않을까 봐 걱정이었지요. 프랭키 프레스토가 지는 별이라면 델로리스 레이는 뜨는 별이었어요. 그녀의 불꽃이 그의 불꽃을 되살려줄 수 있었어요.

"난 잘 모르겠어요. 레너드⋯⋯."

"뭘 몰라? 매일 델로리스 같은 여자가 있는 집으로 돌아가기 싫어?"

"그런 게 아니라⋯⋯."

"나라면 무조건 대환영일 텐데."

"델로리스는 괜찮아요. 하지만⋯⋯."

"프랭키, 내 말 잘 들어." 태피가 프랭키의 어깨를 잡았어요. "네 커리어에 도움되는 일이야."

나는 누가 그런 말을 만들어냈는지, 누가 그 단어를 만들어냈는지 모르겠어요. 나, 음악은 인류가 만들어진 이래로 줄곧 세상에 존재하면서 사람들이 삶을 한 땀 한 땀 엮어갈 때 옆에서 소리를 만들어주었어요. 깨달음, 고통, 사랑, 사계절의 소리를요. 하지만 내가 만든 수많은 소리 가운데 '커리어'라는 소리는 없다고요.

그런데 왜 여러분은 커리어가 나에게 큰 영향을 끼치게 하는 거죠?

결국 두 사람의 결혼은 진행되었고 태피가 원하는 대로 신문 지면을 크게 장식했어요. 신랑신부는 하와이에서 신혼여행을 즐겼고 매일 사진기자들이 그들을 따라다녔어요. 비록 잠깐 동안이지만 프랭키 프레스토의 앨범 판매량도 올라갔죠. 델로리스는 또 다른 대작 영화에 캐스팅되고요. 프랭키의 대저택으로 들어온 그녀는 기타를 더 작은 옷장으로 치워버렸어요. 프랭키는 그 모습을 보며 오로라를 생각했어요. 다시 술을 마시기 시작했죠. 파티오나 수영장으로 술병을 가지고 나가서 마셨어요.

1965년 어느 여름날, 태피가 프랭키를 사무실로 불렀어요. 사무실에 가보니 처음 보는 남자가 있었어요.

"어서 와, 프랭키." 태피가 말했어요. 프랭키가 다가갔더니 태피가 프랭키의 머리를 헝클어뜨려서 앞머리가 이마를 덮게 했어요.

"어때요?" 태피의 물음에 남자가 고개를 끄덕였어요. "그렇게 하면 되겠군요." 남자가 말했지요.

"프랭키, 앨런 에드거스 감독님이셔. 영화에 출연하는 거야. 어때?"

프랭키는 어깨를 으쓱했어요. 이마를 가린 앞머리가 영 마음에 들지 않았어요.

"델로리스랑 같이 주인공으로 출연하는 거야. 로맨스 영화지. 어때, 식은 죽 먹기지?"

감독이 웃음을 터뜨렸어요.

"게다가 런던에서 촬영할 거야. 앨런의 아이디어야. 영국의 침공(1960년대 비틀스를 비롯한 영국의 음악이나 문화가 미국에서 큰 인기를 끌면서 생겨난 말-옮긴이)? 웃기지 말라고 그래. 우리가 영국을 침공하는 거야! 어때? 영국 가본 적 있어, 프랭키?"

프랭키의 시선이 아래를 향했어요. 배를 타고 스페인에서 영국으로 갔던 일이 떠올랐어요. 담요에 돌돌 말려서 화물 맨 위에 놓여 있다가 사우샘프턴 선착장으로 데굴데굴 굴러갔고 '조용히 있으라'는 지시를 받았죠. 그렇게 자신의 숨소리만 들으면서 몇 시간을 버텼어요. 너무 무서워서 움직일 수가 없었죠. 그러다 자신의 배 위에서 뭔가 움직이는 것이 느껴졌어요. 담요를 벗어보니 갈매기가 그의 얼굴 위를 퍼덕거리며 지나갔죠. 프랭키가 비명을 지르자 갈매기는 하얀 구름이 가득한 하늘로 날아갔어요.

"아뇨. 없어요."

"3주 후에 출발할 거야."

"녹음이 아직 안 끝났잖아요."

"영화부터 촬영하고 그다음에 해."

"다음 앨범은 어떡하고요?"

태피는 감독을 쳐다보았다가 다시 프랭키를 쳐다보았어요.

"영화 먼저 찍을 거야. 그게 너한테도 좋아. 즐기라고."

프랭키는 아무 말도 하지 않았지만 속이 타들어가는 듯했어요.

그는 머리를 다시 넘기려고 주머니에서 빗을 꺼냈어요.

"그냥 놔둬. 그게 나아."

프랭키는 가슴이 더욱 타들어가는 것을 느끼며 빗을 도로 집어

넣었어요.

로저 맥귄

기타리스트, 가수, 버즈의 창단 멤버, 로큰롤 명예의 전당 헌액

내가 아는 프랭키 프레스토에 관한 최고의 일화가 뭐냐고요? 그를 비틀스에게 소개해준 거죠. 꽤 흥미진진한 이야기입니다.

1965년 여름이었죠. 우리 버즈는 처음으로 런던 투어를 했고 프랭키는 거기에서 영화를 찍고 있었어요. 우리 공연도 한 번 보러 왔죠. 공연이 끝나고 백스테이지로 와서 내가 연주하는 열두 줄짜리 리켄배커 기타에 대해 물어보더군요. 난 고등학생 때 그를 콘서트에서 본 적이 있었어요. 머리 스타일이 멋지다고 생각했어요. 그가 얼마나 굉장한 기타리스트인지 모르다가 얼마 후에야 알게 되었죠.

1965년 당시 우리 버즈는 인기가 많았어요. 앨범 '미스터 탬버린 맨'이 영국 차트에서 1위를 차지했으니까요. 런던 투어도 그래서 했던 거예요. 하지만 별로 멋진 투어는 아니었어요. 우리가 '비틀스에 대한 미국의 답'이라고 홍보했는데 어디 그 홍보 문구를 따라가기가 쉬웠겠어요? 결국은 언론에서도 쪼아대기 바빴죠.

어쨌든 프랭키가 백스테이지로 찾아온 그날 진짜 비틀스가 우

리 공연을 보러 왔어요. 예전에 비틀스의 홍보를 맡았던 우리 홍보 담당자 데렉 테일러가 마련한 자리였죠. 공연이 끝나고 다 같이 클럽 위층에 있는 룸에 모이기로 했어요.

우린 정말 긴장이 되었어요. 그래서인지 공연 도중에 베이스줄이 끊어졌죠. 좀처럼 없는 일인데 말이에요. 아마 베이시스트가 자기도 모르게 엄청 세게 쳤나 봐요.

어쨌든 룸으로 가보니 존 레논과 조지 해리슨이 있더라고요. 존이 "정말 훌륭한 공연이었습니다"라고 하더군요. 왠지 사과해야 할 것 같은 기분이 들어서 그렇게 훌륭하지는 않았다고 했더니 존이 약간 놀리듯 농담을 던졌죠. 그러고는 "그 작은 안경은 뭔가요?"라고 물었어요. 내가 쓰고 있던 동그란 안경을 말하는 것이었죠. 그가 내 안경을 한 번 써보더군요. 알다시피 그가 그 후로 비슷한 안경을 쓰면서 존 레논 안경으로 유명해졌죠.

대화 도중에 프랭키 프레스토가 그날 공연을 보러 왔었다고 말하자 존이 '아워 시크릿' 몇 소절을 부르더니 자기가 들어본 가장 멋진 발라드라고 했죠. 프랭키 프레스토가 그 후로는 별로 좋은 성적을 내지 못했다는 말도 했고요.

다음 날 밤에는 회원제 클럽에서 폴 매카트니를 만났어요. 폴이 새로 구입한 애스턴 마틴 DB5로 런던 시내를 드라이브 시켜주었죠. 내가 프랭키 이야기를 했더니 폴은 프랭키가 엘비스 프레슬리의 밴드에 있었다는 말을 들었다면서 큰 관심을 보이더군요. 그 주에 롤링 스톤스 멤버의 집에서 파티가 열렸죠. 당시 영국의 잘

나가는 밴드들은 다 같이 어울렸거든요. 폴이 프랭키에게 직접 확인하고 싶다면서 그를 파티에 데려오라고 하더군요. 모두의 우상인 비틀스의 우상은 엘비스였죠.

다음 날 프랭키가 영화를 찍는 곳으로 찾아갔어요. 우리가 몸에 딱 맞는 청바지와 지퍼 달린 검은색 워커를 구입한 카나비 거리에서 약간 떨어진 곳에 있는 창고였죠. 프랭키는 감독용 의자에 앉아 반쯤 졸고 있었어요. 그는 나를 보자마자 벌떡 일어서서는 미국의 유명 텔레비전 스타인 아내 델로리스 레이를 소개해주었죠.

프랭키에게 폴 매카트니의 말을 전하자 델로리스가 깜짝 놀라더군요. 그녀는 프랭키에게 "언제 엘비스랑 공연했어요?"라고 물었죠. 프랭키는 말도 안 되는 소문일 뿐이라고 했어요. 내가 파티에 초대하자 델로리스는 무척 흥분했죠. "비틀스에 롤링 스톤스까지 온다고요? 당연히 가야죠!" 하지만 잠시 후 델로리스가 촬영을 하러 가자 프랭키는 가지 않는 편이 낫겠다고 하더군요. 아내의 반응이 당혹스러운 듯했죠.

우리는 기타에 대한 이야기를 나눴고 내가 그날 밤 호텔에 와서 같이 연주하지 않겠느냐고 물었어요. 프랭키는 30분이나 일찍 왔죠. 정말 낡은 케이스에서 오래된 어쿠스틱 기타(라벨이 지워져 있어서 어디 제품인지도 알 수 없었어요)를 꺼냈고 우리는 연주를 시작했습니다. 가만 보니 그는 손이 무척 컸어요. 지미 헨드릭스를 비롯해 훌륭한 기타리스트들은 손이 크거든요. 기타를 잡으면 엄지가 넥에 걸쳐질 정도로 말이죠. 그러면 기타를 제어하기가 훨씬 쉽죠.

나는 그때까지만 해도 스스로 꽤 괜찮은 기타리스트라고 생각하고 있었어요. 그런데 20분 후에는 기타를 칠 마음이 사라져버렸죠. 프랭키는 솔로 연주를 하면서 매우 독특한 보이싱(화음을 울림 좋게 재배열하는 것-옮긴이)을 만들었어요. 뭐냐고 묻자 줄리아니, 하이든 같은 클래식 작곡가들의 이름을 댔죠. 또 내가 뭐냐고 묻자 안토니오 카를로스 조빔과 웨스 몽고메리의 이름을 댔어요. 그는 과시하려는 게 아니었어요. 실력이 워낙 출중해서 도저히 숨겨지지 않았던 것뿐이죠.

우리는 '미드나잇 스페셜(Midnight Special)'이나 지미 리드의 '유 갓 미 디지(You Got Me Dizzy)'처럼 연습할 때 흔히 사용하는 곡들을 연주했어요. 비틀스 노래도 몇 곡 연주했죠. 프랭키는 그 곡들을 완벽하게 알고 있었어요. 갑자기 그의 얼굴에 미소가 번지기에 "뭐가 그렇게 재미있어?"라고 물었죠. 그는 "아무것도 아니야. 정말 오랜만에 기타를 쳐보거든"이라고 말했어요. 나는 또다시 쥐구멍에 숨고 싶어졌죠. 오랜만에 치는데도 그 정도라니! 그는 스스로 신념을 저버렸다고 생각하는 듯했어요. 초창기의 로큰롤 뮤지션들 중에는 그렇게 느끼는 이들이 많았을 겁니다. 당시는 모두가 똑같은 것을 반복해서 하기를 요구받았으니까요.

프랭키는 밴드에서 연주하던 시절이 그립다고 했어요. 나는 그에게 비틀스가 보고 있는 공연에서 기타줄을 끊어 먹지 않겠다고 약속한다면 우리 버즈에 들어와도 좋다고 농담을 했죠. 그는 기타를 보며 "로저, 이 기타줄 세 개가 얼마나 오래됐는지 알아?"라고 묻더군요. 모른다고 했더니 "20년"이라고 했죠. 말도 안 된다고 했어요. 20년 동안 끊어지지 않았다니 말도 안 되잖아요. 그는 고개를 저으며 "그래. 하지만 진짜야"라고 했죠. 참, 비틀스 이야기를 해야죠. 파티는 롤링 스톤스 멤버의 집에서 열렸어요. 아마 키스 리처드의 집이었을 거예요. 갈색 사암 같은 걸로 지은 화려한 3층 저택이었어요. 집사들이 아침이면 대마초를 돌돌 말아 계단에 두고 간다더군요. 그 파티에는 다양한 마약이 있었어요. 당시에는 어떤 파티나 그랬죠.

파티가 시작되고 한 시간 후에 프랭키가 왔어요. 내가 "못 오는 줄 알았어"라고 했더니 "오래는 못 있어"라고 하더군요. 그를 데리고 다니며 여러 사람에게 소개시켜줬고 모두들 반갑게 맞아줬죠. 나와 프랭키, 조지 해리슨과 에릭 클랩턴은 오래전에 활동한 블루스 가수 리드벨리에 대한 이야기를 나눴어요. 루이지애나에서 살았던 프랭키는 리드벨리에 대해 모르는 게 없었죠. 프랭키에 따르면 리드벨리가 교도소에 수감되었을 때는 교도소 소장이 그의 노래에 반해서 두 번이나 사면을 해줬대요! 한 번은 무려 사람을 죽인 살인죄였는데 말이죠! 우리는 나중에 감옥에 갇히면 그 방법을 써보자면서 웃음을 터뜨렸죠.

프랭키가 폴과 링고를 만난 순간도 기억이 나네요. 분위기가 좋았어요. 프랭키가 엘비스의 밴드에 있었다는 말이 사실이 아니라고 해서 폴이 약간 실망하긴 했지만요. 존은 프랭키의 머리에 대해 한마디 했어요. 그때 프랭키가 약간 바가지 머리 비슷한 스타

일을 하고 있었거든요. 존은 웃으면서 "위대하신 프랭키 프레스토 님, 우리를 따라하시는 건가요?"라고 했죠. 별다른 뜻이 있는 말은 아니었을 텐데 프랭키는 무척이나 거슬렸던 모양입니다. 그 말을 듣고 얼마 후에 가버렸거든요.

며칠 후에 프랭키를 만났는데 여전히 마음이 상해 있더군요. 존 의 원래 성격이 그러니 잊어버리라고 했어요. 그리고 뛰어난 솜씨 를 썩히지 말고 꼭 다시 기타를 치라고, 우리 음반에 참여하고 싶 으면 언제든 환영이라고 했어요.

우리는 그 주에 미국으로 돌아왔습니다. 프랭키가 찍던 영화는 어떻게 되었는지 모르겠어요. 그가 그만뒀다고 들었거든요. 매니 저하고도 갈라서고요. 그다음에 프랭키를 마지막으로 만났어요. 약 4년 후에 그리니치 빌리지에 있는 클럽에서였어요. 그는 록밴 드의 뒤편에 서서 리듬을 연주하고 있었습니다. 노래는 하지 않았 고요. 검은 선글라스를 쓰고 있어서 공연이 끝나기 전까지는 그 인지도 확실하지 않았어요. 내가 다가가 "프랭키?"라고 하자, 그 는 처음에는 무척 반가워했어요. 하지만 그는 잠깐 이야기를 나누 다가 영국에서의 파티를 기억하고는 입을 닫아버리더군요. 가끔 씩 만나 연주하자고 했더니 그럴 수 없다고 했어요. 아내도 임신 중이고 여러 가지로 일이 많다고요. 어쩌면 싸구려 클럽에서 연주 하고 있는 모습이 창피해서였는지도 모르죠. 정확히는 모르겠어 요. 그는 우리 버즈가 우드스탁에서 공연하는지 묻더군요. 음악축 제에 너무 많이 다녀서 당분간은 사양이라고 했죠. 프랭키는 잠깐 화장실에 다녀오겠다고 자리를 뜨더니 돌아오지 않았어요.

그가 죽었다는 소식을 듣고 마음이 아프더군요. 나는 프랑스에서 투어 중이었지만 장례식에 꼭 참석해야 할 것 같았어요. 그는 나를 더 뛰어난 기타리스트로 만들어주었으니까요. 정말입니다. 프랭키와 함께 연주한 그날 아직 갈 길이 멀다는 사실을 깨달았죠. 음악은 치열한 경쟁을 부르는 법이죠. 쇠붙이는 쇠붙이로 쳐야 날카로워지듯이 사람도 뛰어난 사람과 같이 있어야 서로 발전한다는 말이 있잖아요.

프랭키가 우드스탁에 갔다는 말을 누군가에게 들었지만 사실인지는 확인하지 못했어요. 만약 사실이라면 벌써 밝혀지지 않았겠어요?

41

내가 맥퀸 씨의 질문에 답해주죠. 프랭키는 정말로 우드스탁에 갔어요. 무대에서 연주까지 했고요. 하지만 흔히 생각하는 것과는 좀 달랐어요. 축제에 초대받은 것이 아니었거든요. 그에게 거기로 와달라고 부탁한 사람은 아무도 없었어요. 프랭키는 수많은 관중이 자신의 음악에 열광했던 과거의 영광을 되찾고 싶다는 헛된 희망을 가졌어요. 하지만 그를 필요로 하는 밴드는 하나도 없었고 곧 알게 되겠지만 끔찍한 사태가 벌어지게 되었죠. 프랭키가 우드스탁에 감으로써 길 잃은 남자의 슬픈 나날이 시작되었고 오로라 요크와의 교향곡도 한 악장이 끝났어요.

4분의 3박자인 미뉴에트/스케르초 악장 말이에요. 손가락을 두드려 보면 1-2-3, 1-2-3, 1-2-3, 약간 신나는 느낌마저 들지요. 하지만 스케르초라는 단어는 '농담하다'라는 뜻이에요.

실제로 프랭키는 1960년대 중반에 자신에게 그 말을 쓰기 시작했어요. "슬픈 농담." (이보다 더 날카로운 대위법이 있을까요?) 그는 더 이상 자신의 음악에 진지하게 관심을 기울여주는 사람이 없다고 느꼈어요. 자신이 진심으로 원하는 일을 사람들이 몰라주는 것 같았죠. 태피 피시맨의 사무실에서 느꼈던 속이 타는 느낌은 더욱 강렬해졌고 자신들을 흉내 내는 것이냐던 존 레논의 농담은 그를 분노로 끓게 만들었죠. 그렇게 속이 부글부글 끓어오르는 1965년 의 남은 기간 동안 프랭키 프레스토는 이런 일들을 했어요.

런던에서 촬영 중이던 영화를 그만뒀어요. 그 후로 영화에 출연 할 기회는 완전히 사라져버렸죠.

태피 피시맨하고도 끝냈어요. 음악계에 발붙일 기회가 사라져 버렸죠.

델로리스 레이하고도 끝냈어요. 결혼 생활이 끝나면서 법적으 로나 금전적으로나 복잡한 상황에 휘말렸죠. 대부분은 그가 손해 를 보게 됐지만 상관없었어요.

그리고 머리도 잘랐어요.

마치 삼손이 기둥을 뽑아버린 듯 프랭키는 자유로워지기 위해 그동안 애착을 가졌던 모든 것을 부숴버렸지요. 그리고 몇 년 동 안 그 잔해 속에서 자신을 놓아버렸어요. 한탄스러운 일이지만 약 물에 빠졌어요. 음악의 진정한 힘이 그 안에 들어 있다고 생각한 거죠. 그는 뉴욕 그리니치 빌리지 웨스트 12번가에 있는 어두컴컴 한 아파트 1층에서 살았어요. 생활이 뒤죽박죽 불규칙적이었고 잠 도 제대로 자지 못했어요. 미친 듯이 연습을 했고 연습하지 않을 때는 약에 취했어요. 돈만 준다면 어떤 밴드든 가리지 않고 일했 고 써주기만 한다면 어떤 스튜디오의 세션에든 참가했고 저작권

료를 받지 않는 대가로 현금을 챙겼어요. 돈 대신 약이나 담배 또는 술로 받을 때도 있었죠.

그는 문득 어린 시절이 떠올랐어요.

"마에스트로, 왜 그렇게 술을 많이 드세요?"

"음악에 대한 질문이 아니잖아."

"슬퍼서 그러세요, 마에스트로?"

"음악에 대해서만 물으래도."

"저도 가끔씩 슬퍼요, 마에스트로."

"연습은 더 많이 하고 말은 더 적게 하면 행복해질 거다."

"네, 마에스트로."

누구나 살아가는 동안 어느 밴드에든 들어가죠.

하지만 그게 잘못된 만남일 때도 있어요.

42

1968년

사랑 이야기로 다시 돌아가볼까요. 미뉴에트. 짧은 춤곡이죠.

12월의 어느 날, 프랭키가 사는 그리니치 빌리지의 아파트에 누군가 찾아왔어요.

그가 옷도 제대로 입지 않고 게슴츠레한 눈으로 문을 열어보니 오로라 요크가 서 있었어요. 그녀는 스카프를 두르고 장갑을 끼고 머리카락은 전부 모자에 집어넣었죠.

"여배우랑 끝났어?" 그녀가 물었어요.

"응."

"서류상으로도 끝났고?"

"응."

"그럼 이제 우리 결혼할 수 있는 거야?"

"네가 원한다면."

"정식으로?"

"정식으로."

"확인하러 왔어."

"계속 있을 거야?"

"아니."

프랭키는 오로라를 몇 주 동안 보지 못했어요. 그러던 어느 목요일 오후 그녀가 다시 문을 두드렸죠.

"연습하고 있어?"

"응."

"공연도 해?"

"기회가 있으면."

"약이나 술은?"

"가끔."

"끊어야 돼."

"알아."

"그럼 끊어."

"계속 있을 거야?"

"아니."

오로라는 다음 달에 다시 왔어요. 이번에는 몇 시간 동안 있었어요. 다음 달에는 하루 자고 갔어요. 그녀는 짧은 춤곡(미뉴에트) 같은 패턴을 겨울 내내, 그리고 봄이 되도록 반복했어요. 그리고 폭풍우가 몰아치는 어느 월요일 아침 다시 나타났어요. 이번에는 한 손에 우산을, 다른 손에는 노란색 가방을 들고 있었어요. 프랭키는 그 모습을 보고 미소를 지었죠.

"계속 있을 거야?"

"나 임신했어." 프랭키의 물음에 오로라가 답했어요.

43

1969년

이제 우드스탁에서 있었던 일을 마저 이야기해야겠군요. 프랭키는 마침내 백스테이지 구역까지 다가갔어요. 그때쯤 축제는 거대한 혼란으로 변해버린 후였죠. 헬리콥터를 타고 착륙장에 내린 뮤지션들은 나무다리를 가로질러 무대로 갔지만 줄이 길어 기다려야만 했어요. 대부분은 언제 공연을 하게 될지 모르는 상황이었죠. 게다가 비까지 내려서 전기에 문제가 생겼어요. 앰프가 지지직거리고 중요 물품들도 떨어졌어요. 일요일 새벽으로 넘어갈 무렵 축제는 오래 끄는 파티 같은 느낌을 줬죠. 거대한 물결을 이룬 사람들이 잠과 싸우면서 몸이 젖지 않으려고 애쓰는 끝없는 파티 말이에요.

들리는 이야기로는 백스테이지의 음료수에 환각제가 섞여 있었다고 하죠. 내가 확인해줄 수는 없어요. 어쨌든 프랭키는 백스테이지로 갔다가 목이 너무 말라서 접이식 테이블에 놓인 종이컵을 집어 들었어요. 그리고 거기 담긴 음료수를 마셨지요. 그의 얼굴에는 흙이 묻었고 그의 하얀 셔츠도 더러웠어요. 그는 고개를 좌우로 흔들었어요.

프랭키는 "오로라…… 아기…… 아침식사……"라고 계속 중얼거렸죠.

프랭키는 자신을 보면서 비웃거나 얼굴을 돌리는 다른 뮤지션들을 쳐다보았어요. 종이 타월 옆에 물이 담긴 커다란 양동이가 있었어요. 프랭키는 얼굴에 물을 뿌려 흙을 닦아냈어요.

슬라이 앤드 더 패밀리 스톤이라는 밴드의 '스탠드(Stand, 일어나)'라는 노래가 시끄럽게 울려 퍼지자 프랭키는 몸을 좌우로 흔들면서 마지막 미뉴에트를 연주하기 시작했어요.

"오로라!"

그는 비틀비틀 돌면서 소리를 질렀어요. 그리고 달걀상자를 들었지요.

"오로라! 나 돌아왔어! 오로라!"

그는 미끄러졌지만 다시 일어섰어요. 음악 소리가 그의 외침을 삼켜버렸어요. 보컬이나 날카로운 기타 소리가 튀어나올 때는 그의 목소리가 전혀 들리지 않았죠.

"일어나!"

"오로라!"

"일어나!"

"오로라!"

"일어나!"

그녀는 어디에도 없었어요.

마침내 밴드가 우레 같은 함성과 함께 노래를 끝내자(새벽 4시 5분이었어요) 무대 조명이 꺼졌어요. 사방이 온통 까맸어요.

프랭키는 기타를 연주하기로 했죠.

오로라를 불러오기 위해.

두 사람의 운명을 바꾸기 위해.

그 뒤에 일어난 일은 결코 유쾌하지 못해요. 그래도 나의 제자를 두둔하자면 그는 결코 제정신이 아니었어요. 몸과 머리 그리고 마음이 제각각이었거든요. 그는 거대한 무대로 이어지는 경사로를 비틀거리며 걸었어요. 목에 기타를 메고 뮤지션처럼 당당하게 움직이는 그를 아무도 막지 않았죠. 몇몇 일꾼이 다음 무대를 준비하고 있었지만(영국의 인기 밴드 '더 후'의 무대) 시간도 늦고 다들 지쳐서 당당하게 앰프 쪽으로 걸어가는 긴 머리의 뮤지션에게 주의를 기울이지 않은 거예요.

프랭키는 혼자 뭐라고 중얼거리면서 픽업(기타줄을 퉁겼을 때 발생하는 진동을 전기 신호로 바꿔주는 장치-옮긴이)을 장착해둔 기타에 회색 케이블의 잭을 힘껏 꽂았어요. 달걀을 들고 연주할 수는 없어서 상자를 내려놓았어요. 상자 뚜껑이 탁하고 열렸어요. 희미한 불빛 사이로 상자 안의 달걀이 모두 깨져 있는 게 보였죠.

프랭키의 눈에 눈물이 맺혔어요.

여러분이 알지 못하는 것(그리고 아무도 몰랐던 것)은 그보다 몇 주 전에 로저 맥귄이 뉴욕에서 프랭키와 마주친 날에 대체 무슨 일이 벌어진 건가예요. 임신한 오로라는 프랭키의 집으로 들어왔어요. 그가 이제 정신을 차리고 일이 끝나면 바로 집에 들어오고 좋은 아빠가 될 준비를 한다는 조건에서였죠. 술도 끊고 약도 끊고 여자관계도 청산하고요. 오로라는 임신 5개월이었고 두 사람의 약속은 한동안 잘 지켜졌어요. 하지만 그날 맥귄과 마주친 프랭키는 런던이며 1965년이며 비틀스며 파티 같은 것이 모두 기억났어요. 한때 세계적으로 명성을 날리던 자신이 눅눅하고 냄새나는 나이트클럽에서 연주하고 있다니. 마음의 상처로 우울해진 그는 새벽녘까지 집에 들어가지 않고 클럽 지하실에서 다른 뮤지션들과 술을 마시고 담배를 피웠죠.

날이 밝자마자 그는 예전의 모습으로 되돌아간 자신이 부끄러웠어요. 그는 비틀비틀 집으로 향하면서도 어떻게 오로라를 봐야 할지 걱정되었죠. 하지만 집 안은 어두웠고 그는 조용히 방으로 들어가 자고 있는 오로라 옆에 살그머니 누웠어요. 인기척에 살짝 깬 오로라가 돌아누우며 그에게 한쪽 팔을 둘렀어요.

"프란시스코." 오로라가 중얼거리듯 불렀어요.

"오로라." 그가 속삭였어요.

"새벽이라는 뜻이야."

"알아."

"나 배고파. 나를 사랑한다면 아침을 해줘."

프랭키는 깊이 숨을 내쉬었어요. 다행히 그녀가 몰랐으니까요. 다시는 그런 짓을 하지 않으리라고 다짐했어요.

"달걀 요리를 해줄게."

프랭키는 약속했어요.

그냥 깨어 있기만 하면 되었는데…….

하지만 눈이 감겼어요.

밤새 너무도 피곤했어요.

한 시간 후에 깨어난 오로라는 베개를 베고 코를 골며 자고 있는 프랭키를 보고는 직접 아침을 만들어서 그에게도 줘야겠다고 생각했어요. 냉장고에 아무것도 없어서 그녀는 외투를 입고 핸드백을 들고 밖으로 나갔어요. 슈퍼마켓에 가서 달걀 한 판과 양파를 샀죠. 집까지 한 블록 정도 남았을 때 골목길에서 젊은 남자 셋이 튀어나와 오로라에게 말을 걸며 가방을 빼앗으려고 했어요. 끈이 팔에 걸려 있어서 그녀도 함께 끌려갔죠. 그녀가 빙 돌면서 괴한 중 한 명을 향해 쓰러지자 그가 그녀의 배에 발길질을 했어요. 오로라는 무릎을 꿇으며 쓰러졌고 여전히 가방은 어깨에 걸려 있었어요. 괴한은 다시 발로 그녀를 차면서 가방을 떨어뜨리려고 했어요. 나머지 두 남자가 그에게 욕을 하며 달아났고 그도 곧 달아나버렸죠.

택시 한 대가 서더니 운전기사가 튀어나왔어요. 오로라는 작게 컥 소리를 내고 쓰러지면서 몸을 떨기 시작했지요.

잠에 빠진 프랭키는 병원에서 걸려온 첫 번째 전화를 받지 못했어요. 두 번째 전화도 마찬가지였죠. 그가 병원에 갔을 때는 간호사가 담요에 싸인 사산아를 산모에게 잠깐 안아보라고 하고는 다시 가져가버린 뒤였어요. 프랭키가 병실로 들어왔을 때 오로라는 창밖을 바라보고 있었어요. 얼굴은 멍들고 몸에는 몇 군데나 붕대를 감았지요. 그녀가 고개를 돌리자 프랭키는 동상처럼 서 있었어요. 극심한 죄책감에 사로잡힌 채로 말이에요.

"누가 그런 거야?" 프랭키가 중얼거렸어요.

그녀는 고개만 저을 뿐이었죠.

"도대체 왜……."

그녀는 또 고개를 저었어요.

"왜……."

그는 말을 이을 수가 없었어요.

"어디 있었어?" 그녀가 작게 물었어요.

그 후로 우드스탁에서 연주하기까지 몇 주간은 흐릿하기만 해요. 프랭키는 거의 기억하지 못하지만 내가 증언하건대 그는 하루도 취하지 않은 날이 없었어요. 그는 그녀를 마주할 자신이 없었죠. 무엇도 마주할 수가 없었어요. 그는 병원에서 집으로 비틀거리며 돌아가 기타를 잡았고 병원에는 다시 가지 않았어요. 아무 차나 얻어 타고 뉴욕 북부로 갔어요. 오로라에게 일어난 일을 생각하지 않으려고 아무 약이나 삼켰어요. 하지만 고통에 몸부림치는 그의 마음은 도저히 그 일을 잊을 수가 없었지요. 오히려 매일매일 오로라에 대해 상상하다가 결국에는 현실과 상상을 구분하지 못할 정도가 되었죠. 마침내 우드스탁에서는 오로라가 언덕길에서 자고 있다고 생각하고("나를 사랑한다면 아침을 해줘") 정처 없이 달걀을 찾아 헤맨 거였죠.

이제 프랭키는 캄캄한 무대에 서서 한 번 더 오로라를 볼 수 있기를 바라며 과거를 되돌릴 수 있는 마지막 시도를 해볼 참이었어요.

프랭키는 깨진 달걀 뒤로 물러나면서 화난 듯 기타 픽업의 볼륨을 올렸어요. 거대한 앰프에서 웅웅거리는 소리가 들렸죠. 앰프 위에는 빈 맥주병이 놓여 있었어요. 흐릿한 기억 속에서 프랭키는 햄프턴 벨그레이브가 가르쳐준 방법이 떠올랐어요. 맥주병을 앰프 *끄트*머리에 내리쳐서 말끔하게 두 동강 내고는 병의 목 부분을 넷째 손가락에 끼워서 유리 '슬라이드'를 만들었죠. 슬라이드는 블루스 뮤지션들이 기타줄의 높이와 진동에 변화를 주기 위해 사용하는 장치예요. 손가락에 닿은 물기에 기분이 좋아진 프랭키는 발을 두 번 두드리고는 슬라이드로 기타를 쭉 훑어서 비명을 지르는 듯한 B7번 코드를 쏟아냈어요. 마치 음악을 제멋대로 풀어놓으려는 듯이 말이죠.

무대 밖에 있던 뮤지션들이 무대 쪽을 쳐다보았어요. 기타 코드가 깔끔하게 울려 퍼졌거든요. 하지만 보이는 것은 어둠뿐이었죠. 프랭키는 유령처럼 연주를 시작했어요. 아다지오가 계속 빨라지다가 슬라이드가 기타줄을 쭉 훑으면서 로켓 터지는 소리를 냈죠. 발아래 페달로 왜곡되고 지지직거리는 특수음을 냈고요. 높은 D음을 잡고 프렛 보드의 숨을 완전히 조이듯이 손을 흔들고 올라갔다 내려갔다 올라갔다 하는 맹렬한 블루스 음이 퍼졌어요. 연주되고 있는 다른 악기는 없었어요. 드럼도, 베이스도 없었지요. 멜로디라인을 다시 연주하거나 리듬 부분을 거스르는 대부분의 기타 솔로와는 달리 매우 독특한 기타 연주였죠. 게다가 프랭키가 반복하고 있는 멜로디 덕분에 연주가 더욱 돋보였어요. 그는 급류를 헤쳐 나가고 있었지요. 내가 그의 가슴에 자리한 이래 가장 거대한 싸움이었어요. 나는 그 솔로 연주에서 폭풍 속의 이불처럼 마구 나부꼈어요. 리드벨리나 모차르트, 쳇 앳킨스, 세고비아의 곡들. 프랭키는 자신이 영향을 받은 모든 음악을 합해서 강렬한 감정을 담아냈죠. 눈물이 얼굴을 타고 손가락까지 흘러내렸어요.

그는 연주하는 내내 기타줄을 쳐다보면서 소리쳤어요.

"변해라! 변해!"

그는 기타줄이 파란색으로 변하기를 간절히 바랐어요.

머릿속이 뒤죽박죽이었던 그는 정말로 끔찍한 날을 되돌려서 아이를 살려내고 오로라를 돌아오게 할 수 있다고 믿었어요. 나에게는 그런 힘이 있잖아? 지금이야말로 이 기타줄이 힘을 발휘할 때잖아?

"변해!"

그의 손가락이 휙휙 빠르게 움직였어요. 솔로 연주가 앰프를 타고 퍼져 나갔어요.

"변하라고!"

솔로의 마지막 부분이 폭발하듯 흘러나왔어요. 비발디와 척 베리였죠. 그의 기타는 가슴에서부터 터져 나오는 강렬한 감정에 질식할 듯했죠. 무대 옆쪽에 있던 무대 담당자가 "가서 끌고 와야겠군"이라고 중얼거리면서 더 후의 멤버들을 지나갔어요. 그러자 기타리스트인 피트 타운센드가 그를 붙잡으며 속삭였죠. "끌고 오기만 해봐."

프랭키는 2분 17초 동안 연주를 했어요. 그는 펄럭이는 나비처럼 오른손으로 기타를 철썩 갈기더니 슬라이드로 쭉 훑어서 마치 거대한 엔진이 꺼져가는 듯한 소리를 냈어요. 그리고 슬라이드를 위아래로 빠르게 움직여서 울부짖는 듯한 음과 세 개의 배음을 내고는 마침내 피날레를 장식했죠.

범-범-범

덤----------------------

기타줄은 그대로였어요. 그는 바닥에 주저앉았지요. 조명이 없어서 아무도 그가 연주하는 모습을 보지 못했어요. 새벽 5시에 가까운 시간이라 관객들은 대부분 잠들어 있었어요. 드문드문 박수 소리가 터져 나왔고 몇몇은 함성을 질렀어요. 어떤 남자는 어둠 속에서 "더 후나 빨리 보여줘!"라고 소리쳤어요. 순간 프랭키는 자신의 앞날이 전혀 나아지지 않을 것을 깨달았어요. 칠흑처럼 어두운 곳에 그는 혼자였죠.

이미 기도하는 자세로 무릎을 꿇은 나의 사랑하는 아이는 몸을 앞으로 숙이고 왼손을 내밀었어요. 예전에 배운 것처럼 마치 신에게 도움을 구하듯 그 손을 들어 올렸죠.

　그 순간 프랭키는 스승의 말이 떠올라 ("멍청한 꼬마! 신은 아무것도 주지 않아!") 깨진 병으로 손바닥을 쉬지 않고 푹푹 찔렀어요. 그의 생계를 책임져주던 손이 솟구치는 피로 보이지 않을 때까지.

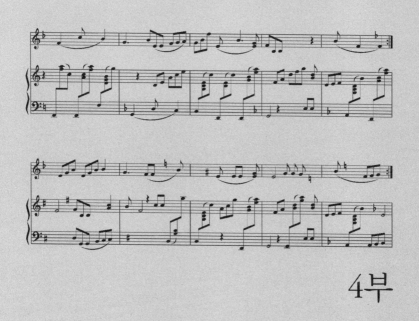

4부

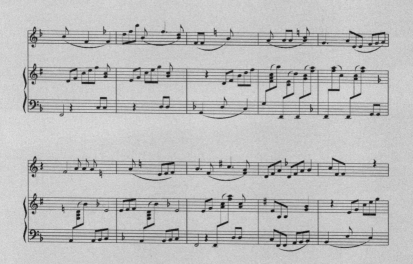

파우 산스

경찰서장, 국립경찰

이제 내가 말할 차례군요.

짧게 합시다, 괜찮죠? 내 영어가 별로예요.

내 이름은 파우 산스. 프란시스코 프레스토의 사망사건을 담당하고 있는 경찰서장입니다.

에…… 아직입니다. 우리가 아는 것은 그가 티트로 시의 아주 높은 곳에서 떨어졌다는 사실 뿐입니다. 타레가 축제, 매년 있습니다. 흔한 사건입니다. 그렇죠.

에…… 문제는 그가 어떻게 거기에 올라갔는가입니다. 왜 떨어졌는지? 누가 밀었는지? 누가 그를 죽이려고 했을까?

상처는 없었습니다. 손목 흉터 외에는요. 발라스…… 아, 뭐라고 하죠? 총알……? 아무도 총 쏘지 않았습니다.

질문해야 합니다. 교회를 존중하지만 그건 경찰의 임무입니다. 살인이니까, 알겠어요? 질문해야 합니다.

에…… 용의자 없습니다. 아직……. 하지만 아침에 그가 누구랑 같이 있는 걸 봤다고 합니다. 옷을 많이 입고 얼굴을 가린 사람. 그 사람이 나쁜 짓을 했을까요? 그럴까요, 아니에요?

내가 보기엔 간단한 사건입니다. 살인사건. 확실합니다.

인간은 날지 못하니까요.

44

1981년

여객선이 만에 정박하자 젊은 남자 셋이 초록색의 절벽을 올려다보았어요.

"네버네버랜드 같아." 한 명이 말했어요.

"피터 팬에 나오는?"

"우린 잃어버린 소년들이고."

"밴드 이름으로 딱이네."

"난 쿡 선장."

"넌 팅커벨."

"넌 완전 웃겨."

"조용히 해."

1981년 1월 대학교를 갓 졸업한 컨트리 음악 밴드의 세 멤버가 뉴질랜드의 하우라키 만에 있는 작은 와이헤케 섬을 찾았어요. 세 청년의 이름은 라일, 에디, 클릭이었어요. 그들은 청바지와 헐렁한 면 티셔츠를 입었고 머리는 숱이 많고 몸매는 호리호리했죠. 라일이 키가 제일 컸어요. 그와 에디는 기타 케이스를 들고 있었어요. 그들은 배에서 내려 언덕을 올라갔어요.

"안녕하신가, 청년들."

낡은 지프에는 혈색 좋은 얼굴에 은빛 머리를 짧게 깎고 팔뚝에는 문신을 그린 덩치 큰 남자가 타고 있었죠.

한 손을 운전대에 올려놓은 그가 미소를 짓자 몇 개의 금니가 드러났어요.

"차가 필요한가?"

"네." 라일이 대답했죠.

"타게."

세 사람은 뒷자리에 탔어요.

"저는 라일이고 이쪽은 에디, 쟤는 클럭이에요."

"클럭? 꼬끼오."(영어로 cluck은 닭의 울음소리를 의미한다-옮긴이)

남자가 웃음을 터뜨렸어요.

"다들 그냥 안 지나간다니까요." 클럭이 중얼거렸어요.

"어르신은 성함이?" 에디가 물었어요.

"케에빈."

"케에빈요?"

"케빈."

"아, 케빈이시군요."

"미국에서 왔나 보군?"

"텍사스에서 왔습니다."

"멋지군. 그럼 출발하지."

몇 초 후 그들은 섬의 하나뿐인 큰 도로를 달리며 물결 모양으로 깎은 널따란 잔디밭과 파도가 부서지는 바위투성이의 작은 만을 지났어요. 케빈은 지나가는 차와 사람들에게 전부 손을 흔들며 인사했지요.

"꼬맹이 녀석들이군." 케빈이 두 아이에게 손을 흔들었어요.

"수고 많아요." 케빈은 상의를 벗고 들판에서 일하는 사람들에게 말했어요.

"저 사람 뭐하는 거지?" 에디가 속삭였어요.

"나도 몰라." 라일이 대답했어요.

"오즈에는 가봤나?"

"네?"

"오스트레일리아 말이야."

"아, 네. 거기에 내렸다가 여기로 왔어요."

"이런 말이 있지. 오스트레일리아는 운이 좋은 나라지만 뉴질랜드는 신의 나라라는."

"정말인가요?"

"정말이야. 뉴질랜드는 아름답지. 저 바다를 보게. 아름답지 않나?"

열린 창문 사이로 후끈한 바람이 들어왔어요. 매력적인 작은 만이 계속 나타나고 구불구불한 길이 이어졌어요. 신호등이 없어서 케빈은 브레이크를 밟을 필요가 거의 없었죠.

"신의 나라." 그가 다시 중얼거렸어요.

"혹시 저렴한 호텔 알고 계세요?"

"많지. 자네들 휴가 왔나?"

"대학을 졸업한 지가 얼마 안 됐어요."

"좋을 때군! 어쩌다 여기까지 왔지?"

"누굴 찾고 있어요."

라일이 에디의 팔을 쳤어요.

"누구?" 케빈이 물었어요.

"기타리스트요."

"가수이기도 하죠."

"키위(kiwi, 뉴질랜드인을 가리키는 말-옮긴이)인가?"

청년들은 서로의 얼굴을 쳐다보았어요.

"미국인이에요. 음, 그전에는 스페인 사람이었죠. 섬 주민들을 잘 아세요?"

케빈이 미소를 짓자 얼굴에 블라인드를 내린 듯한 주름이 생겼어요. "그런 것 같군."

그는 창밖을 가리켰어요. "저 과일 판매대의 주인은 커티스 모 몬트인데 성미가 좀 고약해. 저 위에 파란 집이 보이지? 저 집 주 인은 아일랜드에서 좋은 날씨를 즐기러 오지. 이름이 멀리건인가 밀리건인가. 우린 그냥 레드라고 불러. 저기 작은 집 보이지? 내 친구 팀의 별장이야. 그는 '망나니' 팀이라고 불리지. 취했을 때만 망나니지만."

지프는 구불구불한 도로를 달렸어요. 옆으로 들판이 펼쳐지다가 경사가 완만해지면서 바다로 이어졌죠. 차가 방향을 바꿀 때마다 그림 같이 아름다운 만이 나타났고요.

"기타리스트의 이름이 뭔데?"

라일은 클럭을, 클럭은 에디를 쳐다보았어요.

"프레스토, 프랭키 프레스토예요."

케빈은 눈 위의 이마를 긁적거렸어요.

"그 이름은 모르겠군."

그는 백미러를 쳐다보며 물었어요.

"자네들도 음악 하는 사람들인가?"

"밴드를 하고 있어요."

"그거 멋지군. 뭘 연주하지?"

클럭이 좌석 뒷부분을 두드리며 대답했어요. "드럼요."

"기타요." 라일이 대답했어요.

"베이스요." 에디가 대답했어요.

케빈은 차의 속력을 줄였어요. "이봐, 청년들. 이러면 어때? 우리 집에 들렀다 가지. 우리 집사람도 만나보고. 정말 예쁘거든. 식사도 좀 하고 가라고. 대단한 건 아니고 버블 앤드 스퀵(bubble and squeak, 으깬 감자와 잘게 썬 채소 등을 섞어 프라이팬에 도톰하게 구운 영국 음식으로 로스트 비프와 구운 감자를 먹은 다음 남은 것으로 요리한다―옮긴이)이지만 말이야."

"그게 뭐예요?" 클럭이 불안해 하며 물었어요.

"남은 음식으로 만드는 요리야."

"그러지 않으셔도 돼요." 라일이 말했어요.

"걱정 말게. 2차 대전 때 미국이 나서지 않았다면 지금 우린 일본 말을 하면서 살고 있을 거야."

"댁까지 얼마나 걸리죠?"

"와이헤케 섬에선 먼 곳이 없지."

"얼마 드리면 되죠?"

케빈이 고개를 흔들며 미소를 지었어요.

"난 택시기사가 아니라네. 여기 주민일 뿐이지."

몇 시간 후 케빈의 집 파티오에서는 바다 위로 떠오른 달과 무수히 많은 별이 보였어요. 라일과 에디, 클럭은 닭고기, 올리브, 치즈, 토마토로 배를 채웠어요. 아, 와인도요. 와인도 잔뜩 마셨어요. 세 사람은 잠깐만 있으려고 했지만 뉴질랜드 사람들의 환대에 마음이 풀어져서 해가 저문 후까지 머물게 되었죠. 습기를 머금은 바람이 청년들의 마음을 느긋하게 해주었고 그들의 피부는 땀으로 빛났어요.

그들은 케빈과 그의 아내 로비에게 프랭키 프레스토를 찾는 일에 대해 털어놓았어요. 그를 만나서 연주를 들어보고 싶다고 했죠.

"그는 전설이나 마찬가지예요." 에디가 말했어요.

우드스탁 사건 이후 12년이 지난 이 무렵 나의 사랑스러운 제자에 대한 자그만 신화가 만들어졌죠. 어떤 평론가가 프랭키는 '초기 로큰롤의 가장 뛰어난 기타리스트'라고 주장하는 베스트셀러를 썼고 버즈의 로저 맥귄이 다큐멘터리 영화에서 프랭키와 함께 기타를 연주했다가 그의 실력에 놀란 일화에 대해 이야기했죠. 프랭키가 어두컴컴한 우드스탁 무대에서 들려주었던 고뇌 어린 솔로 연주는 공식적으로 녹음되지는 않았지만 무대 밖에서 돌아가던 녹음기에 고스란히 녹음되었어요. 2분 17초짜리 복제 테이프는 희귀한 수집품이 되었죠. 솔로 연주의 주인공으로 당시 축제 현장에 있었던 지미 헨드릭스, 제리 가르시아, 피트 타운센드, 카를로스 산타나 등이 거론되었지만 다들 아니라고 했어요. 그보다 최근에 프랭키라는 주장이 나왔지만 그는 이미 자취를 감춘 지 오래라서 확인해줄 수 없었죠. 인간들은 풀리지 않는 수수께끼일수록 더 흥미를 가지더군요.

라일과 에디, 클럭은 프랭키 프레스토의 수수께끼에 매혹되었어요. 그들은 프랭키가 어디에 있을지 가설을 세웠죠. 음악 저작권 회사에서 일하는 에디의 사촌이 '아이 원트 투 러브 유'의 저작권료가 보내지는 주소를 추적해보니 뉴질랜드 와이헤케 섬의 사서함으로 되어 있었어요. '클레버 옐스'라는 밴드를 하고 있는 에디와 라일, 클럭은 수수께끼에 가려진 기타리스트를 찾기 위해 졸업 기념으로 이 여행을 계획했지요.

특히나 프랭키의 전설에 푹 빠져 있는 라일은 관심을 보이는 뉴질랜드인 부부에게 열심히 설명했어요.

"프랭키 프레스토는 제가 어릴 때 정말 인기가 많았어요. 부모님이 그의 음반을 가지고 있어서 전 벽에 앨범 표지를 걸어놨죠. 제가 보기엔 진짜 멋졌거든요. 목소리, 외모, 기타 실력…… 전부 갖췄으니까요. 그런데 갑자기 사라져버렸어요. 그가 역사상 최고의 기타리스트라고 말하는 사람들도 있어요. 정말 최고인데 사라져버렸어요."

"왜 그를 찾고 싶어 하는 거죠?" 로비가 물었어요.

라일은 저 먼 곳을 쳐다보았어요. "웃기게 들릴지도 몰라요. 하지만 전 음악으로 정말 성공하고 싶어요. 계속 곡을 써서 팔려고 했죠. 하지만 거절당할 때마다 충격이 심해요. 어디가 문제인지 미친 듯이 찾으려고 했죠. 프랭키 프레스토를 만나면 뭔가를 배울 수 있을 것 같아요."

"노래를 파는 법이요?" 로비가 물었어요.

"얽매이지 않는 법이요." 라일이 대답했어요.

케빈은 아내를 바라보았어요. "이 미국 친구들은 꽤나 진지해."

로비가 웃자 케빈도 웃으며 말했어요. "재미있지?" 라일은 웃으면서 시선을 돌렸어요. 늦은 시간에야 이야기가 끝났어요. 케빈은 호텔이 닫혔을 거라며 소파에서 자고 가라고 했죠. 청년들은 피로가 몰려와서 순순히 그의 말을 따랐어요.

다음 날 아침 해가 뜨자 누군가 라일의 어깨를 밀었어요.

"일어나게." 케빈이 부드러운 목소리로 말했어요.

15분 후 젊은 뮤지션들은 지프 뒷자리에서 졸린 눈을 비볐어요. 케빈은 큰 도로를 벗어나 숨겨진 만 쪽으로 차를 몰았어요. 그는 나무에 둘러싸인 공터에 이르자 차를 세우고 작은 길을 가리켰어요.

"저기를 지나면 있네."

"저기를 지나면 뭐가 있어요?" 라일이 물었어요.

"자네들이 찾는 것."

몇 분 후에 세 사람은 덩굴을 헤치고 축축한 땅을 지나며 앞으로 걸어갔어요. 빽빽하게 드리워진 나뭇가지들 때문에 사방은 거의 어둠에 가까웠죠. 나무에 올려놓은 아이스박스가 보였어요. 사다리 사이로 낡은 스피커 두 대가 서로 연결되어 있었어요. 그들이 조금씩 앞으로 나아가자 햇살이 점점 밝아졌고 멀리서 우르릉거리는 소리가 들렸어요. 그들은 근처에서 파도가 치고 있는 것을 깨달았죠.

"숙여." 에디가 속삭였어요.

세 사람은 몸을 낮추었어요.

"왜 그래?" 라일이 물었어요.

"봐봐."

"어디?"

에디는 왼쪽을 가리켰어요. 덤불을 잘라낸 공터에 해먹이 걸려 있고, 바다를 향해 기타를 잡고 등을 구부리고 앉은 남자가 보였어요.

"프랭키인가?"

"맙소사."

"세상에! 우리가 정말 그를 찾았어!"

"잠깐." 라일이 손가락을 입술에 댔어요. "들어봐."

그들은 몸을 앞으로 숙이고는 바위를 때리는 작은 파도 소리 위로 퍼지는 기타 소리에 귀를 기울였어요.

"들려?"

"뭐가?"

"저 사람이 뭘 연주하고 있는지. 프랭키일 리가 없어."

"뭘 연주하고 있는데?"

라일은 고개를 저었어요.

"어린애처럼 음계를 치고 있어."

45

1944년

"마에스트로?"

"왜?"

"우리 아빠가 돌아오실까요?"

"모르겠다, 프란시스코. 술이나 따라."

"안 오시면 어쩌죠?"

"그런 생각은 하지 말고 어서 술을 따라."

"안 오시면 어떡해요?"

"그럼 넌 새롭게 시작해야겠지."

"처음부터요?"

"아니. 사람은 두 번 아기가 될 수는 없어."

"그럼 어떻게 새로 시작해요?"

"작곡가가 새 곡을 시작하는 것처럼. 왜 술을 안 따르는 거냐?"

"하지만 전 아빠 없이 새로 시작하고 싶지 않아요."

"울지 마라."

"하지만……."

"당장 그쳐."

"하지만……."

"잘 들어라, 프란시스코. 내가 앞을 보지 못하는 어둠의 삶을 원했을 것 같으냐? 내가 내 손가락이나 프렛이나 튜닝 페그를 보지 못하고 길 잃은 짐승처럼 헤매는 삶을 원했을 것 같아?

"아뇨, 마에스트로."

"아니지. 삶이란 이런 거야. 살다 보면 잃는 것이 있어. 넌 수없이 다시 시작하는 법을 배워야 한다. 그렇지 않으면 쓸모없어져."

"네, 마에스트로."

"넌 지금 쓸모가 없구나. 아직도 술을 따르지도 않고."

"죄송해요, 마에스트로."

"됐다. 다시 아르페지오로 돌아가라. 이 말밖에 해줄 수가 없구나. 듣고 있니?"

"네, 마에스트로."

"그만 울고 연주를 시작해."

46

인류 역사상 루트비히 판 베토벤만큼 세상에 태어나는 순간 나를 많이 움켜잡은 사람도 없어요. 나의 색깔은 곧바로 그를 끌어당겼고 그가 움켜쥔 두 주먹은 음악적인 재능을 확실하게 드러냈죠. 하지만 그의 술주정뱅이 아버지는 한밤중에 아들을 깨워서 연습을 시켰어요. 겁에 질린 루트비히는 좀처럼 나를 만들어내지 못했죠. 말년에 그가 청각을 잃었을 때도 나는 언제나처럼 그의 영혼에 자리했지만 듣지 못하는 상태에서 음악을 만드는 짐을 덜어줄 수는 없었어요. 아무리 내가 가장 아끼는 자식이라도 말이죠.

우드스탁 무대에서 왼손이 심하게 베인 프랭키 프레스토의 경우도 마찬가지였어요. 내가 할 수 있는 일은 지켜보는 것뿐이었죠. 피투성이에 멍한 상태의 프랭키는 어느 여인이 의료 구역으로 데려가준 덕분에 육군 헬리콥터를 타고 축제장을 떠났어요. 군 관계자가 그의 상처를 살펴주었어요. 육군 외과의는 최선을 다해 수술했어요.

다음 날 병원에서 약 기운이 전부 사라지자 프랭키는 무슨 일이 일어났는지 깨달았어요. 붕대가 감긴 손을 보면서 눈물로 앞이 보이지 않을 정도로 울었죠. 그날 밤 간호사가 축제장의 누군가가 보내주었다면서 그의 기타 케이스를 들고 왔어요. 프랭키는 안에 기타가 들어 있는지 물었어요. 간호사는 케이스를 열어보더니 "네, 있어요"라고 했죠. 그는 가슴이 북받쳐 오르는 것을 느끼면서 갈라진 목소리로 말했어요. "치워주세요, 네? 그냥 치워주세요."

그 후 며칠 동안 프랭키는 우드스탁에서 발생한 다른 사상자들의 소식을 들었어요. 젊은 해병대원이 헤로인을 하다가 죽었고 십대가 침낭에 누워 있다가 트랙터에 깔렸어요. 갓 고등학교를 졸업했을 어린 LSD 중독자들이 비틀거리며 병원에 들어오는 모습도 봤어요. 자원봉사자들이 그들에게 작게 뭐라고 말하면 그들은 팔을 문지르며 비명을 지르거나 울음을 터뜨렸죠. 언젠가는 간호사가 차트를 들고 와서 프랭키에게 나이를 물었어요. 그는 어린 환자들을 쳐다보면서 "서른셋이요"라고 답했죠. 자신이 늙고 한심하다는 생각이 들었어요.

얼마 후 퇴원한 그는 뉴욕으로 돌아갔지만 12번가의 아파트는 역시나 텅 비어 있었어요. 오로라는 떠나고 없었어요. 그녀의 노란색 가방도 함께요. 프랭키는 이번에는 그녀를 찾으려고 하지 않았어요. 대신 신비한 줄이 달린 어린 시절의 어쿠스틱 기타만 남겨두고 전자 기타며 앰프며 녹음 기계 등 장비를 전부 팔아버렸어요. 그러고는 몇 달 동안 호텔에 머물면서 정처 없이 떠돌았어요. 몇 시간 동안 공허하게 손을 쳐다보지 않으려고 잠을 많이 잤어요. 술과 약에 취해 모두 잊고 싶었지만 그게 자신을 나락으로 몰아넣었음을 알고 있었죠. "넌 수없이 다시 시작해야 한다"던 스승의 말이 떠올랐어요. 하지만 예전에 그에게는 언제나 달려가면 시름을 잊게 해주는 내가 있었죠. 프랭키는 차 안에서 카세트테이프를 들었어요. 랜디 뉴먼이나 워렌 제본 같은 젊은 작곡가들과 기타리스트 그랜트 그린, 프레디 로빈슨의 곡이었죠. 하지만 듣는 것은 직접 연주하는 것과 달랐어요. 그는 연주가 그리웠어요. 연습도 그리웠어요.

얼마 후부터 그는 텔레비전을 보며 시간을 때웠어요. 젊은이들이 해외에서의 전쟁에 반대하는 시위를 하는 모습을 보았죠. 프랭키도 전쟁이 싫었지만 육군 덕분에 안전하게 병원에 가서 수술을 받을 수 있었어요. 그는 특히 자신을 수술해준 육군 외과의에게 빚을 진 기분이라서 계속 그를 찾아갔어요. 사십대 중반의 근육질인 그는 프랭키가 장애는 있지만 훌륭한 뮤지션이라는 사실을 일깨워주었죠.

"장고 라인하르트라는 재즈 기타 연주자를 알아요? 그는 멀쩡한 손가락이 두 개뿐이었지만 정말 실력이 뛰어났죠."

프랭키가 먼 곳을 보았어요. "장고라, 특이한 이름이네요."

"그는 노래를 못했지만 당신은 할 수 있잖아요."

"음."

"다시 노래하고 싶은 생각은 있어요?"

"아무도 내 노래를 듣고 싶어 하지 않는걸요."

"듣고 싶어 하는 사람들이 있을 겁니다."

"세상이 너무 변했어요."

"여긴 그럴지도 모르죠." 외과의가 미소를 지었어요. "하지만 난 여기를 말하는 것이 아니에요."

그 후 여기저기 전화와 소개가 오갔어요.

아홉 달 후 프랭키 프레스토는 베트남으로 떠났어요.

미국위문협회(United Service Organizations), USO는 제2차 세계대전을 시작으로 몇십 년 동안 해외 각지에서 복무하는 미군들을 위해 위문공연을 펼쳤어요. 빙 크로스비나 앤드루스 시스터스 같은 가수들이 공연을 했고 나의 훌륭한 바이올리니스트 야사 하이페츠 역시 동참했죠. 한 번은 관객석에 앉아 있는 단 한 명의 병사를 위해 폭우 속에서 연주한 적도 있어요. 야사는 그게 생애 최고의 공연이었다고 말했죠.

음악과 전쟁은 예전의 나팔부터 요즘의 고적대에 이르기까지 오래전부터 얽혀 있었어요. 1970년대 후반 프랭키 프레스토도 그 전통에 따라 코미디언 밥 호프, 가수 롤라 팔라나, 골드디거스 무용단, 야구선수, 미인대회 우승자, 그리고 그의 도움으로 모인 대규모 밴드와 함께 크리스마스 위문공연을 떠났어요. 그는 자신의 히트곡 '노, 노, 하니'와 '아이 원트 투 러브 유'도 불렀죠. 위문공연은 여러 군사 기지에서 이루어졌어요. 트럭을 타고 가서 무대를 설치하고 공연을 마친 후에는 다시 짐을 챙겨 다른 기지로 가서 또 공연을 했죠.

프랭키는 어느 기지에서나 병사들과 친해졌어요. 그는 친해진 병사들에게 자신을 트럭에 태워서 최전방까지 데려가달라고 했어요. 끔찍한 전장을 보면 자신의 고통이 줄어들었기 때문이죠. 그는 길가에서 공허한 눈의 베트남 아이들을 보았어요. 원뿔형 천막처럼 생긴 기관총 삼각대도 보았죠. 지붕에서 폭발이 일어나 저격수가 창문으로 떨어지며 죽는 모습도 보았어요.

내가 꼭 해야만 하는 이야기는 투어공연 마지막 주에 일어났어요. 롱빈에 있는 주요 육군 기지에서 오후 공연이 끝난 후였죠. 거의 2천 명에 이르는 관중이 몰렸어요. 공연을 더 잘 보려고 기둥에 올라간 병사들도 있었죠. 특히 여자들이 춤출 때마다 커다란 환호성이 울려 퍼졌어요. 프랭키가 노래하는 동안 그의 뒤에서 골드디거스가 춤을 췄는데 관객석에서 "좋겠다, 프레스토!"라고 외치는 소리가 들려왔어요.

공연이 끝나고 밴드가 흩어지는데 누군가 프랭키의 이름을 크게 불렀어요.

"미스터 프랭키! 저예요, 엘리스!"

푸른 군복을 입은 건장한 병사가 무대 끄트머리에서 웃으며 손을 흔들었어요. 프랭키는 믿기지 않아 눈만 끔뻑거렸죠. 엘리스 두보이스는 프랭키가 뉴올리언스에 살 때 골목에서 구두를 닦던 소년이었고(리틀 리처드의 '투티 프루티'를 같이 들었죠) 프랭키가 오로라 요크와 결혼할 때 신랑 들러리도 해주었죠.

여섯 살이었던 엘리스가 스물한 살이 되어 있었어요.

"엘리스, 믿을 수가 없어. 너 정말…… 다 컸구나."

"네, 그렇습니다."

"음…… 이리 와!"

그들은 서로 껴안고는 이런저런 이야기와 질문을 쏟아내며 정신없이 이야기를 나누었어요. 프랭키는 엘리스의 건강이 어떤지(건강했고), 육군에는 어떻게 들어왔는지(징집되었고), 뉴올리언스의 전자제품 가게 뒤편에 있던 녹음 스튜디오는 어떻게 되었는지(다른 곳으로 옮겼고) 물었죠. 엘리스는 프랭키의 히트 음반과(전부 다 소장하고 있다고), 〈에드 설리번 쇼〉(두 번 다 보았다고) 그리고 물론 오로라에 대해서 물었어요.

"우린 헤어졌어." 프랭키가 말했어요.

엘리스는 유감이라고 했어요. 오로라가 자신에게 샌드위치와 도넛, 아이스티 따위를 챙겨주던 기억이 났거든요.

엘리스는 곧 결혼한다고 했어요. 베트남 여성과 사랑에 빠졌다면서 그곳에서의 복무 기간이 끝나기 전에 그녀와 결혼하고 그녀를 미국으로 데려가 더 나은 삶을 주고 싶다고 했죠. 결혼 절차가 너무 오래 걸리고 있지만 그날 저녁에 신부의 가족과 피로연을 한다면서 프랭키에게 꼭 와달라고 부탁했어요.

"꼭 와주세요. 저희를 위해 기타를 연주해주실 수 있나요?"

프랭키는 흉터가 가득한 왼손을 보여주었어요.

"엘리스, 난 이제 기타를 못 쳐."

"어떻게 된 거예요?"

"얘기하자면 길어."

그동안 수많은 상처를 봐온 엘리스도 프랭키의 상처는 유난히 슬퍼 보인다고 생각했어요. 그가 기억하는 프랭키는 절대로 기타와 떨어질 수 없는 남자였으니까요.

"정말 안타까워요, 미스터 프랭키."

"고맙다, 엘리스."

"이러면 어떨까요? 미스터 프랭키가 노래하고 제가 연주하는 거예요."

"엘리스, 너 기타 치니?"

"골목길에서 저한테 코드를 가르쳐주셨잖아요. 기억 안 나세요? D, G, A를 알려주셨죠. 나머지는 독학했어요. 녹음실에 몰래 들어가 녹음하시는 걸 훔쳐봤죠. 정말 멋졌어요. 덕분에 저도 밴드에 들어가게 됐고요."

프랭키가 웃으면서 "날 원망하지 마라"라고 말했어요.

"부탁드려요. 노래해주세요, 네?"

"그래. 너와 신부를 위해서 노래해주마."

"감사해요. 음…… 기타 가지고 계세요?"

몇 시간 후에 그들은 어느 절의 뒷마당 잔디밭에 놓인 세 개의 테이블과 베트남 가족들 앞에 섰어요. 음식도 있었고 베트남 전통 의상을 입은 여자들과 총을 두고 온 미군 몇 명도 있었죠. 엘리스가 프랭키의 기타로 (그래요, 프랭키는 장고 라인하르트의 이야기를 떠올리며 여전히 어디든 기타를 가지고 다녔어요) 프랭키의 히트곡 '아워 시크릿'을 연주하기 시작했어요. 프랭키는 오로라를 떠올리며 오랜만에 그 노래를 불렀어요. 그 곡을 쓰던 시절처럼 소박한 어쿠스틱 공연이었죠.

언젠가 우리의 비밀은
더 이상 비밀이 아닐 거예요
내 비밀이
당신의 비밀이란 걸
모두가 알게 될 테니까요
난 당신을 사랑할 거예요
당신도 날 사랑하겠죠

하객들은 정중하게 박수를 쳤어요. 프랭키는 신부 가족들이 결혼을 달가워하지 않는 것을 느꼈어요. 표정에서 느껴졌죠. 하지만 분위기는 화기애애했고 엘리스와 신부는 서로를 무척 사랑하는 것 같았어요.

몇 시간 후에 술을 꽤 많이 마신 엘리스는 공연단이 묵고 있는 호텔까지 프랭키를 데려다주겠다고 고집을 부렸어요. 엘리스가 부른 택시가 도착하자 둘은 뒷좌석에 함께 탔어요. 호텔로 가는 동안 그들은 전쟁이 일어난 외국에서 아는 사람을 만나 정말 기쁘다는 이야기를 나눴어요.

"최고의 결혼 선물이었어요, 미스터 프랭키."

"두 사람이 행복하기를 바라."

"네, 행복할 거예요. 그녀를 뉴올리언스로 데려가서 구두 사업을 시작하려고요."

택시기사가 손가락으로 뭔가를 가리키며 뭐라고 떠들었어요. 그리고 주유소 쪽으로 차를 대려고 했죠.

"기름을 넣지 말고 호텔로 가요." 엘리스가 말했어요.

택시기사는 연료 경고등을 가리켰어요.

"기름을 넣지 말고 호텔로! 곧장!" 엘리스가 소리쳤어요.

택시기사는 베트남어로 빠르게 말하면서 중간에 영어로 "금방, 금방"이라고 했어요. 그러고는 차를 세우고 차 밖으로 나갔지요. 그는 두 손으로 그들에게 기다리라는 손짓을 하고는 주유소로 갔어요.

"이런. 죄송합니다, 미스터 프랭키." 엘리스가 한숨을 쉬었어요. "여기 사람들이란…… 아시죠?"

프랭키는 창문으로 택시기사를 보았어요.

"엘리스, 저 사람 왜 달려가지?"

술기운으로 눈이 풀린 엘리스는 느리게 깜빡거리던 눈을 갑자기 크게 떴어요. "나가요! 나가요! 나가!" 엘리스의 비명 소리에 프랭키가 차 문을 열었고 두 사람은 차에서 내리자마자 달리기 시작했어요. 엘리스는 베트남에서 운전기사가 자리를 비우면 절대로 차 안에 혼자 남아 있지 말라던 지시가 떠올랐어요. 차에 폭발물을 설치해서 미군을 죽이려는 경우가 있기 때문이었죠. 그들은 달리면서 누군가 베트남어로 외치는 소리를 들었어요. 잠시 침묵의 순간이 찾아왔다가 엄청난 폭발음이 터지면서 두 사람 모두 앞으로 날아갔어요. 프랭키는 기타 케이스를 엘리스 쪽으로 던졌어요. 그들이 땅에 떨어지는 순간 사방은 온통 먼지투성이였어요. 귀가 울리고 눈은 불타는 듯했고 연기 때문에 아무것도 보이지 않았지요.

갑자기 사방이 고요해졌어요. 누군가 비명을 질렀고 개들이 짖기 시작했어요. 정말로 차에 폭발물이 설치된 거였죠. 누군가 베트남 신부와 결혼하는 엘리스를 죽이려고 했던 것인지도 몰라요. 나는 자세한 사정은 몰라요. 내가 아는 것은 프랭키가 엘리스를 일으켜서 벽에 기대게 하고는 병사들을 찾으러 오는 육군의 지프에게 정지 신호를 보냈다는 것뿐이에요. 엘리스는 무릎에서 약간 피가 났지만 까지거나 멍든 상처뿐이었어요. 프랭키도 마찬가지였죠. 그들은 지프에 올라탔어요. 엘리스는 프랭키가 귀한 손님이라면서 당장 호텔로 데려다줘야 한다고 소리를 질렀어요. 엘리스와 프랭키는 숨을 거칠게 내쉬고 있었죠. 하지만 프랭키는 기타 케이스를 쳐다보고 있었어요. 엘리스는 지프가 가로등을 지날 때야 그 이유를 알 수 있었어요.

케이스에 작은 파편이 박혀 있었지요.

엘리스는 자신에게 날아온 파편을 케이스가 막아줬다는 사실을 깨달았어요. 그는 기타 케이스를 만지면서 목이 메었어요.

"맙소사……."

"괜찮아." 프랭키가 말했어요.

"저게 저한테 박혀서 죽을 수도 있었어요."

"생각하지 마."

엘리스가 울기 시작했어요.

"죄송해요, 미스터 프랭키. 맙소사. 죄송해요……."

"미안해 하지 마. 넌 살아 있잖아."

프랭키는 "미안해 하지 마. 넌 살아 있잖아"라는 말이 마치 자신에게 하는 말처럼 느껴졌어요. 그는 기타 케이스를 다리 사이에 끼우고 열어보았어요.

"웬 불빛이죠?"

프랭키는 네 번째 기타줄이 파랗게 빛나는 것을 보았어요. 그는 목이 메는 것을 느끼면서 기타 케이스를 닫고 파편 구멍을 쓰다듬었어요.

"괜찮아. 아무것도 아니야."

하지만 아무것도 아닌 것이 아니었죠. 미래가 바뀌었으니까요. 폭발에서 살아남은 엘리스는 베트남 신부와 무사히 결혼 절차를 마치고 뉴올리언스에 정착해서 신발 사업을 시작했어요. 그들은 세 아이를 낳았고 손주는 아홉이나 봤어요. 그중 한 명은 유명한 작곡가가 되지요.

엘리스가 프랭키를 다시 만나지 않았다면 모두가 불가능했을 일들이에요. 네 번째 기타줄이 바로 그 이야기의 주인공이죠.

누구나 살아가는 동안 어느 밴드에든 들어가죠.

때로는 이렇게 밴드가 재회하기도 해요.

47

1981년

텍사스 청년들은 신발을 벗고 덤불에서 일어나 기타를 치는 사람을 향해 천천히 모래사장으로 다가갔어요.

"프레스토 씨?"

프랭키가 고개를 들었어요. 수염이 가득하고 피부는 구릿빛으로 그을렸죠.

"저희는 미국에서 왔어요."

프랭키가 눈을 가늘게 떴어요. 프랭키의 침묵에 청년들의 말이 빨라졌어요.

"정확히는 텍사스에서……"

"밴드를 하고 있는데……"

"불쑥 찾아와서 죄송하지만……"

"케빈이라는 분이……"

"숲까지 태워다주셔서……"

"사실인 줄 몰랐는데……"

"정말 여기 계실 줄은……."

"선생님의 음악을 정말 좋아……."

프랭키가 한 손을 들자 청년들이 입을 다물었어요. 그가 그럴 의도를 가졌던 것은 아니었는데 말이죠.

사실 그는 해변에서 뛰노는 네다섯 살쯤 되어 보이는 여자아이를 부른 거였어요. 머리를 땋은 여자아이는 맨발에 상의를 입지 않았어요. 프랭키는 여자아이가 자신의 한 팔에 들어와 안기자 환하게 미소 지었죠. 그는 아이를 안고 빙빙 돌렸어요. 아이는 웃는 것 같았지만 아무런 소리도 나지 않았죠. 땅으로 내려온 아이는 모르는 사람이 세 명이나 있는 것을 보고 표정이 변했어요. 아이는 아까 놀던 곳으로 말없이 달려갔죠.

라일과 에디, 클릭은 아이가 향한 곳을 바라보았어요. 해변 뒤쪽의 나무로 둘러싸인 작은 집에서 알록달록한 가운을 걸친 금발의 여자가 나왔어요.

"무슨 일이죠?" 여자가 물었어요.

"실례합니다, 부인. 나중에 다시 오겠습니다." 라일이 더듬더듬 말했고 세 사람은 허둥지둥 나무 사이로 사라졌어요.

토니 베넷

가수, 화가, 그래미상 수상자, 케네디 센터 훈장 수상자

우선 비극적인 소식입니다. 그가 죽다니. 음악계 전체의 비극입니다. 그는 아름다운 사람이었어요. 그와 알던 사이였나요? 그랬다면 당신은 운이 좋네요. 진심입니다. 프랭키 프레스토는 진정한 예술가였어요. 부드러운 성품에 생각이 깊었죠. 내가 지금까지 만나본 사람 중에 가장 순수하게 음악적인 기타리스트였죠.

내가 이렇게 말하는 이유를 알려드리죠. 나는 1940년대 말부터 노래를 했습니다. 프랭크 시나트라, 냇 킹 콜, 빌리 홀리데이 같은 가수들에게 영향을 받았죠. 재즈 가수들을 좋아했어요. 나 역시 재즈 가수라고 생각했고요. 하지만 재즈 가수로는 돈을 못 번다는 말을 들었어요. 무슨 말인지 이해해요? 음악 사업이란 그런 것이었어요. 언젠가 듀크 엘링턴은 음반사에서 나가라는 말을 들었어요. 이유를 물었더니 "음반이 안 팔리니까"라는 대답이 돌아왔대요. 거기에 대고 그는 이렇게 답했어요. "뭔가 헷갈리시는군요. 제일은 음반을 만드는 것이고 파는 것은 당신들의 일입니다"라고 말이에요. 아, 듀크 엘링턴. 대단하지 않습니까?

나 역시 1970년대 초반에 음반이 잘 팔리지 않는 시기를 겪었습니다. 하지만 음반사에서 원하는 음악을 하고 싶진 않았어요. 하지만 압력에 이기지 못하고 록 장르의 앨범을 하나 녹음했죠. 정말 나하고는 안 맞는 장르였어요. 녹음하는 것만으로도 정말로 몸에 병이 났으니까요. 힘든 시기였죠. 세상에서 가장 좋아하는 것으로부터 격리된 느낌이었어요.

결국 음반사를 나와 런던으로 갔고 2년 가까이 머무르게 되었죠. 내가 원하는 음악을 할 수 있어 가장 행복했던 시기였습니다.

런던에서는 계속 한 호텔에 묵었어요. 아침마다 커튼을 젖히면 공원이 내다보였죠. 거기에는 한 남자가 항상 기타를 들고 똑같은 벤치에 앉아 있었습니다. 한 번도 연주는 하지 않고 기타를 무릎에 올려놓고만 있었죠.

몇 주가 계속되자 호기심이 생기더군요. 산책을 하고 호텔로 돌아가다 그를 지나치게 되었어요. 그런데 익숙한 얼굴이었어요. "실례합니다. 매일 여기 앉아 있던데……." 그는 내 말이 끝나기도 전에 나를 올려다보며 내 첫 앨범에 수록된 '러브 레터(Love Letters)'를 한 소절 불렀죠. 아름다운 목소리였어요. 완벽한 음색이었죠.

"척 웨인이 당신의 기타리스트였죠." 그가 말했습니다.

"맞아요."

"훌륭한 음반이었어요."

"고마워요."

"'러브 레터'라는 노래가 또 있어요."

"그런가요?"

"장고 라인하르트의 '비예두'라는 노래죠."

"비예두······."

"프랑스 곡이죠. 연주곡이고요."

"연주할 수 있나요?"

"아뇨." 그는 기타를 쳐다보았어요. "이젠 못해요."

그때 흉터투성이인 그의 왼손이 눈에 들어오더군요. "매일 연주는 하지 않고 기타를 들고만 있는 이유가 그래서인가요?" 그러자 그는 "누군가를 기다리고 있어요"라고 했죠. "누구죠?" "내 아내요." "곧 오나요?" 그는 고개를 젓고 잘 모르겠다고 했어요. 아니, 아직 런던에 사는지조차 모르겠다고요.

우리는 계속 이야기를 나눴어요. 나는 그가 프랭키 프레스토라는 것을 깨달았어요. 그는 몇 년 전에 음악계에서 자취를 감추었죠. 자신의 진짜 이름은 프란시스코라고 말하는 그에게 "내 진짜 이름은 베네데토예요. 우리 사촌지간인지도 모르겠네요!"라고 했죠. 우리는 함께 웃음을 터뜨렸고 즐거운 대화를 나눴어요.

나는 그가 로큰롤 가수인 줄로만 알았는데 서로 아는 사람이 많이 겹치더군요. 프랭크 시나트라, 밥 호프. 그는 어린 시절 듀크 엘링턴을 만난 적도 있다더군요. 여러분도 알고 있었나요?

다음 날에도 그는 같은 자리에 앉아 있었죠. 나를 세트장에 데려다줄 차가 오기에 그에게 같이 가자고 했어요. 〈타운 토크〉라는 텔레비전 프로그램을 찍었거든요. (모두가 '주지사'라고 부르는) 최고의 편곡자 로버트 파논과 함께하는 정말 멋진 경험이었죠. 매주 노래도 하고 음악에 대한 이야기도 나누었어요.

그날 프란시스코(그는 내가 그 이름으로 부르는 걸 좋아했죠)와 함께 촬영장에 갔어요. 그는 스튜디오에 앉아서 지켜보기만 하고 기타 케이스를 열지 않았어요. 다음 날에도 그와 함께 갔어요. 그 뒤로도 몇 번 더 그와 함께 촬영장에 갔지요. 그런데 그는 촬영장에 가기 위해 차에 오를 때마다 마지막으로 주위를 둘러보았어요. 마치 아내가 올지도 모른다고 생각하는 것 같았죠.

하지만 그녀는 끝내 오지 않았어요.

약 2주 후 프로그램에서 쿠르트 바일의 '로스트 인 더 스타스(Lost in the Stars)'를 피아노 반주만으로 부르기로 되어 있어서 연습을 했어요. 아름답지만 슬픈 노래예요. 아시나요?

신은 바다와 육지를 만들기 전에
손바닥에 별을 전부 올려놓고
마치 모래알처럼 손가락 사이로 흘러내리게 하셨네
작은 별 하나가 홀로 떨어졌지

갑자기 난생처음 듣는 아름다운 기타 소리가 울려 퍼졌어요. 한 번에 한 줄씩 느리게 퉁기는 소리였죠. 프랭키 프레스토가 기타를 치고 있었어요. 코드를 하나 칠 때마다 무척 힘겨워 보였어요. 얼굴 표정으로 나타날 정도였죠. 하지만 무척 느린 곡이라서 그가 손가락을 바꿔가며 연주할 시간이 있었어요. 나는 노래를 계속했어요. 멈추고 싶지 않았습니다. 그에게 얼마나 중요한 일인지 느껴졌으니까요. 우리는 마침내 끝부분에 이르렀죠.

하지만 나는 계속 밤을 거닐죠
내 눈이 지치고 머리가 하얘질 때까지
때로는 신이 떠나버리고
우리만 별 속에서 길을 잃은 것 같죠

프랭키는 마지막 코드를 연주했고 얼굴에 눈물이 흘러내렸습니다. 무대 담당자까지 박수를 쳤어요. "멋졌어요." 그를 당혹스럽게 만들고 싶진 않았지만 거짓말을 했어요. 그냥 멋진 게 아니었어요. 환상적이었어요.

그해 여름이 끝날 무렵 나는 미국으로 돌아가기로 했어요. 차가 나를 태우러 왔고 언제나처럼 프란시스코도 같은 벤치에 앉아 있었죠. 나는 기사에게 잠시 기다리라고 하고 벤치에 앉았어요.

"나 떠납니다."

"어디로요?"

"집으로요."

"촬영장에 데려가줘서 고마웠어요, 베네데토 씨."

"여기서 얼마나 더 기다릴 건가요?"

"모르겠어요."

"아내가 오지 않으면 어떡합니까?"

"올 거예요."

"괜찮다면 언젠가 꼭 같이 작업을 하고 싶군요."

프란시스코의 입에서는 웃음소리가 터져 나오려고 했죠. "난 이제 기타를 못 쳐요."

"칠 수 있어요. 쳤잖아요."

"그냥 코드 몇 개."

"그냥 코드가 아니에요. 음악이죠."

나는 그의 마음속에 음악이 자리하는 한 아무도 빼앗아갈 수 없다고 말했습니다. 진심이었어요.

그리고 물었습니다. "마지막으로 집에 들어갔던 것이 언제예요?"

프란시스코는 "난 집이 없어요"라고 했죠.

"누구나 집이라고 부를 만한 게 있지요."

그러자 그는 기타를 들었어요.

"나에겐 언제나 이 기타와 그녀뿐이었어요."

48

프랭키가 특별히 좋아한 노래 중에 더 드리프터스의 '세이브 더 라스트 댄스 포 미(Save the Last Dance For Me)'가 있었어요. 소아마비를 앓았던 독 포머스가 가사를 썼지요. 그녀가 마지막에 자신과 집으로 돌아가기만 한다면 다른 사람하고는 얼마든지 춤을 춰도 좋다는 내용이죠. 포머스가 휠체어에 앉아 다른 남자들과 춤추는 신부를 바라봐야만 했던 결혼식 날을 떠올리면서 쓴 곡이에요. 그는 당시 떠오른 가사를 청첩장 뒤편에 휘갈겼죠.

내가 모든 사랑 이야기는 교향곡이라고 했죠? 교향곡의 마지막 악장은 론도예요. 주제가 반복되는 가운데 여러 사건이 일어나죠. 프랭키와 오로라는 두 사람의 춤을 충분히 오랫동안 아껴두었죠. 그리고 1974년에 영원히 재회하게 돼요. 한 라디오 프로그램 덕분이었어요.

그래요, 라디오 프로그램 덕분이었어요. 토니 베넷(베네데토)은 상처 많은 프란시스코를 위해 마지막 친절을 베풀었죠. 그는 런던을 떠나기 위해 공항으로 가다가 BBC 방송의 진행자와 리무진을 같이 타게 됐어요. 두 사람은 공항까지 가면서 대화를 나누었고 베넷 씨가 프랭키의 이야기를 꺼냈어요. 이름은 밝히지 않았지만 매일 아침 기타를 무릎에 올려놓고 아내를 기다리는 남자가 있다고 했죠.

"정말 특별한 이야기 아닌가요?"

"특별하네요." 진행자도 맞장구쳤어요.

슬픈 이야기에 감동받은 BBC 방송 진행자는 그 주에 자신이 진행하는 라디오 프로그램에서 그 사연을 소개했어요. 출근길에 차 안에서 라디오를 들은 세실 (요크) 피터슨은 런던 경영대학원에 있는 자신의 사무실에 도착하자마자 동생 오로라에게 전화를 걸었어요. "네 남편이 런던에 있는 것 같아."

비가 쉬지 않고 내리던 다음 날 아침 오로라 요크는 버스에서 내려 공원으로 걸어갔어요. 그녀는 멀리서 프랭키를 보고 기둥 뒤에 숨었지요. 한 시간 동안 프랭키가 비를 맞으며 앉아 있는 모습을 지켜보았어요. 우산에 빗방울이 한 방울 한 방울 떨어질 때마다 그에게 가면 안 되는 이유를 대면서 말이에요. 마침내 이유가 하나도 남지 않자 그녀는 우산을 접고 자신도 비를 맞았어요. 그리고 길을 건넜죠.

프랭키는 고개를 들어 오로라가 다가오는 모습을 바라보았어요. 그녀의 얼굴에 빗물이 뚝뚝 흘러내렸어요. 그녀는 기타를 옆으로 옮기고 그의 무릎으로 몸을 숙였어요.

"계속 있을 거야?" 그가 물었어요.

"응." 그녀가 답했어요.

음악이 영혼을 달래줄 수는 있지만 몸을 달래주지는 못해요. 오로라 요크는 몇 달 동안 프랭키의 손을 치료하기 위해 최고의 전문가들을 수소문했어요. 나는 그렇게 해준 그녀에게 정말로 감사해요. 오로라는 언니의 인맥을 활용했어요. 수술비도 내고 매일 재활 운동도 시켰죠. 그녀가 나의 사랑하는 제자를 극진하게 돌본 덕분에 프랭키의 내면에서 음악에 대한 사랑이 다시 피어났어요.

한편 사랑을 되찾은 프랭키와 오로라는 (론도라니까요) 둘 사이의 벽이 허물어지는 행복감을 느꼈어요. 더 이상 명성이나 오랜 부재, 늦은 귀가나 다른 여자 따위는 문제될 일이 없었어요. 오로라는 프랭키의 삶에서 술과 담배를 완전히 없애버렸어요.

그리고 그녀는 두 사람을 위한 집을 찾기 시작했어요.

"계속 런던에 있고 싶어?" 프랭키가 물었어요.

"아니."

"그럼 어디?"

"멀고 조용한 곳으로."

그들은 잉글랜드의 외딴 지역을 수없이 돌아다녔어요. 오로라의 마음에 드는 곳은 하나도 없었죠.

"더 멀고 더 조용한 곳."

그들은 뉴욕으로 돌아갔고 프랭키는 그곳에서 두 개의 기타를 되찾았어요.

"더 멀고 더 조용한 곳."

그들은 로스앤젤레스로 날아갔고 프랭키가 은행에서 돈을 찾아왔어요. 오로라는 공항에서 나오려고도 하지 않았거든요.

"더 멀고 더 조용한 곳."

그들은 오스트레일리아로 갔어요.

"더 멀고 더 조용한 곳."

배를 타고 뉴질랜드로 갔어요. 오클랜드 항구에서 하루 묵는 동안 오로라는 달빛 아래 출발하는 낡은 여객선을 보았어요. 직원에게 저 배가 어디로 가는지 묻자 '와이헤케 섬'이라고 했어요. 뉴질랜드 원주민인 마오리족 말로는 '테 모투-아라이-로아', 즉 '안식처가 되어주는 기다란 섬'이라는 뜻이었죠.

다음 날 오로라와 프랭키는 그 여객선에 짐을 전부 싣고 자신들도 배를 탔어요. 한 시간 후 선착장에 도착하자 초록색의 높다란 절벽이 보이고 조용한 물소리가 들렸어요. 오로라는 하나뿐인 사랑하는 사람의 눈을 들여다보며 말했죠.

"바로 여기야."

49

1981년

텍사스 청년들은 제비뽑기를 했어요. 뽑힌 사람이 프랭키에게 다시 가보기로 했죠(세 사람이 한꺼번에 가는 것은 위협적으로 보일 수 있다고 판단했던 거죠). 라일이 뽑혔어요. 그는 해가 저물 무렵 덤불과 나무를 지나 조심조심 해변으로 향했어요. 셔츠를 벗은 프랭키는 구릿빛 피부가 드러난 가슴에 기타를 메고 바장조와 단음계, 도리안과 프라기아, 리디아 선법, 상행 음계, 하행 음계를 연습하고 있었죠.

"이쪽으로 와요." 프랭키가 뒤돌아보지 않고 말했어요.

라일은 손을 주머니에 찔러넣고 조심조심 앞으로 걸어갔어요.

"안녕하세요."

"아내가 당신들이 또 올 거라고 하더군요."

"먼저는 죄송했습니다……."

프랭키는 느리고 조심스럽게 화음을 계속 연주했어요.

"선생님을 정말로 만나게 될 줄은…… 제 이름은 라일입니다."

프랭키는 올림 F음으로 옮겨갔어요.

"저도 기타를 칩니다."

프랭키가 고개를 끄덕였어요.

"물론 선생님하고는 비교가 안 되지만……."

프랭키는 또 고개를 끄덕였어요.

"우드스탁에서 그 유명한 기타 솔로를 연주하신 것이 선생님인가요?"

프랭키가 고개를 끄덕였어요.

"정말요? 그동안은 선생님이 거기 계셨다는 걸 확인해줄 사람이 하나도 없었거든요."

프랭키가 계속 고개를 끄덕이자 라일은 그가 자신의 질문에 고개를 끄덕인 것이 아니라 마치 드러머를 따라가듯 부서지는 파도의 리듬과 함께 움직이는 것이라는 사실을 깨달았어요.

"연습하시는 건가요? 죄송해요. 바보 같은 질문이죠. 왜 화음을 연습하시죠?"

프랭키가 연주를 멈추었어요.

"뭐라고요?"

"왜 화음을 연습하시죠?"

"재훈련이에요."

"재훈련이요?"

"내 손가락, 내 귀를 재훈련하는 겁니다. 긴 과정이죠."

라일은 질문이 너무도 많았지만 프랭키가 연습을 계속하자 가만히 듣고 있었어요. 프랭키는 내림 나음과 B 자연 단음계를 교대로 연습하고 또 멈추었어요.

"내가 손을 엉망으로 만들었거든요. 되찾으려는 중이에요."

"뭘 찾아요?"

"아름다움. 왼손은 아름다움을 찾죠."

라일은 프랭키가 내민 손바닥의 흉터를 보았어요.

"세상에."

"별로 아름답지 않죠."

"어떻게 된 겁니까?"

"자세히 기억나지 않아요."

"사고였나요?"

"그건 아니에요."

"언제 그러셨죠?"

"69년."

"우드스탁 때네요. 그럼 우드스탁에 계셨던 건가요?"

"그런 셈이죠."

"그 연주를 하셨나요?"

"무슨 연주 말이죠?"

"솔로요. 제가 아까 여쭤본 솔로 연주요."

"미안해요. 듣고 있지 않았어요."

"유명해요. 복제판이 퍼져서 유명해졌죠."

프랭키는 청년을 빤히 쳐다보았어요.

"복제판?"

"테이프요. 알아보면 구할 수 있어요."

"솔로 테이프?"

"최고로 유명한 솔로 연주예요. 저도 따라하려고 했는데 불가능했어요. 아무도 흉내 낼 수 없어요."

프랭키의 숨이 가빠지는 듯했어요.

"나 아닙니다."

그는 시선을 아래로 향했어요.

"그만 가주세요. 연습할 게 많거든요."

며칠이 지났어요. 라일은 밴드 친구들과 세 번 더 프랭키를 찾아갔지만 그때마다 해변은 텅 비어 있었죠.

"우리가 너무 부담을 줬나 봐." 에디가 말했어요.

"기타 솔로는 본인이 아니라고 했어." 라일이 말했어요.

"그 말을 믿어?"

"모르겠어. 연주 속도가 느리긴 했어."

"어쩌다 다쳤대?"

"말 안 했어."

"이제 어떡하지?"

그들은 서로의 얼굴만 쳐다보았어요.

"술이나 마시자." 클럭이 말했어요.

10분 후 그들은 맥긴티라는 술집에 들어가 맥주를 주문했어요. 그리고 적당한 테이블을 찾았죠.

"미국에서 오신 로큰롤 청년들 아니신가?"

청년들을 태워주었던 케빈이 바에서 그들을 보며 웃고 있었죠.

"바텐더도 하세요?" 에디가 물었어요.

"아니. 그냥 즐기는 거야. 모험은 잘되고 있고?"

"모험도 아니에요." 라일이 시무룩하게 대답했죠.

"실망해서 이래요." 클릭이 설명했어요.

케빈이 와서 의자에 앉았어요. "섬에 살러 오는 사람들은 대부분 방해받는 걸 싫어하지. 누군가 찾아오길 바란다면 와이헤케로 올 리가 없거든. 그건 확실하지."

"그럼 왜 거기로 데려다주신 거예요?"

"글쎄. 그 친구가 여기 온 지 꽤 오래되었거든. 아직도 자길 기억하는 사람이 있다는 걸 알면 반가워할지도 모른다고 생각했지."

"그가 누군지 알고 계셨어요? 1960년대에 유명했다는 거요!"

"물론. 군대에 있을 때 '아이 원트 투 러브 유'를 들었거든. 우후! 엉덩이를 흔들고 싶어지는 노래잖아."

"그런데 왜 모른다고 하셨어요?"

"우정의 첫 번째 법칙. 비밀을 지켜라."

세 청년들은 실망스러운 듯 몸을 축 늘어뜨리더니 맥주를 마셨어요.

"그래서 그날 밤에 찾아갔지. 괜찮은지 물어보려고."

"잠깐만요. 프레스토 씨가 우리를 데려와도 된다고 허락했다고요?"

"그가 아니라네. 그녀가 허락했지."

"아내분요?"

"오로라. 상냥하지. 좋은 생각 같다고 하더군."

케빈의 말에 놀란 텍사스 청년들은 주말까지 섬에서 지내기로 했어요. 그 기간에 연례 행사인 '레이스 데이'가 포함되어 있었죠. 말과 조랑말 그리고 트랙터가 널따란 해변에서 경주를 벌이는 가운데 섬 주민들이 태양 아래서 맥긴티의 스테이크를 먹고 대형 통에 들어 있는 맥주를 마시면서 즐기는 날이었어요. 축제에 음악이 빠질 수는 없죠. 클레버 엘스는 오후 늦게 노래를 몇 곡 불러도 좋다는 허락을 간단하게 받아냈어요(그도 그럴 것이 다른 뮤지션이라고 해봤자 자그만 금관 악단과 아코디언 연주자 한 명밖에 없었거든요). 무대는 엉성했어요. 낡은 드럼이 중앙에 놓이고 의회 회의에 사용되는 작은 앰프와 마이크가 놓였죠. 하지만 라일과 에디, 클럭은 공연을 앞두고 몹시 떨렸어요. 오랜만에 연주하는 밴드는 공항에서 연인을 만난 것처럼 들뜨는 법이죠. 그들은 기타를 앰프에 연결하고 짧게 인사한 다음 라일이 만든 컨트리송으로 공연을 시작했어요. 힘찬 박수가 터져 나왔죠.

행크 윌리엄스의 '잠발라야(Jambalaya)'와 '트위스트 앤드 샤우트(Twist and Shout)'도 불렀어요. 모두가 태양과 맥주, 아이들의 까악 소리와 술 취한 남자들의 웃음소리에 잘 어울렸죠.

"한 곡 더 부르겠습니다." 라일이 말했어요. "오래된 곡이지만 언제나 명곡이죠."

클릭이 드럼을 두드리고 기타가 익숙한 음을 내자 라일은 프랭키 프레스토의 최대 히트곡의 첫 소절을 부르기 시작했어요.

난 당신을 사랑하고 싶어요
진실할게요
누구도 나처럼
당신을 사랑하지 못할 거예요

관객들은 곧바로 노래에 맞춰 박수를 치기 시작했어요. 아는 노래가 나올 때의 반응이죠. 라일이 에디를 보았어요. 에디는 웃으며 백그라운드 보컬을 하고 있었죠. 그들이 음악을 얼마나 사랑하는지 다 보였어요. 하지만 관객 쪽을 슬쩍 보던 라일의 얼굴에서 미소가 사라졌어요.

뒤편에 프랭키가 어린 딸을 목마 태우고 서 있었거든요.

그는 노래가 중간에 이르자 뒤돌아 가버렸어요.

이 여자아이에 대해 설명을 해야겠군요.

프랭키와 오로라는 섬에서 그동안 찾아 헤매던 평화를 찾았어요. 이곳은 땅값이 쌌기 때문에 두 사람은 해변에 작은 땅을 구입하고 작은 집을 지었어요. 이 집에는 바다가 바라보이는 덱이 있었죠. 두 사람은 아침이면 함께 해변을 걸었어요. 저녁이면 오로라는 신선한 생선을 굽고 프랭키는 손의 민첩성을 되찾기 위해 화음과 아르페지오를 연습했지요. 그들은 반바지와 낡은 면 티셔츠를 입었어요. 섬 주민들은 대부분 예술가나 떠돌이 등 독특한 개성을 지닌 사람들이라서 프랭키가 한때 유명인이었다는 사실에 신경 쓰는 사람은 없었어요.

섬에 정착해서 1년이 지난 어느 날 프랭키와 오로라는 산책을 끝내고 집으로 돌아가다 동물의 울음소리를 들었어요. 덤불 속에 떠돌이 개가 있었죠. 털이 하얀 개는 등을 구부린 채 그들을 쳐다보았어요. 두 사람이 다가가자 개는 낑낑거리면서 몇 발자국 물러섰어요. 그 뒤에는 회색 담요에 싸인 여자 아기가 있었어요. 기껏해야 생후 3개월 정도로 보였죠.

"넌 누구니, 귀염둥아?" 오로라가 살그머니 아기를 들어 올리며 말했어요.

프랭키는 가만히 지켜보았어요. 아기는 아무런 소리도 내지 않았죠. 오로라는 아기를 가슴에 안았는데 아기는 여전히 프랭키를 보고 있었어요.

"누군가 죽게 내버렸나 봐." 프랭키의 입에서 자기도 모르게 튀어나온 말이었어요. 인간에게는 떠오르는 기억과 떠오르지 않는 기

억이 있죠. 프랭키의 깊은 기억 속에는 회색 담요에 싸여 버려진 자
신과 낑낑거리며 자기 곁을 지키던 개에 대한 기억이 있었어요.

"안전한 곳으로 데려가자." 오로라가 말했어요.

그들은 서둘러 차로 돌아가느라 옷을 잔뜩 껴입고 숲에 숨어 있
던 형체를 보지 못했죠.

그들은 아기를 가장 가까이에 있는 작은 1층짜리 성당으로 데
려갔어요. 목이 굵고 엄한 표정의 수녀는 그들을 보고 놀란 듯했
어요. 그녀는 아기를 받아들더니 기다리라고 했죠. 잠시 후 경찰이
와서 언제 어디서 어떻게 아기를 발견했는지, 그들이 어떤 사람인
지를 꼬치꼬치 물었어요.

"왜 그렇게 자세히 물어보시죠?" 프랭키가 물었어요.

"이틀 전에 성당에 버려졌던 아기니까요. 누가 현관에 버리고
갔어요. 성당에서 잘 키워달라는 메모와 함께요. 그런데 오늘 아
침……."

경찰관은 잠시 멈췄다 덧붙였어요. "사라져버렸죠."

프랭키는 오로라를 쳐다보았어요.

"우린 그 일과 아무런 상관이 없습니다."

"어떻게 된 상황인지 말씀드리는 겁니다."

"우린 우연히 아기를 발견한 거예요."

"맞아요. 숲 속에서 개가 아기를 지키고 있었어요."

아기가 다친 곳이 없었으므로 경찰은 그들의 말을 믿기로 했죠. 집으로 가도 된다고 했어요. 그런데 그날 밤 오로라는 그 아기의 꿈을 꾸었어요. 그녀는 다음 날 프랭키에게 성당에 가보자고 졸랐어요.

"안녕, 아가야." 오로라가 아기 침대로 몸을 숙이고 아기를 얼렀어요.

"그 아기한테는 반응을 기대하시면 안 돼요." 수녀가 말했어요.

"왜죠?"

"좀 이상한 데가 있어요."

"뭐가요?"

"울음소리도 내지 못하고 약간 끙끙거리는 소리밖에 못 내요. 아마 귀머거리일 거예요. 대개는 그런 이유거든요. 가엾게도. 내일 육지로 데려갈 거예요."

오로라는 프랭키를 쳐다보았어요.

"기타를 가져와."

프랭키가 어쿠스틱 기타를 가지고 왔어요. 개방현(줄을 손가락으로 누르지 않은 상태에서 내는 소리-옮긴이)을 연주했지만 아기는 반응이 없었죠.

"노래를 연주해줘." 오로라가 말했어요.

프랭키는 자장가 '쉿, 아가'를 연주했어요.

"노래도 불러." 오로라의 말에 프랭키는 노래도 했어요.

쉿, 아가, 조용히 하렴
아빠가 지빠귀새를 사줄게

아이가 올려다보았어요. 다음 구절은 오로라가 불렀어요.

쉿, 아가, 조용히 하렴
그 새가 노래하지 않으면
엄마가 다이아몬드 반지를 사줄게

그러자 아기가 입을 벌렸어요.
이제 두 어른이 함께 노래했어요.

다이아몬드 반지가 놋쇠로 변하면
엄마가 거울을 사줄게

두 사람은 노래를 멈췄어요. 아기는 고개를 돌리더니 눈을 꽉 감고 울기 시작했어요. 하지만 소리는 거의 나오지 않았죠. 그렇게 작은 생명에서 나오는 소리라고는 숨죽인 듯 작게 끙끙거리는 소리뿐이어서 듣기가 고통스러울 정도였어요.
프랭키가 다시 기타를 연주하기 시작했어요.

그러자 아이는 울음을 멈추었죠.

"보세요. 귀머거리가 아니죠? 들을 수 있어요." 오로라가 수녀에게 말했어요.

그녀는 프랭키에게로 고개를 돌리고는 "이 아기는 당신의 연주를 좋아해"라고 말했죠.

"글쎄……." 프랭키가 웃었어요.

하지만 나는 알았어요. 무슨 일이 일어나고 있는지 정확히 알았어요. 나는 내 아이들의 미래를 전부 볼 수 있으니까요. 두 사람이 의논을 하고 결정을 내려서 입양을 하고 작은 집에 아기 침대가 들어갈 공간을 만들 것을 알 수 있었죠. 프랭키 프레스토를 중심으로 새로운 밴드가 결성된 거예요.

이번에는 가족이라는 밴드였어요.

50

텍사스 청년들의 이야기를 마저 해야겠네요.

프랭키와 오로라는 아기에게 카이라는 이름을 지어주고 사랑, 모래, 바다, 음악과 함께 키웠어요. 의사들은 카이가 선천적인 성대 기형으로 말을 못한다고 했어요. 하지만 청각은 매우 뛰어났고 시력도 마찬가지였죠. 카이는 초롱초롱한 눈으로 집 안에서 프랭키의 움직임을 좇았어요. 프랭키가 기타를 잡고 앉으면 손바닥을 부딪치며 박수를 쳤죠.

카이는 프랭키에게 빨리 회복되고자 하는 의지를 주었어요. 그가 드디어 줄리아니의 곡을 실수 없이 끝까지 연주했을 때도 카이가 옆에 있었죠. (평생 두 번째로) 에이토르 빌라로부스의 에튀드 열두 곡을 마스터했을 때도 함께였어요. 그리고 해변의 축제에서 클레버 엘스가 '아이 원트 투 러브 유'를 불렀을 때도 목마를 타고 함께했죠.

2주일 후 프랭키가 낡은 기타를 메고 오클랜드 시내의 라스트 래프라는 비좁은 스튜디오에 들어갈 때도 카이는 프랭키와 오로라의 손을 잡고 있었어요. 프랭키는 오로라의 권유로 텍사스 청년들이 자신을 가만히 내버려두고 섬을 떠난다는 조건으로 노래를 함께 연주하기로 했어요.

"연주를 한 번 함께한다고 큰일 날 건 없잖아." 오로라가 말했죠.

"난 다른 사람하고 연주할 생각이 없는걸."

"하지만 이젠 때가 됐어."

"때라니?"

"관객을 마누라와 딸 이상으로 넓혀야 할 때."

라일은 너무 들떠서 전날 잠도 설쳤어요. 그는 내일 녹음할 곡의 코드를 적으면서 고민하다가 그나마 가장 상업성이 있어 보이는 록으로 결정했죠.

"죄송해요. 스튜디오가 별로라. 하지만 장비는 괜찮아요. 시간당 15달러밖에 안 하고요." 라일이 프랭키에게 말했어요.

"이름 올리지 마." 프랭키가 말했어요.

"네?"

"내 이름이 올라가는 건 원치 않아. 어디에도 넣지 마."

프랭키 프레스토와 같이 작업했다고 하면 앨범 판매에 도움이 되리라고 생각했던 라일은 실망스러웠어요.

"네, 물론이죠. 원하시는 대로 해드릴게요."

프랭키는 딱딱하게 고개를 끄덕이고는 자리에 앉아 낡은 기타 케이스를 열었어요. 거의 40년 전에 스승이 준 기타 케이스는 여기저기 낡은 데다 공항을 들락거리느라 취급주의 스티커가 다닥 다닥 붙어 있었죠. 베트남에서 생긴 파편 구멍에 테이프도 붙어 있었고요.

기타야말로 가장 든든한 파트너였어요.

프랭키는 정성껏 프렛 보드를 닦고 튜너에 기름칠을 하며 기타를 관리했어요. 장미목 본체에 생긴 몇 군데 흠집은 수리했지만 색이 변했어요. 검은색의 목 부분은 시간의 시련을 잘 견뎌주었죠. 줄도 마찬가지고요. 아래쪽의 네 줄은 여러 번 교체했어요. 하지만 프랭키의 눈은 원래 있던 위쪽의 두 줄, 아직 파란색의 마법으로 타버리지 않은 줄을 향했죠.

스승과의 대화가 기억났어요.

"마에스트로, 줄은 왜 서로 다른 소리를 만드나요?"

"간단하다. 삶과 같기 때문이지."

"이해가 되지 않아요."

"첫 번째 줄은 E. 아이처럼 소리가 높고 빠르다.

두 번째 줄은 B. 살짝 높이가 낮고 십대처럼 삐걱거리는 소리가 나지.

세 번째 줄은 G. 청년처럼 깊고 힘차다.

네 번째는 D. 전성기의 사람처럼 활기차다.

다섯 번째는 A. 탄탄하고 시끄럽지. 하지만 예전에 하던 일을 더 이상 하지 못하는 사람처럼 높은 음색에 이르지는 못한다."

"여섯 번째 줄은요, 스승님?"

"여섯 번째 줄은 낮은 E. 가장 굵고 느리고 심술궂은 소리를 내지. 얼마나 깊으냐고? 덤덤덤. 마치 죽을 준비가 된 것 같지."

"천국과 가장 가깝기 때문인가요?"

"아니다, 프란시스코. 삶은 너를 항상 바닥으로 끌어내리려고 하기 때문이지."

프랭키는 코드를 달라고 했어요. 라일이 꾸물거리다가 종이를 바닥에 떨어뜨렸죠. 프랭키가 집어 들었어요. 그는 종이에 적힌 코드를 보고는 자신의 어쿠스틱 기타를 벽에 기대놓고 일렉 기타인 펜더 스트라토캐스터를 들었어요.

"이걸 써도 되겠어요?" 프랭키가 유리 너머에 서 있는 곱슬머리의 엔지니어에게 물었어요. 엔지니어가 엄지를 치켜 올렸지요.

"좋아, 시작하지." 프랭키가 라일에게 말했어요.

"리허설 안 하셔도 되겠어요? 몇 번 해보면서……."

프랭키는 고개를 저었어요.

"그냥 시작해."

그 노래는 첫 번째 곡인 '왓 더 왓(What the What)?'이었어요. 클럭이 미친 듯한 속도로 드럼을 쳤고 에디의 베이스는 초조하게 쿵쾅거리는 소리를 냈죠. 프랭키의 파트는 심각한 변조로 반복되는 네 개의 코드였고 4박자로 연주하면 되었죠. 내가 보기에는 프랭키의 실력에 비해 지나치게 기본적이었어요. 프랭키는 라일이 새로운 창법을 시도하느라 연주를 다섯 번이나 반복해야 했지만 군말 없이 했어요. 그는 유리 너머로 아내와 딸을 보았어요. 카이는 박자에 맞춰 몸을 앞뒤로 흔들었어요. 오로라는 벽에 부딪히는 것처럼 과장된 몸짓으로 고개를 흔들었죠. 프랭키는 살짝 웃음을 지었어요.

"어떻게 생각하세요, 프레스토 씨?" 녹음이 끝나고 라일이 물었어요.

프랭키는 고개를 끄덕였지만 눈을 마주치지는 않았어요.

"솔직한 의견을 듣고 싶어요."

"솔직한 의견?"

"부탁드려요."

"왜 이 노래를 하는 거지?"

"무슨 말씀이시죠?"

"자네 목소리하고는 어울리지 않아. 자네가 정말로 이 노래를 느끼는 것처럼 들리지 않아."

순간 라일의 얼굴이 붉게 변했어요.

"왜 그렇게 생각하시죠?"

"자넨 이 노래를 다섯 번 불렀지. 매번 창법을 달리해서. 노래에 맞는 음색을 찾지 못했다는 뜻이지. 축제 때 부른 그런 노래를 하지 그래? 그땐 적어도 즐기는 것 같았는데."

잠시 불편한 침묵이 이어졌어요. 라일은 에디와 클럭을 쳐다보앉어요. 그들은 서로에게 밖에 나갔다 오자는 신호를 보냈지요.

프랭키는 숨을 내쉬면서 유리 너머의 오로라와 카이를 쳐다보았죠. 그는 한시라도 빨리 그곳을 떠나고 싶은 마음이었어요.

"선생님 말씀이 맞다는 걸 압니다." 라일이 낮은 목소리로 말했어요. "하지만 전 성공하고 싶어요. 팔릴 것 같은 노래라서 이 곡을 택한 거예요. 사람들은 신나고 강렬한 비트를 원하니까요."

"강렬한 비트?"

"네. 다들 선생님이라고 생각하는 그 솔로 연주처럼요. 저도 그게 선생님이라고 생각했고요. 그런 강렬함이요."

프랭키는 손바닥으로 눈을 문질렀어요. 그리고 한숨을 쉬었죠.

"그건 강렬함이 아니었어. 고통이었지."

라일이 고개를 들었어요.

"그럼 선생님이 맞나요?"

"또 다른 나였어. 그렇게 되면 안 돼."

프랭키는 펜더 스트라토캐스터를 내려놓고 의자에 등을 기대앉았어요.

"내 선생님은 앞을 못 보셨어. 선생님이 화장실에 있을 때 내가 기타를 두드리며 소음을 만들면 '그만두지 못해, 멍청한 꼬마! 흉한 소리를 듣고 싶어 하는 사람은 없어'라고 소리치셨지. 나는 '학교에서는 신이 뭐든 다 듣는대요!'라고 대꾸했어. 그러면 선생님은 '신은 들을지 몰라도 난 아니다'라고 하셨지."

라일은 웃음을 터뜨렸고 프랭키의 얼굴에도 미소가 번졌어요.

"중요한 것은 누구를 위해 연주할지를 결정하는 거야. 나는 선생님이 내 연주가 아름답다고 생각하시길 바랐어. 그래서 소음 대신 음악을 만들었지." 프랭키가 턱을 문질렀어요. "자네가 진정으로 좋아하는 건 뭐지?"

"컨트리나 포크 쪽일 거예요."

"그럼 그걸 해."

"팔리지 않아도요?"

"돈하고 음악은 친구가 아니거든." 프랭키가 빙그레 웃었어요. "그건 내가 잘 알지."

라일은 잠시 생각에 잠겼어요. "재미있네요. 선생님의 스승님이 하신 말씀과 비슷한 내용의 노래를 만든 적이 있거든요. 누군가를 배신한 사람에 관한 내용인데 신은 용서할지라도 나는 용서하지 않을 거라는…… 실제로 신이 용서해도 난 아니라고……."

"멋지군." 프랭키가 말했어요.

"그 노래를 같이 연주해주시겠어요? 지금 바로 코드를 적을게요. 금방 돼요. 해주시겠어요?"

"그럼 친구들하고 미국으로 돌아갈 건가?"

"약속합니다."

"귀찮게도 안 하고?"

"물론이죠. 원하시면 공항에서 잘게요."

프랭키가 고개를 끄덕였어요. "해보지."

라일은 벌떡 일어나 유리문을 열고 나갔어요. 밖에 오로라와 카이가 있었죠. "아, 죄송합니다. 실례해요."

프랭키는 가족에게 안으로 들어오라고 손짓했어요.

그다음에 일어난 일은 매우 중요하면서도(때로는 획기적인 사건과 함께 일어나죠), 전혀 예상하지 못한 것이었어요.

오로라는 프랭키가 젊은 밴드에게 조언을 해주는 것이 기뻤어요. "그 사람들한테는 큰 도움이 될 거야. 좋은 사람들이야."

"당신이 하라고 해서 하는 것뿐이야."

프랭키의 말에 오로라는 미소를 지었어요. "그 이유만으로 충분해."

"이리 와, 카이." 프랭키는 딸을 무릎에 앉혔어요. 오로라는 작은 주스 병의 뚜껑을 열었어요. 카이가 주스를 한 모금 마시고 무릎에서 폴짝 뛰어내렸어요.

"도망가잖아!" 오로라가 말했어요.

그들은 카이가 들떠서 조용히 녹음실 안을 빙빙 도는 모습을 지켜보았어요. 카이는 다시 프랭키 곁으로 돌아와서 전자 기타를 프랭키 쪽으로 들었어요. 얼굴에는 호기심이 가득했죠.

"실력을 보여줘, 프란시스코." 오로라가 말했어요.

"음?"

"손은 좀 어때?"

프랭키가 눈썹을 치켜 올렸어요. "어디 보자."

그는 옆에 있는 앰프에 코드를 꽂고 이펙터(일렉 기타 소리에 효과를 주는 장치-옮긴이)를 시험했어요. 그리고 딸에게로 턱을 들며 이렇게 물었죠.

"카이, 듣고 있니?"

여러분은 모든 것을 기억할 수만 있다면 뭐든 내놓을 건가요? 나에겐 이런 힘이 있어요. 나는 여러분의 기억을 흡수해요. 그래서 음악을 들을 때면 기억이 생생하게 살아나죠. 첫 번째 춤, 결혼식, 중요한 소식을 듣는 순간 흘러나오던 노래. 그 어떤 재능도 여러분의 삶에 사운드트랙을 연주해주지 못해요. 나는 음악이에요. 나는 시간을 표시하죠.

오클랜드에서의 그날, 프랭키는 자신의 기억을 연주했어요. 우선 어린 시절의 노래 '빌리 보이(Billy Boy)'로 연주를 시작해서 재즈 버전으로 속도를 냈죠(피아니스트 레드 갈랜드가 트럼펫 연주자 마일스 데이비스와 함께 연주했던 버전이죠). 그는 쉽게 연주했고 놀랍게도 고통이 없었어요. 그는 2분 동안 즉흥 연주를 하다가 손목을 재빠르게 꺾으며 연주를 끝냈죠. 카이는 손뼉을 쳤어요. 카이의 얼굴에는 무언의 기쁨이 가득했죠.

"더 할까?"

카이가 고개를 끄덕이자 프랭키는 엘 마에스트로와 함께 축음기로 들었던 '티 포 투(Tea for Two)'와 '티스켓 태스켓'을 연주했어요. 두 곡 모두 처음에는 단순하게 시작했다가 점점 한계까지 몰아붙여서 아름다운 선율을 만들어냈어요. 오로라는 웃음을 찾으려고 애썼죠. 입이 있다면 나도 그랬을 거예요. 프랭키는 정말로 오랜만에 다시 자유롭게 기타를 연주했어요. 예전 못지않게 빠르지만 더 훌륭하고 풍부했죠. 왜냐하면 이제 그의 음악은 더욱 열정적으로 생각하고 더 신중하게 음을 선택했으니까요. 마치 위대한 화가가 한 가지 색깔이 아니라 완벽한 색조를 선택하는 것처럼요.

그는 밥 딜런의 '올 얼롱 더 워치타워(All Along the Watchtower)'와 킹크스의 '유 리얼리 갓 미(You Really Got Me)' 등 여러 록 음악의 일부를 속도를 조절해가며 연주했죠. 마치 자신이 드럼이고 베이스이고 기타인 것처럼 연주했어요. 프랭키가 일렉 기타 연주를 마치자 카이가 어쿠스틱 기타를 들었어요. 이제는 프랭키의 어린 시절과 카이의 어린 시절을 이어주는 기타이기도 하죠.

"이제 그걸로 칠까?"

카이는 고개를 끄덕였어요.

"파를레 무아 다무르." 오로라가 말했어요.

"그거?"

오로라가 고개를 끄덕였어요.

"파를레 무아 다무르." 오로라가 말했어요.

프랭키는 혼을 담아 연주하면서 콧노래를 흥얼거렸어요. 그는 장고 라인하르트의 '뉘아주(Nuages, 구름)'도 연주했고(클리블랜드의 호텔 방에서 그 집시 기타리스트가 연주했던 곡이었죠), 루이지애나에서 배운 블루스도 두 곡 연주했어요. 그리고 (언젠가 그가 해변에서 연주한 적이 있는) 슈만의 '트로이메라이'와 트레몰로가 들어간 타레가의 '알함브라 궁전의 추억'도 연주했어요. 한때 '황금 손가락을 가진 사나이'로 불린 브라질의 기타리스트 가로토의 어려운 곡까지 했죠.

곡들이 매끄럽게 서로 이어지면서 프랭키의 연주는 마치 햇빛이 번지듯이 활짝 퍼지는 느낌이었어요. 딸의 얼굴은 그 어떤 관객보다도 그에게 영감을 주었고 그는 사이사이 오로라와 농담과 웃음을 나누었죠. 그는 이렇게 가족을 위해 자신의 인생이라는 음악을 연주했어요. 새로운 명암과 해법, 9번 플랫과 길게 늘어진 4번, 한 번도 시도해본 적이 없는 전위 코드까지 짚어가면서. 나는 그의 혈관을 타고 흘러가 열정적이고 민첩하고 독창적인 그의 손가락에서 분출되는 느낌이었지요.

정말로 즐거웠어요.

그는 자신이 사랑하는 노래로 끝맺었어요. 다른 히트곡은 내지 못한 떠돌이 작곡가가 쓴 가슴 아플 정도로 아름다운 '네이처 보이(Nature Boy)'였죠. 어린 시절의 프랭키와 비슷하게 마법에 걸린 소년이 비밀을 간직한 채 세계를 여행하는 이야기예요. 마지막 가사 두 줄은 그날 오후 프랭키가 노래한 유일한 가사였어요. 그는 자신을 절망에서 구해준 두 사람의 눈을 감사한 마음으로 들여다보며 그 가사를 불렀죠.

당신이 배우게 될 가장 중요한 것은
그냥 사랑하고 또 사랑받으라는 것

프랭키는 천천히 마지막 코드인 D단조를 치면서 6번과 9번 그리고 기타 넥의 가장 높고 날카로운 11번 음을 더했고 장난치듯 눈을 부릅뜨며 딸에게 다가갔지요. 카이는 정말 즐거워하면서 재빨리 몸을 움직이다가 프렛을 살짝 쳤어요.

"조심." 프랭키가 웃으며 속삭였어요. "마법의 기타줄이거든."

유리 너머의 통제실에서 이 광경을 지켜보던 곱슬머리 엔지니어가 재빨리 종이에 그 말을 휘갈겨 썼어요. 마법의 기타줄. 초보 기타리스트인 그는 내내 그곳에서 혼자 듣고 있었어요. 그는 스피커를 통해 흘러나오는 음악에 거의 몸이 얼어버릴 정도였죠. 그는 주요 녹음기에 걸린 2인치 테이프를 쳐다보며 안도의 한숨을 내쉬었어요.

계속 돌아가고 있었거든요.

모든 연주가 그대로 녹음되었어요.

"준비됐습니다." 라일이 통제실로 뛰어 들어왔어요. 에디와 클릭이 뒤를 따랐죠.

"새 테이프로요?" 엔지니어가 물었어요.

"네. 전부 새로 해주세요. 처음부터 다시 할 거예요." 에디가 말했어요.

"원래 테이프는 어쩌고요?"

"그건 필요 없어요."

엔지니어가 고개를 끄덕였어요. "알겠어요."

그는 테이프를 다시 감아 박스에 넣고 마커를 집어 들었어요.

"이봐요." 엔지니어가 운동화 끈을 묶는 클럭을 불렀어요.

"저기 기타 연주하는 사람 이름이 뭐죠?"

클럭이 짓궂게 웃으며 좌우를 살피면서 말했어요.

"프랭키 프레스토예요. 어디 가서 말하시면 안 돼요."

"그럴 일은 없죠. 처음 들어보는 이름인데."

클럭은 얼굴을 찡그리며 스튜디오로 들어갔어요. 엔지니어는 상자 옆면에 '프랭키 프레스토의 마법의 기타줄'이라고 적고 선반에 올려놓았죠.

51

최초의 녹음은 19세기 중반에 처음 등장했어요. 원통에 대고 소리를 내면 바늘이 움직이면서 검댕을 묻힌 종이에 선이 새겨지는 원리였죠.

20년 후에 토머스 에디슨이 축음기를 발명했어요. 그 후로 셸락 원반에서 바이닐 음반, 자기 테이프, 데이터 부호화 디스크에 이르기까지 나, 음악을 온갖 매체로 잡아두는 것이 가능해졌죠. 나는 판단을 하지 않아요.

나는 하나의 재능이에요. 나는 그림이 캔버스에 신경을 쓰지 않는 것만큼이나 녹음 형식에 신경을 쓰지 않아요. 하지만 음반이 내 제자들에게 어떤 영향을 끼쳤는가에는 관심이 있죠. 클레버 옐스가 그날 오클랜드에서 녹음한 노래는 그들이 추구했던 록 버전보다 훨씬 만족스러웠죠.

라일의 독특한 보컬에도 잘 맞았고요. 울림이 깊고 애처로운 듯한 그의 목소리는 음악에 갈망을 담았죠. '갓 윌(God Will)'이라는 제목의 그 노래는 몇 년 후 라일 로벳이라는 젊은 가수의 데뷔 앨범에 수록되었어요.

로벳 씨는 자신을 프랭키에게로 데려가준 뉴질랜드인의 말을 절대 잊지 않았고 ('우정의 첫 번째 법칙은 비밀을 지키는 것') 현재 성공한 가수로 활동하고 있으며 프랭키의 소재나 우드스탁에서의 기타 솔로 연주에 대해서는 절대로 말하지 않았어요.

2인치 테이프가 담긴 박스는 여전히 곱슬머리 엔지니어가 보관하고 있다가 누군가 약간의 돈을 준다고 하자 곧바로 넘겼어요. 그는 그 돈으로 새 믹싱 보드를 구입했죠.

머지않아 표지가 하얀색인 바이닐 앨범의 복제판이 남태평양 여기저기에 등장하기 시작했어요. 뮤지션이나 비뮤지션이나 이 앨범을 비밀스럽게 구입해서 듣고는 모두들 감탄했죠. 뒤표지에 나온 앨범의 타이틀은 간단했어요. '프랭키 프레스토의 마법의 기타줄'.

하지만 그때쯤 프랭키와 오로라는 와이헤케 섬을 떠났어요. 카이의 여덟 번째 생일이 얼마 지나지 않았을 때였죠. 어느 날 갑자기 카이가 잠에서 깨자마자 갈라진 목소리로 오로라에게 "아빠, 어디 있어?"라고 물은 거예요. 의사들은 카이가 갑자기 말을 시작한 영문을 모른 채 '선택적 무언증'이니 숨어 있던 폐 문제니 신경학적 문제라는 말을 지껄여대면서 아이가 기적적인 회복이 이루어질 징후를 드러내지 못했다고만 말했어요.

프랭키와 오로라에게 중요한 것은 이제 딸이 질문을 한다는 것이었죠. 아이의 세계가 넓어지면서 그들의 삶도 곡에 현악기와 관

악기를 더한 것처럼 더욱 풍부해지고 복잡해졌어요. "옷 좀 챙겨."
어느 날 밤 오로라가 말했어요.

"어디 가?" 프랭키가 물었죠.

"카이를 데리고 당분간 이 섬을 떠나야겠어."

"왜?"

"오늘 카이가 나하고 당신이 어디에서 태어났는지 묻는 거야. 이젠 알려줄 때가 됐어."

다음 날 아침 그들은 여행가방을 들고 여객선에 올랐어요. 프랭키 프레스토의 가족 밴드에 속한 세 사람은 자신들을 재발견하기 위한 여행을 떠났어요. 눈에 보이지 않는 네 번째 멤버가 15미터 쯤 뒤를 따라오면서 그 모두를 지켜보고 있었죠.

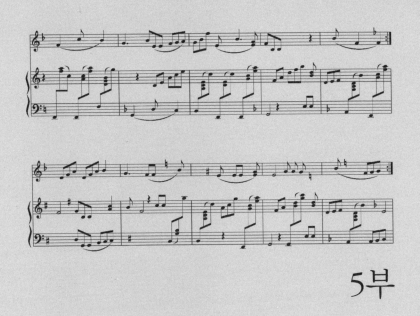

5부

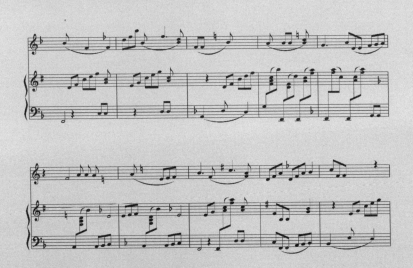

폴 스탠리

기타리스트 겸 가수, 키스 원년 멤버

좋아요. 프랭키에 대해 말해주죠……. 알다시피 그는 키스의 오디션을 본 적이 있어요.

진짜요. 그러니까…… 그게…… 1984년? 로스앤젤레스에서요. 우리는 비니 빈센트를 대신할 리드 기타리스트를 찾고 있었죠.

키스는 항상 오디션으로 멤버를 뽑았어요. 사람들을 스튜디오로 불러서 우리 노래 중에 한두 곡을 연주하게 하죠. 그러면 음악적 재능을 단번에 알 수 있으니까요. 하지만 외모도 봐야 했어요. 우리 그룹에 들어오려면 비주얼도 중요했거든요. 외모가 괜찮으면 그 사람에 대해 알아봤죠. 새로운 인물을 밴드에 넣는 건 데이트에서 결혼으로 발전하는 것과 비슷하거든요.

특히 우리 같은 그룹에서는 말입니다.

아무튼 빨리 이 일을 끝내야 했어요. 그래서 우리는 그날에만 세 명의 기타리스트를 불렀어요. 앞의 두 명도 상당히 잘했어요. 그러고 나서 마지막 후보가 들어왔어요. 그는 나이가 들어 보였어요. 어느 에이전시 혹은 누가 그를 보냈는지 기억이 나지 않지만 그는 스키 모자를 쓰고 기타 케이스를 들고 나타났어요. 그는 기타 케이스를 열지도 않더군요. 그러고는 자리에 앉더니 스튜디오에 놓여 있던 기타를 한두 개 살핀 다음 몸체가 작은 다이아몬드 형태인 일본산 전자 기타 리버헤드를 집어 들었어요.

"이걸로 연주해도 될까요?"

그래서 우리는 이렇게 대답했죠.

"당신 것은 어쩌고요?"

그는 이렇게 대답하더군요.

"아, 제 건 낡은 어쿠스틱 기타예요."

난 생각대로 말했소.

"지금 장난해요? 키스 오디션에 그런 걸 가져오다니? 그냥 돌아가주세요."

그는 스키 모자를 벗더니 머리를 뒤로 젖혔죠. 난 그 얼굴을 보고 의자에 몸을 기대며 탄식했어요.

"제기랄."

그러자 진 시몬즈가 묻더군요.

"뭐라고 했어?"

난 대답했어요.

"프랭키 프레스토잖아!"

지금에야 말하지만 뉴욕 아이들에게 프랭키 프레스토는 아주 핫한 인물이었습니다. 저는 디온과 벨몬츠, 바비 리델, 지미 클랜튼과 같은 목소리를 좋아했어요. 그들은 다 노래를 잘했죠. 하지만 프랭키는 노래도 하고 연주도 하고 옷도 잘 입고 춤도 잘 췄어요. 전 그가 〈아메리칸 밴드스탠드〉 쇼에 나오는 것을 텔레비전으로 봤어요. 그는 마이크 스탠드를 옆으로 넘겼다가 다시 발로 세우는 춤을 보여줬어요. 조 텍스도 그 안무로 유명했어요. 아주 멋졌죠.

'아이 원트 투 러브 유'가 나왔을 당시 난 여덟 살쯤 되었고 그게 내가 처음으로 구입한 음반이었어요. 난 음반이 너덜너덜해지도록 듣고 또 들었어요. 1~2년 뒤에 '셰이크, 셰이크'가 히트를 쳤을 때는 부모님에게 프랭키가 나오는 로큰롤 쇼에 데려다달라고 졸랐어요. 브루클린에 있는 폭스 극장에서 그 쇼가 열렸거든요. 그는 노래는 많이 부르지 않았지만 기타 연주를 했고 정말 죽여줬어요. 그의 솔로 무대가 아직도 기억이 납니다. 기타를 연주하는 손가락이 보이지 않을 만큼 빨랐고 마지막에는 네 개의 줄을 크게 하나씩 쳐서 쾅, 쾅, 쾅, 쾅 하고 울리게 했어요. 그 소리가 극장을 가득 채웠죠. 마치 예수의 산상수훈 같았어요. 지금까지도 연주를 하지만 하나의 줄에서 나온 소리가 그렇게 폭발하듯 건물을 가득 채우는 경험은 하지 못했어요.

아무튼 다른 키스 멤버들은 프랭키가 오디션을 보기를 원하지 않았죠.

"저 사람은 너무 늙었잖아."

그들은 이렇게 말했어요. 하지만 전 대꾸했어요.

"한 번 기회를 주자. 그는 살아 있는 전설이잖아."

강인한 광대와 멋진 머릿결……. 그는 여전히 잘생겼더군요. 난 아직 그가 먹힐 거라고 생각했어요.

우리는 예전 곡 중에 '크리에이처스 오브 더 나이트(Creatures of the Night)'를 들려주고 솔로로 연주해보라고 했습니다. 거짓말이 아니고 프랭키는 솔로의 모든 음계를 다 맞히더군요. 어떻게 그런 것인지는 몰라요. 프랭키는 한 번밖에 듣지 않았어요. 하지만 모든 음을 제대로 소리 냈고 와미 바도 완벽하게 활용해서 마치 곡을 다 꿰뚫고 있는 것 같았어요.

그래서 내가 말했죠.

"좋아요, 이번에는 자유곡을 연주해보세요."

그러자 프랭키는 더 멋진 솔로곡을 연주했어요. 제가 가장 감명 받은 부분은 그가 자신의 빠른 연주 실력을 자랑하지 않았다는 거예요. 얼마나 손이 빠른지는 한두 개의 릭으로 충분히 증명해 보였어요. 그러면서도 멋진 음악을 만들었죠. 그가 연주를 하면 솔로 부분을 거의 따라 부를 수 있을 정도니까.

그의 연주 실력 덕분에 우리는 더 이상 들을 필요도 없었습니다. 하지만 나이가 여전히 문제였어요. 그래서 어떻게 됐을 것 같아요? 진은 그날 저녁 바빠서 제가 프랭키를 저녁식사에 초대했어요. 사실 그의 전성기에 대해 물어보고 싶었거든요.

우리는 산타모니카에 있는 작은 햄버거가게로 갔고 난 60년대에 그의 팬이었다고 고백했어요. 그는 그런 삶이 자신의 삶이 아니었던 것처럼 부끄러워했죠. 그러고는 한동안 무대에 서지 않았고 오랫동안 음반 작업도 하지 않았다고 말했어요. 난 물었습니다.

"그런 이유에서 키스 멤버가 되고 싶은 건가요?"

그러자 프랭키가 당황한 듯 고개를 숙이며 말했어요.

"아니요. 솔직히 말하면 내 딸이 여러분을 좋아해요."

그래서 제가 물었어요.

"따님이 몇 살인가요?"

그가 말했어요.

"여덟 살이에요. 여러분의 의상과 화장법을 좋아해요. 그리고 내가 무대에 오른 모습을 한 번도 보지 못했어요. 그래서 딸아이가 좋아하는 밴드에 들어가면 그 애에게 좋은 추억이 되겠다고 생각했죠."

그래서 제가 물었죠.

"지금 농담하는 건가요?"

그러자 프랭키가 미소를 짓더니 나이가 들수록 자식이 자신에 대해 더 알아주길 바라게 된다고 말하더군요.

저는 키스 멤버가 되고 싶어 하는 사람들의 수만 가지 이유를 들어보았지만 그런 대답은 처음이었어요. 어떻게 반응해야 할지 당황스러웠어요. 그래서 그냥 이렇게 말했습니다.

"아시겠지만 프랭키 씨, 우리는 더 이상 화장은 하지 않아요."

그러자 그는 딸아이가 크게 실망하겠다는 듯이 놀란 표정을 지었어요.

"왜죠?"

그가 물어보더군요.

"어떤 사람들은 우리가 화장을 하는 것이 장난스럽다고 생각하거든요."

"리틀 리처드도 화장을 했어요."

그가 말했어요.

"지미 헨드릭스도 화장을 했어요. 데이비드 보위도 마찬가지고."

난 이렇게 물었어요.

"그분들과 다 연주를 해보셨나요?"

그러자 프랭키가 그들 모두와 연주를 했었다고 대답했죠.

믿을 수가 없었어요. 로큰롤의 산증인과 이야기를 나누는 것 같았거든요. 마침내 내가 물어봤어요.

"그동안 어디 계셨습니까?"

그러자 그가 대답했어요.

"섬에."

난 프랭키가 농담을 한다고 생각했지만 그는 진지했습니다. 그래서 이렇게 물었어요.

"오디션을 보려고 섬에서 나오신 건가요?"

그는 가족과 함께 유럽으로 가는 긴 여행길에 올랐다고 했어요. 로스앤젤레스에 사는 지인이 그에게 오디션에 대해 말해줬다더군요. 그는 나를 쳐다보며 물었어요.

"이제 정말로 화장을 안 해요?"

솔직히 난 그가 밴드에 들어오길 바랐어요. 살아 있는 전설을 키스 멤버로 영입하면 근사하잖아요. 하지만 결국에는 분명 잘되지 않았겠죠. 그가 가고 싶은 데로 떠나고 나면 우리는 프랭키보다 스무 살이나 어린 멤버와도 함께해야 했을 테니까요. 그런 거죠. 그런데 몇 주 뒤에 그에게서 오디션을 보게 해줘서 고맙다며 잘 지내라는 편지가 왔어요. 로큰롤 세계에서 이런 일이 얼마나 벌어질 것 같아요? 절대 일어나지 않아요.

편지 끝에 그의 딸이 크레파스로 글을 적었더군요. '키스 사랑해요!'라고.

우스운 일이죠. 1999년에 난 토론토에서 〈오페라의 유령〉의 주인공을 맡을 기회가 있었어요. 그런 일은 해본 적이 없었어요. 하지만 하겠다고 했어요. 그런 결정에는 당시 다섯 살이던 아들이 결정적인 역할을 했죠. 난 이렇게 생각했거든요. '아들이 봐주었으면 좋겠다.'

그때 프랭키가 했던 말이 생각났어요. 그의 말이 맞았어요. 어느 시점이 되면 삶은 자녀들에게 남겨줄 유산이 되더군요.

52

날 따라오세요.

계단을 올라오세요.

강단 아래의 좌석들이 채워지고 신부님은 조문객을 맞고 있군요. 장례 미사가 곧 진행되겠네요. 우리의 이야기를 빨리 끝내야겠어요. 그렇지만 먼저 이 예배당과 관련된 이야기부터 끝내야 해요.

여기 텅 빈 방을 들여다보세요. 콘크리트 바닥과 벽이 보이나요? 이곳이 프랭키가 태어난 곳이에요. 또한 약 400년 전에 파스쿠알 바이런이라는 남자가 죽은 곳이기도 해요. 교육을 받지 못한 가난한 스페인 수도사인 바이런은 하느님에게 바친 헌신으로 작은 기적을 만들었고 나중에 성인이 되었어요. 장례식 때는 그가 성체성사를 보기 위해 눈을 떴다는 이야기도 전해지고 있어요.

수 세기 동안 그의 시신은 이 성당에 묻혀 있다가 불에 타서 재가 되었죠. 바로 그날 프랭키의 어머니인 카르멘시타가 이곳에서 출산을 하다가 목숨을 잃었어요. 그녀는 아들이 파스쿠알의 보살핌을 받기 바라며 프란시스코 데 아시스 파스쿠알 프레스토라는 이름을 지어줬어요.

하지만 아들은 이미 보살핌을 받고 있었어요.

그날 밤에 더 많은 사람이 죽지 않은 이유가 있었어요. 침입자들이 쳐들어왔을 때 성당이 거의 비어 있었던 이유가 있었죠. 그보다 몇 시간 전에 성 파스쿠알이 마지막 기적을 행했어요. 죽은 자의 세상에서 말이에요.

그가 신도들이 도망가도록 신호를 주었던 거예요.

자신의 무덤 속에서 박수를 치면서 말이에요.

신도들은 그 소리를 분명히 들었어요.

짝. 짝. 짝.

그들은 놀라서 도망을 쳤어요.

경고의 음악이었으니까요.

프랭키가 스페인으로 돌아왔을 때도 그 소리가 다시 났을 거예요.

"마에스트로, 오늘 강에 가보면 안 될까요?"

"왜 그래야 하지?"

"아빠가 거기서 파스토레의 동상을 보았어요. 작은 양치기 소년 말이에요."

"이미 봤구나. 그럼 다시 갈 필요가 없지."

"그 동상에 관한 이야기를 아세요, 마에스트로?"

"비야레알 사람은 모두 알지."

"그게 사실이에요?"

"기타를 잡아."

"어린 양치기 소년이 동굴에서 음악 소리를 들었다면서요?"

"기타를 잡으라니까……."

"그리고 동굴 속에서 축복받은 성모마리아 상을 발견했고요."

"프란시스코……."

"그가 동상을 시내로 가지고 왔다면서요?"

"바보 같으니라고……."

"그리고 다음 날 없어졌죠?"

"그만……."

"사람들이 동굴에 갔더니 음악 소리가 들렸고 성모 상이 있었던 거죠?"

"그만하라니까! 동굴에서 음악이 나오니?"

"아뇨, 마에스트로."

"그래, 그렇지 않아. 음악은 연습에서 나오는 거야. 그런데도 너는 지금 연습을 전혀 안 하고 있잖아."

"그러면 그 이야기는 거짓말이에요?"

"진실을 알려주지. 성모마리아가 자신의 음악과 함께 동굴에 머물고 싶어 하는데 양치기 소년이 굳이 성모 상을 꺼내야 했을까?"

"마에스트로의 말씀이 맞아요."

"지난 일에 미련을 두지 마라. 현재에 충실한 삶을 살아. 알겠니?"

"네, 마에스트로."

"자, 이제 연주를 시작하자. 난 점점 늙어가고 있어."

가족들은 공항에서 나와 밝은 햇살 아래로 들어섰어요. 프랭키는 눈이 따가웠어요. 그는 선글라스를 쓰고 해안가로 차를 몰면서 창밖을 쳐다보았어요. 그러고는 자신이 조국의 색을 잊고 있었다는 사실을 깨달았어요. 파스텔 색상의 집들, 오렌지 과수원들, 푸른 지중해 바다와 대비되는 눈 덮인 봉우리. 바파 루비오(프랭키는 결코 그의 거짓말을 용서하지 않았어요)에 대한 기억을 포함해서 그가 잊지 않고 여전히 가슴속에 묻어두었던 것들.

다시 돌아오자는 것은 오로라의 생각이었어요. 그들은 이미 캘리포니아, 뉴올리언스, 런던을 방문했어요. 오로라는 몇 년 만에 엄마를 만났지요. 모두가 기다란 나무 테이블에 둘러앉아 로스트비프와 양배추로 함께 저녁식사를 했고 오로라는 그들이 자식이라고 부르는 외국 아이를 빤히 쳐다보는 엄마의 시선을 묵묵히 견뎠어요.

"내가 그런 일을 견뎠다면."

오로라가 그날 저녁 프랭키에게 말했어요.

"당신도 스페인을 견뎌낼 수 있겠지."

"그런 문제가 아니야."

"당신 아버지가 살아 있다고 생각해?"

"내 아버지가 아니야."

"그럼 만나지 않을 거야?"

"그는 이 세상 사람이 아니야."

"만일 살아 계시면? 이야기를 해보지 않을 거야?"

"무슨 얘기?"

"당신이 살아온 이야기를 해야지. 아내와 자식이 있다고 말해.
그리고 고맙다고도."

"거짓말쟁이에게 감사할 필요는 없어."

"프란시스코……."

"가고 싶지 않아."

"우린 가고 있잖아."

"이게 왜 그렇게 카이한테 중요한 일이지?"

"카이 때문만은 아니야."

"가기 싫어."

오로라가 남편의 손을 잡았어요.

"그 말은 이미 했잖아."

그가 혼자였다면 결코 이 여행을 하지 않았을 거예요. 하지만
아내에게 한 손을, 딸에게 다른 손을 붙들린 채 그는 이 정열의 나
라로 되돌아온 거예요.

모든 비밀을 간직하고 있는 이곳으로.

1940년대 이후 스페인의 삶은 크게 달라졌어요. 독재자 프랑코

가 사망하자 그가 오랫동안 짓누르던 조국이 천천히 살아나기 시작했어요. 프랭키는 비야레알을 거의 알아볼 수도 없었어요. 도로는 포장되어 있었고 말과 자전거가 다니던 길은 차로 가득 찼어요. 지금은 운동 경기장이 생겼고, 마요르 거리를 따라 커다란 병원과 상점도 들어섰어요.

프랭키는 가족과 함께 분주한 광장과 버드나무 정원을 지나 배수로를 따라 걸었어요(프랭키가 강에 던져졌던 것처럼 프란시스코 타레가도 그 배수로에 던져진 적이 있었죠). 그는 바파 루비오에 대해 아무 말도 하지 않았고 옆에서 나란히 걷는 오로라도 조용했어요. 오로라의 침묵이 그를 재촉하는 것이 느껴졌어요.

결국 프랭키의 마음을 바꾼 것은 어린 카이였어요. 그들은 공원으로 가서 수십 년 전에 운행을 멈춘 낡은 증기기관차인 라 판데로라를 봤어요. 차양 아래로 엔진과 대합실만 덩그러니 남아 있었죠.

"어린 시절 우리는 이 열차를 쫓아가곤 했단다."

프랭키가 카이에게 말했어요.

"우리가 누구예요?"

"아이들이지."

"왜 쫓아가요?"

"재미있었거든."

"선로에 넘어졌는데 기차가 오면 어떡해요?"

"그런 일은 없단다."

"이렇게 달리면요?"

카이가 낡은 기차 앞으로 쏜살같이 뛰어갔어요.

"그리고 넘어지면요, 아!"

카이는 웃으면서 몸을 숙였고 프랭키는 아이를 높이 들어 올렸어요.

"그러면 우리 아빠가 마지막에 나타나 날 구해주실 거야!"

그가 큰 소리로 말했어요.

카이를 내려놓은 프랭키는 오로라가 눈썹을 치켜 올린 채 자신을 쳐다본다는 것을 알아차렸어요. 그는 한숨을 쉬었지요.

"카이, 이리 와."

그가 말했어요.

"아빠가 자란 곳을 보여줄게."

칼바리오 가의 그 주택은 레몬색으로 칠해졌고 창문은 새것이었어요. 하지만 아래쪽 문짝은 아직도 수레가 드나들도록 둘로 나뉘어 있었지요. 그것만 빼면 이곳은 다른 집들처럼 현대적으로 보였어요.

"여기야."

프랭키가 말했어요.

"저 집에 살았어요, 아빠?"

"어릴 때."

"또 누가 같이 살았어요?"

"날 돌봐준 아저씨와 개가 있었지."

"아빠의 부모님은요?"

"하늘나라에 계셨지."

그는 오로라에게 손바닥을 보여주면서 마치 이렇게 말하는 것 같았어요.

"이제 됐지? 그만 갈까?"

하지만 어린 카이가 쪼르르 달려가 문을 두드렸어요.

"카이, 왜 그랬어?"

프랭키가 아이의 팔을 잡으며 소리쳤어요.

"그만둬."

오로라가 말했어요.

"호기심에 그런 거야."

그 순간 문이 열렸어요. 어깨에 숄을 걸친 자그마한 여인이 빠끔히 얼굴을 내밀었어요.

"무슨 일이시죠?"

프랭키가 몸을 세우고 스페인어로 말했어요.

"정말 죄송합니다, 부인. 귀찮게 해드릴 생각은 없었습니다. 제 딸이……."

"영어를 할 줄 아세요?"

오로라가 끼어들었어요.

"조금요."

여인이 대답했어요.

"그러실 필요는 없어요."

프랭키가 말했어요.

"제 남편이 어릴 때 이 집에 살았어요. 바로 이 집. 그러니까 부인의 집에서요."

"네?"

여인이 프랭키를 쳐다보았어요.

"아."

그녀가 미소를 지으며 덧붙였어요.

"당신을 본 적이 있어요."

"어디서요?"

오로라가 물었어요.

여인이 잠시 기다리라는 듯 손가락을 들어 보였어요. 그러고는 문을 열어둔 채 집 안으로 사라졌다가 커다란 상자를 질질 끌며 나타났어요.

"들어오세요,"

그녀가 말했어요.

세 사람은 집 안으로 들어섰어요. 프랭키가 가장 마지막으로요. 그의 심장이 빠르게 뛰기 시작했어요. 그는 자신의 감상을 불러일으킬 뭔가가 있을 거라고 생각하며 주위를 둘러보았어요. 하지만 모든 것이 달랐어요. 그림, 사진, 가구 모두요. 방은 그저 방이고 악기도 그냥 악기에 불과했죠. 자신의 것으로 느껴지는 것은 없었어요.

"이것 좀 보세요."

여인이 말했어요. 그녀는 상자를 덮고 있던 얇은 담요를 들추고는 낡은 음반을 꺼냈어요.

"당신 맞죠?"

스페인으로 수입된 프랭키의 첫 번째 앨범 재킷이었어요.

"아빠, 이것 좀 보세요!"

카이가 놀라면서 레코드를 집어 들었어요. 하지만 프랭키의 시선은 이미 상자 속의 다른 물건들로 향해 있었어요. 낡은 라디오와 개의 목줄 그리고 그의 브라기냐.

"당신 기타야?"

오로라가 작은 목소리로 물었어요.

"어디서 났어요?"

프랭키가 여인에게 물었어요.

"어떤 남자가 가져왔어요. 오래전에요. 그리고 가족이 올지 모른다면서 집에 보관해두라고 했어요. 하지만 아무도 오지 않았어요."

"어떤 남자인가요?"

여인은 손가락을 이러저리 움직이며 영어로 적당한 말을 찾다가 이내 포기했어요.

"엘 옴브레 델 세멘테리오."

"무슨 말이야?"

오로라가 물었어요.

"묘지에서 일하는 남자라는 뜻이야."

프랭키가 대답했어요.

오랫동안 음악은 죽음의 의식에서 그 역할을 해왔어요. 위령 미사, 찬송가, 진혼나팔. 나는 슬퍼할 수 없어요. 하지만 여러분은 나를 통해 슬퍼하죠. 여러분의 가장 열정적인 곡들은 상실에 영감을 받은 것이 많아요.

바파 루비오를 위한 장송곡은 조금 늦게 도착했어요. 시립 묘지를 배회하며 이름을 찾는 그의 양아들 프란시스코가 바로 장송곡이었죠. 묘지는 어린 프랭키가 결코 가본 적이 없는 곳이었어요. 그가 어렸을 때는 독재자 프랑코가 시민들을 강제로 끌어다가 묘지의 외벽에 세운 다음 총으로 쏘아 죽였어요. 많은 사람들이 음악적 재능을 가지고 있었지만 노래도 불러보지 못한 채로 땅에 묻혔어요. 그들의 뼈는 이름 없는 무덤을 채웠고 벽에 생긴 총알 구멍만이 그들의 유일한 표식이었죠.

바파는 아들이 그런 곳에 가지 못하게 했어요. 하지만 지금 프랭키는 4층 높이의 지하 납골당에서 바파의 이름을 찾고 있어요. 어떤 관은 예수나 성모마리아의 그림이 그려져 있고 싱싱한 생화로 장식한 관도 있어요. 그는 루비오에 관한 어떤 기록도 찾지 못했어요. 그리고 누가 프랭키의 물건을 칼바리오 거리에 있는 집에 가져다주었는지 기억하는 사람도 없었어요. 세월이 너무 많이 흘렀으니까요. 모든 단서가 사라졌어요. 아들은 아버지가 있을 만한 곳을 다시 배회했어요.

오로라와 카이는 프랭키가 마음껏 아버지를 찾도록 밖에서 기다렸어요. 그가 들어갈 때와 마찬가지로 빈손으로 나왔을 때 가족들은 햇살 아래 벤치에 앉아 있었어요. 카이의 손에 들린 그의 오래전 음반이 햇빛에 반짝였어요. 그는 바파가 처음 그 음반을 보고 무슨 생각을 했을지 상상해보았어요. 레코드가게에서 발견했을까? 누가 가져다주었을까? 프랭키의 이름이 바뀐 이유를 궁금해 했을까? 왜 그는 한 번도 연락을 하지 않았을까? 바파가 음반을 들었을까? 한때 자기 정원에서 노래를 부르던 소년의 목소리가 말끔하게 다듬어져 있는 것을 알았을까?

프랭키는 이런 생각에 머리가 어지러워져 묘지 벽에 등을 기댔어요. 등이 벽에 닿으니 갑자기 끔찍한 기억이 밀려들어 마치 총알구멍이 그의 영혼 속으로 수많은 침묵의 이야기를 털어놓는 것처럼 느껴졌어요. 그중 하나가 바파에 대한 것임을 그는 감지했어요.

프랭키는 몸서리를 치면서 몸을 폈어요.

"프란시스코?"

오로라가 그를 쳐다보았어요.

"당신 괜찮아?"

그는 휘청휘청 걸어가 아내를 껴안은 채로 가만히 있었어요. 그는 카이가 사랑스러운 표정으로 자신을 올려다보며 입에 낡은 음반을 대는 모습을 지켜보았어요. 그 순간 이 어린 소녀에게 자신의 살과 피는 담겨 있지 않지만, 그 애가 쳐다보는 모습이 한때 자신이 눈을 크게 뜨고 믿음과 애정과 안정감을 담아 바파 루비오를 쳐다보던 모습과 같다는 것을 깨달았어요. 또한 정어리 통조림을 만들던 뚱뚱한 남자가 아니었다면 자신이 결코 음악을 들어보지도, 기타를 배우지도, 털 없는 개를 알지도, 숲에서 오로라를 만나지도 못했을 거라는 사실을 깨달았어요. 그리고 그런 일이 결코 일어나지 않았다면 지금 이 어린 소녀가 태양 아래 눈을 찡그린 채 자신의 음반을 손에 쥐고 있는 일도 없었을 거라는 사실을 깨달았어요.

프랭키는 눈을 비비고 가족과 함께 근처의 분수대로 향했어요. 그리고 자리에 앉았어요.

그는 자신의 아버지에 대해 모두 털어놓았어요.

53

그들이 그날 모두 떠났다면 우리의 이야기는 달라졌을 거예요. 여러분 역시 어느 장소를 하루 일찍 떠났다면 삶의 풍경이 달라졌겠지요. 여러분은 여러분에게 주어진 음을 연주하지 않을 수가 없어요. 그런 점에서 시간도 음악처럼 잊히지 않죠.

그들은 영국으로 향할 예정이었어요. 프랭키, 오로라, 카이는 그곳에서 오로라의 언니를 만난 다음 다시 뉴질랜드로 돌아갈 생각이었죠. 호텔에서의 마지막 날에 프랭키는 아주 생생한 꿈을 꿨어요. 그는 바파를 따라 세탁소를 지나 계단을 올라갔어요. 바파는 이마를 쓰다듬으면서 어린 프랭키에게 노래를 부르라고 했어요. 곧 문이 열리더니 검은 안경을 쓰고 키가 크며 수염이 난 사람이 나타났어요.

그리고 모두가 사라졌어요.

다음 날 아침 잠에서 깨어난 오로라는 창가에 앉아 있는 프랭키를 봤어요.

"무슨 일이야?"

그녀가 물었어요.

"여기서 해야 할 일이 있어."

"그럼 좀 더 있지 뭐."

"나 혼자 해야 해."

그녀가 인상을 찡그렸어요.

"다 잘될 거야."

프랭키가 오로라를 안심시켰어요.

"언니를 만나. 이미 비행기 표도 예매했잖아. 며칠 있다가 따라 갈게."

"약속해?"

"약속해."

그는 가족과 공항에서 작별인사를 하고는 다시 비야레알로 돌아왔어요.

스승인 엘 마에스트로를 찾기 위해서였죠.

어쩌면 여러분은 왜 이런 일이 진작 일어나지 않았는지 궁금할지도 모르겠네요. 좋은 질문이에요. 프랭키는 한 번도 스승을 잊은 적이 없어요. 그의 모든 가르침과 꾸중까지도 모두 기억하고 있어요. 기타를 잡을 때마다 그는 엘 마에스트로의 얼굴, 흐트러진 검은 머리카락, 다듬지 않은 턱수염, 검은 안경을 떠올렸어요. 그는 아직 살아 있을까? 이제 어떤 모습일까? 어떻게 돌아다닐까? 칠십

대의 눈먼 노인이? 자신이 가르쳤던 아이를 기억이나 할까?

그리고 내 삶에 대해 어떻게 생각할까?

마지막 질문이 그의 제자를 여기까지 오게 했어요. 성공과 골든 레코드와 콘서트까지 프랭키는 가끔 자신이 이룩한 것들이 부끄럽게 느껴졌어요. 엘 마에스트로는 음악의 순수성과 기타 연주에 관한 헌신 그리고 어리석은 유혹에 빠질 위험에 대해서도 알려주었어요. 그렇지만 프랭키는 꽤 단순한 노래로 엄청나게 인기(그리고 부)를 얻었어요. 기타 실력은 거의 중요시되지 않았어요. 그의 목소리와 잘생긴 외모가 대중들에게 먹혔거든요. 그의 춤 실력은 인기를 한층 높여주었죠. 실제로 스승이 자신의 행동을 혐오했을까 봐 프랭키는 두려웠어요.

"왜 그렇게 바보같이 구는 거야?"

그렇게 질책하는 소리가 들리는 것만 같았어요. 인기나 부가 그런 수치를 가려주진 못했죠. 세탁소 위에 있던 엘 마에스트로의 작은 집에서 보낸 시간은 프랭키가 나의 빛나는 아름다움, 나의 선율적인 유혹에 가장 가까이 다가왔던 순간이었어요. 거기서 멀어지면서 프랭키는 엘 마에스트로의 축복과도 멀어질까 봐 두려웠어요.

이런 것이 바로 스승과 제자의 관계죠. 19세기의 프랑스 작곡가 앙리 뒤파르크는 태어나는 순간 나를 아주 많이 움켜쥐었어요. 그는 오케스트라와 목소리가 아름답게 섞인, 영감이 넘치는 곡들을 작곡했어요. 독일 작곡가인 리하르트 바그너를 스승으로 아주 존경했던 그는 불과 서른일곱 살이던 1885년에 작곡을 중단하고는 모든 작품을 파기하고 문서를 불태웠어요. 자신은 존경하는 스승에 비하면 가치가 없다고 생각한 거예요.

스승의 그림자는 인생에도 영향을 미쳐요. 물론 프랭키는 스승이 자신의 아버지라는 사실을 알지 못했어요. 그를 찾고 있는 지금도 자신이 어떤 진실을 발견할지 전혀 모르고 있었죠.

아침 일찍 일어난 프랭키는 호텔에서 에스프레소를 마신 다음 어린 시절 초록색 수레에 커다란 기타를 싣고 돌아다녔던 익숙한 거리들을 다시 돌아보았어요. 모자에 반바지를 입은 프랭키는 엘마에스트로가 외우라던 것들을 중얼거리면서 얼마나 이 길을 다녔을까요? "어떤 작곡가가 그 작품을 썼지? 플라멩코에서 라스게아도 기법은 무엇이지?" 프랭키가 발을 디딜 때마다 그때의 기억들이 밀려들었어요. 그는 불안하던 그 시절로 돌아간 것처럼 맥박이 빨라지는 것을 느꼈어요.

하지만 크리스타 세네갈 거리로 이어지는 모퉁이를 도는 순간 그는 온몸의 힘이 쭉 빠졌어요. 세탁소 자리에는 'P'라고 주차장 간판이 달린 사각형의 사무실 건물이 들어서 있었어요. 청색 셔터도 보이지 않았어요. 계단도 없었어요. 그저 유리로 덮인 입구와 노란색 문이 달린 차고만 보였죠.

마치 누군가 그의 기억을 불도저로 밀어버린 것만 같았어요.

프랭키는 도로가의 연석에 주저앉았어요. 그의 뒷목을 아침 햇살이 비쳤어요. 그렇게 빨리 포기할 수는 없었어요. 하지만 다른 방법이 있을까요? 그는 생각했어요. 마지막 날이 되어서야 여기까지 왔어요. 그는 마음을 다잡고 마지막으로 들를 곳을 떠올려보았지만 상점도, 레스토랑도, 엘 마에스트로에게 프랭키의 기타를 건네준 기타 제조상도 기억나지 않았어요.

그러나 프랭키는 선술집은 기억하고 있었어요.

그곳이 아직도 있는지 궁금해졌어요.

"눈이 보이지 않는다고요?"

"네. 키가 크고 검은 머리예요."

"아니, 세뇨르. 기억나지 않아요."

"아주 오래전이에요."

"그때는 우리 아버지가 주인이셨어요."

"지금도 살아 계신가요?"

"아니요, 세뇨르……."

"아주 중요한 일이라서 그분을 꼭 찾아야 합니다……."

"그런데 당신은 낯이 익군요."

"그건 중요하지 않아요."

"잠깐만요…… 당신은 미국인이군요. 배우구나!"

"아닙니다……."

"가수예요?"

프랭키는 입을 굳게 다물었어요.

"아하! 내가 맞혔죠? 그렇죠?"

"맞아요."

"당신 이름은 프레스토고요."

"맞습니다."

"당신은 여기 출신이죠, 세뇨르?"

"어린 시절 여기 살았어요."

"비야레알에요?"

"네."

"그건 몰랐어요."

"그때는 다른 이름을 썼어요."

"그래서 당신이 스페인어를 하는군요! 참으로 놀랍네요!"

사장은 의자를 정리하던 바텐더에게 고함을 질렀어요. 그 소리에 설거지를 하던 사람도 고개를 들었어요. 그들은 사장의 말을 듣고 고개를 끄덕였어요.

"당신을 사랑하고 싶어." 바텐더가 큰 소리로 노래를 불렀어요. "진심을 다해⋯⋯."

그의 억양은 엉망진창인 모창처럼 들렸어요. 프랭키는 억지로 미소를 지었어요.

"세뇨르, 제발, 우리 무대에서 연주해주겠어요?"

"연주요?"

프랭키가 물었어요.

"내일 저녁에요. 우리는 금요일마다 유명한 밴드를 불러요. 당신

444

이 나와준다면 그들이 아주 기뻐할 거예요."

"전 연주를 하려는 것이 아닌데……."

"우리의 초대 손님이 되어주세요……."

"제가 원하는 건……."

"당신은 이곳에서 자랐어요……."

"네, 하지만……."

"그리고 어른이 되어 이곳으로 돌아왔어요! 완벽하지 않아요?"

프랭키는 한숨을 내쉬었어요. 그는 이제 막 문을 열고 테이블 위에서 의자를 내리고 있는 술집을 둘러보았어요. 어두운 조명을 밝힌 이곳에서는 알코올과 표백제 냄새가 났어요. 프랭키는 자신이 이미 이곳에서 연주를 한 적이 있다는 사실을 말하지 않았어요. 어쩌면 그가 유독 생생하게 기억하고 있는 것인지도 모르죠. 그는 무대에 오른 매 순간을 느끼고 있었어요. 환호성이 야유로 바뀌던 것과 술잔이 부딪히는 소리 그리고 엘 마에스트로가 억지로 인사를 시켰던 것까지 말이죠.

그는 어쩌면 이곳에서 연주를 해야 할지도 모른다고 생각했어요. 그가 영원히 잠재우고 싶었던 악마가 이곳에 있으니까요. 그는 아버지와의 기억을 떠올리며 어느 정도 안정을 되찾았어요. 마지막 날 밤에 있었던 일도 그렇게 해결할 때가 된 것 같았어요.

"생각해볼게요."

프랭키가 대답했어요.

"꼭 부탁드려요."

선술집 주인이 말했어요.

"당신에게 특별한 음식을 대접할게요. 멋진 음식과 술. 그리고 음악을요."

"제가 찾는 남자를 알 만한 사람이 있을까요?"

주인이 턱을 긁었어요.

"아마도 뮤지션들이 알지 않을까 싶네요. 몇 명은 꽤 나이가 들었어요. 그들에게 알아보는 것이 빠르지 않겠어요?"

주인은 씩 웃더니 오렌지 주스 잔을 들어 올렸어요.

"당신의 귀환을 위해 건배, 세뇨르!"

프랭키는 고개를 끄덕이고는 술집 문을 나섰어요.

그날 오후 프랭키는 스승에 대한 기록을 찾기 위해 비야레알 시청으로 갔어요. 그는 서류를 작성했고 답변을 받기까지 며칠이 걸린다는 이야기를 들었어요. 엘 마에스트로가 기타리스트라고 말하자 직원이 자신토라는 이름의 문화부 담당자에게 데려가주었어요. 둥근 얼굴의 자신토는 눈먼 기타리스트는 기억나지 않는다고 말하고는 사랑받던 기타리스트 프란시스코 타레가를 기리는 헌정실을 보여주겠다고 했어요. 그곳에는 사진, 서신, 악보를 비롯해 한때 산펠릭스 거리에 있던 커다란 석고 흉상도 놓여 있었어요. 또한 타레가가 아꼈던 기타들이 유리 케이스에 보관되어 있었어요. 그중에는 19세기의 존경받는 기타 제작자로 현대 어쿠스틱 기

타의 선구자로 여겨지는 안토니오 데 토레스 주라도가 만든 기타
도 전시되어 있었어요. 타레가가 가장 처음 가졌던 기타였죠.

프랭키는 기타가 망가졌다는 것을 알았어요. 기타는 깨지고 얼
룩져 있었거든요.

"이 기타에 관해 아시나요?"

프랭키가 자신토에게 물었어요.

"알지요, 세뇨르."

남자가 이렇게 말하면서 마치 발표라도 하듯 몸을 곧게 세웠어요.

"이것은 타레가가 제일 좋아하던 기타 중 하나였습니다. 20년
동안 이 기타로 연주를 했어요. 너무 많이 써서 다른 것으로 바꿀
때가 되자 그는 기타를 고쳐줄 사람을 찾았어요. 여러 차례 노력
한 끝에 결국 찾았습니다."

"그래서요?"

"타레가와 기타는 다시 만나게 되었습니다."

"그리고 그가 죽으면서 기타를 남겼고요?"

"그렇기도 하고 아니기도 합니다, 세뇨르. 타레가는 기타를 가족
에게 남겼지만 그의 동생인 빈센트가 팔아버렸어요. 그는 타레가
의 제자로 부에노스아이레스에 사는 유명한 음악가인 도밍고 프
랫에게 기타를 팔기로 했어요. 그래서 기타를 배에 실어 남아메리
카로 보냈지요. 그런데 그곳에서 기타는 위대한 도밍고 프랫에게
가지 않았어요. 대신 열 살짜리 소녀에게 갔던 거죠. 그리고 수년
동안 망가진 채로 있었고요."

"남아메리카에서요?"

프랭키가 물었어요.

"맞습니다."

"그런데 어떻게 다시 이곳으로 돌아왔죠?"

"몇 년 뒤에 타레가의 제자가 어느 집의 소파에서 이 기타를 발견했어요. 그의 도움으로 기타가 다시 스페인으로 돌아왔지요."

프랭키는 넥 부분에 흠이 있고 울림 구멍의 장미 장식이 빠져 있는 기타를 흘끗 쳐다보았어요.

"그 사람이 왜 그렇게까지 했을까요? 이미 망가졌는데."

"같은 이유에서죠, 세뇨르."

남자가 말했어요.

"그 기타가 최고의 음악을 연주했던 곳으로 돌아가야 한다는 거지요, 안 그래요?"

프랭키는 기타를 지그시 쳐다보았어요. 그는 엘 마에스트로가 이 기타를 보았거나 연주를 해본 적이 있다면 더할 나위가 없겠다고 생각했어요. 위대한 프란시스코 타레가의 기타라고? 얼마나 좋아하셨을까! 프랭키는 자신토에게 인사를 하고 건물을 나섰어요. 그렇지만 하루 내내 그는 기타의 여정에 대해 생각했어요. 이곳에서 만들어졌지만 배를 타고 엉뚱한 곳으로 갔다가 고장이 나서 다시 본국으로 돌아온 사연을 말이지요.

최고의 음악을 연주했던 그곳으로 되돌아왔어.

그는 술집에서 연주를 하기로 결심했어요. 그의 스승을 기리기 위해서요.

그리고 가능하다면 그를 불러내고 싶었어요.

음악을 통한 귀향은 예측 불가였어요. 누군가는 크게 성공하고 (뉴저지에서 연주한 록 뮤지션 브루스 스프링스틴), 누군가는 실패의 씁쓸함을 맛보고(추방된 지 60년 만에 모스크바로 돌아온 러시아 피아니스트 블라디미르 호로비츠), 누군가는 솔직히 기대에 미치지 못했죠.

프랭키의 귀향 무대는 급하게 진행되었기 때문에 대다수의 관객은 술집 단골들일 거예요. 하지만 프랭키는 여전히 이 일이 알려지기를 바랐어요. 엘 마에스트로가 살아 있다면 제자가 돌아왔다는 소리를 들을지도 모르니까요. 비야레알은 여전히 큰 동네는 아니거든요, 안 그래요?

그는 기타를 들고 좀 일찍 도착했어요. 한 무리의 남자들이 오토바이가 일렬로 세워진 문 앞에서 담배를 피우고 있었어요. 술집 안으로 들어가니 전보다 큰 무대가 보였어요. 밴드가 천천히 도착해 준비를 하고 있었어요. 아홉 명으로 구성된 앙상블로 중년부터 연로한 사람까지 연령대가 다양해 보였어요. 프랭키는 밴드 리더(팔이 얇은 피아노 연주자였어요)와 악보를 살펴보았어요. 40년 전과는 달리 스페인에서도 외국 노래가 자주 연주되었기 때문에 남자는 프랭키가 선택한 곡을 보고는 고개를 끄덕였어요.

프랭키는 다양한 곡을 준비했어요. 이곳에서의 나쁜 기억을 떨처버리기 위해 그는 자신이 작곡한 '아이 원트 투 러브 유'와 '아워 시크릿' 외에도 엘 마에스트로가 이 무대에서 마지막으로 연주한 '세인트루이스 블루스', '타이거 래그', 장고 라인하르트의 '파르펭' 등을 선택했어요.

관객들이 들어오면서 좌석이 찼어요. 술을 주문하는 소리와 함께 조명이 어두워졌어요.

기다란 옷을 걸치고 뒤쪽 의자에 앉아 있는 프랭키에게 신경 쓰는 사람은 거의 없었어요.

가게 주인이 신나게 프랭키를 소개하고 점잖은 박수와 함께 연주가 시작되었어요. 곡이 이어질 때마다 박수 소리는 커졌고 프랭키는 마지막 밤의 기억이 또렷해졌어요. 그는 엘 마에스트로가 가르쳐준 대로 엘링턴, 슈만, 타레가를 연주하면서 자신의 영혼을 일깨우기 위해 최선을 다했어요. 마치 자신의 영혼을 일깨우는 것이 스승을 찾는 일 다음으로 중요한 것처럼요. 그는 플라멩코 곡들을 빠르게 연주해서 스페인 관객들을 기쁘게 했어요. 그가 자신의 대표곡을 부르자 관객들은 함성을 질렀어요. 엄청난 음반 판매량을 기록한 남자가 실제로 비야레알에 왔다는 사실에 흥분했던 거예요.

프랭키는 쉬지 않았어요. 그는 결코 무대를 떠나지 않았어요. 술을 주문하는 소리가 늘어나고 담배 연기는 더 자욱해졌어요. 거의 두 시간 동안 기타리스트의 음악은 점점 맹렬해졌어요. 오래전의 호타 멜로디와 머디 워터스의 블루스를 연주하면서요.

마지막 곡으로 그는 아주 특별한 노래를 준비했어요. 바로 '아 발론'이었죠. 그가 1945년 이 무대에서 관객들을 위해 처음으로 연주한 곡이자 존경하는 스승과 함께 연주한 유일한 곡이었지요.

첫 음을 연주하는 순간 그의 이마로 구슬 같은 땀방울이 흘러내렸어요. 그는 엘 마에스트로가 옆에 앉아 이렇게 속삭이는 것을 떠올렸어요.

"노래를 불러."

"부르고 싶지 않아요."

"왜?"

"무서워서요."

"좋아. 그럼 넌 또다시 무서워질 거야. 평생. 이겨내야 해. 사람들을 마주하고 사람들이 저기 없다고 생각해."

"마에스트로……."

"할 수 있어. 내 말을 항상 기억하렴. 넌 할 수 있어."

밴드가 뒤로 물러났어요. 그러자 프랭키의 눈에는 관객들이 고개를 끄덕이고 손가락을 두드리는 모습이 보였어요. 비트가 점차 커지고 일부 관객은 박수를 치기 시작했지요. 프랭키가 노래를 불렀어요.

아발론에서 내 사랑을 찾았네

만 옆에서……
난 아발론에 사랑을 남겨두고
배를 타고 떠나왔네……

프랭키는 관객들과 함께 박수를 치고 있는 술집 주인을 쳐다보았어요.

난 아발론의 그녀를 꿈꾸네
저물녘부터 새벽까지
그래서 나는 가려고 하네
아발론으로

프랭키는 과거의 악몽이 되풀이될 것을 각오했지만 이번에는 그의 노래에 야유하는 사람은 없었어요. 술집에는 오로지 열정만 가득했어요. 프랭키는 좌우를 살피면서 엘 마에스트로가 테이블에 앉아 검은 안경 너머로 미소를 지으며 담배를 피울 거라는 덧없는 희망을 품었어요. 수년 동안 마음 깊은 곳에 품어온 소망이었어요. 모든 제자들이 사랑하는 스승을 열렬히 찾는 것은 단 한 가지 이유에서죠. 바로 마지막으로 인정을 받기 위해서예요.

하지만 그런 일은 일어나지 않았어요. 프랭키는 영혼을 담은 솔로를 마무리하기 위해 결승점으로 들어가는 주자처럼 마지막 가사로 향하고 있었어요. 끝이 나기까지 세 마디가 남았어요. 그리고 마지막 음이 관객들에게 울려 퍼지자 그는 고개를 숙였어요. 술집 주인은 자리에서 벌떡 일어섰어요. 다른 사람들도 따라 일어나 우레와 같은 함성을 보냈어요.

프랭키는 천천히 자리에서 일어나 기타를 들어 올렸어요. 그는 타레가가 오랫동안 잃어버렸던 악기에 대해 생각하면서 평생 처음으로 마음 깊은 곳에서 느껴지는 갈망에 휩싸였어요. 한 번만 더 스승을 만나고 싶다고.

하지만 스승을 만나는 대신 그는 박수를 받았어요. 프랭키는 억지로 미소를 지었어요. 귀향은 결코 예측할 수 없어요. 그리고 자신은 갈채를 받을 자격이 없다고 느끼는 순간에는 갈채만큼 공허하게 느껴지는 것도 없어요.

음악을 선곡하는 사람은 악기들이 달콤하게 어우러지게 해야 하죠. 프랭키의 이야기에서 다음에 일어날 일은 일련의 잘 배열된 소리들이 하나가 되어 절정으로 치닫는 부분이라고 설명해야겠네요.

프랭키가 연주를 마치자 높아지는 바이올린 소리처럼 엄청난 박수 소리가 들려왔어요. 그리고 사람들이 술집을 나가면서 오늘의 공연에 대해 이야기하는 소리가 베이스처럼 깔렸어요. 밴드가 짐을 싸면서 악기를 두드리는 소리, 호른과 심벌즈가 부딪히는 소리가 들렸어요. 여기에 프랭키가 그의 앨범을 기억하는 장년층 팬에게 사인을 해주는 부드러운 펜 소리도 함께 어우러졌어요.

그러고 나서 프랭키에게 언제든 환영이라고 말하는 가게 주인의 열정적인 바리톤이 울려 퍼졌어요. 프랭키와 여러 연주가들 사이에는 간질이는 피아노 소리 같은 부드러운 목소리가 흘러나왔어요. 눈먼 남자에 대해 물어보면서 희망에 찼다가 다시 실망으로 가라앉는 프랭키의 목소리는 마치 플루트의 글리산도 같았어요.

가게가 거의 텅 비었을 무렵 뒷문이 삐걱 열리는 소리가 났고 프랭키는 예전에 차를 타고 도망쳤던 골목을 향해 발을 옮겼어요.

그리고 마침내 성냥을 켜는 소리가 들렸어요.

"난 당신을 알아."

어떤 목소리가 스페인어로 말했어요.

프랭키는 주황색으로 타들어가는 담배 불빛을 보았어요.

"절 어떻게 아세요?"

"그 노래. 수년 동안 듣지 못했지. 하지만 결코 잊지 않았어. 당신은 프란시스코야."

"그러는 당신은 누구시죠?"

"그냥 취객이지."

"당신 이름은요, 선생님?"

"날 몰라? 밤새 너랑 무대 위에서 놀았잖아. 뒤쪽에서."

술에 취한 노인이 어둠 속에서 비틀비틀 걸어 나왔어요. 그는

희끗희끗한 곱슬머리에 늘어지는 재킷 아래로 어깨가 굽어 있었
어요.

"콩가스."

노인이 말했어요.

프랭키는 흥미롭다는 듯 고개를 갸우뚱했어요. 노인은 손가락
두 개를 입가에 댔어요.

"예전에는 콧수염이 있었어. 알아보겠어?"

그가 손을 내리고 말했어요.

"난 알베르토야."

프랭키의 눈이 휘둥그레졌어요.

"알베르토."

그가 속삭였어요.

"맞아."

"그 마지막 날에 우리를 데려다주었죠……."

"그랬지."

프랭키는 가슴이 마구 요동치는 것을 느꼈어요.

"알베르토, 부탁이에요. 엘 마에스트로를 찾고 있어요. 제 스
승…… 당신의 친구죠. 그는……."

"누구를 말하는지 알아."

"어디 사는지도 아나요?"

알베르토가 프랭키의 얼굴을 찬찬히 살폈어요.

"그래."

"살아 계세요?"

"아니."

프랭키는 심장이 털썩 내려앉는 느낌이었어요.

"언제 돌아가셨나요?"

"장난은 그쯤 해둬. 너도 진실을 알잖아."

"무슨 진실이요?"

알베르토가 담배를 떨어뜨렸어요. 그는 콧방귀를 끼더니 몸을
똑바로 세우려고 했어요.

"내 입으로 말하라는 거지? 좋아, 말해주지. 내가 그를 죽였어."

프랭키가 침을 꿀꺽 삼켰어요.

"무슨 말이에요?"

"무슨 말이냐고?"

알베르토가 고개를 돌리며 말했어요.

"무슨 말이냐고? 내가 쫄길 바라? 내가 그를 죽였어. 그래서 네
가 여기 온 거잖아. 모르는 척은 그만둬. 얼른 끝내자고."

프랭키는 심장이 부들부들 떨리고 영혼이 몸에서 빠져나가는
것 같았어요. 그는 말할 때도 공기가 폐로 전혀 들어오지 않았고
목소리는 자기 목소리 같지 않았어요.

"직접 설명해보세요, 알베르토."

알베르토가 눈썹을 추켜올렸어요.

"누가 너를 보냈지?"

"절 보내다니요?"

"그의 죽음을 갚아주려고 왔잖아."

"무슨 말인지 모르겠어요."

"내가 그를 바다로 밀어버렸어. 네가 탄 배가 떠난 직후에."

"대체 왜……."

"돈 때문이야. 돈 주머니. 일주일 뒤에 도둑맞았지만."

그가 고개를 숙였어요.

"자, 이제 너도 알았겠지."

"하지만 당신은 그를 좋아했잖아요."

"그랬지."

"마에스트로는 당신을 믿었어요……."

"그의 실수였지."

"돈 때문이라고요?"

프랭키가 속삭였어요.

"그래, 맞아! 난 도둑이야! 됐어?"

이렇게 말하는 알베르토의 목소리는 마치 싸움에서 패배한 것처럼 떨렸어요. 하지만 이내 술기운과 수년간의 죄책감으로 화가 치밀어 올랐어요. 그는 몸을 이리저리 흔들기 시작했어요.

"돈 때문이라고! 돈 때문에!"

노인은 코트 아래로 손을 넣더니 총을 꺼냈어요. 그는 곧장 프랭키의 가슴에 겨눴어요.

"네 돈을 내놔!"

"안 돼요, 이러지 마세요……."

"내놓으라니까! 복수하러 오지 않았다면 네가 가진 것을 빼앗아야겠어. 네 돈을 내놔. 아니면 너도 죽일지 모르니까."

프랭키는 알베르토의 손을 붙잡았어요. 그가 손가락을 폈어요. 가로등 불빛 아래에서 알베르토는 프랭키의 왼손바닥에 있는 흉터를 보았어요. 그는 눈을 깜박이면서 몸을 앞으로 숙였지요.

"네 자신에게 무슨 짓을 한 거야, 프란시스코?"

그가 속삭였어요.

"손이 이래서야 어떻게 연주를 해……?"

프랭키는 알베르토의 팔을 재빨리 뿌리쳤고 알베르토는 비틀거렸어요. 힘으로는 프랭키의 상대가 되지 않았죠. 결국 그는 총을 떨어뜨렸고 총은 곧장 인도로 떨어졌어요. 그러자 노인은 프랭키의 멱살을 잡았어요.

"날 죽여줘, 프란시스코."

그는 쉰 목소리로 간청했고 뺨으로 눈물이 흘러내렸어요.

"자그마치 40년이야. 내가 죄를 짓고 살아온 세월이. 40년 동안 마에스트로가 날 잡으러 올까 봐 전전긍긍했어. 그의 복수를 해! 지금 당장!"

프랭키는 알베르토의 얼굴과 울고 있는 눈동자와 썩은 치아를 쳐다보았어요. 그는 머리로 피가 쏠리는 것 같았어요. 이게 마지막 해답일까? 엘 마에스트로가 이미 저세상 사람이라는 것이? 흐느끼는 콩가 연주자가 자신이 알고 있는 가장 강한 인물을 죽였다고?

조용한 분노는 내 제자에게 내려앉았어요. 프랭키는 노인을 밀처냈어요.

"아무 짓도 안 해?"

알베르토가 말했어요. 그는 술에 절어 비틀거렸어요.

"그럼 이만 작별인사를 해야겠군, 멍청한 녀석."

프랭키가 그를 노려보았어요.

"알베르토."

"멍청이…… 멍청이……."

노인이 웅얼거렸어요.

"알베르토……."

프랭키가 총을 집어 들었어요. 그 순간 알베르토가 돌아보았어요. 프랭키는 총구를 높이 들었어요.

알베르토가 그를 향해 다가왔어요.

"안 돼, 프란시스코!"

프랭키는 방아쇠를 세 번 당겼어요.

알베르토의 얼굴이 일그러졌어요.

프랭키는 놀라서 총을 떨어뜨렸어요. 총구에서 한 줌의 연기가 음표처럼 흘러나왔어요.

술집 안에 세워둔 낡은 기타의 다섯 번째 줄이 푸른빛으로 변했어요.

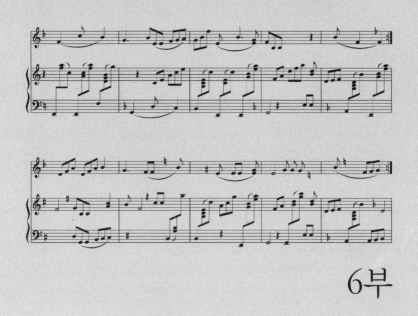

6부

54

1943년

"마에스트로?"

"왜 그러니?"

"제가 뭔가를 잘못한 것 같아요."

"뭘?"

"줄을 망가뜨렸어요."

"기타를 집어 던진 거냐?"

"아니에요, 마에스트로."

"기타로 장난을 쳤니?"

"아니에요, 마에스트로."

"그런데 어떻게 망가뜨렸지?"

"연습을 했어요."

"손가락 연습을 한 거니? 아니면 내가 못하게 했던 바보 같은 노래를 연주한 거니?"

"바보 같은 노래가 아니었어요."

"그렇다면 넌 제대로 했고?"

"네, 마에스트로."

"그런데 나쁜 일이 일어났다?"

"네, 마에스트로."

"기타를 이리 내."

"여기 있어요, 마에스트로."

"망가진 곳을 수리해야겠다."

"네, 마에스트로."

"튜닝 페그에 새 줄을 감도록 도와다오……."

"지금 감고 있어요, 마에스트로."

"매듭을 잘 묶었니?"

"네, 마에스트로."

"자, 그럼 이제 어떻게 튜닝하는지 알려주마. 처음에는 줄이 헐겁단다. 하지만 네가 페그를 돌리면 줄이 팽팽해지지."

"알겠습니다, 마에스트로."

"줄을 감아봐. 이런 소리가 날 때까지…… 들리니……? 이렇게 해서 새 줄이 자리를 찾게 한단다."

"계속 돌리면 어떻게 되나요?"

"줄이 끊어지겠지. 쓰임에 맞지 않게 쓰려고 해서는 안 된단다, 프란시스코. 결국에는 부서지거든."

"마에스트로?"

"왜?"

"제가 잘못을 저질렀어요."

"그 말은 이미 했잖니."

"연습을 하다 그런 것이 아니에요. 줄이 끊어질 때까지 페그를 돌렸어요."

"그럼 내게 거짓말을 했냐?"

"네, 마에스트로……."

"그리고 줄도 망가뜨렸구나."

"맞아요, 마에스트로."

"그래서 지금 죄책감을 느끼고 있구나."

"죄송해요, 마에스트로…… 제가 잘못했어요……."

"울어라. 넌 울어야 해. 거짓말한 소년은 울어야지."

윈튼 마살리스

트럼펫 연주자, 작곡가, 그래미상 수상자, 링컨 센터 재즈 예술 감독

프랭키 프레스토는 3년 동안 말을 하지 않았어요. 얼마나 많은 음악가들이 그러겠어요? 자그마치 3년이에요. 단 한 마디도 하지 않았죠. 그는 그냥 수도원에서 기타를 연주했어요. 그곳에서 그를 만났죠. 그는 절 매혹시켰어요. 음악을 배울 때 중요한 것은 겸손이죠, 안 그래요? 프랭키 프레스토에 대해 이야기를 하라고 한다면 그 점부터 밝히고 싶었어요. 그러니까 제 말은 3년이나 말을 안 하는 것은 엄청나게 드문 겸손이라는 거죠…….

스페인이요? 네, 여기 자주 와요. 스페인 음악과 미국 블루스를 결합한 비토리아 페스티벌용 곡을 쓰기 위해 이곳에서 12년을 살았죠. 그리고 일을 끝냈더니 여기 사람들이 내 동상을 세워주더군요. 진짜예요. 동상 말이에요. 그들은 이곳의 재즈를 좋아해요.

전 처음 이곳을 방문한 1987년을 결코 잊지 못할 거예요. 그때 프랭키를 처음 만났거든요. 우리는 쇼를 끝내고 바르셀로나로 돌아가다가 언덕 위에 있는 이 성을 보게 되었어요. 통역사가 그곳은 수도원이라고 하더군요. 그러면서 가보고 싶은지 물었어요. 전

당연히 가보고 싶다고 했죠. 전 뉴올리언스 출신이에요. 수도사를 쉽게 볼 수 있는 지역이 아니죠.

아무튼 이곳은 아주 멋져요. 900년이나 되었죠. 건물, 돌, 연분홍색, 빛바랜 금색은 지금은 볼 수 없는 소중한 유산이죠. 게다가 조용하잖아요. 쥐 죽은 듯이. 전 그곳을 배회했어요. 이렇게 조용한 곳을 걸어 다니다가 아이디어를 얻곤 하거든요.

그런데 갑자기 음악 소리가 들리는 거예요. 그래서 이렇게 중얼거렸죠.

"음악이 블루스 같네. 내가 미쳤나 봐."

리드벨리나 알버트 킹 같았어요. 어쩌면 갑자기 재즈 천사가 나타나 말을 걸지도 모른다고 생각했어요. 제 말 이해하겠죠?

전 이 분수대를 지나 작은 다리 아래로 걷다가 기타를 치는 남자를 보았어요. 그는 저를 등지고 있어서 전 가만히 서서 듣기만 했어요. 세상에, 제가 들어본 가장 아름다운 연주였어요. 속도와 기교뿐만 아니라 연주에 담긴 이야기까지도요. 음악은 소통이니까요, 아시겠죠? 당신의 영혼을 음표에 실어 자신의 이야기를 하는 거예요. 그것이 바로 연주죠. 전 이 사람을 알지 못했지만 그의 음악을 통해, 그의 연주 방식을 통해 그가 상처를 받았고 무언가를 찾고 있다는 것을 알았어요.

프랭키가 연주를 멈추었을 때 제가 말했어요.

"실례합니다."

그러자 그가 돌아보았어요. 전 그가 놀라 도망가는 것을 원하지 않았기 때문에 기도하는 것처럼 손을 앞으로 모았고 그는 제가 다가가는 모습을 지켜보았어요. 저는 이렇게 속삭였어요.

"방해해서 정말로 죄송합니다."

그는 아무 말도 하지 않았어요.

"연주가 아름답군요."

이제 저와 그의 거리는 몇 발자국으로 좁혀졌어요. 짧은 머리의 프랭키는 푸른 눈동자에 잘생긴 중년의 스페인 남자였어요. 그는 긴 예복을 입고 있었지만 다른 수도사들과 같은 흰색 예복은 아니었어요.

전 이렇게 말했어요.

"제 이름은 윈튼 마살리스예요. 미국에서 온 음악가죠. 트럼펫을 연주합니다."

그러자 그가 절 뚫어지게 쳐다보았어요. 한 10초 정도 물끄러미 바라보더니 갑자기 울더군요. 그래서 물었어요.

"죄송합니다. 제가 뭘 잘못 말했나요?"

그러자 프랭키가 여전히 울면서 고개를 저었고 전 계속 미안하다고 했어요. 그는 작은 받침과 종이를 꺼내 한 문장을 적었어요.

"당신 아버지를 알아요."

와, 세상에! 전 스페인 산속, 그것도 수도원에 있는데 블루스를 연주하는 수도사가 우리 아버지를 안다니요? 정말 있을 수 없는 일이었어요. 그래서 이렇게 말했죠.

"당신 이름이 무엇인가요, 수도사님?"

그러자 그가 처음에는 '프랭키'라고 쓰더니 이어서 '프레스토'라고 덧붙였어요.

그렇게 되었죠.

우리 아버지도 음악을 하셨어요. 그리고 1950년대에 뉴올리언스에서 프랭키 프레스토와 알고 지냈어요. 두 분은 젊은 시절 같은 동네에서 놀던 사이예요. 두 분이 '듀 드롭 인'이라는 잼 세션도 했다고 들었어요. 어린 시절 저는 '프랭키 프레스토'라는 이름을 많이 들었어요. 호른 연습을 하기 싫을 때면 특히 그랬어요. 아버지께서 젊은 백인 기타 연주자에 대해 이야기해주셨어요. 그는 호통쳐줄 부모님 없이도 제 나이 때 연주회를 열었다면서 말이에요. 그는 정통 기타와 블루스가 혼합된 새로운 음악을 연주했고 사람들이 그의 기타 연주를 듣기 위해 몰려든다고요. 뉴올리언스에서 연주를 좀 하면 뮤지션들이 단번에 알아봐요. 나이는 상관없지요. 음악이 진실을 말해주니까. 그리고 그들이 말하길, 프랭키 프레스토가 로큰롤 스타가 되긴 했지만 그는 진실을 토해내는 기타 연주를 하는 사람이라고요.

아무튼 우리 두 사람이 프렌치 쿼터와는 아주 멀리 떨어진 이곳 수도원에 와 있다니. 그래서 제가 말했어요.

"대화를 해도 괜찮나요?"

그가 고개를 끄덕였어요. 그래서 내가 물었어요.

"규칙을 위반하는 것은 아닌가요?"

그가 고개를 저었어요.

"그런데 당신은 말을 하지 않는 거죠?"

그가 다시 고개를 저었어요.

"얼마나 되었어요?"

제가 다시 물었어요. 그가 손가락 세 개를 들어 보였어요. 그래서 내가 말했죠.

"3개월이요?"

프랭키가 고개를 저었어요.

"3년이요?"

그가 고개를 끄덕였어요.

세상에, 잘 들어봐요. 3년이나 말을 안 한다니? 전 그를 가만히 두고 싶은 마음도 있었어요. 그렇지만 한편으로는 내가 이곳까지 오게 된 이유가 있을 거라고 생각했어요. 왜냐하면 너무 많은 우연이 겹쳤잖아요? 그래서 물었어요.

"왜 이곳에 계신가요, 프레스토 씨?"

그러자 그가 글을 적었어요.

"속죄하려고."

저는 문제아들을 많이 알고 있는 데다 함께 자랐던 사고뭉치들이 감금되는 것도 지켜보았기 때문에 그의 말이 불편하지 않았어요. 그래서 대놓고 물어보기로 했어요.

"누군가를 죽였나요?"

그런 생각이 들었거든요. 그러자 그가 아니라고 고개를 저으면서 이렇게 적었어요.

"하지만 언제나 죽일 준비가 되어 있었어요."

그래서 내가 말했어요.

"그건 살인이 아니에요."

그가 가슴을 쳤어요. 마치 이렇게 말하는 것처럼요.

"내 속에서 그랬다고요."

나중에 그 말을 이해할 수 있게 되었어요. 그는 의도에 대해 말했던 거예요. 음악에서도 그건 중요하거든요. 아주 많이 중요하죠. 당신의 생각이 결과물이 되니까. 선과 악, 어느 쪽이든. 그렇지만 프랭키와 함께 앉아 있으니 그가 충분히 속죄했다는 생각이 들었어요. 자그마치 3년이라니? 단지 나쁜 짓을 저지를 생각을 했다는 이유로? 전 그에게 가족이 있는지 물었고 그가 고개를 끄덕였어요. 그래서 다시 물었어요.

"그들은 당신이 이곳에 있는 것을 알고 있나요? 가족들에게 편지를 썼어요?"

그러자 그가 다시 고개를 끄덕였어요. 제가 물었죠.

"가족들과 함께 계셔야 되잖아요?"

그는 아무 말도 하지 않았지만 전 제가 정곡을 찌른 것을 알았어요. 그는 소리 없이 울기만 했고 눈물이 안약처럼 쉴 새 없이 흘러내렸어요. 무슨 말인지 알겠죠? 그래서 안쓰러운 마음이 들었어요. 전 말했어요.

"프레스토 씨, 음악계가 당신을 필요로 하고 있어요. 당신과 함께 작업을 하고 싶어요."

그러자 그가 이렇게 적었어요.

"더 이상 공연을 하고 싶지 않아요."

그래서 제가 말했어요.

"그렇다면 가르치는 일은 어떤가요."

왜인지 대화가 끊어졌어요. 그는 기타를 집어 들더니 그대로 가버렸어요. 전 그 자리에 앉아서 방금 일어난 일에 대해 생각했어요. 단언컨대 평생 그런 이상한 만남은 처음이었고 그곳에는 다른 누구도 없었어요. 전 이 이야기를 누가 믿어주기나 할지 의구심이 들었어요.

다시 통역에게 돌아가서 여기 누군가와 이야기할 수 있는지 물어봤어요. 그녀가 늙은 수도사를 소개시켜주었고 우리는 수도사들이 식사를 하는 식당의 작은 벤치에 앉았어요. 전 오래전부터 프랭키 프레스토를 알고 있었다고 말했어요. 그러자 수도사가 이곳에 있는 다른 형제들에 대해서는 이야기해줄 수 없다고 했어요. 전 그에게 무슨 일이 일어났는지 안다면 그가 죽이려던 사람이 누구인지 알려달라고 했죠. 그러자 노인은 다시 아무것도 말해줄 수 없다고 했어요. 전 이렇게 물었어요.

"그를 여기서 데려가도 될까요?"

그 말에 수도사는 놀란 듯했어요. 그는 이렇게 말했어요.

"수련하는 수사는 언제든 떠날 수 있습니다. 그저 문밖으로 나가기만 하면 되니까요."

그래서 전 다시 그를 찾아 나섰어요. 분수대와 다리에도 가보았지만 없었어요. 날이 저물고 있어서 우리는 주차장으로 돌아왔죠. 그런데 그곳에 프랭키가 있었어요. 평상복으로 갈아입고 기타 케이스를 들고는 차에 기대앉아 있더군요. 그는 우리를 보고 자리에서 일어나더니 마치 한 마디 한 마디가 목구멍을 긁는 듯 아주 약한 목소리로 말문을 열었어요.

그는 이 말만 했어요. 단 한 문장이었죠.

"내가 집으로 돌아갈 수 있게 도와주시오."

55

저기 좀 봐요. 관을 메는 사람들이 모였어요. 프랭키의 관을 그의 안식처로 옮기려나 봐요. 거기서도 그들이 보이나요?

그들이 누군지 말해주죠.

그들이 프랭키에게 어떤 의미인지.

그리고 그가 어떻게 죽었는지도요.

그다음에 난 떠나야 해요. 보살펴야 할 새로운 영혼들이 있거든요. 나누어줘야 할 새로운 재능도 있고요. 그럼 알라르간도 템포로 마지막 음절을 함께 연주해요. 천천히, 그렇지만 점점 장엄하게. 프랭키 프레스토가 수년 동안 공들인 소중한 이야기거든요.

난 성가대가 고른 곡 중에 '물가로 나오라'를 알아요. 한때 강에 던져졌던 아이에게 딱 맞는 곡이죠. 또한 물은 프랭키가 고향으로 돌아가는 관문이기도 했어요. 물론 마살리스 씨가 새로 사귄 친구인 프랭키에게 비행기 표를 주었지만 호젓한 수도원에서 나온 그는 아직 세상에 돌아갈 준비가 되지 않았어요.

대신 그는 바르셀로나 항구로 갔어요. 그곳에서 자신의 여정을 위한 일을 찾았죠. 그는 화물선 주방에서 일을 하며 이탈리아로 갔어요. 그곳에서 또 배에 올라 스리랑카로 건너갔어요. 또 다른 배는 그를 싱가포르로 데려다주었어요. 그리고 다시 호주로 갔다가 마침내 뉴질랜드로 향했어요. 그는 넓디넓은 바다에서 위안을 얻고 자신의 문제가 얼마나 사소한 것인지 깨달았어요. 매일 아침 그는 바다를 응시하며 엘 마에스트로의 영혼이 편히 쉬는 모습을 그려보았어요. 그리고 매일 밤 갑판에서 성가를 불렀고 선체에 부딪치는 파도에 기도를 함께 실어 보냈어요. 동료 선원들은 그의 목소리를 듣고 크게 감탄했어요. 일부는 모두와 같이 불렀고, 다른 일부는 프랭키의 기나긴 밴드 여정에 들어 있는 곡이었죠. 그는 그중 보컬만 들어 있는 곡을 불렀어요.

프랭키는 5개월 동안 약 3만 580킬로미터를 항해했어요. 그렇게 긴 시간 동안 평화로운 과거만큼은 아니지만 어느 정도 마음의 안정을 찾았어요. 오랜만에 프랭키는 밤새 푹 잘 수 있게 되었어요. 그는 바파 루비오의 꿈을 꾸었어요. 그들은 종이봉투에 담긴 오렌지를 함께 까먹었죠. 꿈에서 늙은 햄프턴은 그의 작은 주방에서 프랭키에게 돼지고기 스튜를 만들어주었어요. 심지어 고아원의 수녀들과도 미사를 드린 뒤에 식사를 했어요. 그는 이 세상에 한 아이를 살아남게 하기 위해 얼마나 많은 사람이 필요했는지를 깨달았어요.

마지막으로 그는 지금까지의 여정에서 가장 짧은 한 시간짜리 페리를 탔어요. 일몰에 오클랜드에서 와이헤케 섬으로 되돌아가는 여정이었지요.

그곳은 프랭키가 마침내 자신의 추방을 끝마친 곳이에요.

그는 오직 기타 케이스와 접어둔 셔츠만 들고 보트에서 내렸어요. 피부는 햇볕에 검게 그을렸고 머리카락은 길게 자랐고 두꺼운 수염에는 듬성듬성 백발이 섞여 있었어요. 그는 쇼핑백과 서류가방을 들고 있는 사람들을 뒤따라 천천히 걸었어요. 그는 자신이 언덕을 올라 스스로 마지막 고향이라고 불렀던 작은 해안으로 걸어가는 모습을 그려보았어요. 그는 집에 돌아간다는 편지를 쓰지 않았어요. 그날 아침까지 자신이 준비가 되었는지 혹은 예전의 삶으로 돌아갈 자격이 있는지 확신하지 못했거든요.

그렇지만 눈앞에 있던 사람들이 모두 사라지자 그는 걸음을 멈췄어요. 그의 가슴이 뛰었어요.

그곳에 매표소를 등지고 무릎을 감싸고 앉아 있는 사람이 보였어요. 바로 오로라였죠.

그녀는 긴 녹색 원피스에 가죽 샌들을 신고 검은색 선글라스를 쓰고 있다가 그를 보고는 몸을 움직였어요. 하지만 자리에서 일어나지 않았어요.

프랭키가 천천히 그녀에게 다가갔어요.

"오로라는 새벽이라는 뜻이야."

그가 말했어요.

"이제는 아니야."

"매일 밤 이곳에 왔어?"

"마지막으로 들어오는 배를 기다렸어."

"얼마나 기다린 거야?"

"마지막 승객이 내릴 때까지."

"그런 다음에는?"

"집으로 돌아갔어."

"3년 동안이나?"

그녀가 고개를 돌렸어요.

"당신이 찾던 것을 발견했어, 프란시스코?"

"아니."

"계속 찾을 거야?"

"아니."

"이제 그만뒀어?"

"그래."

"그럼 우리 곁에 있을 거야?"

"응."

"우리는 더 이상 아이가 아니야."

"아니지."

"우리는 나무 위에 있는 것도 아니야."

"알아."

"당신에게는 이제 가족이 있어."

"당신 말이 맞아."

"당신이 결백하다고 썼잖아."

"살인에 있어서는 그랬어."

"하지만 당신은 스스로에게 벌을 줬어."

"그건 벌이 아니야."

"우리에게는 그랬어."

"알아."

"누가 그 남자를 죽였지?"

"경찰이 말해주지 않았어."

"그래서 신경 쓰여?"

"항상 신경이 쓰여야 해."

그녀는 부두에 내려앉은 갈매기를 쳐다보았어요. 갈매기는 무언가를 쪼아 먹더니 날아가버렸어요.

"이제 오로라는 무슨 의미지?"

프랭키가 물었어요.

"반짝이는 빛."

"이유가 뭐야?"

"선생님이 카이에게 남쪽 하늘에서 반짝이는 빛에 대해 말해줬어. 그런데 그것을 '오로라'라고 부른대."

"그래서?"

"카이가 내가 말해줬어. 내가 반짝이는 빛이라고. 그리고 내가 한곳에 머문다면 당신은 우리를 찾을 거고 영원히 집으로 돌아올 거라고."

그녀가 눈을 치켜떴어요.

"그래서 매일 이곳에서 날 기다린 거야?"

프랭키는 목이 메었어요. 배에서 내렸을 때는 자신에게 어떤 삶이 기다리고 있을지 알지 못했어요. 전혀. 그렇지만 한때 그가 기다렸던 것처럼 오로라의 사랑이 그를 기다리고 있었어요. 세이브 더 라스트 댄스(마지막 춤을 아껴줘요). 그는 그 노래를 생각했어요. 그는 절벽을 쳐다보았어요. 작은 보트들도 쳐다보았어요. 그리고 한결같이 아름다운 오로라를 쳐다보았어요.

"정말 미안해."

그가 속삭였어요.

"딸이 보고 싶어?"

"엄청 많이 보고 싶어."

그가 대답했어요.

그녀가 입술을 깨물었어요. 그러고는 프랭키를 붙잡고 키스했어요. 그도 키스했어요. 그들은 한 시간 뒤에도 여전히 서로를 꼭 껴안고 놓아주지 않았어요.

콩가 연주자인 알베르토의 미스터리에 대해서는 부분적으로만 설명해줄 수 있어요. 프랭키는 그를 죽인 것이 아니에요. 그건 사실이에요. 그는 총을 들어 올렸고 알베르토가 그에게 달려들었죠. 프랭키는 자신이 할 수 있는 가장 끔찍한 일에 대해 생각했어요. 하지만 결국 그는 공중을 향해 총을 세 발 쏘면서 알베르토가 멈추기를 바랐어요. 노인이 몸을 숙이자 프랭키는 그가 넘어졌다고 생각했어요.

하지만 사실 알베르토는 총을 맞은 것이었죠. 다른 누군가가 총을 쏘았지만 프랭키의 총소리에 그 총성이 덮여버린 거죠.

40년 만에 알베르토는 죽음이라는 평화를 찾았어요.

다른 누군가의 손에 의해서 말이에요.

경찰은 프랭키를 이틀 동안 잡아두었다가 놔주었어요. 그들은 진짜 살인자가 나타났고 총알이 일치한다면서 프랭키는 경고 사격을 했을 뿐이라는 사실이 입증되었다고 했어요. 그는 누가 그랬는지 알려달라고 했지만 경찰은 말해주지 않았어요. 그저 살인자가 자수를 하고 감옥에 들어갔다고만 했어요. 그러고는 프랭키에게 한동안 비야레알을 떠나는 것이 좋겠다고 했어요.

그날 오후 그는 도보로 비야레알을 떠나면서도 도저히 믿을 수 없는 사실에 혼란스러웠어요. 자신의 눈앞에서 사람이 죽었고 자신의 손에 총이 들려 있었으며 그의 어린 시절을 지켜본 마지막 목격자가 사라졌고 엘 마에스트로는 이미 죽은 거예요. 누가 알베르토를 죽였을까요? 프랭키가 정말로 누군가의 목숨을 앗아갈 준비가 되었을까요? 그는 도시를 나서는 주도로를 비틀비틀 걸었어요. 그는 정어리업자와 털 없는 개가 자신을 구해주었던 미하레스 강을 지나쳤어요. 며칠 동안 생각에 빠져 걷느라 지쳤을 무렵 수도원에 다다랐어요. 그는 계단을 올라가 머물러도 되는지 물었어요. 수도사들은 그의 기타를 보고 어느 성당에 다녔는지 물었어요.

"산투아리오 데 산 파스쿠알 바이런입니다."

프랭키가 대답했어요.

그들은 허락한다는 듯 고개를 끄덕였어요. 400년 전에 양치기인 파스쿠알 바이런이 기타로 수행한 것을 그들은 알았거든요.

나는 지금까지 연주된 모든 노래예요.

그들은 프랭키를 문 안으로 들였어요.

56

프랭키가 섬에서 사는 동안 내가 자세하게 이야기해줄 사건이 하나 더 있어요.

프랭키는 집에 돌아온 직후 딸의 열두 번째 생일 파티에 참석하게 되었어요. 해변에 테이블을 놓고 케이크를 올렸죠. 아이들이 카이를 위해 파티에 참석했어요. 아버지와 다시 만나서 카이는 아주 기뻤어요.

해질 무렵 프랭키는 카이를 테이블로 불러 선물을 준비했다고 말했어요. 그러고는 낡은 기타 케이스를 가지고 왔어요.

"아빠, 전 기타는 필요 없어요."

카이가 말했어요.

"알고 있단다."

그가 대답했어요.

"하지만 너만의 것을 가지고 싶을지도 모르잖니."

그가 케이스를 열자 아주 특이하게 생긴 악기가 나타났어요. 흰 튜닝 페그가 달린 붉은 기타였는데 몸통에는 스페인의 기수와 아름다운 여자가 강렬하게 그려져 있었어요.

"아빠, 이게 내 거예요?"

"그렇단다."

"어디서 났어요?"

"다른 나라에서 구했어."

"이 말을 좀 보세요!"

"아가씨도 있단다."

"너무 아름다워요."

"그래, 너처럼."

"어떻게 연주하는지 가르쳐주실래요?"

"네가 원한다면."

"좋아요!"

카이는 기타를 들고 친구들에게 뛰어갔어요. 오로라는 아이들의 소리가 들리지 않을 때까지 그들을 지켜본 다음 프랭키에게 몸을 기대고 그의 어깨에 손을 올렸어요.

"당신 기타는 어디 있어?"

"이제는 없어."

"어쨌는데?"

"남겨두고 왔어."

"하지만 그 기타줄은. 그 속에 담긴 힘은…….

"그래서 두고 왔어."

"잘했어, 프란시스코."

"잘못한 일이기도 해. 알베르토가 죽는 순간 줄이 파란색으로 변했어."

"당신이 그 사람을 죽인 것이 아니잖아."

"내가 그곳에 가지 않았다면 그는 살아 있을 거야."

"그 말은 당신이 사람들에게 영향력이 있다는 뜻이야."

"난 그런 것을 바라지 않아."

"그건 당신이 어쩔 수 있는 문제가 아니야."

"노력은 해야겠지."

"그건 선물이야……."

"나도 알아……."

"당신의 스승이 주신……."

"내 연주도 마찬가지야……."

"그리고 당신의 연주가 다른 사람에게도 영향을 미치는 거지."

"난 이제 그만두었어. 알겠지?"

두 사람은 아무 말 없이 앉아 있었어요. 바위에 부딪히는 파도 소리만 들려왔어요.

"프란시스코?"

"응?"

"만일 무슨 일이…… 일어났다면?"

"일어나다니?"

"당신이 다른 누군가에게 영향을 미쳐야 한다면? 당신이 생명을 살려야 한다면?"

"당신의 생명을?"

"저 아이의 생명을."

그녀는 웃고 있는 친구들에게 기타를 흔들면서 해변으로 가는 딸을 턱으로 가리켰어요.

"내가 직접 해야겠지."

프랭키가 말했어요.

그것이 두 사람이 그 주제에 대해 나눈 마지막 대화였어요. 음악과 마찬가지로 인생 역시 연주하는 법과 쉬는 법이 있어요. 아홉 살 이후 처음으로 프랭키 프레스토는 소중한 기타 없이 홀로 있었고 기타는 지구 반 바퀴 너머 스페인 수도원의 침대 아래 놓여 있었어요.

줄 하나가 파랗게 물든 채로.

"아빠?"

"왜 그러니, 카이야?"

"손가락이 아파요."

"음악은 아픈 거란다."

"정말이요?"

"내 선생님이 해주신 말이야."

"이게 뭐예요?"

"굳은살이란다."

"왜 이런 것이 생겼을까요?"

"네가 배우고 있기 때문이지. 연주를 할수록 굳은살은 더 단단
해질 거야."

"어제는 굳은살에서 피가 났어요."

"어제 넌 연습을 많이 했거든."

"전 잘하지 못했어요."

"아니, 그렇지 않단다."

"오늘은 더 나아질 거예요."

"그럴 거야."

"아빠처럼 잘할 수 있을까요?"

"나보다 더 잘할 거란다. 손톱은 짧게 잘랐니?"

"네……. 이 코드는 뭐예요?"

"그건 G 코드지."

"마음에 들어요. 연주하기도 쉽고요."

"손가락 연습을 해보렴."

"도레미 말이에요?"

"그래."

"아빠?"

"왜 그러니, 카이?"

"아빠는 항상 기타를 연주하고 싶었어요?"

"그건 아니란다. 처음에는 그냥 아버지를 기쁘게 해드리고 싶었
거든."

카이가 미소를 지었어요. 그러자 가지런한 치아가 드러났어요.

"저도 그래요."

"다시 손가락 연습을 해보자."

"이 굳은살들은 보기 싫어요."

"나중에 없어질 거야."

"그러면 아프지 않게 되나요?"

"조금만 있으면."

"그렇다면 음악은 고통이 아니네요?"

프랭키는 자신의 첫 번째 기타를 잡고 있는 딸을 쳐다보았어요. 그는 가슴이 부풀어 오르는 것을 느꼈어요.

"항상 고통스러운 것은 아니란다."

그가 말했어요.

잉그리드 마이클슨

녹음 전문가, 가수, 작곡가

좋아요, 하지만 빨리 끝냅시다……. 아주 많이 늦었거든요. 아직 시작 안 했죠? 오늘 아침에 비행기에서 내렸어요. 그다음에 차를 타고 오느라 시간이 많이 걸렸어요…….

좋아요…… 그러니까…… 제 이름은 잉그리드 마이클슨입니다. 미국에서 왔어요. 전 프랭키를 알아요……. 그게, 저는 그를 프랭키라고 부르지 않았어요. 그는 루비오 씨였어요. 모두가 그를 그렇게 불렀죠. 우리는 그가 프랭키라는 것도 몰랐어요.

그는 선생님이었어요……. 그는 기타를 가르쳤어요. 제가 자랐던 스태튼 섬의 음반가게에서요……. 스태튼은 뉴욕의 자치구예요……. 아무튼 이 음반가게는 다른 음반가게처럼 평범했어요. 크고, 음반들이 가득하고, 앰프들이 벽을 따라 늘어서 있고, 드럼 세트와 키보드가 따로 자리를 차지하고 있고, 구석에서는 십대들이 항상 전자 기타 리프를 치는 그런 곳 말이에요.

그곳에는 작은 소극장 같은 공간이 있었어요. 어린 시절 저는 공연에 관심이 있었어요. 또 음악도요. 부모님이 피아노 교습을 받게 했거든요. 그래서 가게를 돌아다니면서 구경을 하고 사람들의 연주를 들었죠. 뒤쪽 복도를 따라 네다섯 개의 레슨실이 있었거든요. 아이들이 자기 몸집보다 커다란 오보에나 비올라 같은 악기를 질질 끌고 다니는 모습을 볼 수 있었어요. 운이 좋다면 플루트를 불어볼 수도 있었어요. 그건 무게가 별로 안 나가니까요.

어느 날 가게에 갔더니 모호크를 가져온 키 큰 아이가 마셜 앰프에 기타를 꽂더군요. 그런데 그 애가 기타를 너무 세게 치는 바람에 제 머리가 폭발할 뻔했어요. 저는 그 소리가 듣기 싫어서 가게 뒤쪽으로 갔어요. 제가 복도를 지나는데 어느 레슨실의 문이 열려 있고 누군가의 기타 연주가 들렸어요. 클래식 기타였죠. 그러고 나서 모호크가 또다시 E 코드를 일곱 번인가 쳤어요. 콰아아아앙! 그래서 잠깐 귀가 멀었다가 다시 클래식 기타 소리를 들었어요. 그리고 몇 초 뒤에 또 그 로커 소년의 폭발음이 들렸다가 다시 기타 소리가 났어요. 두 소리가 번갈아가며 들리는 것이 아주 이상했어요. 멋지기도 했고요.

전 누가 클래식 기타를 연주하는지 궁금했어요. 이런 가게에서 말이에요. 그래서 레슨을 받으러 가는 것처럼 복도를 따라 걸어가다가 안을 들여다보았어요. 긴 머리의 나이 든 남자가 소음 따위는 신경 쓰지 않고 홀로 연주하고 있었어요. 전 반대쪽으로 돌아와서 다시 들여다보았어요. 그는 여전히 연주하고 있었어요. 그래서 다시 가보았어요. 이번에는 아주 빠르지만 아름다운 스페인 곡을 연주했어요. 그런데 마치 두 손이 동시에 움직이는 것 같아서 전 최면에 빠진 듯이 복도 한가운데 그만 멈춰 서버렸어요. 이내 그가 고개를 들었고 전 들키고 말았죠. 그가 이렇게 말하더군요.

"바리오스."

제가 물었어요.

"네?"

"작곡가 이름이 바리오스야."

그가 말했어요.

"이 곡은 '라 카테드랄(La Catedral)'이고. 항상 자신이 연주하는 곡이 누구의 작품인지 알고 있어야 한단다."

전 그냥 고개만 끄덕였어요. 그때 고작 열네 살이었거든요. 그는 미소를 짓더니 클래식 기타를 내려놓고 작은 팬더 앰프에 꽂힌 전자 기타(그는 레슨실에 열 개의 기타를 준비해두었더군요)를 집어 들고는 미친 듯이 록 음악을 연주했어요. 그리고 이렇게 말했어요.

"헨드릭스."

그때는 지미 헨드릭스가 누구인지 몰라서 저는 그냥 어깨만 으쓱거렸어요. 그는 다른 곡을 연주했죠.

"스티비 레이 본은?"

그가 말했어요. 저는 그도 몰랐어요. 그는 '워크 디스 웨이(Walk This Way)'의 릭을 연주하고 또 물었어요.

"에어로스미스는?"

저는 '네, 그건 들어봤어요!'라는 식으로 반응했어요.

그리고 불쑥 이렇게 물었어요.

"아는 쇼 음악이 있어요?"

지금 생각해보니 정말로 시시한 질문이었죠. 공연에 빠져 있던 제가 그런 질문을 하다니. 그러니까 '아는 쇼 음악이 있어요?'라는 질문은 유행을 전혀 모르는 할머니가 물어볼 법한 질문이었어요. 그렇지만 그는 신경 쓰지 않았어요. 그는 다른 기타를 집어 들더니 아주 아름답게 '오버 더 레인보우(Over the Rainbow)'를 연주했고 전 온몸에 소름이 돋았어요. 전 주디 갈랜드를 아주 좋아했고 항상 그 노래를 사랑했죠. 하지만 그렇게 아름다운 멜로디로 들어본 적은 없었어요. 그의 연주가 끝났을 때 전 이렇게 말했죠.

"어떻게 그렇게 연주할 수 있는지 가르쳐주실래요?"

그의 연주를 들으면 직접 연주해보고 싶다는 생각이 들거든요. 그리고 그런 음악이 자신의 손가락에서 나온다면 기분이 어떨지 알고 싶어지죠.

그는 레슨을 받으려면 수강 신청을 해야 한다고 말했어요. 그래서 집으로 가서 부모님에게 말씀드렸더니 부모님은 제가 이미 보컬과 피아노 그리고 공연에 대해서 공부하고 있다면서 그걸로 충분하다고 하셨어요. 게다가 음반가게에서 일하는 남자는 별 볼일 없는 사람이라고 생각하셨죠. 아버지는 클래식 작곡가시거든요.

"하지만, 아버지."

전 이렇게 말했어요.

"그는 바리오스를 연주했어요."

그러자 아버지가 놀라셨어요. 그러고는 이렇게 말씀하셨죠.

"어거스틴 바리오스 말이야?"

물론 저는 그 남자의 이름은 기억하지 못했지만 약간 과장을 했어요.

어쨌든 저는 일주일 뒤에 다시 가게로 갔고 그는 자신의 레슨실에 있었어요. 그가 절 보더니 이렇게 말했어요.

"안녕, 쇼 음악 아가씨."

그는 〈피니언스 레인보우〉에 나오는 노래를 연주하고 노래도 살짝 불렀어요. 전 그에게 이런 것을 어떻게 다 아냐고 물었어요. 그는 어린 시절 스페인에서 하나의 음반을 외울 때까지 반복해서 들었다고 말해주었어요. 전 스페인 사람이 왜 뉴욕에 사는지 물었죠. 그는 기타를 연주하는 딸이 줄리아드 음대에 들어가서 딸과 함께 지내려고 부인과 함께 이곳으로 이사 왔다고 말했어요.

딸의 음악 공부를 위해 온 가족이 이사를 왔다는 것이 멋지다고 생각했어요. 전 자주 가게에 들렀고 결국 그가 매주 목요일마다 기타를 가지고 오라고 했어요. 어떤 아이가 1년치 레슨비를 내고도 강습에 오지 않는다면서 그 시간이 빈다고 했어요. 그 아이가 마음을 바꾸지 않는 한, 계속 와도 된다고 했죠. 그는 제게 아주 놀라운 것들을 가르쳐주었어요. 그는 줄이 달린 악기는 무엇이든 연주할 수 있었어요. 베이스. 벤조도요. 그는 제게 우쿨렐레 연주를 처음으로 보여준 사람이었어요. 저는 나중에 음반을 녹음할 때도 그 악기를 아주 많이 사용하게 되었지요.

하지만 제가 말했듯이 그가 프랭키 프레스토인지는 정말로 몰랐어요. 그는 자신이 루비오라고 했고 모두가 그를 그렇게 불렀어요. 저만 유일하게 그의 이름을 알고 있었죠. 어느 겨울에 아내분이 그의 스웨터를 가지고 왔었거든요. 그녀는 영국 억양으로 말했어요.

"옷을 껴입어, 프란시스코, 껴입어. 그래야 몸이 따뜻하지."

껴-입어, 프란시스코, 껴-입어. 그 말투가 너무 좋았어요.

아무튼 그들은 제가 만난 가장 멋진 부부였어요. 아내분은 정말로 아름다운 영국인이었고 그는 스페인에서 자랐다고 했어요. 그런 두 사람이 함께 섬에서 살았다고 했어요. 스태튼 섬이 아니라 뉴질랜드의 섬에서. 그는 딸의 공부를 지원해주는 멋진 아버지인데다 모든 노래를 아는 것도 모자라 쉰 혹은 예순 살에도 여전히 귀여운 남자였으니까요.

전 1~2년 동안 계속 목요일마다 찾아갔어요. 가끔 우리는 학교나 남자애들, 음악이나 공연 쪽 진로에 대해 이야기를 나누기도 했어요. 그는 주로 듣는 쪽이었어요. 그는 한 번도 제게 자신이 록스타라고 말한 적이 없었어요. 단 한 번도요. 그가 반복해서 들려준 조언은 이랬어요.

"네 음악이 손에서 떠나지 않게 하렴."

그때는 그 말이 크게 와 닿지 않았어요. 하지만 몇 년 후에 제가 음반을 제작할 때는 아주 도움이 되었어요. 덕분에 전 업계 사람들이 곡을 다르게 써보라고 조언할 때도 저만의 색깔을 유지할 수 있었어요.

루비오 씨에 대해서 이렇게 말하고 싶어요. 그는 비밀을 간직한 사람이었어요. 당시 그가 가게로 오고 나서 특이한 '학생들'이 찾아왔었어요. 나이 든 사람들. 재즈 뮤지션들. 어느 날 밤에 제가 가게에 들렀을 때는 존 본 조비가 복도를 지나 루비오 씨의 연습실로 들어가는 모습도 봤어요. 맹세해요. 라일 로벳도요. 분명 그 사람이에요. 생김새가 특이하잖아요. 아무튼 전 당시에는 십대였기에 그 모든 일에 대해 잘 알지 못했어요.

전 뉴욕 주립대에 진학했고 어느 여름에 돌아와보니 그는 더 이상 그곳에 없었어요. 레슨실은 텅 비어 있었죠. 그래서 루비오 씨에게 무슨 일이 생겼는지 사람들에게 물어봤어요. 그와 아내가 남부로 이사를 갔다더군요.

전 감사인사도, 작별인사도 드릴 기회가 없었어요. 1~2년 전쯤에 〈롤링 스톤스〉에서 '프랭키 프레스토의 마법의 기타줄'의 해적판에 대한 기사를 보고 그가 누군지 알게 되었죠. 놀랍지 않아요? 사실 루비오 씨에게 영감을 받은 가사가 제 곡에 들어 있어요. '더 웨이 아이 엠(The Way I Am)'에는 스웨터를 주는 내용이, '파 어웨이(Far Away)'에는 섬으로 이사 가는 이야기가 담겨 있어요. 시간이 흐르면 결국 모든 스승이 당신의 음악에 드러나는 것이 아닐까요?

그가 죽었다는 소식을 듣는 순간 저는 장례식에 가야겠다고 생각했어요. 몇 년 동안 저는 그를 찾아 감사인사를 하고 싶었어요. 그가 자신의 과거를 자랑하지 않은 것도, 괴짜 십대에게 '오버 더 레인보우'를 가르쳐준 것도요. 그러니까 얼마나 많은 사람이 실제로 그럴 수 있겠어요? 거의 없겠죠.

오…… 저 노래 소리가 들리세요? 그만 들어가봐야겠어요…….

57

서둘러요. 예배가 시작되었어요. 경과음을 사용해볼까요. 멜로디 속의 음은 화음이 아니라 그사이를 연결하는 지남음이에요. 포크 댄스를 추는 경우 원래 파트너에게 돌아가기 전에 사람들 주위를 도는 것과 같은 이치예요. 프랭키 프레스토에게 남은 마지막 해를 경과음으로 마무리하고 중요한 부분만 자세히 설명한 다음 마지막 장으로 넘어가도록 하죠. 서둘러요. 2분의 2박이에요.

경과음이죠. 1994년에 프랭키의 가족은 와이헤케 섬을 떠났어요(앞에서 알게 되었던 대로요). 딸인 카이가 뉴욕 시에 있는 명문 줄리아드 음대에 입학 허가를 받았거든요(매일 아버지와 기타 연습을 한 덕분이에요). 오로라와 프랭키는 스태튼 섬에 연립주택을 빌렸어요. 그는 프란시스코 루비오라는 이름을 썼어요. '프랭키 프레스토의 마법의 기타줄' 해적판이 기타 연주자들 사이에 널리 퍼지면서 젊은 음악가들, 기회주의적인 저널리스트들, 심지어 다큐멘터리 감독 등 많은 사람들이 미스터리하게 사라진 이 기타리스트를 찾고 있었어요. 하지만 프랭키는 전혀 관심이 없었지요. 과거는 과거일 뿐이었어요. 그가 사람들의 이목을 피해 도망칠수록 더 많은 이목이 그를 쫓는 것이 참 이상했어요.

하지만 신의 은총인지 세상은 그를 찾지 못했고 그는 스태튼 섬에서 7년 동안 행복하고 평범한 삶을 누렸어요. 프랭키는 몸무게가 5.5킬로그램 정도 늘었고 도수를 넣은 선글라스도 샀으며 머리카락도 반백이 되었어요. 달리기를 하다가 발도 다쳐보았고 메인주의 해변에도 가보았으며 가지를 넣은 팬네 파스타를 만드는 법도 배웠어요(오로라가 가장 좋아하는 요리였죠). 그리고 기타리스트 찰리 크리스찬의 솔로 곡을 독학했고 요가도 배웠으며 빈티지 앰프도 고쳤고 로어 맨해튼의 상점에서 중고 CD도 한 아름 샀어요. 음반은 오로라가 늦은 아침식사를 준비하는 동안 들려주기도 했지요.

그는 파트타임으로 기타를 가르치는 동네 음반가게에서 매주 다른 기타를 집으로 가져와 며칠 동안 사용하고 도로 가져다놓았어요.

"당신은 다른 기타에는 만족하지 못할 거야."

오로라가 말했어요.

"난 지금이 행복해."

그는 아내의 손을 잡으며 이렇게 안심시켰어요.

폭풍우가 쳐도 바다 속은 고요하듯 프랭키와 오로라는 등반가가 산의 정상에 올라 숨을 고르는 것처럼 조용하고 편안한 시간을 보냈어요. 그들은 매일 시장에 가서 장을 봤어요. 이웃을 비롯해 그리스식 빵가게 여주인과도 친분을 쌓았어요. 두 사람은 어린이용 회전목마가 있는 공원을 발견했고 오로라는 가끔 홀린 듯한 표정으로 회전목마를 응시했어요. 프랭키는 아내가 죽은 아기를 생각하는 것이 아닐까 걱정되었어요. 그 일이 있었던 도시로 돌아왔을 때 그는 아내의 손을 잡고 이렇게 말했어요.

"루트 비어를 같이 마시자."

그래서 오로라는 루트 비어를 가장 좋아하게 되었어요.

오로라는 일주일에 나흘을 중고품 자선가게에서 일했고 나머지 시간에는 유화를 그리거나 강변에서 자전거를 탔어요. 매일 밤 카이와 전화통화를 했지요. 주말에는 프랭키가 가끔 새로 작곡한 곡을 다른 작곡가의 노래와 섞어서 들려주었어요. 그녀는 어느 부분이 남편의 곡인지 한 번도 틀린 적이 없었어요.

"어떻게 그렇게 잘 알아?"

그가 물었어요.

"당신 거라면 무엇이든 들리거든."

그녀가 대답했어요.

오로라는 남편이 강사로 일하도록 용기를 주었어요. 또한 루비오라는 이름을 쓰면 사람들에게 들키지 않고도 기타를 연주할 수 있을 거라고 했어요. 그렇지만 시간이 흐르면서 프랭키의 엄청난 재능이 널리 알려졌어요(나를 억누를 수는 없으니까요). 사장이 가게를 방문한 젊은 록스타에게 그를 소개해주었고 두 사람은 함께 블루스 몇 곡을 연주했어요. 그러고 나자 거장 기타리스트가 스태튼 섬의 음반가게에서 일한다는 소문이 퍼졌어요. 뉴욕을 찾는 유명한 연주자들은 그 가게를 들르기 시작했어요. 일부는 조언을 들으려고, 일부는 같이 연주를 하려고, 또 일부는 소문을 확인하려고. 사장은 가게 이름이 널리 알려져서 더 많은 기타를 팔 수 있었기 때문에 신경 쓰지 않았어요.

그는 '루비오'로 알려졌지만("루비오를 보러 가는 거야?", "루비오가 굉장하다던데!") 어느 순간 프랭키는 일이 너무 커지지 않을까 걱정되었어요. 그는 무대 밖에서 재능 있는 예술가들과 함께 연주하는 기회를 즐겼어요. 그렇지만 그들이 자신의 명성을 쫓지 않도록 한 걸음 물러나 있었지요. 덕분에 엘 마에스트로와 연습하던 시절의 자잘한 교훈들을 알려주는 꽤 훌륭한 스승이 되었어요. 내가 계산해보니 2년 이상 프랭키를 찾아와서 상담을 받은 프로 뮤지션이 83명이나 돼요. 본 조비, 펄 잼, E 스트리트 밴드도 있고 베이시스트 크리스찬 맥브라이드, 기타리스트 얼 클루, 리듬 앤드 블루스 가수 KEM, 싱어송라이터 워렌 제본도 있었어요.

라일 로벳과 달린 러브를 포함해 몇몇 사람들만 그의 정체를 알았어요. 그들은 비밀을 지키기로 약속했고 그 맹세를 지켰어요.

그런데 어느 날 두 사람이 집에 있는데 전화벨이 울렸어요. 오로라가 전화를 받자 〈롤링 스톤스〉에서 일한다는 남자가 이렇게 물었어요.

"프랭키 프레스토 씨 집인가요?"

오로라는 재빨리 전화를 끊었어요.

경과음이에요. 카이는 우수한 성적으로 대학을 졸업했어요. 그녀는 보스턴에 있는 음악 학교로 갔어요. 딸이 떠나자 프랭키와 오로라도 뉴올리언스로 돌아왔어요. 그날 걸려온 전화 때문에 두 사람은 걱정이 되었어요. 게다가 오로라는 크레센트 시티를 좋아했거든요. 그곳은 프랭키가 미스터 빙글이 그려진 쇼윈도 앞에서 프러포즈를 했던 곳이기도 해요.

두 사람은 가든 디스트릭에 작은 아파트를 구했어요. 오로라는 프랭키에게 아침 커피를 내려주었고 프랭키는 저녁마다 그녀에게 차를 타주었어요. 어느 오후 그녀는 자원봉사로 그림을 가르치던 복지센터에 프랭키를 데려가서 아이들에게 음악을 하는 루비오 씨라고 소개했어요. 그는 한 대의 피아노, 한 개의 일렉트릭 베이스, 두 개의 드럼, 한 개의 트럼펫, 십대 뚱보 소년이 연주하는 트럼본으로 구성된 어린 앙상블을 지도했어요. 그들은 펑크와 재즈를 연주했고 드러머는 랩을 했어요. 그들은 스스로를 '엉망진창 밴드'라고 불렀지요. 프랭키는 연주 기술은 한참 모자랐지만 열정 넘치는 젊은이들을 보는 것이 좋았어요.

항상 정확한 내가 세어보니 프랭키 프레스토가 함께한 372번째 밴드였어요.

이제 두 개의 밴드만 남았네요.

내 제자인 기타리스트 레스 폴은 내 재능을 많이 받은 데다 호기심 많은 성격 덕분에 일렉트릭 기타, 테이프 레코딩, 오버더빙에서 혁신을 일으켰어요. 십대 시절 그는 기타줄을 철로의 침목에 올린 다음 전화기 안으로 집어넣어 음폭을 확장시키려고 했어요. 몇 년 뒤에는 소나무 각재를 픽업에 부착해서 '로그'라고 불리는 기타를 발명했어요. 오늘날 전 세계에서 사용되는, 몸통이 단단한 일렉트릭 기타의 선구자였죠.

하지만 그의 가장 뛰어난 재능은 바로 인내심이었어요. 1948년 교통사고가 났을 당시 폴과 아내 메리 포드는 산골짜기에 세 시간이나 방치되어 있었어요. 그는 갈비뼈, 코, 비장, 골반, 쇄골에 부상을 입었어요. 그렇지만 가장 심각한 문제는 여러 곳이 골절된 오른팔이었죠. 의사가 절단 수술까지 고려했지만 결국 팔은 직각으로 굳어지고 말았어요. 그럼에도 그는 절대 연주를 포기하지 않았어요. 수십 년 뒤가 아니라 얼마 뒤에 관절염이 찾아와 손이 마치 동물 발톱처럼 굳어버렸죠. 하지만 그는 아흔 살이 넘어서까지 음악을 만들고 작은 클럽에서 연주를 하며 날 놓아주지 않았어요.

뉴올리언스에서 프랭키 프레스토는 몸이 노쇠해져 연주가 힘에 부치는 것을 느꼈어요. 왼손이 계속 뻣뻣했고 습한 날씨에는 한 곡을 마치기도 아주 힘들었어요. 악보를 읽으려면 돋보기를 써야 했지요. 수년에 걸쳐 굽은 허리도 엄청난 고통을 주었고요. 그래서 그가 자리에서 일어날 때면 손으로 허리를 짚어야 했고 뒤로 허리를 펼 때는 신음이 절로 나왔어요.

"난 녹슬고 있나 봐."

그가 오로라에게 한탄했어요.

"늙어가는 거겠지."

그녀가 말했어요.

"하지만 당신은 아니잖아."

"물론이지. 난 아직도 나무에 오를 수 있어."

"흥."

프랭키가 투덜거렸어요.

58

프랭키가 일흔 살이 되기 1년 전인 2005년에 엄청난 폭풍우가 루이지애나를 강타했어요. 대피령이 내려졌지만 많은 사람들이 집에 남았어요. 오로라는 낡은 벽돌 건물인 근처 성당에서 약간의 신도들과 함께 있었어요. 폭풍이 아주 심해졌다는 일기예보가 나오자 대부분의 신도들이 성당을 나섰지만 가장 나이가 많은 신부는 물이 얼마나 차오르건 간에 성당을 지키겠다고 맹세했어요.

"피하셔야 해요."

오로라가 신부에게 애원했어요.

"난 52년 전에 이 성당을 세웠지."

신부가 말했어요.

"하느님이 내가 이곳에서 죽길 원하신다면 그렇게 해야지."

오로라가 이 이야기를 프랭키에게 하자 그는 고개를 저었어요. 평생 그는 헌신과 고통이 함께 오는 것을 보았거든요.

"우리는 여기를 나가야 해."

그가 말했어요. 오로라도 동의했고요. 그런데 프랭키가 차에 짐을 신고 돌아오자 아내가 사라지고 없었어요. 비는 이미 내리기 시작했고요. 그는 재빨리 성당으로 차를 몰았어요. 아내는 여러 명의 젊은 신도들과 함께 창문에 판자를 덧대고 있었어요.

"당신 지금 뭐하는 거야?"

프랭키가 물었어요.

"신부님이 이곳에 머무신다면 우리는 그를 도와야 해."

"허리케인이 오고 있대. 우린 떠나야 해."

"몇 분만 기다려."

바람이 강해지자 프랭키도 다른 사람들처럼 서둘러 판자를 창문에 대고 망치질을 했어요. 두 명의 십대 소년이 커다란 목재를 들고 사다리에 올랐어요. 그들이 너무 서두르는 바람에 그만 유리가 깨졌어요. 비가 들이치면서 앞의 소년이 균형을 잃었어요. 그는 사다리를 잡으려다가 그만 목재를 놓쳐버렸고 뒤의 소년도 목재를 놓쳐버렸어요. 첫 번째 소년이 사다리에서 바닥으로 떨어졌어요. 사람들이 놀라서 고함을 질렀어요.

"괜찮아?"

"네, 괜찮아요."

소년이 대답했어요.

"그냥 좀 세게 떨어졌어요."

그 순간 프랭키는 신음 소리를 들었어요. 그가 돌아보니 오로라가 머리를 잡고 바닥에 누워 있었어요. 땅에 떨어진 목재가 그녀에게 떨어진 거예요.

"세상에!"

신부님이 고함을 지르며 그녀에게 달려갔어요.

프랭키는 사람들을 밀치고 달려가 아내에게 몸을 숙였어요. 오로라는 머리에서 살짝 피를 흘리며 눈을 깜박였어요.

"아내를 차에 태우게 도와주세요."

프랭키가 소리쳤어요.

"괜찮아. 난 괜찮아."

아내가 말했어요.

"자, 어서!"

30분 뒤에 두 사람은 빗속을 뚫고 병원 응급실에 도착했어요. 의사가 깊은 상처를 꿰매는 동안 프랭키는 복도를 가득 채운 환자들을 쳐다보았어요. 대부분이 나이 든 사람들이었고 그들은 다가오는 폭풍우에 두려워하고 있었어요. 의사는 오로라의 상처가 깊지 않다고 안심시켰어요. 하지만 오로라는 가벼운 뇌진탕을 일으켰기 때문에 침대에 누워서 경과를 지켜봐야 했어요. 그동안 오로라는 계속 깨어 있어야 했지요.

"괜찮은 것 같아."

그녀가 말했어요.

"그냥 조금 두통이 있을 뿐이야."

"여기 있어도 안전할까요?"

프랭키가 의사에게 물었어요.

"폭풍우가 오고 있는데요?"

"네, 물론이죠."

의사는 이렇게 말하더니 서둘러 다른 환자를 살폈어요.

몇 시간 안에 허리케인이 뉴올리언스를 강타했어요. 그날 저녁 도시를 지켜주던 제방이 무너졌죠. 폰차트레인 호(프랭키가 처음 엘비스 프레슬리와 연주했던 곳)와 미시시피 강(프랭키와 오로라가 신혼부부가 되어 걸었던 곳)에서 범람한 물이 거리를 침수시켰고요. 해수면이 점점 높아지면서 바닷물이 벽을 타고 올라왔어요. 마치 태곳적으로 되돌아가는 것 같았죠. 병원은 아프거나 다친 사람들만이 아니라 잠자리와 음식이 필요하거나 보호받고 싶어 하는 사람들을 위한 곳이 되었어요. 전기가 나가자 의사들은 손전등을 사용했어요. 식량은 줄어들었고 물자는 충분하지 않았어요. 아래층에 있던 사람들이 모두 위층으로 올라오면서 상황은 더욱 불편해졌어요. 늦은 여름인 데다 열기로 실내가 답답해졌어요. 그래서 환기를 위해 막아둔 창문 몇 개를 부수었어요.

대혼란 속에서도 프랭키는 결코 아내의 곁을 떠나지 않았어요. 복잡한 병실의 한 귀퉁이에 놓인 침대에서 그는 아내가 계속 깨어 있도록 이야기를 들려주고 대화를 나누고 노래도 불러주었어요.

"난 괜찮아."

아내가 속삭였어요.

"알아."

"난 아직 당신을 떠나지 않을 거야."

"당연하지."

"하지만 내가 먼저 갈 거야."

"그래야겠어?"

"지금 말고 한참 뒤에."

"한참 뒤에."

"그래도 먼저 가야 해."

"공평하지 않아."

프랭키가 말했어요.

"아니, 공평해."

아내가 대답했어요.

"어떻게 그런 계산이 나오는 거야?"

"당신이 먼저 죽으면 내게 남는 것이 뭐지?"

오로라가 물었어요.

"당신에게는 카이가 있지."

"맞아."

그녀가 눈을 돌렸어요.

"그렇지만 딸에게는 자신의 삶이 있어. 그것을 막을 수는 없지. 그 애도 결혼할 거야. 아이도 낳고."

"그렇다면 나도 똑같은 질문을 하겠어."

프랭키가 말했어요.

"당신이 먼저 가면 내게 남는 것이 뭐야? 카이 말고?"

그녀는 남편이 농담이라도 하는 것처럼 그를 쳐다보았어요.

"당신에게는 음악이 있잖아."

프랭키는 가볍게 콧방귀를 끼고는 아무 말도 하지 않았어요(반면에 나는 오로라의 말이 정확히 무슨 뜻인지 알았어요).

"'파를레 무아 다무르.'"

오로라가 말했어요.

"그 노래를 불러줘. 내가 잠들지 않게."

"내 프랑스어 실력이 예전 같지 않아."

프랭키가 답했어요.

"당신은 노래를 불러야 해."

아내가 씩 웃으며 말했어요.

"난 환자야. 이건 의사의 처방이고."

그는 한숨을 쉬고는 자신이 기억하는 대로 그 노래를 감미롭게 불렀어요. 옆 침대에 누워 있던 나이가 지긋한 여성이 몸을 돌리더니 이렇게 말했어요.

"더 크게요, 세뇨르. 당신은 달콤한 목소리를 가졌군요."

프랭키는 더 큰 소리로 노래를 불렀고 여섯 개의 침대가 가까이 붙어 있는 병실 전체가 어둠 속에서 고요해졌어요. 환자와 가족들은 칸막이용 얇은 커튼을 걷고 그의 목소리에 빠져들었어요.

들려줘요 사랑의 말을
다시 한 번 더 말해줘요, 그 달콤한 말을

그가 노래를 마치자 사람들이 점잖게 박수를 쳤고 누군가가 외쳤어요.

"다른 노래도 불러주세요!"

프랭키는 오로라를 슬쩍 쳐다보며 눈빛으로 '당신이 시작한 일이 어떻게 되었나 보라고' 말했지만 오로라는 미소를 짓고 거짓 미국식 억양으로 외쳤어요.

"저기, 여러분, 프랭키 프레스토의 '아이 원트 투 러브 유'를 아세요?"

그러자 한 나이 든 남성이 말했어요.

"오래된 노래지만 명곡이죠."

곧 프랭키는 자신의 최고 히트곡을 창문을 두드리는 빗소리를 벗 삼아 무반주로 부르게 되었어요.

당신을 사랑하고 싶어
난 진실할 거야
아무도 당신을 사랑할 수 없어
내가 사랑하는 것만큼……

그가 노래를 부르는 동안 사람들이 하나둘씩 따라 불렀어요. 마치 캠프파이어에서 노래를 부르는 것처럼 어두운 병실에서 모두가 익숙한 음에 맞춰 높은 목소리, 낮은 목소리, 음정이 맞지 않는 목소리로 폭풍우에 용감하게 맞서 노래를 불렀어요.

오, 내 사랑을 보여줄 수 있도록
당신이 허락해준다면
그러면 내일부터
당신도 날 사랑할 텐데!

　　모두가 노래를 끝내자 누군가는 숟가락을 드럼처럼 두드렸고
누군가는 웃으며 "우와!" 하고 환호성을 질렀어요. 프랭키에게는
가장 듣기 좋은 소리였죠.
　　모두가 삶 속에서 하나가 되었으니까요.
　　가끔은 그렇게 용기를 내야 했어요.
　　프랭키는 미소를 지으며 아내를 내려다보았어요.
　　그녀의 눈이 감겨 있었어요.

59

의사는 뇌진탕의 여파로 치명적인 심장발작이 일어난 것 같다고 했어요. 그들은 확실히 말해주지 못했어요. 오로라는 예순여덟 살이었어요. 간호사들이 서둘러 손전등을 비추었지만 그녀를 살리려는 시도는 헛수고였어요. 그녀는 아주 빨리 떠났어요. 젊은 내과의사는 애도의 말을 하고는 다른 폭풍우 피해자를 도우러 가버렸어요. 프랭키가 믿지 못하고 몸을 웅크리고 있는데 잡역부들이 바퀴 달린 침대를 끌고 왔어요. 그들이 아내의 시신을 침대에 싣자 프랭키는 바닥에 주저앉아 벽에 몸을 기댔어요. 그는 추위에 덜덜 떠는 사람처럼 팔로 몸을 감싸고 앞뒤로 움직였어요. 밖의 도로는 물에 잠겼어요. 병원은 마치 전쟁터 같았고요. 아무 데도 갈 곳이 없었어요. 비명을 지를 곳도 없었어요. 밀려든 물이 또다시 그의 인생을 바꾸었어요.

프랭키는 4주 후에야 아내를 묻을 수 있었어요.

묘지에서 열린 장례식에서 카이는 아버지의 손을 잡고 흐느꼈어요. 오로라의 동료 신도들도 손을 잡고 흐느꼈어요. 세실 (요크)

피터슨은 런던에서 날아와 카이의 손을 잡고 슬퍼했어요. 또한 그녀는 따뜻하고 현실적인 추도사를 통해 오로라가 용감하고 영리했으며 가끔은 자신이 아는 가장 행복한 여자이기도 했고 자신보다 남을 먼저 생각하는 사람이기도 했다고 말했어요. 복지센터의 엉망진창 밴드가 뉴올리언스의 전통에 따라 장송곡인 '당신께 한 걸음 더 가까이'를 연주했어요.

프랭키는 아무것도 하지 않았어요. 그는 노래도 부르지 않았어요. 그저 옆에 서서 먼 곳만 바라보았어요.

오로라 요크는 프랭키의 마음을 두고 나와 경쟁한 유일한 경쟁자였어요. 그날 그녀는 날 없애버렸어요. 프랭키에게는 음악이 한 점도 남아 있지 않았어요. 그녀에 대한 그의 절박한 사랑은 밖으로 분출되지 못한 채 마치 범람한 물처럼 나를 내면의 장벽 속으로 밀어넣고는 그를 침묵하게 만들었어요. 그는 병원에서 노래를 불러달라고 했던 아내의 얼굴을 떠올렸어요. 그에게 나무 위로 올라오라고 했던 어린 소녀의 모습도 떠올렸어요. 자신이 버렸던 낡은 기타와 아직 사용하지 않은 푸른 기타줄도 계속 생각했어요.

"당신이 생명을 살려야 한다면?"

아내가 물었었죠.

그 생각을 하니 너무 마음이 아팠어요. 그는 마음을 닫아버렸어요. 눈은 멍해졌어요. 마치 텅 빈 구멍처럼 공허해졌지요.

장례식이 끝나자 그는 모두가 무덤을 떠나기를 기다렸어요. 사람들이 모두 가버리자 그는 바닥에 쭈그리고는 주머니에서 무언가를 꺼내 땅으로 밀어넣었어요. 그것은 기타줄로 만든 작고 둥근 꽃이었어요. 그는 눈이 퉁퉁 부을 정도로 울다가 균형을 잃고 앞으로 넘어지는 바람에 손과 무릎이 젖은 잔디에 닿았어요. 그는 아내의 이름을 부르고 또 불렀어요.

"지금 말고 한참 뒤에."

프랭키가 숨을 헉헉거렸어요.

"지금 말고 한참 뒤라고 했잖아."

누구나 살아가는 동안 어느 밴드에든 들어가죠.

어떤 밴드는 당신의 마음을 아프게 하죠.

60

프랭키의 여생은 기억에서 벗어나려는 노력들로 점철되었어요.
필리핀 마닐라의 산토 토마스 대학교에서 클래식 기타를 가르치
면서 말이에요. 카이는 아버지의 부탁을 받고 자신의 연줄을 동원
해서 아버지가 그 대학교의 면접을 통과하도록 힘을 썼어요.

"너무 멀어요."

딸은 반대했었죠.

"알고 있어."

그가 대답했어요.

프랭키의 종교가 가톨릭이라는 것도 채용에 도움이 되었어요.
그는 대학 측에 자신이 기도, 성당, 하느님을 포기했다고 말하지
않았어요. 그는 보수가 그리 높지 않는 강사직을 받았어요. 에스파
냐 대로에 작은 아파트를 구하고는 바로크 양식의 웅장한 센츄리
아치를 지나고 인트라무로스 광장을 가로질러 캠퍼스까지 걸어서
출퇴근했어요.

필리핀 학생들은 예의 바르고 공손했어요. 그는 일대일로 끈질

기고 엄격하게 가르쳤어요. 학생들은 프랭키의 지식에 감탄했어요. 하지만 그가 학생들과 연주하는 일은 거의 없었어요. 앙상블이나 교수 오케스트라에 들어가지도 않았고요. 프랭키는 아무도 자신을 찾지 못하는 곳에 숨어 있기 위해 거기까지 간 것이니까요.

그는 밤에야 버스 터미널이 내려다보이는 창가에 홀로 서서 기타를 만졌어요. 그는 가스파르 산츠의 느린 바로크 멜로디와 로버트 존슨의 올드 블루스를 연주했어요. 그렇지만 이제 손가락은 계속 아팠고 관절염으로 왼손 신경이 손상되면서 어깨와 목이 완전히 굳어버렸어요. 그는 더 이상 달릴 수 없었어요. 더 이상 팬네 파스타도 만들 수 없었어요. 더 이상 앰프를 고치거나 차를 타지도 못했어요. 아내와 했던 일상적인 일들은 아무것도 할 수 없게 되었어요. 그런 일들에는 으레 외로움이라는 무서운 괴물이 따라붙었거든요.

오로라는 자신이 떠나면 프랭키에게는 카이 말고도 음악이 남는다고 했었죠. 그 말은 사실이었어요. 난 그에게 작은 위안을 주었죠. 프랭키는 아내가 죽은 지 몇 달 만에 곡을 하나 쓰고는 그 이후로는 아무것도 쓰지 않았어요.

2009년 카이가 심포니 투어를 마치고 찾아왔어요. 카이는 프랭키에게 자신이 스페인에서 열리는 명망 높은 프란시스코 타레가 국제 기타 경연대회에 출전하게 되었다고 말했어요. 40년 이상 개최된 축제로 타레가의 사망 100주기를 맞은 올해는 더 의미 있는 자리였어요. 그래서 처음으로 타레가가 태어난 비야레알에서 페스티벌과 대회가 함께 열리게 되었어요.

"아빠가 와주셨으면 해요."

"그럴 수 없단다, 애야."

"저한테는 중요한 자리예요."

"못 가."

"아빠가 제게 타레가의 곡을 가르쳐주셨잖아요. 제게 처음 가르쳐주신 곡이죠. 그의 음악에 대해 제가 아는 모든 것은 아빠가 가르쳐주신 거예요."

"거기에는 너무 많은 것들이⋯⋯."

"뭐가요? 기억들이요?"

"그래."

"기억은 장소에 있는 것이 아니에요, 아빠. 아빠의 마음속에 있는 거죠. 여기에도 있어요. 이⋯⋯."

카이가 주변을 둘러보았어요.

"무자비하게 작은 아파트에도 말이에요."

프랭키는 얼굴을 비비고는 머리카락을 뒤로 넘겼어요. 그의 머리카락은 이제 가느다란 백발이 되었지만 여전히 이마로 흘러내렸죠.

"빗질은 안 하시는 거예요?"

카이가 아버지를 웃기려고 이렇게 물었어요.

"누굴 위해서?"

프랭키가 대답했어요.

카이가 고개를 돌렸어요.

"저도 엄마가 그리워요, 아빠."

"그 마음 안단다."

그는 딸을 쳐다보았어요. 이제 삼십대 초반에 들어선 딸이 점점 작아지는 자신과는 다르게 얼마나 아름다운지 새삼 깨달았어요.

"며칠이나 머물 거니?"

그가 물었어요.

"금요일까지요."

"며칠 더 있을 수는 없니?"

"전화를 해야 해요."

"내 전화기를 써."

그가 책상을 가리켰어요.

"저도 전화 있어요, 아빠. 지금은 모든 사람이 휴대전화를 가지고 있어요."

"아, 그렇구나."

카이는 몸을 구부리고는 그의 무릎을 비비며 물었어요.

"몸은 좀 어떠세요?"

사랑과 괴로움이 급류처럼 그에게 휘몰아쳤어요.

"대회가 언제니?"

프랭키가 물었어요.

존 피자렐리

재즈 기타리스트, 가수, 작곡가, 유명 기타리스트인 버키 피자렐리의 아들

맞아요, 그러니까…… 제 이름은 존 피자렐리고 뮤지션이에요. 뉴욕 시에 살아요. 제가 이 자리에 나온 이유는 프랭키 프레스토가 오랜 친구이고 그가 죽기 전에 뭘 좀 해달라고 해서예요……. 그는 제게 '프랭키 프레스토의 마법의 기타줄'의 원본 테이프를 찾아서 딸에게 전해주라고 했어요……. 그 테이프는 이 서류가방에 들어 있지요…….

프랭키와 저요? 알고 지낸 지는 오래되었죠. 그는 제 부친이신 버키 피자렐리와 알고 지냈어요. 두 분은 1960년대 중반에 프랭키가 저희 아버지가 밴드로 일하던 〈투나잇 쇼〉에 출연하면서 알게 되었어요. 기타 연주자로서 서로 이야기가 통했죠. 게다가 프랭키가 아버지의 기타로 연주하는 것을 보고 아버지가 홀딱 반해버렸지요. 아버지는 그를 사랑하셨어요. 아버지는 이렇게 말씀하셨어요.

"심지어 그는 이탈리아 사람도 아닌데 말이야!"

우리는 그가 이탈리아 출신일 거라고 생각했어요. '프레스토'잖아요. 이탈리아 성 같이 들리지 않나요?

아무튼 몇 년이 지나 프랭키가 뉴욕에 올 때면 저희 집에 들러서 아버지의 동료인 재즈 뮤지션들과 함께 즉석 연주를 했어요. 그러면 어머니는 으레 리가토니 파스타를 요리했지요. 처음 프랭키를 만났을 때 저는 아마 예닐곱 살이었을 거예요. 그는 다른 아저씨들과는 달랐어요. 검은 머리에 선글라스를 쓴 미남이었죠. 저한테는 엘비스 프레슬리처럼 보였어요. 아니면 그와 비슷한 사람이거나. 전 테너 밴조를 배우는 중이었는데 프랭키가 기타로 곡을 연주하고 나면 제가 밴조를 들고 말했어요.

"좋아요. 그런데 이걸로도 연주할 수 있어요?"

분명 전 잘난 체하는 아이였어요. 하지만 그는 상관하지 않고 제게 윙크를 하고는 유명한 스페인 곡인 '라 말라게냐'를 밴조로 연주했어요. 나중에 점차 연주 속도가 빨라지면 저는 와! 하면서 눈이 돌아갈 것만 같았어요. 게다가 그건 그의 악기도 아닌 내 밴조였잖아요. 그는 연주를 마치고 말했어요.

"어땠어?"

제가 대답했어요.

"꽤 좋은걸요."

그가 말했어요.

"좋은 건 좋은 거지."

프랭키는 절 'LPJ'라고 불렀어요. 작은 피자렐리 존(Little Pizzarelli John)의 약자였죠. 당시 대통령인 린든 B. 존슨이 LBJ로 불렸거든요. 그래서 저도 LPJ가 되었어요. 그는 제가 아버지와 연주하는 것을 좋아했어요. 그는 아버지가 없었기 때문에 부자가 함께 연주하는 모습이 특별해 보였나 봐요.

꽤 오랫동안 우리는 프랭키를 보지 못했어요. 그는 1970년대에 오로라와 결혼하고 뉴욕을 지나는 길에 한 번 들렀어요. 어머니가 그녀에게 파스타를 대접했지요. 고등학생이었던 저는 피터 프램튼에게 빠져서 크게 부풀린 곱슬머리를 하고 있었어요. 그가 저를 보고는 이렇게 말했어요.

"그 커다란 덩어리 아래 있는 것이 LPJ야?"

그래서 제가 "네"라고 대답했어요. 그가 "어떻게 지내?"라고 묻더군요.

"좋아요."

그러자 프랭키가 말했어요.

"좋은 건 좋은 거지."

그러고는 이렇게 덧붙였어요.

"'라 말라게냐'는 아직 안 배웠니?"

그 후로 다시 꽤 오랫동안 그를 보지 못했어요. 그를 또 만난 것은 제가 삼십대에 접어들어 음반도 내고 전 세계로 투어를 다닐 때였어요. 그가 스태튼 섬의 음반가게에서 다른 이름으로 악기를 가르친다는 이야기를 들었어요. 그곳에 가보니 확실히 프랭키가 맞았어요. 그는 저더러 문을 닫으라고 하더니 아주 크게 포옹을 해주고는 아버지의 안부를 물었어요. 그리고 자신의 딸이 줄리아드 음대에 들어갔다고 했어요. 사람들의 과도한 호기심 때문에 숨어 지낸다고 하더군요. 저는 당시 시내에서 연주를 하고 있었어요. 그래서 그에게 한 번만 같이 연주해달라고, 아무에게도 이야기하지 않겠다고 부탁했어요. 하지만 거절당했어요. 그는 오로라와 함께 집으로 오겠다고 했지만 찾아온 적은 없었어요.

두 사람은 뉴올리언스로 이사를 갔고 그렇게 소식이 끊겼어요.

마지막으로 그를 만난 것이 1년 전쯤이었어요. 우리 밴드가 아시아에서 공연을 하게 되었는데 마닐라에서 일정이 잡혔어요. 마닐라 공연을 마친 직후 어느 대학생이 대기실 문밖에서 서성이다가 제게 할 말이 있다고 했어요. 자기 집에서 미트볼을 먹던 남자가 메시지를 전해달라고 했다는 거예요. 그 학생은 '라 말라게냐'라고 말하고는 제게 주소를 주었어요. 마치 제임스 본드 영화 같지 않아요? 우리가 공연하는 곳에서 그리 멀지 않은 곳이라 택시를 탔어요. 곧장 아파트로 올라갔죠. 도어맨이나 경비가 없었어요. 저는 문을 두드렸어요.

프랭키가 문을 열고 나와 말했어요.

"안녕, LPJ."

저는 깜짝 놀라 눈을 깜박였어요. 그는 건강해 보이지 않았어요. 등이 굽었고 정말로 마른 데다 돋보기를 쓰고 머리는 헝클어져서 볼품없는 교수 같아 보였어요. 전 오로라가 죽은 줄도 몰랐어요. 그녀가 죽었다는 이야기를 듣고야 이해할 수 있었어요. 두 사람은 서로를 끔찍하게 아꼈거든요.

우리는 한동안 이야기를 나누었어요. 그가 언제나처럼 아버지의 안부를 묻고는 지금도 같이 연주를 하는지 물었어요. 제가 그렇다고 했더니 좋아하는 것 같더군요. 전 프랭키에게 음반을 녹음하거나 곡을 쓰느냐고 물었고 그는 아내가 죽은 뒤로 단 한 곡밖에 쓰지 못했다고 했어요. 전 들어보고 싶다고 했고 그는 저를 위해 노래를 불러주었어요. 아주 짧은 곡이라서 전체가 기억나요.

어제
난 새를 보았어
새가 머물던 나무는 사라져버리고
구름이 드리우고
달도 뜨지 않은 하늘로
당신은 가버렸지
난 여기 있는데

너무 슬프고 아름다운 노래라서 가슴이 아팠어요. 전 음반으로 낼 생각인지 물었고 그는 단호한 표정으로 저를 쳐다봤어요. 절대 그런 일은 없을 거라는 의미였죠. 그가 말했어요.

"이 노래를 가져도 좋아."

그러고는 부탁을 하더군요. '프랭키 프레스토의 마법의 기타줄'이라는 그의 기타 연주 해적판이 몇 년째 돌고 있는데(저는 그 해적판을 갖고 있거나 들어본 적이 있는 기타리스트들에 대해 그에게 말하지 않았어요) 원본 테이프를 정말로 갖고 싶다고요. 전 그가 저작권

료를 원한다고 생각했어요.

하지만 제 생각이 틀렸어요. 그는 돈 같은 것은 상관하지 않았어요. 그가 테이프를 갖고 싶은 이유는 아내와 딸이 그 당시 녹음실에 같이 있었기 때문이었어요. 그가 연주하는 중간중간 그들은 이야기를 나누고 웃음을 터뜨리곤 했고 그 기록이 원본 테이프에 고스란히 남아 있었던 거지요. 그는 자신이 죽고 나면 카이가 부모의 행복한 순간을 간직해주기를 원한다고 했어요.

그 테이프를 찾기까지 1년이 걸렸어요. 하지만 결국 찾아냈죠. 뉴질랜드에 있는 누군가가 그 테이프를 오스트레일리아에 사는 누군가에게 팔았고 다시 영국으로, 또 일본으로 넘겼어요. 전 지난달 도쿄에서 테이프를 가지고 있던 엔지니어를 찾아냈어요. 제가 프랭키 프레스토의 대리인이라고 말하자 그는 겁을 집어먹고 이렇게 말하더군요.

"그 사람이 죽은 줄 알았어요."

그는 자신에게 소송을 걸지 않겠다는 내용이 담긴 일본어 문서에 서명하게 하고는 제게 테이프를 넘겨주었어요.

테이프를 손에 넣은 저는 필리핀의 프랭키에게 전화를 걸었어요. 하지만 그는 이미 이리로 출발한 것 같았어요. 며칠 차이로 그를 놓친 거죠.

이것이 프랭키 프레스토의 전형적인 타이밍이죠, 안 그래요?

61

프랭키와 카이는 함께 스페인으로 향했어요. 두 사람은 공항의 수하물 코너에 서서 카이의 기타가 나오기를 기다렸어요. 프랭키는 악기를 가져오지 않고 작은 서류가방만 챙겼어요. 그는 아버지로서 그 자리에 참석하는 거라고 스스로에게 다짐했어요. 음악에는 상관하지 않는 것이 낫다고 말이에요.

첫째 날에 그는 거의 호텔에서 잠만 잤고 카이는 페스티벌에 참가 신청을 했어요. 프랭키는 관절염이 악화되어서 진통제를 먹었어요. 그날 저녁 카이가 아버지에게 자신이 연습하는 것을 봐달라고 했어요. 그는 셔츠 단추를 잠그지 않고 의자에 앉아 어깨를 움츠린 채로 빠르게 움직이는 딸의 손가락을 쳐다보면서 감탄했어요. 마치 자신의 젊은 시절을 보는 것 같아 기뻤어요. 카이가 스페인 작곡가들의 곡에서 가장 복잡한 부분을 트레몰로 주법으로 연주하자 그가 천천히 고개를 끄덕였어요.

"어때요?"

연주가 끝나자 카이가 물었어요.

"조언해주실 부분이 있나요?"

"내가 널 얼마나 사랑하는지 말해줬니?"

"그건 조언이 아니잖아요, 아빠."

그가 어깨를 으쓱거렸어요.

"아, 그렇구나."

프랭키가 대꾸했어요.

대회가 열리고 처음 이틀 동안 카이는 멋지게 실력을 보였고 쉽게 결승에 진출했어요. 그날 아침 프랭키는 해가 뜨기 전에 일어났어요. 그의 목에 경련이 일었어요. 무릎이 쑤셨고요. 제대로 쉬지 못해 피곤했던 그는 램프 불빛 아래서 옷을 입고 호텔을 나섰어요. 그는 신선한 공기를 쐬면 정신이 맑아질 거라고 생각했어요.

비야레알은 안개에 휩싸여서 마치 카르멘시타가 집시 가족을 만난 그날 아침과 같았어요. 프랭키는 대로를 지나 좁은 길로 들어섰지만 두 걸음 앞도 내다보이지 않았어요. 도시는 마치 동굴 속처럼 고요했어요.

프랭키는 마음이 심란했어요. 그는 다음 날 떠날 예정이었고 다시는 스페인을 찾지 못할 테니까요. 안개를 뚫고 한 줄기 햇살이 비치는 순간 그는 자신이 한가운데 동상이 서 있는 작은 공원에 와 있다는 사실을 알게 되었어요.

그는 몇 걸음을 떼면서 눈을 가늘게 떴어요. 위대한 프란시스코 타레가의 청동 동상이 석조 대좌 위에서 그를 내려다보고 있었어요.

나는 자식들의 만남을 지켜보는 기분이었어요.

타레가 동상은 왼발은 스툴에, 손은 기타에 올리고는 고전적인 각도로 피치를 올리며 연주하는 모습이었어요. 프랭키는 100년 전에 죽은 거장의 얼굴을 유심히 바라보았어요. 긴 턱수염과 조금 헝클어진 머리카락이 엘 마에스트로를 떠올리게 했어요.

그는 시선을 아래로 내리고는 대좌에 새겨진 글을 읽었어요. 그러다 슬쩍 옆을 바라보고는 깜짝 놀라 눈을 깜박였어요.

대좌 위에 그의 기타가 놓여 있었거든요.

아니, 그의 기타처럼 보였어요. 하지만 그건 불가능한 일이 아닐까요? 그는 누가 오지 않는지 주위를 살폈어요. 그러고는 동상 주위의 낮은 난간을 잡고 어색하게 몸을 일으키다가 그의 바지가 바퀴살에 걸리는 바람에 피부를 조금 베였어요.

"아."

그가 신음했어요.

프랭키는 기타 넥에 손을 올렸어요. 머릿속으로 장고, 젊은 오로라, 햄프턴, 엘리스, 알베르토의 얼굴이 빠르게 스쳐 지나갔어요. 그는 벌에 쏘인 것처럼 뒤로 물러났어요.

그리고 자신이 혼자가 아니라는 사실을 알게 되었어요.

동상 뒤쪽에 후드가 달린 길고 무거운 옷을 입고 지팡이를 짚은 사람이 숨어 있었거든요.

"그건 네 기타야, 프란시스코."

목소리가 이렇게 속삭였어요.

"가져가."

62

프랭키는 그 사람이 남자라고 생각했어요. 하지만 후드가 벗겨
지자 노파의 모습이 드러났어요. 숱이 없는 머리카락은 짧은 백발
이었지만 한때 붉은 머리였음을 알려주는 듯 얼룩덜룩 색이 남아
있었어요. 노파는 눈가에 주름이 잡히고 눈동자는 녹갈색이었어
요. 그녀가 입을 여는 순간 프랭키는 그녀의 앞니 사이가 벌어진
것을 보았어요.

"네가 이 기타를 수도원에 두고 왔지."

노파가 말했어요.

"전 갖고 싶지 않아요."

"나도 마찬가지야."

"그러면 왜 기타를 가지고 왔나요?"

"네 연주가 끝나지 않았으니까."

"당신은 누군가요?"

"한때 네 어머니라고 불렸던 사람이지."

"제…… 어머니라고요?"

"그럴 자격이 없었지."

노파는 고개를 숙였어요.

"내가 널 죽게 내버려두었어. 그리고 평생 동안 고독하게 살았지."

노파는 동상 아래 땅을 쳐다보았어요. 그녀의 얼굴은 주름이 자글자글했고 피부는 턱 아래로 축 처져 있었어요. 그녀는 수없이 연습을 하다가 이제야 털어놓는 것처럼 느리고 분명한 목소리로 말했어요.

"내 이름은 조세파란다. 1935년 내가 열여섯 살일 때 부모님이 비야레알에 와서 나를 수녀원에 숨기셨지. 부모님은 가난하지만 독실하셨어. 그분들은 혁명가들에게 쫓기고 있었고 특히 우리 아버지가 위험했지. 그들은 아버지를 '엘 펠레'라고 불렀어."

"'이곳에 있으면 안전할 거야.' 아버지가 수녀원을 떠나면서 이렇게 말씀하셨어. '하느님이 우리를 곧 다시 만나게 해주실 거야.'"

하지만 난 다시는 아버지를 보지 못했어.

난 산 파스쿠알 예배당에서 다른 수녀들과 지내며 안식을 찾았지. 예배에 참석하고 빨래를 개고 성인의 무덤을 보살피는 일을 도왔어.

우리 성당이 파괴되던 날, 나는 가난한 가족들에게 음식을 나누어주느라 밖에 나가 있었어. 신참 수녀들이 하는 일이었지. 성당에 돌아와보니 거의 모두가 도망을 치고 없었어. 나도 달아날 준비를 하는데 누군가가 정문으로 들어오더니 촛불 앞에 무릎을 꿇는 거야. 젊은 임신부였지. 그녀에게 위험하다는 말을 해주려고 다가가는데 그녀가 쓰러지더니 진통을 시작했어.

그 여자가 너의 진짜 엄마란다. 그녀의 이름은 카르멘시타야. 그녀는 너의 순산을 빌며 기도를 하러 왔던 거야. 그런데 분만이 시작되자 그녀가 할 수 있는 일은 없었어. 침입자들이 나타났거든. 난 서둘러 그녀를 위층에 있는 산 파스쿠알의 방으로 데려갔고 그에게 우리를 지켜달라고 기도했어.

몇 분 뒤에 네가 태어났어. 아래층에는 악마가, 위층에는 선한 주님이 머무는 가운데 네 어머니는 우리의 수호성인을 기리기 위해 그 이름을 네게 붙이고는 널 잠시 안아보았어. 그러고는 네가 울지 않도록 노래를 흥얼거렸지. 그 노래가 널 살렸지.

그리고 내 목숨도 말이야."

프랭키는 몸을 떨었어요.

"어머니에게 무슨 일이 일어났죠?"

그가 속삭였어요.

"그녀는 움직일 수가 없었어. 너무 약해졌고 피를 흘렸거든. 난 남자들의 고함 소리를 들었어. 그래서 촛불을 껐지. 어둠 속에서 그녀가 손을 뻗는 것이 느껴졌어. 그녀의 손이 내 머리를 잡더니 날 가까이 끌어당겼어. 그녀는 내 귀에 이렇게 속삭였어.

'내 아이를 살려주세요.'

난 최선을 다했어. 침입자들이 내가 누군지 알면 살아남지 못할 테니까 수녀복을 벗었지. 당시에는 수녀도 길거리에서 죽임을 당하던 시절이었어. 난 네 어머니의 옷을 입고 내 옷으로 그녀를 감쌌어. 난 기도문을 외웠지. 그리고 나서는 널 품에 안고 뒤쪽 계단으로 달아났어."

"우리 어머니를 내버려두고요?"

프랭키가 말했어요.

노파는 자신의 발만 쳐다보았어요.

"내가 죄를 지었어."

노파는 심하게 기침을 하며 지팡이를 꽉 움켜쥐었어요. 햇살이 밝아질수록 노파가 얼마나 나이가 많은지 또렷이 보였어요. 프랭키는 그녀가 이곳까지 오기 위해 얼마나 힘이 들었을지 깨달았어요. 노파는 아랑곳하지 않고 자신의 이야기를 끝내려는 것 같았어요.

"수개월 동안 나는 널 친자식처럼 키웠단다. 내 과거를 속였고 네게 해줄 수 있는 것은 모두 해주었어. 하지만 일자리도, 돈도 없는 데다 음식도 제대로 먹지 못했어. 게다가 난 여전히 성숙하지 못한 상태였어. 그래서 갓난아이가 우는 것을 이해하지 못했단다. 네 엄마가 죽은 것이 원망스러웠고 거짓말을 하며 사는 것도 싫었어. 난 잠을 잘 수도 없었어. 악마의 속삭임이 들려왔거든. 성당이 내 구원의 장소였지만 난 더 이상 그곳에 없었어. 가족을 잃었고 비명을 지르는 아기까지 있는 데다 외톨이였지. 혼자였다고. 그래서 어느 날 아침에……."

"뭐라고요?"

프랭키가 말했어요.

노파는 숨을 몰아쉬었어요.

"널 내다버렸어, 프란시스코. 이렇게 말하는 것을 이해해줘. 하지만 난 내 행동을 미화해서 말할 자격도 없는 사람이야. 널 미하레스 강에 던졌어. 그리고 도망을 쳤지. 숨이 턱까지 차오를 때까지 달렸어. 난 진흙투성이의 덤불숲에 넘어졌어. 세상이 온통 어둠으로 덮였고 그 순간 죽을 걸로 생각했어. 내가 원하던 것이었지.

그런데 그때 숨소리 같은 것이 들려서 눈을 떠보니 내 앞에 털 없는 검은 개가 서 있는 거야. 개는 아무 소리도 내지 않았어. 그저 가만히 날 쳐다보기만 했지. 그때 개를 부르는 목소리가 들렸고 개가 달려갔어. 난 멀리서 대머리 남자가 널 데려가는 것을 보았고 개도 그 남자를 따라갔어."

"아버지……."

프랭키가 속삭였어요.

"바파 루비오야. 그때 난 하느님이 나는 버리셨지만 너는 버리시지 않았다는 사실을 알게 되었어. 난 악마 같은 인간이야. 아이를 키울 자격이 없지. 내가 저지른 대로 살면서 벌을 받았어. 그렇지만 속죄의 길은 분명했어."

"무슨 속죄요?"

프랭키가 물었어요.

"멀리서 널 지켜주는 것. 네 어머니의 마지막 부탁을 들어주기 위해서지. '내 아이를 살려주세요.' 그것이 내가 구원받을 유일한 길이었어. 그리고 내가 덤불숲에서 일어난 유일한 이유이기도 하고. 난 바파 루비오를 쫓아가서 그가 너를 품에 안고 집으로 들어가는 것을 지켜보았어. 그 후로 난 너를 지키는 보초병이 되었지. 네가 내 인생을 어떻게 인도하든 간에 널 지켜보겠다고 맹세했어. 그게 내가 해온 일이야."

프랭키는 믿을 수 없다는 눈빛으로 말했어요.

"대체 얼마나 오랫동안 그런 거죠?"

노파는 양손을 지팡이에 올렸어요.

"지금 이 순간까지."

로베르트 슈만의 중독적인 작품 '트로이메라이'는 그가 어린 시절을 회상하며 작곡한 곡이에요. 프랭키는 그 곡을 엘 마에스트로에게 배웠어요. 4음계가 반복되는 가운데 매번 다른 화음이 들어와 곡의 분위기를 바꿔주죠. 단순하지만 매혹적이고 어린아이의 꿈을 연상시켜요. 곡 전체가 크레센도로 치달았다가 마지막 4음계로 이어지면 화음이 아주 맹렬하게 아름다워져요. 이 곡은 끝까지 들어야 이해할 수 있는 곡이죠.

프랭키 프레스토에게는 수녀의 이야기가 바로 그 화음 같았어요. 오랫동안 그를 둘러싼 흐린 꿈에서 마침내 벗어나 드문드문한 기억들이 분명해졌어요. 마치 자물쇠가 열린 것 같았죠.

프랭키는 이 여인이 자신의 인생에서 1.6킬로미터도 떨어지지 않은 곳에 머물면서 묵묵히 자신의 파트너가 되어주었다는 사실을 알게 되었어요. 어린 프랭키가 축음기를 훔쳤을 때 경찰을 따돌린 것은 조세파였어요. 프랭키가 군인들에게서 도망칠 때 집시에게 돈을 주고 그의 수레를 멈춘 것도 조세파였어요. 영국 사우샘프턴 부두에서 프랭키가 굶어죽지 않도록 그의 기타 케이스에 동전을 넣어준 것도 조세파였어요.

프랭키를 따라 미국에 갈 때는 스페인에서 구해낸 털 없는 개도 데려갔어요. 바파의 여동생이 프랭키를 내칠 때도 그의 뒤를 따라갔어요. 경찰에게 프랭키가 골목에서 자고 있다고 알려서 그가 고아원에 들어가게 해주었어요. 그녀는 고아원 주방에서 일하며 그가 자라는 모습을 지켜보았어요. 그리고 주방 창문을 열어두어 슬픔에 잠긴 아이와 털 없는 개가 다시 만나게 해주었지요.

디트로이트의 나이트클럽에서 프랭키의 기타줄이 파랗게 변하는 모습을 목격한 것도, 내슈빌과 뉴올리언스에서 젊은 오로라 요크에게 스페인 출신의 기타리스트가 다리 아래에서 기타를 연주하며 그녀에 대해 물어보더라고 알려준 것도 조세파였어요. 우드스탁에서 피를 흘리는 프랭키 프레스토가 헬리콥터로 이송되도록 의료진을 무대로 올려 보낸 것도 조세파였어요. 런던 호텔에서 청소부로 일하면서 가수 토니 베넷의 방에 들어가 매일 커튼을 열어두었던 것도 조세파였어요. 그 덕분에 베넷은 프랭키가 공원 벤치에 앉아 있는 모습을 보고 그가 음악계로 돌아가도록 도와주었지요.

수십 년 뒤에 뉴질랜드 섬에서는 성당에 버려진 아기를 숲 속에 데려다놓아 프랭키와 오로라가 가족을 이루게 해주었어요.

그 가족이 운명적으로 비야레알에 돌아왔을 때는 지금처럼 그녀의 모습을 숨겨주는 묵직한 옷을 입고 프랭키가 공연하는 선술집에 있다가 공연이 끝나고는 골목에 숨어 있었지요. 그러다가 조세파는 콩가 연주자 역시 그곳에 숨어 있다는 사실을 알아차렸지요.

"그렇다면…… 당신이 알베르토를 죽였나요?"

프랭키가 물었어요.

"하느님이 날 용서하실지도 몰라."

"당신은 자수했어요."

"그럴 수밖에 없었어."

"감옥에 갔어요."

"19년 동안 있었어."

"왜 그를 쐈어요?"

"그가 너를 해치려는 줄 알았거든. 그가 폭력을 휘두를지도 몰랐으니까. 예전에도 그런 모습을 봤으니까. 그래서 무기를 꺼냈어. 내 인생, 내 존재 이유는 널 보호하는 거야, 프란시스코. 그는 네게로 달려갔어. 그래서 총을 쐈지."

그 기억이 여전히 고통스러운 듯 노파는 손으로 입을 가렸어요. 검버섯이 난 피부 위로 눈물이 빠르게 흘러내렸어요.

"결국 그건 심판이었어. 난 스스로에게 그렇게 말해. 누구도 네게서 그를 빼앗아서는 안 되었으니까.”

“그는 제 스승을 죽인 거예요.”

프랭키가 말했어요.

“그냥 스승이 아니었어.”

노파가 속삭였어요.

“네 아버지야.”

갑자기 프랭키는 숨을 쉴 수가 없었어요.

“무슨 말을 하는 거예요?”

“네가 마에스트로라고 불렀던 남자? 그의 진짜 이름은 카를로스 안드레스 프레스토야. 카르멘시타의 남편이지. 그는 한때 발렌시아 전역에서 가장 촉망받는 기타리스트였어. 하지만 전쟁에 나갔다가 시력을 잃었어. 그는 네 어머니가 죽으면서 그녀의 배 속에 있던 아기도 죽었다고 생각하고 자신을 놓아버렸지.”

“그 말이 사실일 리가 없어요.”

프랭키가 속삭였어요.

“사실이야. 네가 태어나는 순간 성당의 종이 울렸어, 프란시스코. 신이 너에게 바파 루비오라는 새 아버지를 내려주었고 바파는 어느새 너를 친아버지에게 데려다주었지. 바파가 감옥에 있는 동안 마에스트로가 면회를 갔었어. 사실 마에스트로는 바파의 돈으로 너를 미국에 보낸 거야. 알베르토는 그 돈을 훔치고는 마에스트로를 바다로 밀쳐버렸지. 일주일 뒤에 내가 알베르토에게서 그 돈을 훔쳤어. 내가 너를 쭉 지켜보기에 충분한 돈이었어. 모든 것이 다 이어져 있어, 프란시스코. 우리 아버지가 내게 집시들의 속담을 들려주신 적이 있어. 바로 '두 손은 서로를 씻어준다'는 말이었지."

"당신이 그 돈을 다시 훔쳤다고요?"

프랭키가 물었어요.

"널 지키기 위해 몇 가지 죄를 저질렀어. 하지만 무슨 상관이야? 가장 큰 죄를 제일 먼저 자백했는데. 그래서 너는 풀려났고.

감옥에 있는 동안 네 안전을 위해 기도했어. 다시는 네 얼굴을 보지 못할 거라 생각했거든. 그런데 하느님의 은총으로 네가 다시 이곳에 왔고 난 마지막 부탁을 할 수 있게 되었어."

"그게 뭐죠?"

프랭키가 물었어요.

노파가 눈을 내리깔았어요.

"날 용서해달라는 거야."

프랭키는 힘들게 고개를 뒤로 젖혔어요. 그는 관자놀이를 비볐어요. 너무 이해하기 힘든 일이었지요. 그는 자신이 겪어보지 않은 장면들을 계속 그려보았어요. 그의 어머니가 불타는 성당에서 죽어갔고 스승은 바다에 밀쳐졌으며 알베르토는 도둑질을 당했어요. 그리고 여기 늙고 병들고 앞니가 벌어진 노파가 모든 사건의 중심에서 보이지 않는 손가락으로 그의 인생을 연주했지요. 그는 조종당한 기분이었어요. 프랭키는 천천히 자리에서 일어나 그의 보호자라고 주장하는 쭈글쭈글한 노파를 노려보았어요. 그가 노파에게 부탁한 것이 아니었어요. 그녀가 그를 가지고 장난을 쳤던 거지요. 프랭키는 모든 것이 거짓이라고 생각하게 되었어요.

"싫어요."

그가 말했어요.

"당신을 용서하지 않을 거예요. 이제 그만 가세요."

"프란시스코……."

"날 내버려둬요. 영원히. 안 들려요? 난 당신이 필요 없어요. 한번도 필요 없었죠."

"그럴 리가 없어."

노파가 속삭였어요.

그렇지만 그는 이미 다리를 절름거리면서 노파와 기타, 그리고 프란시스코 타레가를 떠나고 있었어요.

63

프랭키는 호텔로 돌아가지 않았어요. 먹지도 마시지도 않았지요. 그는 최면에 걸린 것처럼 몽롱하게 도시의 변두리로 향했고 마침내 미하레스 강둑의 작은 성당 근처에 앉았어요. 그는 좌절감에 가슴이 불타올랐어요. 그는 자신이 강물에 던져지는 모습을 상상했어요. 바파 루비오가 자신을 발견하는 모습도요. 파계한 수녀가 진흙투성이의 덤불숲에 누워서 그가 발견되는 것을 지켜보는 모습도 상상했어요. 이건 누구의 인생일까요? 프랭키는 마치 자신이 쓰지 않았지만 그의 이름이 들어간 오페라를 보는 기분이었어요.

그는 하루 종일 오래된 물방앗간과 양치기 소년의 동상이 있는 강 근처에 머물렀어요. 마침내 오후의 햇살이 열기를 잃어갈 때쯤 프랭키는 한때 동굴에 숨어 있던 피난민들이 자주 찾던 작은 성당으로 들어갔어요.

성당 안에는 아무도 없었어요. 그의 발소리만 크게 울렸어요. 그는 제단으로 가서 무릎을 꿇고 몸을 숙였어요. 어린 시절 이후 처음으로 그는 기타가 아닌 다른 무언가를 위해 손을 펼쳤어요. 그

리고 엘 마에스트로가 "신은 아무것도 주지 않아!"라고 경고했음
에도 하느님에게 대답을 내려달라고 빌었어요. 그의 마음이 편안
해지도록.

그는 기다렸어요. 귀를 기울였고요. 내 아이는 어떤 소리가 나기
를 기대하고 있었어요.

하지만 그의 귀에는 침묵만 들렸지요.

그의 스승이 경고했던 대로 말이에요.

그는 천천히 일어나 도시로 돌아갔어요.

페스티벌의 마지막 밤은 시청 콘서트홀에서 성황리에 시작되었
어요. 그곳에 도착한 프랭키는 아주 지쳐 있었어요. 그는 아무것도
먹지 못했고 입장권도 없었어요. 그는 뮤지션들에게는 친숙한 건
물 뒤쪽으로 갔어요. 무대의 출구와 입구가 있는 곳이었죠. 그는
안으로 들어가 복도를 따라 걸었어요. 그는 공연을 준비하는 연주
자들 사이에서 카이를 찾아냈어요. 카이는 한때 오로라가 가지고
있던 붉은 드레스를 입고 있었죠.

"아빠?"

그녀가 서둘러 프랭키에게 달려왔어요.

"어디 계셨어요?"

"참 아름답구나."

"정말 걱정 많이 했어요."

"산책을 갔었단다."

"몸은 괜찮으세요? 땀을 많이 흘리셨는데요."

"괜찮아. 넌 연주만 생각해."

"좌석은 있으세요?"

"여기에 있을게. 그래도 괜찮겠니?"

카이가 아버지를 위해 의자를 찾아줬어요.

"쉬세요, 아빠."

"가서 준비하거라."

프랭키가 말했어요.

"난 괜찮아. 행운을 빌게."

카이는 복도를 따라 사라졌어요.

몇 분 뒤에 대회가 시작되었어요. 프랭키는 반대쪽 벽에서 흘러 나오는 오케스트라 연주를 들었어요. 선율이 일어났다가 잠잠해지면 기타리스트들의 연주가 들어갔어요. 그는 처음 그런 소리를 들었던 때가 기억났어요. 그때 그는 클리블랜드 극장의 무대 옆에서 듀크 엘링턴의 연주를 들었어요. 하지만 이제 그에게는 젊음으로 가득한 경이로움이 일지 않았어요. 그의 눈동자는 진흙이 묻은 신발에 꽂혀 있었어요. 그는 지금처럼 기진맥진한 적이 없었어요.

카이의 차례가 되자 그는 천천히 무대 옆으로 향했어요. 마지막 출전자로서 그녀는 대부분의 기타리스트들과 달리 타레가의 곡을 두 곡 준비했어요. 그녀의 삶을 성장시켜준 곡이었죠. 정말 자랑스럽게도 그녀는 아주 멋지게 연주를 해냈어요. 오케스트라가 마치 수년간 호흡을 맞춰온 것처럼 함께 녹아들었어요. 연주가 끝나자 관중들이 힘차게 고개를 끄덕이더니 자리에서 일어나 환호를 지르고 박수를 쳤어요. 심사위원이 다른 사람을 우승자로 뽑았다면 관객들이 가만있지 않았을 거예요.

카이는 우승자로 호명되자 앞으로 나가 인사를 했어요. 프랭키는 지금껏 자신에게 느꼈던 어떤 기쁨보다 커다란 자부심을 느꼈어요. 그녀는 무대 앞으로 나와서 상패와 함께 꽃다발을 두 개 받았어요.

"정말 감사합니다,"

카이는 마이크에 대고 완벽한 스페인어로 말했어요.

"비야레알이 낳은 아들, 위대한 프란시스코 타레가의 곡을 연주한 것은 정말 큰 영광이라고 생각합니다."

더 많은 박수갈채가 쏟아졌어요.

"그렇지만 여러분의 또 다른 아들이 아니었다면 저는 기타에 대해 전혀 알지 못했을 거예요. 그분은 바로 제 아버지세요."

관객들이 웅성거렸어요. 카이가 몸을 돌리고 프랭키를 향해 손을 흔들었어요. 그가 예상하지 못했던 상황이었어요. 그는 어지러움을 느꼈어요.

"아빠, 이리 나오세요."

그는 고개를 저었어요.

"아빠…… 부탁이에요……."

프랭키는 움켜쥔 주먹을 등에 갖다댔어요. 그가 고개를 숙이고 무대로 나갔어요. 관객들이 박수를 쳤어요.

"제 아버지세요. 여러분들은 이렇게 알고 계시죠……. 바로 프랭키 프레스토랍니다. 이 도시에서 자라고 이곳에서 음악을 배우셨어요."

박수 소리가 더 깊어졌어요. 놀라움의 환호였어요. 프랭키는 관객을 향해 온순하게 고개를 끄덕였어요. 그는 자신이 수년 동안 무대에 서지 않았다는 사실을 깨달았어요.

"아빠, 오늘 누군가가 이걸 갖다주었어요."

카이가 그들에게 다가오는 무대 담당자를 가리켰어요.

"아빠가 어릴 적에 쓰던 기타예요. 이건 기적이에요."

프랭키는 침을 삼켰어요. 딸이 착각하고 있다는 말은 하고 싶지 않았어요. 진실을 알려주고 싶지도 않았고요.

"저와 함께 한 곡 연주해주실래요?"

그가 뭐라고 하기도 전에 관객들이 환호했어요. 카이가 기타를 건네주었어요. 누군가가 무대 위로 의자를 가져다주었어요. 또 다른 사람이 스툴을 가져왔어요. 그러고는 얼른 퇴장해 아버지와 딸만 무대에 남겨두었어요. 카이는 자리에 앉아 무릎에 기타를 올려놓았어요. 그녀는 미소를 지으며 프랭키에게도 그렇게 하라고 신호했어요. 하지만 그는 고개를 저었어요.

"아빠."

카이가 속삭였어요.

"다시 음악을 연주할 때가 되었어요."

프랭키는 가만히 서서 아무 말도 하지 못했어요. 마침내 그는
딸 옆에 앉았어요. 콘서트홀이 순식간에 조용해졌어요. 간헐적인
기침 소리도 들리지 않았어요. 프랭키는 이전에 수백 번이나 그랬
던 것처럼 낡은 기타를 잡았어요. 그런데 갑자기 몸이 덜덜 떨렸
어요. 목구멍이 마르고 눈이 침침했어요. 손가락은 굳어버렸어요.
카이가 걱정스러운 표정으로 그를 쳐다보았어요. 그는 눈을 감고
숨을 내쉬었어요. 호흡이 편안해지면서 그는 스승이자 아버지의
마지막 기억 속에 남은 목소리를 들었어요.

"전 언제 음악 공부를 끝낼 수 있나요, 마에스트로?"
"절대 끝낼 수 없어."
"절대로요?"
"넌 알아야 하는 모든 것을 전부 깨우치지는 못해. 죽는 날까지
배워야 하지. 그런 다음에야 다른 사람에게 영감을 줄 수 있지. 그
것이 예술가의 삶이란다."
"영감이 무슨 뜻이에요?"
"네가 음악을 사랑하는 방식대로 다른 사람도 음악을 사랑하게
하는 거란다."
"그럼 그들도 저처럼 연주를 하고 싶어 하나요?"
"그럴지도 모르지."
"제가 정말로 그럴 수 있을까요?"
"말로는 부족하지."

"로 시엔토, 마에스트로."

"영어로 하렴."

"죄송해요."

"괜찮아. 자, 시작해보렴……."

프랭키는 기타줄에 손을 올렸어요. 그리고 딸을 쳐다보았지요. 두 사람은 연주를 시작했어요.

달콤하고 생동감이 넘치는 타레가의 듀엣으로 두 사람이 수년 동안 수없이 연주했던 '아델리타(Adelita)'라는 곡이었어요. 프랭키의 선율이 카이의 선율과 어우러지면서 받쳐주고 강조해주고 이끌어 나갔어요. 섬에 있던 집의 뒤뜰에서 수없이 연주했던 기억을 떠올리면서 카이도 아버지와 마찬가지로 살짝 몸을 들썩였어요.

두 사람은 연주가 끝나는 순간 마지막 음을 그냥 울려 퍼지게 하고는 마치 안무처럼 동시에 손을 내려놓았어요. 관객들이 환호했고 프랭키는 가슴이 부풀어 올랐어요. 심지어 오케스트라도 자리에서 일어나 환호했어요. 그것이 프랭키 프레스토가 참여한 마지막 밴드였어요.

다만 그것이 그의 마지막 곡은 아니었지요.

카이는 손으로 아버지를 가리켰어요. 관객들은 프랭키가 좀 더 연주해주기를 바라며 더 크게 환호했어요. 그녀가 아버지의 뺨에 입을 맞춘 다음 속삭였어요.

"이제 아버지의 차례예요. 어머니를 위한 곡을 들려주세요."

프랭키는 딸이 무대를 내려가는 모습을 지켜보았어요. 그가 다시 자리에 앉았어요. 호흡이 차분해졌어요. 그는 연주할 곡이 딱 하나 남았다는 사실을 알고 있었어요.

"'라그리마.'"

죽음은 귀가 없다. 타레가가 죽었을 때 누군가가 그렇게 썼어요. 죽음이 귀가 있었다면 그의 음악 세계를 결코 빼앗아가지 않았을 테니까요.

프랭키 프레스토가 연주한 그날 밤, 세상은 죽음만이 끝낼 수 있는 음악을 다시 듣게 되었어요. 프랭키는 나와 아주 특이한 방식으로 연결되어 있어요. 그는 더 이상 노래의 음이 아니라 그 속에 담긴 눈물을 연주했어요. 타레가가 곡을 쓰면서 흘렸던 눈물, 카르멘시타가 그 곡을 흥얼거리면서 흘렸던 눈물, 엘 마에스트로가 내 아름다움을 정어리업자의 아들에게 물려준 것을 깨닫고 검은 안경 뒤로 흘린 눈물 말이에요.

세상은 음악과 기억 사이에 그렇게 강렬한 유대가 있다는 것을 처음으로 목격하게 되었어요. 프랭키는 '라그리마'의 마지막 네 음절로 들어가면서 무대 옆쪽을 흘끗 쳐다보았어요. 딸이 미소를 짓고 있었지요. 딸의 뒤에는 조세파가 고개를 숙이고 서 있었어요.

그는 인생의 슬픔에 가득 잠긴 채로 노파가 고개를 들 때까지 쳐다보았어요. 프랭키는 어떤 면에서 이 여자가 그에게 모든 것을 베풀었다는 사실을 알고 있었어요. 아버지, 아내, 딸, 개, 그의 안전과 건강, 음악까지. 그래요, 그녀는 한때 프랭키에게 등을 돌렸어요. 그렇지만 그도 용서를 베풀기를 거부하면서 그녀에게 등을 돌렸지요.

그가 갑자기 연주를 멈추었어요. 관객들이 흥미롭게 지켜보는 동안 프랭키는 천천히 자리에서 일어나더니 제물을 바치듯 노파를 향해 기타를 들어 올렸어요. 그날 오후 그가 성당에서 듣길 바랐던 목소리가 그의 마음 깊은 곳에서 들려왔어요.

그리고 프랭키는 자신이 무엇을 해야 할지를 깨달았어요.

"당신을 용서하겠어요, 친절한 여인."

그가 말했어요.

"그리고 고마워요."

"지금 내게 감사하는 거야?"

노파가 작은 목소리로 말했어요.

"내게 삶을 선사해주어서요."

그는 딸을 쳐다보고 미소를 지었어요.

"나의 멋진 삶을요."

조세파의 입술이 살짝 벌어졌어요. 그 순간 이상하게도 그녀는 카르멘시타에게 마법의 기타줄을 주었던 그녀의 집시 아버지처럼 보였어요. 조세파는 평온하게 눈을 감더니 머리 위로 후드를 둘러썼어요. 갑자기 촛불이 꺼지듯 콘서트홀의 조명이 나가버렸지요. 프랭키는 관객들의 비명 소리를 들었어요. 그가 고개를 숙이자 얇게 빛나는 기타줄이 보였어요.

맨 위의 기타줄이 푸른색으로 바뀐 것이었어요.

관객들은 이것이 공연의 일부라고 생각하고 열렬히 박수를 보냈어요. 어둠 속에서 프랭키는 자신의 힘과 걱정거리가 모두 사라지고 마치 누군가가 이 세상의 무거움에서 플러그를 빼준 것처럼 더할 나위 없는 행복감을 느꼈어요. 그는 이제야 이해할 수 있었어요. 기타줄은 정말로 그 안에 삶을 가지고 있었다는 것을요. 그리고 그의 연주로 인해 기타줄이 파랗게 변한 것이 아니라 그의 마음 때문에 변했다는 것을요.

박수가 점점 커지자 프랭키가 고개를 들었어요. 그는 이제 높은 서까래에서 자신을 향해 손짓하는 엘 마에스트로, 바파, 오로라의 영혼을 볼 수 있었어요. 그는 그들을 향해 손을 뻗었어요. 가슴에서 통증이 느껴졌어요. 그의 기타가 바닥으로 떨어졌어요.

그러고 나서 누군가가 관계자를 부르는 동안 프랭키는 자신의 몸이 천장으로 떠오르는 것을 느꼈어요.

여기서 분명히 해두어야겠군요. 프랭키의 육신이 실제로 떠오른 것은 아니에요. 그의 영혼이 떠올랐을 뿐이에요. 그렇지만 아주 근사한 점은 세상이 그의 멋진 음악을 듣고 싶어 한다는 거예요. 단 몇 초라도 더. 그래서 그의 영혼이 천국과 세상 사이에 좀 더 머물렀어요. 그런 사람은 프랭키뿐이었어요.

몇 초 뒤에 그는 이 세상을 떠났고 그의 육체만이 줄 끊어진 꼭두각시 인형처럼 무대 위에 남겨졌어요.

시간을 보세요. 성당도 보세요. 관을 멘 사람들이 보이네요. 그들은 모두 수년간 프랭키의 제자였죠. 그들은 검은 옷을 입고 슬픈 표정을 짓고 있어요. 처음에 프랭키의 재능을 다른 사람들에게 뿌려줄 거라고 말했었죠. 그런데 이미 그가 자신의 재능을 뿌려주었어요. 그의 관을 들고 있는 젊은이들에게, 그에게 작별인사를 하기 위해 멀리서 찾아온 나이 든 뮤지션들에게, 그의 노래를 들은 수많은 사람과 그의 연주를 따라하고자 했던 사람들에게. 그의 사랑스러운 딸과 그녀가 낳을 아이들에게, 또 그 아이들의 아이들에게 그리고 그다음 세대에 프랭키의 위대한 연주와 더불어 그와 그 가족의 웃음소리가 담긴 오래된 테이프를 들은 아이들에게도 마찬가지겠죠.

이제 나도 여러분을 떠나 나의 영원한 임무로 돌아가야겠어요. 새로 태어날 아이들과 그들의 작은 두 손을 기다려야겠어요.

프란시스코 타레가가 죽고 몇 년 후에 그의 무덤을 집 근처로 이장한 것을 알고 있나요? 타레가의 관이 열리는 순간 유명한 기타리스트 안드레스 세고비아가 관 발치에 증인으로 서 있었죠. 세고비아는 타레가의 유해를 보고 흐느끼면서 자신에게 엄청난 영향을 남긴 그의 재능을 기렸어요.

난 기분이 좋았어요. 하지만 떠나기 전에 한 가지 고백을 해야 겠어요. 재능은 뼛속에 들어 있는 것이 아니에요. 입술에도, 폐에도, 손에도 들어 있지 않아요. 난 음악이라고요. 음악은 인간의 영혼과 연결되어 있고 말이 필요 없는 언어지요.

누구나 살아가는 동안 어느 밴드에든 들어가죠. 그리고 여러분의 연주는 항상 누군가에게 영향을 미치죠.

가끔은 온 세상에 영향을 미치기도 해요.

프랭키의 교향곡이 끝났어요.

드디어 우리도 쉴 수 있게 되었어요.

감사의 글

많은 작가들이 마지막 대목에서 "이 책은 ……가 없었으면 세상에 나오지 못했을 것이다"라고 쓴다. 괜찮은 관행 같아서 나도 써먹어보려고 한다.

사실 "이 책은 ……가 없었으면 세상에 나오지 못했을 것이다"라는 말은 자신들의 진짜 삶에 프랭키 프레스토를 끼워 넣도록 허락해준 수많은 아티스트들에게 꼭 해주고 싶은 말이다. 그들은 내가 그들의 목소리로 글을 쓰게 해주었고 그들의 개인사를 평행 우주처럼 이 책에 담게 해주었다. 나는 감사하다는 말뿐만 아니라 간단한 부연 설명을 덧붙여야겠다고 느꼈다.

마커스 벨그레이브. 나는 그와의 마지막 대화에서 이 책에 대해 이야기하고 그도 여기 등장할 거라고 말해주었다. 그는 병원에 있었다. 그때까지 그는 낙관적이고 씩씩했다. 하지만 결국 그는 몇 달 뒤에 죽었고 이제 그의 트럼펫도 사라질 것이다. 그는 디트로이트 재즈계에 거대한 유산을 남겼다.

달린 러브. '오늘 결혼하고 싶은 소년을 만났다'는 내 아내가 우리 결혼식에서 불렀던 노래다. 나는 여러 해 동안 달린의 음악에 빠져 있었다. 그녀의 인생 이야기는 믿을 수가 없을 만큼 놀랍다. 프랭키도 기회가 있을 때 그녀에게 키스했어야 하는데.

버트 바카락. 그를 알게 된 지는 얼마 되지 않았지만 그는 그의 음악만큼 우아했다. 20세기의 가장 위대한 작곡가에 속하는 바카락 덕분에 내 전화번호부가 음악적으로 바뀌었었다. 한 사람이 어떻게 '베이비 잇츠 유'와 '아이 저스트 돈트 노우 왓 투 두 마이셀프'를 작곡할 수가 있는지 놀랍다. 이 책에 참여해준 그에게 깊은 감사를 드린다.

로저 맥귄. 그는 자신의 기타 실력에 겸손하다. 그의 겸손함은 프랭키라는 인물을 탄생시키는 데 영감을 주었다. 로저는 걸어 다니는 로큰롤의 역사다. 그가 비틀스와 만나는 이야기는 모두 사실이다. 에릭 클랩턴, 지미 헨드릭스가 어느 아파트에서 즉흥 연주를 했다는 이야기는 여기 쓰지 않았다. 로저는 우리 밴드인 록 보텀 리메인더스에 드나들며 돼지 목에 진주라는 오래된 속담을 증명했다.

라일 로벳. 우리는 몇 년 전에 친구가 되었다. 나는 늘 그의 음악과 가사가 마음에 든다. '허 퍼스트 미스테이크'나 '굿 윌' 같은 노래를 들을 때면 내 머릿속에는 '클레버(clever)'라는 단어가 떠오른다. 그래서 나는 그를 위해 상상 속의 밴드인 클레버 엘스를 창조해냈다. 라일은 재능이 뛰어난 만큼이나 겸손해서 내가 창작한 이야기를 곧바로 허락해주었다. 그의 믿음은 내게는 대단한 의미가 있다.

폴 스탠리. 이 책을 쓰기 전에는 폴을 만난 적이 없다. 그는 마음 좋게도 나를 그의 집에 불러서 키스의 오디션을 포함해 수많은 로큰롤의 뒷이야기를 들려주었다. ("새로운 인물을 밴드에 넣는 건 데이트에서 결혼으로 발전하는 것과 비슷하거든요"라는 말은 그가 실제로 했던 말이다.) 폴은 시적이고 사색적이고 친절하다. 그리고 그는 이 소설을 아주 진지하게 받아들여서 자신과 프랭키가 만나는 대목을 신중하게 검토해주었다. 그가 만들어내는 요란한 기타 화음 뒤에는 너그럽고 예민한 아티스트가 있다. 나는 그에게 감사하다는 말을 수없이 하고 싶다.

토니 베넷. 미국의 보물이다. 어느 오후 나는 그와 백스테이지에 앉아 있었고 그는 좌절한 음악가에게 자신이 무슨 말을 들려줄지를 상상했다. 나는 그가 망가진 프랭키와 런던에서 우연히 만나는 장면에 그의 상상을 엮어 넣었다. 만일 누군가 음악으로의 복귀에 영감을 줄 수 있다면 그것은 토니 베넷일 것이다. 그가 부르는 '로스트 인 더 스타'에 그냥 귀를 기울이기만 해도 내 말의 의미를 깨달을 것이다. 나는 그를 사랑하고 그가 내 친구인 것이 자랑스럽다.

윈튼 마살리스. 윈튼의 밴드가 내 라디오 팀에게 농구 경기를 제안한 날부터 윈튼과 나는 친구가 되었다. 그들은 우리를 패배시켰다. (재즈 뮤지션들이 슛을 할 줄 안다니, 누가 상상이나 했겠는가.) 윈튼은 이 책에 자신을 등장시켜도 된다고 재빨리 허락해주었고 자신과 프랭키의 이야기를 읽고는 내게 열광적으로 문자를 보내주었다. 재즈 쪽으로는 이 남자보다 강력한 음악적 힘을 지닌 사람이 없다. 분명히 그는 이 세상에 나오는 순간 양손에 음악적 재능을 잔뜩 움켜쥐었을 것이다.

잉그리드 마이클슨. 어느 이른 아침 뉴욕에서 마이클슨을 만난 나는 커피 기운이 그녀의 몸에 돌기도 전에 이 아이디어를 제시했다. 나는 재능과 위트와 지성을 갖춘 그녀가 나이든 프랭키의 제자로 완벽하다고 생각했다. 그녀의 재능이 얼마나 광범위한지를 보고 싶다면 먼저 '파 어웨이', 그다음에는 '하우 위 러브'를 들어보라. 그녀는 루비오 씨에게 작곡에 대해 몇 가지를 가르쳐줄 수 있을 정도로 뛰어나다.

존 피자렐리. 내가 처음 이 책에 대해 말한 것은 존이었다. 그는 이 책에 등장할 마지막 게스트로 적합했다. 존은 자신의 악기 속으로 섞여드는 뮤지션이다. 그의 연주는 전염성이 있는 만큼이나 편안하게 들린다. 우리는 오랫동안 친구였고 그는 아주 너그럽고 겸손하다. 그래서 그가 프랭키를 위해 마법의 기타줄 테이프를 찾아다닌다는 설정이 별로 놀랍지 않았다. 그는 내게 영웅이므로 그를 책에서 영웅으로 등장시키는 것도 재미있었다.

이 책의 집필에 대해 말하자면 우선 스페인에서부터 이야기를 풀어가야 한다. 마르타 아르멘골 로요는 환상적인 조사자이자 통역사로서 그녀의 열정만큼이나 정확하다. 비야레알 지역 역사가인 하신토 헤레디아는 지식과 일화의 소중한 원천이 되어주었다. (그리고 이 책에서 프랭키에게 타레가와 관련된 기록을 보여주는 것이 바로 헤레디아다. 그것이 내가 그의 도움에 감사하는 최소한의 방법이었다.) 멋진 비야레알 사람들, 비야레알 박물관의 타레가 전시물, 산 파스쿠알 바실리카는 프랭키의 뿌리를 창조하는 데 중요한 역할을 했다. 비야레알은 멋진 도시다. 꼭 한번 방문해보기를 권한다. (그 여행을 가능하게 해준 스페인 출판사 마에바에 크게 감사드린다.)

좀 더 가까이로는 나의 천사 같은 출판인인 캐런 리널디(하퍼 콜린스 편집자)에게 많은 감사를 드린다. 그녀는 처음에는 설명하기 힘들었던 이 책을 믿어주었다. 그리고 축복을 나누어준 브라이언 머리, 마이클 모리슨, 조너선 번햄에게도 감사한다. 이제 내게는 너무나 편안하게 느껴지는 하퍼 콜린스 가족들 모두에게 감사한다. 특히 밀런 보직(이번에도 아름다운 표지를 만들어주었다), 존 저시노, 리 칼슨-스태니식, 조시 마휄, 더그 존스, 브라이언 페린, 리 와실류스키, 스테파니 쿠처, 캐시 슈나이더, 해나 로빈슨(수정은 그만하세요, 야호!), 레슬리 코헨에게는 프랭키의 이야기가 세상에 나오기까지 쏟아준 과거와 미래의 노력에 감사한다.

데이비드 블랙은 거의 30년 가까이 내 에이전트이자 친구로서 일해 왔고 내 생각에 잘하고 있는 것 같다. 앤토넬라 이어나리노는 소중한 고차원의 자원을 제공해주었다. 수전 라이호퍼는 프랭키를 전 세계로 데리고 다니고 있다. 덧붙여 새러 스미스와 제니 헤레라에게도 감사한다. 조-앤 바너스는 기타 연주자와 앉아 있거나 1946년 장고의 세트리스트를 파헤치는 등 놀라운 조사 작업을 해주었다. 그녀의 노력을 도와준 인디애나 클래식 기타 협회의 존 알바라도, 앨라배마 몽고메리의 행크 윌리엄스 박물관 사람들, 머스크라인 사의 에이미 하우저(프랭키가 탔던 모든 배와 관련해서), 미시간 핸드 앤드 스포츠 재활 센터의 케이 맥코나치, 오스틴의 텍사스 대학교 이언 F. 핸콕와 미네소타의 윌리엄 A. 더나(집시 문화와 역사에 대해), 미국 베트남 전우회, 미시간 펀데일에 있는 고디 음악의 고디 루포, 라이먼 오디토리움 박물관의 매니저인 조슈아 브로네버그와 큐레이터인 브렌다 콜러데이, 미시간 워터퍼드에 있는 호수의 성모 성당 로런스 J. 들로니 신부, 신시내티에 있는 성녀 클라라 수녀회의 다이앤 쇼트, 미시간 웨스트랜드의 러셀 바버, 루이지애나 보건의료부 언론홍보국의 메리 케이 슬러셔에게 감사한다.

뛰어난 기타 연주자인 비토 라파타에게 특별히 감사한다. 그는 이 책을 적어도 세 번은 읽고서 전문가적인 의견을 들려주었다. 리퍼블릭 레코드사의 직원들, 특히 에버리 리프먼과 톰 매케이에게 감사를 전한다. 그들은 이 책을 위해 실제 음반 계약을 살펴봐주었다.

실존 인물인 케빈과 로비 마틴은 와이헤케 섬을 방문하는 모든 사람을 편안하게 해준다. 예상했든 예상하지 않았든 프랭키의 이야기에 등장해준 유명 인사들에게 깊은 감사를 드린다. 장고에서 엘비스까지, 리틀 리처드에서 행크 윌리엄스까지 그들에 대한 모든 묘사는 그들의 재능에 대한 깊은 경의에서 나왔다.

그리고 나의 팀원들에게 감사한다. 케리 알렉산더는 모든 것을 조화롭게 굴러가게 한다. 마크 '로지' 로젠탈은 세상을 멋지게 요리해서 내게 집필할 시간을 준다. 멘델은 잘 따라오고는 있지만 여전히 게으름뱅이다. 농담이야, 멘델. 채드 오디는 아무리 창의적일지라도 다른 사람들을 위하는 것만큼 놀라운 유산은 없음을 보여주는 산증인이다. 트리샤, 프릭, 알리, 제시는 프랭키에 대해 처음으로 검토해주었다. 그리고 가장 크게 감사할 사람들은 언제나 그렇듯이 내 가족이다. 그들은 한참 동안 나의 음악을 견뎌주었고 그다음에는 나의 글쓰기를 견뎌주었다. 아버지, 카라, 피터. 삼촌, 고모, 이모, 숙모, 고모부, 이모부 그리고 사촌들. 이 책을 쓰는 동안 내게 프랭키와 카르멘시타에 대한 공감을 남기고 천국으로 떠나신 어머니. 그리고 내가 소속되었고 소속된 모든 밴드에게 감사해야겠다. 그 밴드들은 좋든 나쁘든 밴드 멤버들이 가족처럼 행동한다는 것을 가르쳐주었다. (여기에는 크리스털 리플렉션, 러키 타이거 그리스 스틱 밴드, 대학 밴드들, 스트리트와이즈, 록 보텀 리메인더스를 비롯해서 내가 기억할 수도 없는 십여 개의 밴드들이 포함된다.)

마지막으로 항상 그렇듯이 나를 위한 나무 위의 소녀인 재닌에게 가장 깊은 감사를 드린다. 내가 프랭키 같지 않은 목소리로 읽어주는 이 책의 모든 구절에 그녀는 귀를 기울여주었다. 그렇게 우리 둘은 원고를 읽으면서 이야기가 전개되는 독특한 리듬에 맞춰서 몸을 흔들었다.

매직 스트링
전설의 기타리스트 프랭키 프레스토

1판 1쇄 인쇄 2016년 4월 22일
1판 1쇄 발행 2016년 4월 29일

지은이 / 미치 앨봄
옮긴이 / 윤정숙
펴낸이 / 김영곤
펴낸곳 / 아르테
문학출판사업본부 본부장 / 신우섭
책임편집 / 문준식
해외문학팀 / 제갈은영
영업마케팅팀 / 권장규 김한성 최소라 엄관식 김선영

출판등록 2000년 5월 6일 제10-1965호
주소 (우 10881) 경기도 파주시 회동길 201(문발동)
대표전화 031-955-2100 팩스 031-955-2151
이메일 book21@book21.co.kr 홈페이지 www.book21.com
페이스북 facebook.com/21arte 블로그 http://arte.kro.kr

아르테는 (주)북이십일의 문학 브랜드입니다.

ISBN 978-89-509-6416-0 03840
책값은 뒤표지에 있습니다.